한일문화 연구의 새 지평 3
일본연구의 새로운 시각 : 확대되는 세계관

한일문화 연구의 새 지평 3
일본연구의 새로운 시각 : 확대되는 세계관

초 판 인 쇄	2018년 09월 13일
초 판 발 행	2018년 09월 20일
엮 은 이	정형
지 은 이	사이토 히데키·이경화·이시이 마사미·이시준·진은숙·한정미·김용의·류정선·한경자·황소연·이준서·최은혁·허재영
발 행 인	윤석현
발 행 처	제이앤씨
책 임 편 집	최인노
등 록 번 호	제7-220호
우 편 주 소	서울시 도봉구 우이천로 353 성주빌딩 3층
대 표 전 화	02) 992 / 3253
전 송	02) 991 / 1285
홈 페 이 지	http://jncbms.co.kr
전 자 우 편	jncbook@hanmail.net

ⓒ 정형, 2018. Printed in KOREA

ISBN 979-11-5917-124-6 94830   정가 27,000원
     979-11-5917-121-5 94830(Set)

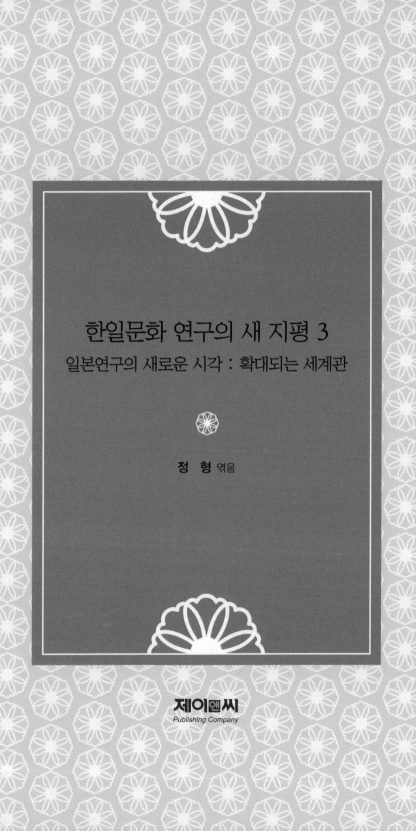

한일문화 연구의 새 지평 3

일본연구의 새로운 시각 : 확대되는 세계관

정 형 엮음

제이앤씨
Publishing Company

광복을 맞은 지 70여년이 지난 현재 한국의 일본문화 연구는 반
일과 극일이라는 진부한 프레임을 넘어서서 새로운 일본문화연구
의 지평을 열고자 하는 흐름이 점차 자리를 잡아가고 있는 것으로
보인다. 이는 일본의 연구자들이 미처 다루지 못했던 연구영역에 관
해 한국의 일본문화 연구자들이 한일문화의 여러 양상에 관해 비교
내지는 대조의 관점에서 바라봄으로써 이루어내고 있는 성과라고
할 수 있다. 또한 우리의 한국문화전공자들의 연구에도 한일비교대
조연구의 움직임이 나타나고 있다. 자국문화연구라는 좁은 테두리
에서 벗어나 일본의 다양한 학문적 성과까지도 비교대조의 시점에
서 바라봄으로써 한일문화연구에 관한 새로운 성찰에 다가서기 시
작한 것으로 보인다. 한편 일본의 인문학 연구자들에게 전통적으로
자리 잡고 있던 한국의 인문고전에 관한 무관심의 경향에도 최근에
이르러 새로운 인식전환이 흐름이 나타나고 있다. 이제 한국문화와
일본문화에 관한 연구는 '한일문화연구'라는 비교대조의 방법론으
로 새로운 돌파구가 모색되어야 할 시점이며 한일 인문학의, 나아가
동아시아 인문학의 교류와 소통이라는 당위적 인식은 연구자들 사
이에서 더욱 확산될 것으로 믿어 의심치 않는다.

이 책은 엮은이가 단국대학교 일본연구소 소장으로 다년간 재임
하면서 국내, 국제학술대회와 연구프로젝트 등을 통해 교류했던 국

내외 연구자들의 글을 모은 것이다. 이번 기획총서 총 3권은 앞에서 언급한 바와 같이 한일문화연구의 새 지평을 모색한다는 취지에서 『한일문화 연구의 새 지평』이라는 제명으로 간행하게 되었다. 제1 권『한일문화 연구의 새 지평 1』〈한일문화의 상상력 : 안과 밖의 만 남〉, 제2권『한일문화 연구의 새 지평 2』〈타자의 눈으로 바라본 일 본〉, 제3권『한일문화 연구의 새 지평 3』〈일본연구의 새로운 시각 : 확대되는 세계관〉의 3권 구성으로 기획함으로써 순순한 일본문화연 구와 한일비교대조문화연구가 결국은 동아시아 인문학의 교류와 소통이라는 범주로 수렴되어가고 있음을 제시하고자 했다.

이 책 제3권『한일문화 연구의 새 지평 3』〈일본연구의 새로운 시 각 : 확대되는 세계관〉은 1부 신화와 상상력, 2부 경계와 초월, 3부 확 장과 접목의 3부 구성의 틀로 모은 것이다. 각 글들의 개요는 다음과 같다.

〈1부. 신화와 상상력〉

사이토 히데키의 〈근대신도·신화학·오리구치 시노부折口信夫─ 「신화」개념의 변혁을 위해─〉는 근대의 신화학이 어떻게 생성되고 신도와 국가의 관계가 어떻게 변화해 갔는지를 분석하고, 메이지 시 대에 있어 신도를 둘러싼 정책적·종교적 특색을 고찰하였다. 또한 오리구치 시노부의 신화에 대한 입장을 토대로 '신학적 신화'와 같 은 신화 개념에 관해 모색하였다.

이경화의 〈우오카이魚養 설화의 전망─동아시아 신화·설화와의 접점을 찾아─〉는 일본의 중세설화집인 『우지슈이』에 수록된 우오

카이 설화를 중심으로 이야기 속에 내재된 신화적 서사의 틀을 밝혀
내고 각 부분과 관련된 한국과 중국, 일본의 신화와 설화 전설들을
지역의 구분 없이 폭넓게 전망해보았다. 그 결과 이 설화가 동아시
아의 다양한 서사적 전통을 계승하고 있음을 지적하였다.

　이시이 마사미의 〈『겐지모노가타리에마키源氏物語絵卷』의 우주─
그림과 고토바가키詞書의 방법─〉은 지금까지 국보『겐지모노가타
리에마키』의 연구가 미술 연구를 통한 그림의 분석에 비하여 고토바
가키詞書의 문학적 연구는 정체된 상황임을 지적하며, 그림과 고토
바가키를 각각 고찰하여 서술하였다. 이를 통하여『겐지모노가타리
에마키』의 고토바가키 연구에 대한 재검토 여지를 제시하고 있다.

　이시준의 〈『금석이야기집今昔物語集』의 이계異界·이향異鄕 관련 설화
에 관한 고찰〉은 12세기 전반에 성립된 일본 최대 설화집인『금석이야
기집今昔物語集』일본부에 수록된 '이계'와 '이향' 관련 설화를 고찰하
고, '이계'와 '이향'이 가지는 각각의 공간적 개념과 시간적 개념(삶과 죽
음의 경계)과의 관련성을 토대로 '이계'와 '이향'의 특징을 살펴보았다.

　진은숙의 〈히코산英彦山개산전승 고찰〉은 규슈 북부의 최고봉 히
코산英彦山에 전해 내려오는 히코산 개산전승(『彦山流記』『鎭西彦山緣起』)
을 면밀히 검토하여, 전승의 고찰을 토대로 특히 부젠지역이 신라계
도래인 하타씨들의 거주지역이어서 히코산 개산전승에 고대 한반
도의 신화나 불교문화가 개입되어 형성되었을 가능성은 크다며 히
코산과 한반도의 고대전승의 관련성을 분석하였다.

　한정미의 〈변모하는 이나리 신稻荷神─고대·중세 문예를 중심으
로─〉는 일본의 고대·중세 문예에 나타난 이나리 신을 규명함으로써

이나리 신이 어떻게 변모해가는가 라고 하는 이나리 신의 변모 양상에 대하여 구체적으로 살펴보았다. 이나리 신의 다양한 변모는 시대의 변천과 함께 밀교와 습합함으로써 새롭게 획득한 다양한 신격으로 그 시대 사람들의 요구나 소원을 반영하는 신앙의 발로임을 지적하였다.

〈2부. 경계와 초월〉

김용의의 〈류큐琉球 왕부 오고에御後絵의 왕권적 성격〉은 오늘날 오고에御後絵라는 이름으로 알려진 류큐왕부 시대 국왕의 초상화가 왕권 확립과 어떻게 밀접한 관련이 있는가를 고찰하였다. 이를 토하여 류큐왕부 시대에 왕권이 강화되는 과정에서 국왕이 정치적으로 위대하며 종교적으로 신성한 존재임을 과시하기 위한 목적으로 오고에가 제작되었음을 지적하였다.

류정선의 〈근대 한·일 자국문학사와 한문학 인식－하가 야이치와 김태준을 중심으로－〉는 한·일 근대화와 자국문학사 구축 과정에 있어 고대 문화권력이었던 한문학의 위치, 그리고 최초로 '한문학사'를 저술한 일본의 하가 야이치와 한국의 김태준을 중심으로 당시 한문학에 대한 보편화된 의식을 살펴보았다. 이를 통해 근대화 이후 동아시아 문화의 중핵을 이루어 온 한문학에 대한 한일 양국의 인식의 차이는 국문학이라는 학문적 내셔널리즘이 반영된 국민국가 형성의 한 일면으로 표상된 것이었음을 지적하였다.

한경자의 〈19세기 서양인이 본 가부키와 '주신구라' 인식〉은 쇄국 시대와 개항 후 일본을 방문한 서양인들이 가부키를 어떻게 바라보았는지, 그리고 가부키 작품 중에서 '주신구라'를 어떻게 인식하고 있었는지에 대해 살펴보았다. 서양인의 비난적인 태도는 메이지시대에 서양인들을 관객으로 의식하게 되면서 정부의 요구와 연극개량운동을 통해 수정되어갔으며, 이러한 가부키 변화의 역사도 서양인들의 가부키 관극 기록을 통해 확인하였다. 특히 개국 후에는 일본인의 심리 등을 이해하기 위한 분석 자료로 이용되었음을 지적하였다.

황소연의 〈동아시아 세계의 화이華夷의 관련 양상－오삼계吳三桂를 중심으로－〉는 한국의 『연도기행』과 『연행일기』, 일본의 『명청투기』와 『고쿠센야캇센』을 활용하여 오삼계에 대한 평가를 동아시아적 시점에서 검증하여 17세기 동아시아에 있어서 오삼계로 인해 촉발된 화이華夷의 전도와 의식의 전개 양상을 분석하였다.

〈3부. 확장과 접목〉

이준서의 〈한·중·일 공동연구에의 제안－언어와 문화－〉는 언어교육에 있어서 실질적으로 고려되어야 할 문화적 특수성과 상대성을 언어현상 속에서 찾아내기 위한 방안으로서, 형태소분석이 완료된 대용량코퍼스를 활용한 문화요소추출시스템을 제시하였다. 한·일 문화요소추출시스템을 통하여 공기빈도 결과를 비교·대조함으로써, 한·중·일의 상대적인 특유 문화요소를 발견해낼 수 있으며, 이러한 문화요소는 다양한 목적으로 활용될 수 있음을 지적하였다.

최은혁의 〈한국에서의 일본어문법교육의 연구 현황과 전망〉은 한국의 일본어문법교육연구 동향을 살펴보았다. 그 결과 한국에서의 일본어문법교육연구는 이전처럼 언어구조나 문법항목에 편중하는 경향에서 완전히 탈피하지 못한 상태에 있기 때문에 일본어교육의 현상을 파악하고 앞으로 문법교육연구방향을 미래지향적으로 바꿀 필요가 있음을 지적하였다. 또한 문법교육의 연구방향으로서, 일본 어교육의 변화에 문법사항의 재선정 및 카테고리화. 과거와 현재의 교수법 및 교재 검토와 개선을 제안하였다.

허재영의 〈지식사회학의 관점에서 본 근현대 일본 제국주의 팽창 정책과 한중 관련 서적 분포-메이지 이후 일제 강점기까지의 동아 담론과 한중 관련 연구를 중심으로-〉는 목록류 서적의 서목 분석을 통하여 메이지 이후 일제 강점기까지 일본에서 이루어진 동아시아 관련 연구 경향을 살펴보았다. 고찰의 결과 일본에서의 동아시아 관련 서적은 1870년대부터 1945년까지 지속적으로 증가하고 있으며, 일본 제국주의의 팽창 정책과 관련하여 시대별 차이를 보이고 있음 을 지적하였다.

끝으로 이 기회를 빌려 이 시리즈 총서에 귀한 글을 보내주신 한 일 양국의 연구자들에게 엮은이로서 깊은 감사의 뜻을 표하고자 한 다. 또한 기상관측 사상 최대의 폭염을 기록한 금년 여름 내내 무더 위 속에서도 번거로운 편집실무를 흔쾌히 맡아준 단국대학교 일본 연구소 연구교수 김정희, 홍성준, 최승은 세 박사분의 노고에 고마 운 마음을 전하고자 한다. 아무쪼록 이번 책 간행이 향후 한일문화 연구의 새 지평을 제시하고 그 연구성과를 세계로 발신할 수 있는 계기가 될 수 있기를 기대한다.

2018년 8월 24일

엮은이 정 형

목차

11

제1부
신화와 상상력

한일문화 연구의 새 지평 3

일본연구의 새로운 시각 : 확대되는 세계관

제1장

근대신도·신화학·오리구치 시노부折口信夫

─「신화」개념의 변혁을 위해 ─

❀ ❀ ❀

사이토 히데키

'새로운 신화라는 것이 정신의 가장 깊은 안쪽의 심연을 보고, 마치 자기 자신의 깊은 심연에서 나오는 것과 같이 만들어지는 것이라면, 우리들이 추구하고 있는 바에 있어서 매우 중요한 시사와 주목할 만한 확증이 이 세기世紀의 위대한 현상으로 발견될 것이다.'

(칼 빌헬름 프리드리히 슐레겔『신화에 대한 논의』)[1]

I. 근대신화학의 생성

메이지 32년(1899), 『중앙공론中央公論』제14권 제3호에 다카야마 린

---

1 シュレーゲル『ロマン派文学論』,「神話についての議論」(山本定祐·編訳)冨山房百科文庫, 1978, 178쪽.

지로(高山林次郎 : 쵸규(樗牛))의 「고지키古事記 신대권神代卷의 신화 및 역
사」가 발표되었고, 이 논고를 둘러싸고 아네사키 마사하루姉崎正治와
다카기 도시오高木敏雄 사이에 논쟁이 반복되었던 것은 익히 알려진
바와 같다. 뒤에 '스사노오スサノヲ 논쟁'이라고도 불려 온 논쟁이다.
이들의 논의는 유럽에서 막스 뮬러나 에드워드 타일러 등 초기신화
학과 민족학의 학설에서 영향을 받은 것으로, 뒤에 다카기 도시오에
의해 「일본신화학 발생의 해로서 기념할만한 1년」이라고 평가된다.[2]
　　한편, 이들의 논쟁보다 앞서 나온 것으로 메이지시대 '신화연구의
단서端緒'라고도 평가할 수 있는 것이 메이지 25년(1892)에 발표된 구매
구니타케久米邦武의 논문 「신도神道는 제천祭天의 고속古俗」(『史學會雜誌』
제2편 제23~25호,『사해(史海)』제8호에 전재(轉載))이다. 구매의 논문에는 '신화'
라는 용어도 없고 또 유럽 신화학의 영향도 보이지 않지만, '삼종三種
의 신기神器'나 '니나메사이新嘗祭' 등 '신도'의 성격이 중국이나 조선
에서도 공통으로 이루어져 온 것으로 하늘에 제사를 지내는 풍습이
라고 하는 등, 일종의 비교신화학적 관점의 초기적 형태임을 볼 수 있
다. 또 메이지 20년대에는 주로 그리스도교 관계의 연구자들에 의해
막스 뮬러의 비교신화학에 대한 소개가 이루어진 것이 메이지 30년
대 '일본신화학' 형성의 모체가 되었다고 지적되고 있기도 하다.[3]
　　그런데 메이지 25년(1892) 구매 구니타케의 논문 가운데 '교전敎典
조차 갖춰지지 않은 신도의 고속古俗에 맡겨두었다면 전국은 지금

2　松本信広編『論集 日本文化の起源3 民族学Ⅰ』, 「解説·一日本神話学の足どり」, 平凡
　　社, 1971, 5쪽.
3　근대신화학의 형성에 대해서는 平藤喜久子『神話学と日本の神々』第一章「日本神
　　話の比較神話学的研究の歴史」, 弘文堂, 2004 참조.

몽매한 야만의 민족에 머물러 대만臺灣의 원주민들과 별반 다를 것이 없었을 것'(「신도는 제천의 고속」)이라는 내용이 재야 신도가神道家들에 의해 '불경不敬'으로 규탄되면서 정치문제로 비화하였고, 결과적으로 이 논문을 전재하였던 잡지 『사해』는 발행금지 처분을 받고 구매 본인도 도쿄제국대학 교수직에서 물러나는 등 이른바 '필화사건筆禍事件'으로 발전해 간 것은 주지의 사실이다. 근대 초기의 학문, 특히 역사학에 대한 국가의 간섭, 탄압으로 이어진 점에서 특별히 주목받아 온 사건이다.[4]

하지만 메이지 25년 나온 「신도는 제천의 고속」이라는 논문이 신도가들의 비판을 받으면서 정치문제로 비화한 것에 대해, 메이지 32년의 다카야마 쵸규, 아네사키 마사하루, 다카기 도시오 등의 '신화학'에 대한 신도관계자의 비판이나 규탄은 거의 없었다. 또 정치문제로 비화하는 일도 없었다. 왜 그랬을까?

예를 들면 구매 구니타케가 도쿄제국대학의 역사학과 교수였고, 동시에 '임시편년사편찬 겸직臨時編年史編纂掛'이라고 하는 공적인 직책을 가진 존재였던 것에 대해, 다카야마 쵸규 등은 일개 문필가에 지나지 않았기 때문일 것이다. 더욱이 시대동향을 보면 '구매사건'이 있던 시기인 메이지 22년(1899)은 제국헌법의 발포와 의회의 개설 등으로 인해 국민통합을 위한 새로운 이데올로기 통제(『고지키(古事記)』『니혼쇼키(日本書紀)』의 신전화(神典化)·조령숭배(祖靈崇拜)·공신(功臣)숭배 등)가 강화되는 시대였던 점도 결코 간과할 수 없을 것이다.[5] 그것을 '칙어

---

4 松本信広, 앞의 책, 「解説」; 宮地正人, 『天皇制の政治的研究』第二章「近代天皇制イデオロギーと歴史学」, 校倉書房, 1981 참조.

勅語'라고 하는 형태로 표현한 것이 메이지 23년(1890)에 공포되는 '교육칙어教育勅語'다.[6]

이에 대해 다카기 도시오 등 '일본신화학'이 태동되었던 메이지 30년대 전반기는 기노시타 나오에木下尚江, 고노 히로나카河野広中 등에 의한 보통선거동맹회普通選擧同盟會가 설립되고, 도미오카 제사공장富岡製糸所과 일본철도 등 각지에서 노동쟁의가 발발하고, 또 사회주의협회가 발족되는 등의 사건으로 볼 수 있는 것처럼 '입헌국가'로서의 근대일본의 사회가 일정정도 자유의 성숙을 이룬 시대였다고 볼 수 있을 것이다.[7] 하지만 또 하나 간과해서는 안 될 것은 메이지 25년(1892)과 메이지 32년(1899) 사이는 '신도'와 국가의 관계가 크게 변화하는 시대였다는 점이다.

Ⅱ. 신사비종교론神社非宗教論에서 신도학神道學으로

'일본신화학'이 처음 시작되었던 그 이듬해인 메이지 33년(1900), 내무성 안에는 '신사국神社局'이 설치되고 불교·그리스도교·교파신도를 대상으로 하는 '종교국宗教局'과 구별되어 신사제사나 참배행위가 '종교'와는 다른 행정의 대상이 되었다. 이것은 메이지 초기의 '신도국교화神道國敎化' 정책으로 시작되어 온 '신도'와 '국가'의 관계가

5 宮地正, 위의 책, 153~154쪽.
6 小股憲明『近代日本の国民像と天皇像』, 大坂公立大学共同出版会, 2005 참조.
7 松尾尊兊『大正デモクラシー』第一部「大正デモクラシーの初期段階」, 岩波書店(同時代ライブラリー, 原著 1971), 1994 참조.

크게 변화했다는 것을 의미한다. 그렇다면 그 변화는 무엇일까?

메이지 초기에 정부는 '신도'를 '국교'로 하려는 정책을 강권적으로 추진해 왔는데, 유럽과 미국 등 제국들과 맺은 '불평등조약'을 개선하기 위해서는 스스로를 근대적인 입헌국가로 바꾸어 갈 필요가 있었다. 곧 정교분리나 신앙의 자유를 '헌법'으로 명문화하고 보증하는 국가를 만들어야 했던 것이다. 이 과정에서 정부는 메이지 17년(1884)에 '신도'에 의해 국민을 교화하는 역할을 담당하고 있던 교도직敎導職을 폐지하고, 또 신사에서 제사를 담당하는 신관神官을 '신도'에서 분리해 간다. 또 헌법제정이나 의회개설과 더불어 '신앙의 자유'에 저촉되지 않도록 하기 위해 종교로서의 신도는 '교파신도'로 분리하여 독립시켰다. 한편 신사에서 행하는 제사와 참배행위는 '비종교'적인 것이라고 규정해 간다. 이러한 신사제사와 참배행위의 '비종교성'을 법적으로 결정한 것이 메이지 33년 내무성 안에 '종교국'과 '신사국'을 구별하고 독립시킨 것이다.[8] 일본 근대의 '신화학'은 바로 그 전년에 시작된 것이다.

이리하여 메이지 헌법을 근간으로 신사제사나 참배는 '비종교'적인 행위로 규정하였고, 참배행위를 '국민의 의무'로 정했는데, 이것을 이념적으로 지지하는 것이 '국민도덕론國民道德論'이다. '국민도덕론'이란, 도쿄제국대학의 철학과 교수였던 이노우에 데츠지로井上哲

---

8 이상의 기술은 中島三千男 「「明治憲法体制」の確立と国家のイデオロギー政策」, 『日本史研究』176호, 1977, 赤澤史朗 『近代日本の思想動員と宗教統制』, 「大正デモクラシーと神社」, 校倉書房, 1985, 阪本是丸 『国家神道形成過程の研究』 第8章 「神社非宗教論と国家神道の形成」, 岩波書店, 1994; 『近世·近代神道論考』 第4編 第2章 「内務省の「神社非宗教論」に関する一考察」, 弘文堂, 2007, 藤田大誠 「神社対宗教問題に関する一考察」, 國學院大學研究開発推進センター, 『研究紀要』第7호, 2013.3 참조.

次郎에 의해 메이지 후반기에 추진된 사상이다.[9] 곧 메이지 40년대 러일전쟁을 계기로 일본 내에서도 자본주의가 진전되는 속에서 격화하는 노동운동이나 사회주의운동에 대항하기 위해 '충효일치의 도덕, 일본 고유의 국체관'으로서 형성된 것이 국민도덕론이었다.[10] 그것을 실천하는 곳으로서 국민에 의한 신사참배가 '강제'되었다고 말해도 좋을 것이다. 곧 '신사는 종교가 아니다. 그러므로 신사를 숭경하는 것은 신앙의 자유를 침해하는 것이 아니다'[11]라고 하는 논리가 형성된 것이다. 이것이 바로 '국가신도'체제의 성립이라고 할 수 있다.

이러한 신사비종교론이 전개되는 정치상황과 연계되는 형태에서 탄생하는 것이 바로 이노우에 데츠지로의 국민도덕론을 배운 다나카 요시토田中義能의 '근대신도학近代神道學'이다.[12] '신도학'이란, 근세 국학國學과는 다른 유럽 경유의 철학계의 사상운동에 근원을 둔다는 것과, 정치적인 운동을 주도하고 있는 신도가나 지역의 신직神職들과는 분명히 선을 긋고 대학의 연구자들에 의해 형성된 것, 곧 근대적인 '학술지學術知'로서 형성된 것이다.[13]

여기서 하나의 예측을 얻을 수 있다. 메이지 32년에 시작된 '일본

---

9 前川理子『近代日本の宗教論と国家』第2章「井上哲次郎における宗教と国民道徳」, 東京大学出版会, 2015.
10 磯前順一『近代日本の宗教言説とその系譜』第3部 第1章「近代神道学の成立」, 岩波書店, 2003, 195쪽.
11 阪本是丸『国家神道形成過程の研究』第九章「国家神道体制の成立と展開」, 322쪽.
12 磯前順一, 앞의 책, 193쪽.
13 磯前順一, 앞의 책. 또 桂島宣弘『自他認識の思想史』第4章「国学への眼差しと伝統の「創造」」, 有志舎, 2008 참조.

신화학'도 또한 직접적인 정치운동과는 거리를 둔 '신도학'의 성립과 동일한 시대동향 속에서 탄생했다는 것이다. '신도학'이 근대학술로 존재하는 것과 같이 '신화학'도 이미 정치적인 차원으로 끌고가는 신도가들의 비판이나 규탄의 대상에서 벗어나 있던 것이다. 여기서 구매 구니타케의 「신도는 제천의 고속」론과 다카키 도시오 등의 '신화학' 사이의 시대적 차이를 볼 수 있다.

하지만 또 하나 간과해서는 안 되는 것이 있다. 신도학이나 신화학이라고 하는 근대학술이 직접적인 정치운동과 다른 차원에서 '국수주의國粹主義의 창조=상상과 깊이 관계한다는 사실'[14]이다. 이러한 사실은 다이쇼 시대에 일본신화학의 제2세대로 활동을 시작하는 마츠무라 다케오松村武雄 신화학을 통해 볼 수 있다.[15]

Ⅲ. 마츠무라 다케오의 '신화학'과 국수주의

마츠무라 신화학의 시발점이 되는 「비교신화학 위에서 보는 일본신화」(다이쇼 11년(1922) 『國學院雜誌』(제28권 제1~제3호)에는 '일본신화'의 특질이 다음과 같이 기술되어 있다.

그것은 황실皇室을 중심으로 모든 신화를 그 주변에 집중시키려는

---

14 桂島宣弘, 위의 책, 114쪽.
15 松村武雄의 학문 형성에 대해서는 大林太良 「松村神話学の展開—ことにその日本神話研究について」, 『文学』, 1971.11 참조.

심적心的 노력이다. 일본신화에서는 아마테라스오미카미天照大神가 그 다신교적 집단의 주요부에 지위를 점하고, 항상 황조신皇祖神으로 서의 행동 의식이 암암리에 활약하고 있다. (중략) 일본의 신화는 현실 적 정치적으로 황실 중심적이라는 점에 통일적 기조의 특색이 있는 것 이다.[16]

그리스신화의 '통일적 기조'는 '균정均整의 미美와 지력적智力的 광 명光明', 북유럽신화는 '선의 원칙과 악의 원칙의 이원적 대립'과 '어 둡고 암울한 파멸의 관념', 인도신화는 '초월적인 철학적 명상'에 있 다고 분석한 뒤, 일본신화의 '통일적 기조'로서 기술한 것이 위의 인 용문이다. 이것은『고지키』『니혼쇼키』의 신화해석으로서 다이쇼 시 대의 온당한 언설로 이해될 것이다.

하지만 이러한 마츠무라 신화학의 일본신화 해석은 쇼와昭和시대 의 논문에서는 명확하게 '국수주의'의 창조를 담당하는 언설의 방향 으로 급진해 나아간다. 쇼와3년(1928) 쇼와천황의 즉위식인 '다이죠사 이大嘗祭', 쇼와4년(1929) 이세신궁伊勢神宮에서 20년에 한 차례씩 아마 테라스를 모시는 신궁을 옮기는 의식인 시키넨센구사이式年遷宮祭를 계기로 사회 전반에 '신도적 이데올로기 용어'가 널리 확산되는 시 대동향 속에서,[17] 신도고구회神道攷究會가 편찬한『신도강좌神道講座』 (뒤에 단행본화 된 제4권 〈역사편〉)에 수록된 마츠무라의 논문「일본신화」에

---

16 인용은 松本信広編 앞의 책에 의함.
17 阪本是丸 「昭和前期の「神道と社会」に関する素描―神道的イデオロギー用語を軸に して」, 國學院大學研究開発推進センター編, 『昭和前期の神道と社会』, 弘文堂, 2016, 15쪽.

는 다음과 같은 논술이 있다.

　　물론『니혼쇼키』에는 '일서一書에 말하기를'이라고 하여 혹은 신화
에 관한 다양한 이설異說이 모여 있기도 하지만, 그것들 대부분의 이설
의 존재는 털끝만큼도 전체적인 신화군神話群을 관통하는 건국적 정신,
종교적 정치를 추축樞軸으로 하는 황실로 귀일하려는 욕구를 훼방하는
것이 아니다. 많은 신화의 결집으로서의 신도적神道的 신화권神話圈은
이러한 정신의 살아있는 힘이 강력하게 발휘되는 것에 의해, 혈족관계
라는 개념 아래 한편으로는 신들과 민족이, 다른 면으로는 더욱이 그들
과 통치자족統治者族이 굳건하면서도 아름답게 통일되어 있다.[18]

　　여기서는 쇼와 전기의 '국체론國體論', '제정일치론祭政一致論', '신
황귀일론神皇歸一論'을 제창한 신도학, 신도가들의 언설과 신화학이
거의 동일한 입장이었다는 것을 알 수 있다. 또 '국체명징운동國體明
徵運動'이 전개되었던 쇼와11년(1936) 일반인들을 대상으로 행해졌던
계몽적인 강좌의 내용을 모아 간행한 『일본정신강좌日本精神講座』 제
8권에 실려 있는 「민담 민속신앙에 나타난 일본정신」에는 '황실과
우리 신민臣民은 결코 단순한 통치자와 피통치자의 관계가 아니라
대가大家와 소가小家의 관계 (중략) 일본민족은 상주좌와常住坐臥에 이
렇게 감사한 황실 대 신민의 관계를 염두에 두고 황실의 번영과 국
가의 융성을 위해 주야로 최선을 다해 노력하고 있다. 거기에 일본

18　神道攷究会編『神道講座(4) 歴史編』(新装版), 原書房, 1981, 44쪽.

정신의 가장 자랑스러운 특징이 있다고 말하지 않으면 안 된다'[19]고 말하고 있는 것처럼, 신화학이 국수주의 형성의 첨단적인 언설을 담당하고 있다는 것을 알 수 있다.[20]

무엇보다도 이러한 '전쟁 이전과 전쟁 중'의 마츠무라 다케오의 언설은 이후 『일본신화의 연구』 전4권으로 집약되는데, 일본신화학의 학문적 성과라는 측면에서 본다면 특수한 시대상황 속에서 '시국대응'에 지나지 않다고 간주하는 것도 가능하다. 곧 중요한 것은 마츠무라 신화학의 학문적 달성에 있다는 것이다. 그렇지만 다이쇼 10년대 마츠무라 신화학의 시발점에 '일본신화는 현실적 정치적으로 황실 중심적이다'고 한 신화해석 속에서 신화학이 '황실'을 중심으로 한 국민국가의 통합 축=국수주의를 대표하는 근대학문의 담당자 역할을 하고 있었다는 것을 간과해서는 안 된다. 근대의 신화학과 신도학은 상호보완적 관계였다고 해도 좋을 것이다.

특히 쇼와 전기의 '파시즘시기'에 신화학이 만들어놓은 공과功過에 대해서는 지금까지 대부분 불문不問으로 여겨져 왔다. 하지만 최근 히라후지 기쿠코平藤喜久子가 마츠무라 다케오 외 마츠모토 노부히로松本信広, 미시나 쇼에이三品彰英, 오카 마사오岡正雄 등의 비교신화학과 민속학이 '일본의 식민지 지배를 총후銃後에서 지원하는 역할'을 다해왔다는 것을 예리하게 추궁하고 있는 것은 크게 주목할

---

19 『日本精神講座　第8巻』, 新潮社, 1936, 82쪽.
20 平藤喜久子「神話学の「発生」をめぐって」(井田太郎・藤巻和宏編『近代学問の起源と編成』, 勉誠出版, 2014)에서 '(다카야마) 쵸규에 있어서 1899년의 신화연구는 애초에 일본주의의 주장에 바탕한 '식민적 일본'이라고 하는 내셔널리스틱한 일본인론과 깊이 관계되어 있었다'고 밝히고 있다.

필요가 있다고 생각한다.[21] 여기서 재차 히라후지가 말하고 있는 다음의 기술에 눈이 간다.

> 신화는 민족이나 국가의 성립을 말하는 경우가 많다. 따라서 신화학은 민족의식이나 민족주의와 연결되기 쉬운 성격을 지닌다는 점을 잊어서는 안 된다. (중략) 파시즘시기에 일본의 신화학은 식민지와 정치적인 관계를 의식한 연구가 진행되어 왔다. 이점에 대해 전후의 일본신화학이 대부분 주목하지 않은 것은 사실이다. 현재의 연구를 보면 당시의 연구를 무비판적으로 인용하거나, 신화에서 안이한 일본인론을 논하거나, 일본인의 기원 혹은 일본문화의 계통을 논하는 것도 적지 않다. 따라서 전쟁기의 일본신화 연구 상황을 파악하고, 신화학자가 국가주의와 어떻게 관계를 맺어 왔는지를 알아가는 것은 현대의 신화학에 있어서 중요한 과제가 된다고 생각한다.[22]

마지막 부분에 제기하고 있는 내용은 전혀 이론異論이 없을 만큼 정당한 발언이다. 지금까지 누구도 물어온 적이 없었던 신화학의 어두운 세계에 눈을 돌리자고 하는 히라후지의 태도는 칭찬해마지않는다.

다만 히라후지의 연구 성과를 높이 평가하면서도 감히 여기서 문제로 삼고 싶은 것은 히라후지의 '신화'에 대한 인식이다. '신화'는

---

21 平藤喜久子「植民地帝国日本の神話学」(竹沢尚一郎編『宗教とファシズム』, 水声社, 2010).
22 平藤喜久子, 위의 논문, 341쪽.

25

민족이나 국가의 성립의 기원을 말하는 까닭에 신화를 대상으로 하
는 신화학이 민족의식이나 민족주의와 연결되기 쉽다는 것은 확실
하다. 하지만 그러한 경우 '신화'라고 하는 것은 일종의 국가이데올
로기, 민족이데올로기로 일원화되어 인식되고 마는 것이 아닐까? 그
리고 그것은 '신화학'이 근대학문의 하나로써 형성되어왔다는 것과
밀접하게 연결될 것이다. 히라후지의 논리를 인정하면서도 여기서
는 이데올로기론과 다른 '신화'의 개념은 어떻게 가능한가에 문제의
중심을 두고자 한다. 지금 바야흐로 '신화' 개념의 확대와 변혁에 대
한 물음이 새롭게 제기되고 있기 때문이다. 따라서 본고에서 주목하
고자 하는 것은 오리구치 시노부折口信夫의 '신화' 개념이다.

Ⅳ. 오리구치 시노부의 '신화'와 '신화학'에 대하여

마츠무라 다케오를 '익우益友'라고 부르면서 그 신화학자로서의
경력에 존경을 표한다고 한 것이 오리구치 시노부다.(「서평 『민족학논
고』-민속학의 신방법론」 신전집32, 278쪽. 이하, 오리구치 시노부의 인용은 본문 중에 주
기(注記)함) 그리고 오리구치도 또한 『고지키』『니혼쇼키』를 비롯한 '신
화'와 그것이 발생하는 양태를 연구해 온 학자로서 인식되고 있다.

하지만 오리구치 자신이 '나는 '신화'라고 하는 단어의 사용을 피
하고 있다'고 명확하게 말하고 있는 것에 주목하고 싶다. 오리구치
에 따르면 '신화'란 '하나의 교회·교파로서 신학을 가지고 있는 종교
에서 만들어져 나오는 것을 신화라고 부른다'는 정의를 세우고 있으

므로, 일본의 민족신앙과 같이 대체로 신학·교회를 가지고 있지 않은 것들에 이러한 단어를 사용하는 것은 타당하지 않다고 생각한다'(「일본문학의 내용」,신전집4, 306쪽)고 말하고 있는 것이다.

그렇다고는 하더라도 이같이 신화와 신학을 연결 짓는 오리구치의 정의는 근대의 신화학과는 정면에서 대립하고 있다. 신화학이 찾아내고자 하는 것은 성립된 종교나 체계화된 신학 이전, 고층古層의 신앙이나 전승에 있기 때문이다. 따라서 오리구치의 '신화' 정의는 신화연구의 범위를 편협하게 한다는 점에서 결국은 '신화'의 가능성을 축소해버렸다는 비판도 예상할 수 있다.

물론 오리구치의 '민속학'도 교의적인 종교 성립 이전, 고층의 민간신앙으로 비집고 들어가려는 것이며, 그러한 의미에서 신화학이 목적으로 하는 것과 크게 다르지 않다고 말할 수 있다. 하지만 신화학자인 마츠무라 다케오가 쇼와5년에 『민속학논고』를 간행할 당시 오리구치의 서평은 신화학이 '민속학'의 방법을 수용하여 '생활사生活史를 생각하고 실감주의實感主義에 경도되어 왔다는 것'(「서평『민족학논고』-민속학의 신방법론」,신전집32, 278쪽)을 평가하는 것에 주안점이 있었다. 그것은 오리구치가 메이지 시대 이후의 '신화학'이 수입학문의 틀을 넘어서는 것이 불가능한 '빌려온 것'에 불과하다는 비판으로 통하고 있다고도 말할 수 있을 것이다.

이와 같은 '신화'나 '신화학'에 대한 오리구치의 입장은 일본의 패전 이후에도 별다른 변화가 없었다. 쇼와24년(1949)에 야나기다 구니오柳田国男와 사이에서 벌어진 유명한 대담 '일본인의 신과 영혼의 관념 그 외'에서 사회자였던 이시다 에이이치로石田英一郞가 '도대체 신화라고 하는 것의 개념을 어떻게 생각하고 있습니까'라는 질문에 오리구치는 다음과 같이 답하고 있다.

> 지금 일본에서 신화학은 불이 점점 약해지고 있습니다. 이것은 다카기(이치노스케)씨, 마츠무라(다케오)씨의 노력을 생각한다면 유감스러운 것이지만, 대상이 아무래도 확실하지 않았던 모양입니다. (중략) 이것은 신화학이라고 하는 명목名目에 문제가 있습니다. 어쨌거나 더 영역을 새롭게 하고, 구신화학舊神話學을 일본적으로 독립시킬 수 있도록 협력하고자 합니다. (신전집·별권3, 571쪽)

이것은 '일본의 고전승에는 신화라고 하는 말은 타당하지 않다고 하기보다는 신화라고 하는 것을 구성하는 원인이 누락되어 있다고 생각합니다'라고 한 발언에 계속되는 것이다. 여기서도 오리구치는 '신화'란 성립한 종교나 체계적인 신학을 전제로 하는 가운데 성립하는 개념이라는 입장에 서 있다. 그로부터 근대 '신화학'의 결점이 강조되고 있는데, '구신화학舊神話學'을 일본적으로 독립시킬 수 있도록 협력한다고 적고 있는 것과 같이, 그는 상호 간의 교섭을 생각하고 있는 것으로 보인다. 이와 관련하여 대담의 상대였던 야나기다 구니오도 신화학에 대한 '민족학'의 입장으로서 거의 동의하고 있다.[23]

하지만 더 구체적으로 패전 직후의 오리구치 언설을 살펴보면, 신

---

23 같은 좌담회에서 야나기다 구니오(柳田国男)는 '오리구치군도 신화라고 하는 단어를 사용하고 있지 않다. 나도 옛날이야기의 설명 이외에는 별로 사용하지 않는다. 적어도 세간의 사람들이 말하는 것과 같이 『고지키』, 『니혼쇼키』에 적혀 있는 단어를 신화라고는 보고 있지 않다'(新全集·別卷3, 571쪽)고 적고 있다.

학과 연결된 신화라고 하는 인식에서는 더욱 중요한 의미가 읽혀진다. 그것은 앞의 논리가 패전 후의 오리구치가 정열을 담아 논해 온 '신도의 종교화'와 연결되기 때문이다. 그리고 여기에는 '신화'적인 것이 국가나 민족의 이데올로기로는 해소시킬 수 없는 가능성이란 무엇인가라고 하는 물음에 대해 중요한 방향성을 제시해주고 있다.

V. '신학적신화'의 가능성

쇼와21년(1946) 1월 1일에 발표된 이른바 천황의 '인간선언'(「신일본 건설에 관한 조서(詔書)」)이 있자, 오리구치는 많은 고뇌의 결과로 '천황 비즉신론天皇非即神論'을 제창하는데 이르게 되는데, 많은 문제를 담고 있는 이 논고 안에는 다음의 한 구절이 있다.

신화는 신학의 기초이다. 어지럽고 통일된 것이 없는 신의 이야기 가 계통을 갖게 될 때 거기에 신화가 있게 된다. 그것을 기초로 신학이 만들어진다. 신학을 위해 신화는 존재하는 것이다. 따라서 신학이 없 는 곳에 신화는 결코 있을 수 없다. 이른바 신학적 신화가 학문상 말하 는 신화인 것이다. (중략) 일본에는 단지 신들의 이야기가 있을 따름이 다. 왜 그런가 하면 일본에는 신학이 없기 때문이다. 일본에는 과거의 소박한 종교정신을 조직해서 계통을 세우는 신학이 없으며, 더욱이 신 학을 요구하는 일본적인 종교도 없다. 따라서 자연히 신화는 결코 있 을 수 없는 것이다. (「궁정생활의 환상-천자즉신론(天子即神論) 시비

(是非)」쇼와22년, 신전집20, 256~257쪽)

　패전 후 오리구치 시노부의 '천황비즉신'론은 그의 사상적 전향으로서 많은 비판을 받고 있다.[24] 그렇지만 오리구치의 '미코토모치ミコトモチ'론에서 본다면 천황의 비즉신非卽神과 즉신卽神이란 같은 의미이기도 했는데,[25] 다만 이 점에 대해서는 여기서는 더 이상 다루지 않고 오리구치의 '신학적신화神學的神話'의 인식에 주목하고자 한다.

　이곳에서 기술하고 있는 '신화'의 인식은 전쟁이 있기 이전부터 보여 왔던 오리구치의 언설과 내용적으로는 변화된 것이 없다. 하지만 집요하게 신화와 신학을 연결시키는 것을 고집하고 있는 것, 그리고 '일본에는 과거의 소박한 종교정신을 조직해서 계통을 세우는 신학이 없으며, 더욱이 신학을 요구하는 일본적인 종교도 없다'고 하는 한 문장에는 종교성을 부정否定·봉인封印하고 '신학'을 형성하는 것이 불가능하였던 근대의 신도가 가지고 있던 결함을 한탄하고 있다는 것으로도 받아들여진다. 예를 들면 오가와 도요오小川豊生는 오리구치의 '신학적신화'의 논의에 대해 다음과 같이 말하고 있다.

　　이와 같은 '신화'와 '신학'의 관계에 대해 언급한 예를 필자는 지금까지 별로 들은 바가 없다. 애초에 그리스도교 신학과 같은 것을 지니고 있지 않는 일본에서는 당연한 것으로 앞의 오리구치의 발언은 아마

24　茂木貞純「折口信夫の戦後神道論」, 『國學院雜誌』, 1968. 11.
25　安藤礼二『神々の闘争　折口信夫論』第四章「戴冠する預言者—ミコトモチ論」, 講談社, 2004, 172쪽.

도 매우 드문 예라고 말해도 좋을 것이다. 게다가 그것이 '신학'의 결
여를 이렇게까지 절실하게 걱정하는데 있다는 것에서는 이중二重의
놀라움을 경험하게 되는 것이다.[26]

여기서 오가와는 오리구치의 '신학적신화'를 중세까지 소급시켜
'중세의 일본에는 고대적인 신화를 변주變奏하고 그것들을 지적知的
으로 재편하는 것에 의해 새로운 세계상을 만들어내려고 하는 움직
임이 가득 차 있었다'[27]는 것을 논증해 간다. 중세신화中世神話·중세
일본기中世日本紀로부터 '중세신학中世神學'의 논의가 이끌려 나오는
것이다.[28] 중세신학에서는 신화라고 하면 '고대신화'의 의미로 단일
화 해 왔던 신화연구를 넘어서서 '신화'개념을 확대해 가는 가능성
이 제기되고 있는 것이다.[29]

더욱이 오가와가 지적하는 것에서 주목할 것은 일본에서 '신학'의
결여를 절실하게 우려하고 있는 오리구치의 모습을 착안해 낸 부분
이다. 그것이야말로 마치 근대에 '신도'의 결함을 한탄하고 있는 오
리구치 시노부의 입장과 서로 통하고 있을 것이다.

패전 후, 오리구치는 왜 '신학'의 결여를 우려했던 것일까? 거기에

26 小川豊生『中世日本の神話·文字·身体』第2部 第1章「日本中世神学の誕生」, 森話社,
   2014, 157쪽.
27 小川豊生, 위의 책, 158쪽.
28 中世神話로부터「中世神学」論으로 전개되는 것은 오가와 토요오(小川豊生)의 위
   의 책과 함께 山本ひろ子「靈的曼荼羅の現象学」(坂口ふみ編『宗教への問い3·「私」
   の考古学』, 岩波書店, 2000)을 참조. 근래의「中世神学」연구로는 村田真一『八幡宇
   佐宮御託宣集の神話言説』, 法蔵館, 2015 등이 있다.
29 「中世日本紀」論의 가능성에 대해서는 斎藤英喜「「中世日本紀」と神話研究の現在」,
   『国文学 解釈と鑑賞』, 2011.5에서 기술했다.

는 패전 직후의 오리구치가 정열적으로 외쳤던 '신도의 종교화론'과
밀접한 관계가 있다. 오리구치가 목격해왔던 일본 근대의 신도는 메
이지시대 후기부터 다이쇼시대의 '신사비종교론'과 '국민정신론',
쇼와시대 전쟁 이전과 전쟁 중에 나온 '제정일치론'과 '국체론'으로
대표되는 것처럼 종교성이 상실되고 봉인되었으며, 국가나 정치와
밀접한 관계가 강조되는 것이었다. 오리구치는 다이쇼시대 이후 일
관되게 근대신도(신도학)의 비종교성을 비판해왔던 것이다.[30]

　전후의 혼란기 중에 오리구치가 외쳤던 '신도종교화'론이란 새로
운 '신학적신화'를 희구하는 것과 같은 의미를 지닌 것은 아니었을
까? 아니, 한 걸음 더 들어가 말하자면 오리구치 자신이 근대신도를
넘어서는 것으로서 '신학적신화'를 창조하려고 했던 것은 아닐까?

VI. '새로운 신화'를 추구하며

　쇼와20년(1945) 8월 15일의 '종전終戰'이 있었던 그 이듬해부터 22년
(1947)에 걸쳐 오리구치 시노부는 '신도종교화'에 관한 강의록과 논고
를 계속해서 발표하였다. 「신도의 새로운 방향」, 「신도종교화의 의
의」, 「신도의 친구들이여」, 「민족교民族敎에서 인류교人類敎로」(모두 신

30　斎藤英喜『異貌の古事記』, 青土社 2014; 「折口信夫、異貌の神道へ──「現行諸神道
の史的価値」を起点に」(前田雅之·青山英正·上原麻有子編, 『幕末·明治─移行期の思
想と文化』, 勉誠社, 2016); 「神道·大嘗祭·折口信夫──〈神道〉はいかに可能か」(『現代
思想』臨時増刊号, 「総特集·神道を考える」, 2017.2); 「〈神道史〉のなかの折口信夫」(佛
教大学, 『歴史学部論集』 第7호, 2017)에서 논하였다.

전집 20에 수록) 등이다. 패전 후, 오리구치의 '신도의 종교화'에 관한 많은 논의가 있는 논고군論考群인데, 여기서는 '신학적신화'라고 하는 시점에서 다음의 한 문장에 주목하고자 한다.[31]

대체로 일본 신들의 성질이라는 측면에서 말한다면 다신교적이라는 식으로 생각해 오고 있습니다만, 사실적으로 일본의 신을 생각할 때에는 모두 일신적이라고 생각할 수 있습니다.

(「신도의 새로운 방향」신전집 20, 308쪽)

일반적으로 일본의 전통적인 신앙은 야오요로즈노카미八百万神라고 하는 것처럼 다신교적, 범신론적으로 인식되어 왔다. 그것은 오리구치에 의해 신학적인 체계를 지니지 않은 '과거의 소박한 종교정신'이라고 명시되어졌던 것이다. 하지만 패전 후의 오리구치는 '일본의 신들'로부터 '일신적一神的인 생각'을 구하고 있는 것이다.

지금에 이르기까지 일본인은 신앙적 관계가 깊은 신을 곧바로 조상이라고 하는 식으로 자칫 생각하기 쉽습니다. 그렇게 생각하기 위해 과거에는 조상이 아닌 신을 조상으로 하는 예가 상당히 많았습니다. 다카미무스비노카미高皇産霊神·가무무스비노카미神皇産霊神도 인간으로서의 일본인의 조상이라고 결정된 것은 없습니다. 곧 인간의 영혼을 ─육체를 성장시키고 발육시킨 생명의 근본 되는 것을 이식시켰다고

---

31 이하의 논의는 齋藤英喜 「折口信夫、戦後「神道宗教化」論を読み直す」(『京都民俗』 35, 京都民俗学会, 2018)에서 상술하였다.

생각되는 신인 것입니다.　　　　　　　　　(같은 책, 312~313쪽)

　　다신교적인 존재양태를 부정했던 오리구치는 더욱이 조상숭배도 비판해 간다. 거기서 발견되는 것이 다카미무스비노카미·가무무스비노카미(이하, 다카미무스비, 가무무스비로 표기)이다. 지금까지는 이 신을 '일본인의 조상'으로서 인간 계보의 최상위로 연결시켜 왔다. 하지만 다카미무스비, 가무무스비란 인간의 영혼이나 육체를 성장시키는 신이었다. '무스비노카미産靈神'인 것이다. 곧 '이 신의 힘에 의해 생명이 활동하고, 만물이 만들어지는 것'(「신도종교화의 의의」신전집 20, 302쪽)이다. 따라서 다카미무스비, 가무무스비는 인간의 계보를 초월할 뿐만 아니라 '천지의 밖에 분리해 있고, 초월해서 나타난다'(같은 책, 302쪽)고 말하고 있는 것이다.

　　왜 오리구치는 신도 가운데서 초월신, 창조신을 구하고 있는 것일까? 천황의 '인간선언'에 의해 신도가 천황이나 국가에서 독립함으로써 민족교에서 인류교로 발전해 갈 수 있는 가능성을 비로소 손에 쥐었기 때문이다. 그는 다음과 같이 말하고 있다.

　　신도와 궁정이 특별하게 연결되어 있다고 생각해 왔기 때문에 신도는 국민도덕의 원천이라고 생각되었으며, 너무 도덕적으로만 생각되어져 왔다. (중략) 하지만 천황은 앞서 스스로 '신'임을 부정하였다. 그로부터 우리들은 지금까지 지녀온 신도와 궁정의 특수한 관계를 버려도 된다고 이해해도 좋다. (「민족교에서 인류교로」신전집 20, 284쪽)

여기서 오리구치는 패전 후의 현재를 '신도에 있어서는 지금 매우 행복한 시대가 도래하고 있다'(같은 책, 282쪽)고 까지 선언하고 있다. 오리구치가 이러한 일련의 발언을 한 것은 GHQ(연합국군최고사령관총사령부, General Headquarters의 약자:역주)의 '신도지령神道指令'에 대항해서 패전 이전까지의 국가신도, 신사신도를 담당해 왔던 신도가神道家, 신사인神社人들이 중심이 되어 설립한 '신사본청神社本廳'의 공적인 장소에서였다. 그 때문에 오리구치는 그들로부터 점령권력=GHQ의 '신도지령'에 영합하는 '이적자利敵者', '곡학아세曲學阿世의 무리'라는 비난을 받으면서 배척되었다.[32]

하지만 오리구치가 전개한 '무스비노카미産靈神'를 둘러싼 언설은 근세 국학자인 모토오리 노리나가本居宣長, 히라타 아츠타네平田篤胤, 스즈키 시게타네鈴木重胤의 무스비産靈, 진혼鎭魂의 신학에까지 거슬러 올라가고,[33] 더욱이 중세의 '세계를 건립하는 신'(『神皇正統記』), '대저 신이란 천지에 앞서면서도 천지를 고정하고, 음양을 초월하면서도 음양을 이룬다'(요시다 가네토모(吉田兼倶) 『神道大意』)라고 하는 중세신학에까지 문을 열어가고 있는 것이다.[34] 그곳으로부터 근대의 국가

---

32 神社新報社編 『神道指令と戰後神道』 第1章 「神道指令とその影響」, 神社新報社, 1971, 84쪽. 葦津珍彦 『選集』, 제1권 제2부 제1장, 「神道論」, 神社新報社, 1996, 322~323쪽.

33 安藤礼二 『折口信夫』, 講談社, 2014, 津城寛文 『折口信夫の鎭魂論』 제1장 「折口信夫の鎭魂説」, 春秋社, 1990 참조.

34 小川豊生, 앞의 책. 또 중세에서 근세로의 '신화'의 변모에 대한 연구로는 斎藤英喜, 「日本紀講から中世日本紀へ」(伊藤聡編 『中世神話と神祇·神道世界』, 竹林舍, 2011); 「近世神話としての『古事記伝』」(佛教大學, 『文学部論集』 제94호, 2010); 「宣長·アマテラス·天文学」(佛教大學, 『歷史学部論集』 창간호, 2011); 「異貌の『古事記』」(『現代思想·総特集 古事記』, 2011.5 臨時增刊号); 「古事記はいかに読まれてきたか」, 吉川弘文館, 2012; 「中世日本紀から『古事記伝』へ」(山下久夫·斎藤英喜編, 『越境する古事

나 민족이데올로기와는 이질적인 '새로운 신화'의 태동이 읽혀지는 것은 아닐까? 그러한 초월신들의 희구와 창조가 남북조시대, 오닌의 난應仁の亂, 막말유신기幕末維新期, 그리고 쇼와의 패전이라고 하는 시대의 혼란기, 전환기의 한 중심에 서 있었던 것을 간과해서는 안 될 것이다.

또 '일본' 밖으로 눈을 돌리면, 예를 들면 이탈리아의 종교학자인 라파엘 페타쪼니의 '원시일신교原始一神教'의 논의와 공진共振하고,[35] 혹은 엘리아데의 제자인 요한 클리아노의 『영혼이탈과 그노시스』의 세계와도 호응하는 확장성을 가지고 있었다.[36]

근대의 신화학에서 오리구치 시노부의 '신학적신화'로. '신화' 개념을 변혁하기 위한 이상이 여기에 충일充溢하고 있다.

┃ 번역 : 권동우(원광디지털대)

記伝』, 森話社, 2012) 등에서 논하였다.

35 安藤礼二, 앞의 책, 『折口信夫』, 363쪽. 368쪽 상단에서는 오리구치의 「至上神·既存者」라고 하는 용어가 이탈리아의 종교학자 라파엘 페타쪼니나 빌헬름 슈미트가 논의 해왔던 「원시일신교(原始一神教)」, 「최고존재(最高存在)」와 연결되고, 더욱이 우노 엔쿠(宇野円空), 오카 마사오(岡正雄) 또는 스즈키 다이세츠(鈴木大拙), 오가와 슈메이(大川周明), 이즈츠 도시히코(井筒俊彦)라고 하는 「近代日本思想史 100년의 흐름」 속에서 고찰해야 할 필요가 있다고 의견을 제기하고 있다. 이와 관련해서는 江川純一「折口信夫における宗教学的思考」, 『現代思想』五月臨時増刊号「総特集·折口信夫」, 2014가 있다. 또 페타쪼니에 대해서는 江川純一『イタリア宗教史学の誕生』, 勁草書房, 2015 참조.

36 小川豊生, 앞의 책, 414쪽.

제2장

우오카이魚養 설화의 전망

- 동아시아 신화·설화와의 접점을 찾아 -

❀ ❀ ❀

이 경 화

Ⅰ. 머리말

머나먼 타국에서 온 한 남자가 있다. 그는 현지의 여자와 인연을 맺고 둘 사이에는 자식도 태어난다. 어느 날 남자는 자신의 나라로 돌아가 버린 채, 아이를 데려가겠다던 약속도 지키지 않는다. 화가 난 여자는 아직 어린 아이를 바다에 던져버린다. 이 사회면 기사처럼 낯설지 않은 이야기는 일본의 중세를 대표하는 설화집 중의 하나인 『우지슈이모노가타리宇治拾遺物語』에 실려 있는 설화의 일부이다. 남편 없이 홀로 아이를 키우던 여성이 자식을 유기했다거나 학대했다는 비극적인 사건은 현대의 한국 사회에서도 간혹 접하게 되는 일이다. 13세기경에 일본에서 성립된 설화집에 실려 있는 이야기가 별

위화감 없이 익숙하게 느껴지는 것은 그만큼 이 이야기가 보편성을 지녔다는 의미일 것이다.

그런데 보편적인 만큼 별다른 개성도 특징도 없어 보이는 이 이야기를 자세히 들여다보면 의외로 다양하고 폭넓은 동아시아의 여러 전승들이 켜켜이 녹아들어 있어 흥미롭다.

견당사遣唐使의 신분으로 당나라에 가게 된 한 일본 남자가 당나라 여자와 인연을 맺게 되는 것에서부터 시작되는 이야기가 익숙하게 느껴지는 것은 이 설화가 영주 부석사의 창건 설화로 널리 알려진 의상義湘과 선묘善妙 이야기와 포맷이 같기 때문일 것이다. 당나라로 건너간 잘생긴 엘리트 유학승 의상과 그를 연모한 아리따운 중국 처녀 이야기의 일본판 같은 인상이다. 그런가 하면 또 일본으로 귀국한 남자가 아이를 데려가겠다는 약속을 지키지 않자 화가 난 여자가 아직 어린 자식을 바다로 던져버리는 장면은 충남 공주 곰사당에 얽힌 곰나루 전설과 비슷하다. 인간 남자를 붙잡아와 함께 살며 자식을 둘이나 낳은 암곰은 어느 날 남자가 배를 타고 도망치자 나루터까지 쫓아가 돌아오지 않으면 자식들을 죽이겠다고 위협한다. 남자는 돌아오지 않았고 암곰은 자식들을 물에 던져 죽이고 자신도 강물에 몸을 던진다는 비극적인 전설이다. 이와 비슷한 이야기는 중국 북방의 소수민족인 에벤키 족의 기원신화에도 등장한다. 다만 이 우오카이 설화의 여자와 에벤키 신화에 등장하는 암곰은 자살하지 않는다. 한편, 어머니에게 버려진 어린 아이가 바다에 빠져죽지 않고 물고기들의 보살핌을 받으며 무사히 일본 해안까지 당도하는 장면은 마치 주몽 신화의 어별성교魚鼈成橋 장면을 보는 듯하다.

본고에서는 이렇듯 비교적 짧고 단순한 서사구조 안에 동아시아
의 여러 서사적 전통을 계승하는 한편, 중세 일본이라는 시대적 지
역적 맥락을 담고 있는 우오카이 설화를 폭넓게 전망해봄으로써 이
설화가 지닌 보편적 가치와 의미에 접근해보고자 한다.

II. 우오카이 설화의 사실과 허구

본 장에서는 본격적인 설화의 분석에 앞서 우오카이 설화의 본문
을 소개하고 등장인물과 설화의 시대적 배경 등 기본적인 관련 사항
들을 검토하고자 한다. 가마쿠라 시대鎌倉時代 초기, 일본의 국내외의
다양한 전승들을 흡수 통하여 성립된 설화집『우지슈이모노가타리』
는『곤자쿠모노가타리슈今昔物語集』[1]와 더불어 일본 설화 문학의 백
미로 손꼽히는 작품이다. 총197화 가운데『곤자쿠』와는 무려 80여화
가 중복되며,『고사담古事談』『십훈초十訓抄』『우치기키슈打聞集』등의
선행 설화집들과 비슷한 이야기가 많지만 이 우오카이 이야기(제178
화, 권제14의 4화)는『우지슈이』외에 다른 문헌 기록은 찾아볼 수 없다.
설화가 간략하므로 그 전문全文을 소개하자면 다음과 같다.

옛날 견당사로 파견된 자가 있었는데, 당나라에 있는 동안 그 곳에
아내를 두고 자식까지 낳게 했다. 그 아이가 아직 어릴 때 일본으로 돌

---

1 이하『우지슈이모노가타리(宇治拾遺物語)』는『우지슈이』로,『곤자쿠모노가타리
슈(今昔物語集)』는『곤자쿠』로 약칭함.

아가게 된 남자는 아내에게 언약하기를 "다른 견당사가 갈 때마다 소식 전하리다. 그리고 이 아이가 유모 품에서 떨어져도 될 무렵이면 데려가겠소."라고 다짐하고 귀국했다. 아이의 어미는 견당사가 올 때마다 찾아와 "그 사람 소식이 있습니까?"라고 물었지만 일절 아무런 소식도 없었다. 결국 크게 원망을 하게 된 어미는 아이를 안고 일본을 바라보며 아이 목에 '견당사 아무개의 자식'이라는 팻말을 적어 매달고는 "부자지간의 깊은 인연이 있으면 만나게 되리라."라고 말하며 안고 있던 아이를 바다에 던져 넣고 뒤돌아 가버렸다.

. 한편 아이 아버지는 어느 날 나니와難波의 포구 근처를 지나고 있었는데, 먼 바다에 마치 새가 떠 있는 것처럼 하얀 무엇인가가 보였다. 물가로 점점 다가오는 것을 보니 어린 아이 같았다. 이상하게 생각되어 말을 세우고 지켜보니 그것은 아주 가까이 다가왔는데, 네 살 가량 되어 보이는 아이였다. 희고 귀여운 모습의 아이가 파도에 실려 온 것이었다. 말을 더 가까이 다가세워 보니 아이는 커다란 물고기의 등에 타고 있었다. 부리는 자에게 아이를 안아 오라 하여 살펴보니 목에 팻말이 있었다. 거기에는 '견당사 아무개의 자식'이라고 쓰여 있었다. '그렇다면 이 아이는 바로 내 자식이 아닌가! 당에서 언약을 맺어놓고 찾지도 않으니 그 어미가 화가 나서 바다에 던져버린 게로구나. 그런데도 깊은 전생의 인연이 있어서 이렇게 물고기를 타고 온 것이리라….' 애잔하게 느낀 아버지는 아이를 지극 정성으로 소중히 키웠다.

그 후 견당사가 당나라로 갈 때 이 사정을 적어 보내자, 아이가 이제는 이 세상 사람이 아닐 것이라 생각하고 있던 어미는 이런 소식을 듣고 '참으로 있을 수 없는 일'이라며 기뻐하였다.

그리고 이 아이는 장성하여 훗날 명필이 되었다. 물고기가 목숨을 구해주었기 때문에, 이름을 우오카이魚養라 붙였다고 한다. 7대사七大寺[2]의 편액들은 이 사람이 쓴 것이라 전해온다.[3]

이 설화에 등장하는 우오카이는 8세기 말에서 9세기 초에 활약한 나라 시대奈良時代의 관료이자 뛰어난 서가書家로 알려져 있는 아사노 나카이朝野魚養라는 역사상 인물을 모델로 하고 있다고 볼 수 있다. 아사노 나카이의 구체적 생몰연도는 알 수 없지만, 그에 관한 몇 가지 문헌 자료를 살펴보면 다음과 같다.

①『속일본기續日本紀』의 792년 1월 8일조 '전약두외종오위하典薬頭外従五位下 오시누미하라노무라지忍海原連 나카이魚養'의 상표문上表文에는 '우리는 가쓰라기 소쓰히코葛木襲都彦의 여섯 째 아들 구마미치 다리네熊道足祢의 후손입니다. 구마미치 다리네의 6세손 오비토마로首麻呂가 덴무天武 12년에 '무라지連' 성姓으로 강등되어 여러 차례 간청해왔습니다. 지금 다시 간청 드리오니 부디 '아사노 스쿠네朝野宿祢' 성姓을 내려주시기 바라옵니다.'라고 되어 있다.

②『남도칠대사순례기南都七大寺巡禮記』에 따르면 견당사 아버지와

---

2 나라시대에 남도(南都)·나라(奈良) 및 그 주변에 존재하며 조정의 보호를 받았던 7대 사찰. 고후쿠지(興福寺), 도다이지(東大寺), 사이다이지(西大寺), 야쿠시지(薬師寺), 간코지(元興寺), 다이안지(大安寺), 호류지(法隆寺). 호류지는 이카루가(斑鳩)에 소재하므로 호류지 대신에 도쇼다이지(唐招提寺)를 포함시키기도 한다.

3 小林保治·增古和子 校注·訳『宇治拾遺物語』, 小学館, 1996, 437-438쪽.

당인唐人 어머니 사이에서 자라 '천하제일지필적天下第一之筆跡'이 되었다고 전해온다.

③ 서도서書道書인 『입목초入木抄』에는 '나카이魚養, 야쿠시지藥師寺의 편액을 쓰다.'라고 되어 있다.

④ 『본조능서전本朝能書伝』(1856년)에는 '아사노 스쿠네 나카이는 오시누비하라노무라지 오비토마로의 자손이다. 혹은 기비吉備 대신大臣이 입당하여 그 나라에서 낳은 자식이라고도 한다.'라는 두 가지 다른 전승이 소개되어 있다.

역사서인 ① 『속일본기』에 따르면 우오카이(아사노 나카이) 스스로가 자신을 구마미치 다리네의 후손이라 밝히고 있어, ②나 ④의 내용처럼 그의 아버지가 실제로 견당사였을 가능성은 그다지 높지 않다고 보아야 할 것이다. 견당사는 630년에 첫 사절단이 파견된 이후 838년까지 십 몇 회에 걸쳐 이어졌다. 그러나 우오카이가 활약했던 시기를 기준으로 추정해보면 그가 태어났을 무렵에 이르러 견당사는 더 이상 이 설화에서처럼 자주 파견되지 않았다. 당시 견당사는 몇십 년 만에 1회 정도로 파견 횟수가 줄고, 파견 주기 또한 점점 길어진 상황이었다. 따라서 ④ 『본조능서전』의 전승처럼 제8차(718년)와 제10차(752년) 견당사로 두 차례나 당에 다녀온 인물이자 숱한 전설의 주인공으로 유명한 기비 마키비吉備眞備가 우오카이의 아버지일 가능성도 거의 없다.

결국 이 설화 속의 등장인물인 우오카이와 그 아버지에 관한 내용은 역사적 사실이나 문헌상의 기록들과 부합되지 않는다. 그러나 그가 명필이었고 유명 사찰의 편액을 썼다는 부분은 다른 자료들과 대체로 일치한다.[4] 13세기 전반 경에 성립된 『우지슈이』를 비롯해 후세로 갈수록 우오카이라는 인물이 천하제일의 명필이라는 수식어와 함께 전설화 되어간 것은 분명하다고 할 수 있다. 일본 최초의 능서能書로서 뛰어난 재능을 지녔던 우오카이가 당시 엘리트 지식인의 대명사인 견당사, 특히 기비 마키비 같은 인물과 결부되고 비범한 성장과정을 거친 인물로 전승되는 것은 자연스러운 전개이다.

Ⅲ. 아주 오래된 이야기, 떠나는 남자를 보내는 세 가지 방식

신화나 설화·전설처럼 만들어진 이야기는 실제 있었던 일 그대로는 아닐지라도 때로는 역사보다 더 시적이고 철학적인 통찰을 전할 수도 있다. 몇 천 년, 몇 백 년 전의 이야기가 너무도 현실적이어서 시공을 초월해 공감을 자아내는가 하면, 믿기 어려울 정도로 허황되거나 기이해 보이는 이야기들 속에서도 그 시대를 살아가는 사람들의 희노애락과 욕망, 고통, 두려움, 놀라움 등 다양한 삶의 모습들을 생생하게 읽어낼 수 있다.

---

4 야쿠시지에 전래된 『대반야경(大般若経)』33권을 우오카이가 서사했다고 해서 「어양경(魚養経)」이라 칭하며(奈良国立博物館収蔵品データベース、大般若経 巻第九十六), 우오카이가 창건했다고 전해오는 주린인(十輪院)에는 우오카이즈카(魚養塚)라는 무덤이 있다.

고대 일본이 대륙의 선진 문물과 학문, 종교, 예술 등을 흡수하기 위해 수나라며 당나라, 그리고 신라나 발해에까지 사절단을 파견했음은 주지의 사실이다. 견수사遺隨使나 견당사에 관한 역사적인 기록에는 주로 사절단으로 파견되어 활약한 귀족 관료며 승려 등 엘리트 남성들의 공적인 행적들이 남아 있다. 그러나 사적인 장에서 그들은 과연 어떠한 일상을 영위했을까? 한정된 자료를 통해 그 실상을 파악하기란 쉽지 않지만, 우오카이 설화 같은 문학 전승을 통해 그 일부나마 짐작해보는 것도 의의가 있을 것이다.

고국을 떠나 중국까지의 멀고 험난한 여정을 거쳐 언어도 문화도 낯선 땅에서 체류하게 된 사람들. 그들은 당에 머무르는 동안 어떤 일들을 겪고 어떤 경험들을 쌓으며 성장해갔을까? 주어진 일이나 공부 외에도 현지인들과 유대를 쌓아 벗이 되는 사람도 있었을 것이며, 혹은 우오카이의 아버지처럼 누군가와 혼인 관계를 맺고 그 사이에 자녀가 생기게 되는 경우도 있었을 것이다.

그런데 이국異國의 청년과 당나라 여성의 만남이라는 이 오래된 이야기의 틀은 앞에서도 살펴보았듯이 우오카이 설화만이 가진 고유한 설정은 아니다. 부석사 창건설화의 원전이라 할 수 있는 『송고승전宋高僧傳』[5] 「당신라국의상전唐新羅國義湘傳」에는 신라에서 온 유학승과 당나라 처녀가 등장한다. 화엄종을 연구하기 위해 당나라로 건너갔던 신라 승려 의상과 그를 짝사랑한 당나라 처녀 선묘의 관계는

---

5 중국 송대(宋代)의 승려인 찬녕(賛寧:919~1002)이 저술한 승전으로 988년에 완성되었다. 총30권이며 이중 의상과 선묘의 이야기는 권4 「당신라국의상전(唐新羅國義湘傳)」에 수록되어 있다.

우오카이 설화의 견당사 남자와 당나라 여자처럼 남녀 관계로 발전하지는 않았지만, 두 설화의 기본 틀은 크게 다르지 않다. '다른 나라, 다른 세계에 속하는 남성이 자신이 원래 속한 세계가 아닌 곳에 방문해 한동안 머무르며 현지의 여성과 인연을 맺고 남자가 다시 자신의 세계로 돌아가며 두 사람이 이별을 맞는다.'는 서사 구조는 공통적인 것이다.

그런데 이 이야기의 연원을 더 거슬러 올라가 보다 근원적인 틀을 분석해보면 일종의 통과의례로서의 타계방문담他界訪問譚이라고 하는 신화를 추출해낼 수 있다. 신화는 아득한 태초의 일들과 사물의 기원을 이야기한다. 그리고 민족이나 국가의 기원을 이야기하는 신화 속에 등장하는 특별하고 신성한 존재는 자신의 능력과 자격을 검증받기 위해 비일상적인 시간과 공간이 지배하는 타계를 방문해 시련을 거친다. 이렇게 통과의례를 거쳐야만 그, 혹은 그녀는 이전의 자신과는 다른 새롭고도 특별한 존재가 될 수 있는 것이다. 쑥과 마늘만 먹으며 동굴에서 일정기간을 견뎌낸 웅녀는 인간 여성이 되었고, 암곰에게 잡혀갔던 사냥꾼도 동굴에서의 시련을 극복하고 인간 세계로 돌아왔기 때문에 그의 자식은 에벤키족의 시조가 될 수 있었다. 천손 호오리의 후손이 일본의 천황이 될 수 있었던 것도 그가 천 길 바다 깊은 곳에 있는 해궁을 방문해 해신의 딸과 맺어졌기 때문이다. 결국 설화 속의 견당사가 이국異國에서 겪은 일들은 타계에서 치른 일종의 통과의례라고 볼 수 있다. 이러한 이해를 전제로 이하 Ⅲ 장에서는 우오카이 설화가 지닌 신화적 요소를 중심으로 한국 중국 일본 동아시아 3국의 관련 설화와 전설 등을 폭넓게 전망해보고자 한다. 특히 타계 방문을 마치고 떠나는 남성을 여성들이 어떻게 대하느냐에 따라 크게 세 유형으로 나누어 고찰해보겠다.

1. 분노하는 여신

일방적으로 부부관계나 연인 관계를 파기하고 떠나는 남자에게 여자가 보일 수 있는 반응은 이해, 체념, 설득, 매달림, 원망, 분노 등 각자가 처한 상황이나 성향에 따라 다양할 것이다. 그러나 단순히 남녀 둘만의 문제를 넘어 만약 그들 사이에 자녀가 존재한다면 문제는 훨씬 복잡해질 것이다. 가령 '육아가 전적으로 여성의 몫이라 인식되는 사회인가'라든가, '여성에게 경제력 등의 육아 능력이 있느냐' 등의 여부와 상관없이 남녀라는 양자관계에 자식이라는 존재가 개입되면, 그 순간부터 남녀관계는 전혀 다른 성격으로 변화될 것이기 때문이다.

우오카이의 어머니는 견당사로 파견되어 온 남자가 처음 본국으로 돌아가게 되었을 때는 분노하지 않았다. 그러나 남자가 '아이가 어느 정도 자라서 젖을 뗄 수 있을 정도가 되면 데려갈 것이고, 다른 견당사가 갈 때마다 그 편에 소식 전하겠다.'는 약조를 일절 지키지 않자 그녀는 마침내 분노한다. 왕조 모노가타리王朝物語와 같은 섬세한 인물묘사는 없지만, 짧고 간결한 스토리 안에 등장인물의 심리가 구어적인 문장을 통해 명료하게 드러나는 『우지슈이』의 특징은 이 우오카이 설화에도 잘 나타나 있다. 일본에서 견당사가 왔다는 이야기를 들을 때마다 항구로 달려가 "그 사람 소식이 있습니까?"라고 묻는 여자의 말에는 홀로 어린 자식을 키우며 이제나 저제나 남편으로부터의 소식을 애타게 기다리는 여성의 심정이 여실히 드러나 있다.

우오카이의 어머니는 떠나버린 남자를 비탄에 빠져 한없이 기다리는 수동적인 여주인공은 아니었다. 그녀는 어느 순간 가망 없는 기다림을 멈춘다. 그런데 이 이야기를 현대적인 관점에서 해석할 경우, 여자가 남편에 대한 분노로 어린 자식을 바다에 내던진 순간 그녀의 여태까지의 모든 행위는 당위성을 상실하게 된다. 그녀는 냉혹하고 모성이 결핍된 비정한 악녀나, 나약하고 정신이 온전치 못한 심신 미약자로 평가 될 것이다.

그러나 이 이야기를 심층에 신화성을 간직하고 있는 상징적인 이야기로 본다면 여자에 대한 해석이 조금은 달라질 수 있다. 그리고 다음에 제시하는 에벤키 족의 기원신화는 여자의 행동을 다른 각도에서 이해할 수 있는 하나의 단서가 될 수 있다.

> 어떤 사냥꾼이 사냥을 하러 갔다가 암곰에게 붙잡혀 굴에서 동거를 하게 된다. 곰은 사냥꾼과 몇 해를 함께 사는 동안 새끼를 한 마리 낳는다. 어느 날 사냥꾼은 암곰이 굴을 비운 사이 도망을 치고 뒤늦게 이 사실을 알게 된 곰은 새끼를 안고 뒤쫓아 가지만 사냥꾼은 이미 뗏목을 타고 강을 건너고 있었다. <u>화가 난 곰은 새끼를 두 쪽으로 찢어 한 쪽을 사냥꾼을 향해 던진다. 암곰에게 남은 쪽 새끼는 곰으로, 사냥꾼에게 던져진 쪽은 에벤키 인으로 자라나게 된다.</u>[6]

---

6 이하 에벤키 족 기원신화 및 곰나루 전설에 관해서는 조현설의 『우리신화의 수수께끼』, 한겨레출판사, 2006를 참조함.

47

함께 살던 사냥꾼의 도주로 화가 난 암곰은 남자와의 사이에서 태어난 새끼를 두 쪽으로 찢어 한 쪽을 그 아비에게 던진다. 당나라 여자와 일본 남자처럼 곰과 인간은 서로 다른 세계에 속하는 존재이며, 두 세계는 물로 상징되는 장애물에 가로막혀 있다. 역사시대의 설화나 전설과 달리, 원초적인 신화의 세계에서 남녀가 속한 세계의 차이는 나라가 다른 정도에 그치지 않는다. 신화에서는 동물과 인간이라는 이류異類가 혼인을 하고, 자식을 두 쪽으로 찢어서 나누는 행위도 살인이나 죽음이 아니다. 그것은 신성한 자연의 세계와 양립할 수 없는 인간 세계의 분리, 그리고 새로운 존재로서의 재생을 의미하게 된다. 설화의 세계에서 일어나는 일들은 어느 정도 인간사회의 합리적 사고가 작용하여 느슨하게나마 인과관계가 존재하지만, 신화의 세계는 논리를 뛰어 넘는다.

그렇다면 이 에벤키 신화와 이야기 구조가 동일하고 흡사한 장면을 연출하고 있는 우오카이 설화의 기아 장면은 신화적으로 해석해야 되지 않을까? 사냥꾼의 자리에 견당사 남자를 대입시키고 암곰의 자리에 당나라 여자를 대입시키면 두 이야기는 거의 완벽하게 들어맞는다. 남편에 대한 분노로 그가 왔고 다시 떠나간 바다를 향해 어린 자식을 가차 없이 내던진 여자의 모습에서 분노하는 곰 여신의 잔영을 부정하기 힘들 것 같다.

태초에 인간과 만물을 낳은 어머니 여신이 분노의 여신으로 변모하게 되는 경우는 드물지 않다. 일본 국토와 수많은 신들을 낳은 이자나미도 남편 이자나기와 영원히 이별하게 되는 장면에서는 분노와 저주의 여신이 된다. 요미노쿠니黄泉國으로 찾아온 이자나기가 금기를 어기고 이자나미에게 치욕을 안기고 도망치자 여신은 분노의 추격전을 벌인다. 우오카이 설화와 에벤키 신화에서는 각각 바다와 강이 두 세계를 가르는 장애물이었다면, 요미노쿠니 신화에서는 이자나미의 추격을 차단하기 위해 이자나기가 저승입구에 막아놓은 거대한 바위千引石가 부부를 단절시키는 경계가 된다. 신성한 자연(동물)과 인간, 저승을 주재하는 어머니 여신과 세상을 지배하는 가부장적 남성신. 이 둘 사이에 가로놓인 물리적 장애는 신화의 세계에서는 양분된 두 세계의 경계를 상징한다고 볼 수 있다. 원초적이고 야만적인 상태의 자연과 문명화된 인간, 혼돈과 질서, 어둠과 빛, 죽음과 삶 등 양립될 수 없는 두 세계의 분리에 대한 기원을 설명하는 신화들은 차츰 원래의 신성성이나 의미가 퇴색되고 망각되는 과정을 거쳐 전설이나 설화의 형태로 전승되어 간다.

2. 성녀와 악녀

당나라 여성과 이국 남성의 조합이라고 하는 포맷은 동일하지만 우오카이 설화의 여자와 대조적으로『송고승전』「당신라국의상전」에 묘사된 선묘善妙의 행동은 시종일관 그 아름다운 이름에 부합된다. 호의를 표현해도 '돌처럼' 꿈쩍없이 마음을 움직이지 않는 의상을 선묘는 원망하지 않는다. 오히려 도심道心을 일으켜 의상에게 귀의한 선묘는 시주가 되어 물심양면으로 그에 대한 지원을 아끼지 않는다. 우오카이의 어머니와 에벤키 신화의 암곰은 자신을 버리고 떠난 남자를 향해 자식을 던졌지만, 선묘는 의상이 타고 떠나는 배를 향해서 상자를 던진다. 의상에게 미처 전해주지 못한 그 상자에는 그를 위해 선묘가 손수 준비한 법복과 집기들이 가득 담겨 있었다. 그리고 그것으로도 부족했던 선묘는 스스로 큰 용이 되어 의상이 타고 가는 배의 항로를 돕고 신라에 도착해 불법을 전하겠다는 소원을 빈 후 바다에 몸을 던진다. 의상에 대한 선묘의 이러한 헌신적인 행동은 이성에 대한 사랑을 종교적 차원으로 승화시킨 고결한 행동이라 평가할 수도 있을 것이다.

그런데 당시 남성 독자들은 이 이야기를 어떻게 보았을까? 미모의 처녀가, 그것도 당대 세계 최고의 선진국이라 할 수 있는 '대당大唐' 국의 여성이 바치는 헌신이 이 정도쯤 되면 선묘이야기는 당시 남성들의 로망을 한데 모아 묶어놓은 집약판이 아니었을까 짐작해본다.

한편 젊고 잘생긴 승려에 대한 이루지 못한 사랑으로 인해 거대한 뱀이 되어버렸다는 점에서 선묘이야기와 구성이 매우 유사해 주목해야할 설화가 일명 '도성사道成寺' 계통의 이야기들이다. 우오카이 설화와 직접적인 연관은 없지만 선묘를 매개로 흥미로운 관점을 제시해줄 수 있기 때문이다. 11세기 초에 성립된 『일본국법화험기日本國法華驗記』의 '기이 지방 무로군의 악녀紀伊國牟婁郡惡女' 이야기를 필두로 하는 '도성사' 계열의 설화는 고결한 희생의 아이콘이라 할 수 있는 선묘와 선악의 대비를 이루는 악녀가 등장하여 주목을 끈다. 이 '도성사' 설화가 『곤자쿠』등의 설화집은 물론 노能며 닝교조루리 人形淨瑠璃 등 다양한 장르와 형태로 각색되고 변주되며 중세와 근세에 걸쳐 오랜 기간 동안 인기를 누린 것은 불교 설화의 테두리 안에서도 인간의 욕망에 대한 솔직하고 생생한 시선을 잃지 않았기 때문일 것이다.

　선묘가 이루지 못한 사랑을 고결한 희생으로 승화시키고 상대에게 헌신 하는 길을 선택했다면 도성사 설화의 여주인공은 처절하리만치 자신의 욕망에 충실하다. 거대한 뱀으로 변해 승려를 뒤쫓는 과부 모습과 큰 용으로 변한 선묘가 의상이 탄 배를 따라가며 호위하는 모습은 큰 그림으로는 매우 비슷하지만 그 추격의 목적과 결과는 사뭇 다르다. 양자의 비교를 위해 도성사 설화의 대략적인 줄거리를 살펴보면 다음과 같다.

　기이 지방의 한 과부는 구마노熊野로 참배를 가는 길에 자신의 집에 하룻밤 묵어가게 된 젊은 승려에게 첫눈에 반하고 만다. 과부는 노골적으로 구애하지만 승려는 완강히 거절한다. 그러나 밤새도록 희롱하는 여자의 집요한 등쌀에 못 이겨 승려는 참배 후에 다시 들리겠다고 말하고 그 자리를 회피한다. 그러나 승려는 참배가 끝난 후에도 약속을 지키지 않고 과부의 집을 지나쳐 가버린다. 승려에 대한 배신감과 원망, 타오르는 분노로 거대한 독사로 변한 여자는 맹렬한 속도로 승려를 추격한다. 그 기괴한 형상은 과부를 따돌리고 도성사로 향하던 승려의 귀에도 풍문으로 전해진다. 승려는 서둘러 도성사로 향해 종루의 종 안에 숨지만 추격해온 뱀은 종을 휘감고 승려는 뱀의 독기에 타서 죽고 만다. 그리고 후일, 도성사 노승의 꿈에 큰 뱀의 모습으로 나타난 과부는 자신의 죄로 인해 젊은 승려까지도 뱀으로 변해 암수 한 쌍이 되어 고통을 받고 있음을 호소하며 법화경 서사를 부탁한다. 결국 노승의 공양을 받은 과부는 도리천에, 그리고 젊은 승려는 도솔천에

각각 태어나 구제를 받는다.[7]

설화는 법화경의 영험으로 끝을 맺고 있지만, 오랜 세월 동안 이 이야기가 인구에 회자되며 여러 형태로 향수된 이유는 불교적 영험보다 애욕에 불타서 파멸해가는 인간의 본성에 대한 강렬한 묘사와 박진감 넘치는 서사의 힘이었으리라 생각한다. 아울러, 이 도성사 설화에 있어서도 거대한 뱀으로 변한 여성은 본능적이고 강렬한 자연의 힘을 내재한 원초적 여신의 잔영을 간직하고 있으면서도, 용으로 변한 선묘와 마찬가지로 불법의 영험을 통해 구제를 받아야만 하는 한계를 지닌 존재로 그려진다. 불교적 세계관의 지배를 받는 중세 이후 설화의 세계에서 여성의 몸은 그 자체로는 구제를 받을 수 없는 불완전한 존재로 여겨지기 때문이다.

3. 여신의 자살

우오카이 설화, 에벤키 족 기원신화와 매우 유사한 서사 구조를 가진 또 하나의 이야기로 충남 공주의 곰나루 사당에 얽힌 전설이 있다. 특히 곰나루 전설과 에벤키 신화는 지역적 시대적으로 멀리 떨어져 있는 전승임에도 불구하고 ①잡혀온 인간 남자가 굴속에서 동거를 했다는 점, ②둘 사이에 새끼가 태어난 후 남자가 도망을 치자 ③곰이 새끼를 데리고 남자를 뒤쫓아 가는 대목까지는 자식의 수

---

7 『곤자쿠』의 원문을 토대로 필자 요약.

만 빼고 거의 동일하다. 그러나 곰나루 전설 속의 암곰은 자식들을 죽이겠다는 위협에도 아랑곳없이 남자가 냉정하게 떠나버리자 절망 끝에 새끼 둘을 물에 던져죽이고 자신도 강물에 몸을 던지고 만다. 곰 모자의 비극적인 죽음 이후 이 강에서는 배가 전복되는 사고가 자주 일어나게 된다. 그 원인을 한을 품고 죽은 곰 때문이라고 여긴 사람들이 사당을 짓고 그 넋을 달래자 더 이상은 사고가 일어나지 않게 되었다고 한다.

남편을 원망하며 자식을 물속에 내던진 우오카이의 어머니나 에벤키 신화의 암곰과는 대조적으로 곰나루 전설의 암곰은 자식들의 생명은 물론 자신의 목숨까지 끊는 가장 극단적인 선택을 한다. 우오카이와 에벤키 신화 속의 자식들은 어머니들의 난폭한 처사에도 불구하고, 마치 그녀들의 그 거칠고 강인한 생명력을 이어받은 양 고난을 극복하고 무사히 살아남는다. 그러나 곰나루전설의 자식들은 에벤키 신화와 똑같이 암곰과 인간 사이에 태어난 신성한 존재임에도 불구하고 무력하게 살해된다. 거의 비슷한 이야기인데도 곰나루 전설만이 이렇게 다른 양상으로 전개된 이유는 무엇일까? 여신으로서의 신성시되었던 암곰은 언제부터 사람들의 기억 속에서 희미해져갔을까?

모계에서 부계 중심의 가부장적 사회로의 이행, 강력한 왕권의 출현과 국가 건설에 수반된 제도의 정비, 왕을 정점으로 한 사회질서와 위계의 확립, 기록과 전승의 통합과 관리 등 역사와 문명의 발전 과정은 끊임없이 여신의 위상을 위협해왔다고 해도 과언이 아닐 것이다. 신화 속의 신들이 신성성과 권위를 잃어 가면 신화는 더 이상

신화가 아니게 될 것이다.

　우오카이의 어머니가 남편과의 관계에서 주체적으로 판단하고 행동하며, 자식 문제에 대해서도 잔인할 만큼 단호한 방식을 취하는 모습은 앞에서도 논했듯이 신화 속의 능동적인 여신에 가깝다. 그러나 자식을 버린 후의 그녀의 삶에 관해 우오카이가 무사히 아버지를 만났다는 소식을 전해 듣고 기뻐하는 장면 외에는 설화는 거의 언급이 없다. 우오카이와 견당사 아버지, 두 남성의 이야기를 중심으로 전개되는 설화에서 여성은 더 이상 주인공이라 할 수 없다. 곰나루 전설의 곰은 어쩌면 에벤키 족 기원신화 속의 암곰이 기나긴 영락의 길을 걸어온 모습이 아닐까? 그리고 우오카이 설화는 바로 그 길의 중간 어디쯤에 서있지 않을까 싶다.

　곰나루 전설의 암곰처럼 원래는 강하고 신성한 여신이었을 존재들이 강인한 생명력을 상실한 채 수동적이고 무력한 비련의 주인공이라는 틀 안에 박제되어 있는 현장은 이외에도 무수히 많다. 일본 조정의 명령으로 백제를 구원하기 위해 파견된 청년 무장 오토모노 사데히코大伴狭手彦는 정박지인 마쓰라松浦 땅에서 사요히메佐用姫와 사랑에 빠진다. 이윽고 사데히코가 출병해야할 때가 다가오자 이별의 아픔을 견디기 힘들었던 사요히메는 가가미야마鏡山에 올라 군선 軍船을 향해 목에 두르고 있던 히레領巾를 흔들며 연인의 안전을 기원한 후 배를 뒤쫓아 가지만, 이미 배는 자취를 감추고 보이지 않는다. 비탄에 빠져 7일 낮 7일 밤을 계속 울던 사요히메는 마침내 돌이 되고 만다. 한편, 사데히코와는 반대로 신라에서 일본으로 떠난 남편을 하염없이 기다리던 박제상의 아내도 사요히메처럼 망부석이 되

어버린다. 사요히메와 박제상의 아내, 그녀들은 모두 곰나루의 웅녀
처럼 떠난 남자들로 인해 자결한 여신들이다. 죽음 같은 돌 안에 영
원히 갇혀 있는 존재들이다.

Ⅳ. 맺음말: 버려진 아이에서 영웅으로

이상 일본의 중세설화집인『우지슈이』에 수록된 우오카이 설화를
중심으로 이야기 속에 내재된 신화적 서사의 틀을 밝혀내고 각 부분
과 관련된 한국과 중국, 일본의 신화와 설화 전설들을 지역의 구분
없이 폭넓게 전망해보았다. 그 결과 이 설화가 동아시아의 다양한
서사적 전통을 계승하고 있음을 확인할 수 있었다.

마지막으로 맺음말을 대신해 우오카이라는 인물이 지닌 신화적
성격에 관해 몇 가지 짚어보고자 한다. 앞서 우오카이의 어머니가
지닌 여신으로서의 성격을 검토했듯이 우오카이 역시 평범한 아이
였다면 바다에 버려졌을 때 결코 살아남지 못했을 것이다. 우오카이
의 어머니가 아이를 버린 행위는 단순한 기아나 아동학대가 아니라,
우오카이가 비범한 인물로 성장하기 위해 반드시 이겨내고 거쳐야
하는 시련이었다는 점에서 일종의 통과의례라고 보아야할 것이다.
우오카이의 어머니가 아이를 버린 곳이 다름 아닌 남편이 거쳐 왔던
바다라는 점, 그리고 아이를 바다에 던지기 전에 아이의 목에 아버
지의 이름을 적은 팻말을 걸어 주었다는 점 또한 이 기아 행위가 아
이가 원래 있어야할 곳인 남편의 세계로 돌려보내기 위한 과정이었

음을 뒷받침해준다.

　아울러 당나라 바다에서 버려진 아이가 건강한 모습으로 일본의 해안에서 아버지와 해후할 수 있었던 것은 우오카이魚養라는 이름의 유래가 말해주듯이 물고기들의 보호와 보살핌 덕분이었다. 이는 고구려의 건국시조 주몽신화의 내용과 여러 면에서 중첩된다. 천신 해모수와 수신 하백의 딸 유화의 결합을 통해 알의 형상으로 태어난 주몽 역시 태어나자마자 버려진다. 그러나 건국의 시조가 될 신성한 존재였던 주몽은 부여 금와왕의 명으로 '마목馬牧에 버렸으나 여러 말들이 밟지 않았고, 깊은 산에 버렸으나 백수百獸가 모두 보호'함으로써 목숨을 유지한다.

　이후 주몽은 그가 부여군의 추격을 피하다 개사수蓋斯水라는 강에 이르러 궁지에 몰렸을 때도 "나는 천제의 손이요 하백의 외손으로서 지금 난을 피해 여기 이르렀으니 황천후토皇天后土는 나를 불쌍히 여겨 급히 주교舟橋를 보내소서." 라며 활로 물을 치자 고기와 자라들이 떠올라 다리를 이루어 무사히 위기를 넘긴다. 이 장면은 우오카이가 큰 물고기를 타고 바다를 건넌 장면과 매우 흡사한 상황이라 할 수 있다.

　이처럼 신화에서 신성한 탄생은 대부분 기아棄兒나 부모의 부재가 동반된다. 신의 자녀는 평범한 인간이 아닌 까닭에 고난과 시련을 겪고 그 통과의례를 무사히 마쳐야만 새로운 활력을 지닌 신으로 좌정할 수 있고 위대한 건국 시조가 될 수 있는 것이다. 우오카이의 경우는 위대한 건국의 시조도, 한 민족의 시조도 아니지만 '천하제일지필적天下第一之筆跡'이자 일본 최초의 능서能書로서 어느 면에서는

문화의 새 지평을 연 인물이라는 평가할 수 있다. 이와 같은 측면에
서 우오카이가 부모에게 버려지고 시련을 거친 끝에 비범하고 훌륭
한 인물로 성장해가는 과정은 분명 영웅 신화적인 측면을 있다고 볼
수 있다.

한일문화 연구의 새 지평 3

일본연구의 새로운 시각 : 확대되는 세계관

제3장

『겐지모노가타리에마키源氏物語絵巻』의 우주
─ 그림과 고토바가키詞書의 방법 ─

❀ ❀ ❀

이시이 마사미

Ⅰ. 21세기의 『겐지모노가타리源氏物語』 연구

2008년에는 겐지모노가타리 천년기源氏物語千年紀[1]라고 하여 교토를 중심으로 다양한 행사가 개최되었다. 학술적인 측면에서 두 가지 커다란 영향이 있었는데, 하나는 본문의 재검토이다. 기존에는 『겐지모노가타리다이세이源氏物語大成』[2]에 의존해 왔었는데 아오보시본青表紙本[3]·가와치본河内本[4]·별본別本[5] 각각을 재검토하게 되었으며, 잠

---

1 『겐지모노가타리』이 성립된 지 천년이 되는 2008년을 기념하여 시행된 다양한 사업-역자주
2 이케다키칸(池田亀鑑) 편저 『겐지모노가타리』 본문의 이동(異同)을 중심으로 비교한 연구서 - 역자주
3 후지와라 노사다이에(藤原定家)에 의한 『겐지모노가타리』 교정본 혹은 그 계통의 제사본(諸本) - 역자주

들어 있던 사본들도 세상 밖으로 나오게 되었다. 또 하나는 중세·근세의 겐지에源氏絵[6]에 대한 조사이다. 해외로 유출된 에마키絵巻에 대한 관심이 쏟아졌고 다시금 시각 문화로서의 측면에서 각광받기 시작했다.

그 원인에는 아마도 20세기 말 거세게 불었던 연구 상황에 대한 반동이 작용했던 것은 아닐까. 서양의 이론을 적용해 텍스트로서의 모노가타리物語를 읽어 내려간 결과, 연구의 중심이 작가에서 독자로 전환되었다. 그러나 각각의 연구자가 상상하는 욕망의 배출만 있었을 뿐, 수습되지 않은 채 확산되어 갔다. 이에 대한, 전통적으로 보수적인 연구를 계속해 온 측의 반발이었다고 볼 수 있다. 이와 동시에 급속히 진행된 일본인 연구자의 공동화空洞化와 외국인 연구자의 약진을 들 수 있다. 지금은 외국인 연구자를 빼놓고『겐지모노가타리』의 연구는 성립할 수 없는 시대가 되었다.

이 글에서 다룰 예정인 국보『겐지모노가타리에마키源氏物語絵巻』는 미술연구의 대상으로서 그 가치가 검증되어 왔다. 하야시 이사오林功의 복원모사를 통해 당시의 색채가 복원되었던 일이 기억에 생생하다. 여기에 부수적으로 관련 문학연구도 진행되었으나 반드시 대등한 관계였다고는 할 수 없다. 문학연구에 있어 고토바가키詞書[7]

---

4 미나모토노 미쓰유키(源光行)와 그의 아들 지카유키(親行)가 작성한『겐지모노가타리』의 사본, 혹은 그 계통의 모든 본문(諸本) - 역자주

5 『겐지모노가타리』의 사본 중에 주 3)과 4) 중 어디에도 속하지 않는 제사본(諸本) - 역자주

6 『겐지모노가타리』를 제재로 하여 그린 그림의 총칭 - 역자주

7 에마키 등에서 그림 전후에 첨부되어 있는 그림의 내용에 대한 설명문, 혹은 그림 속 등장인물의 말을 적은 것 - 역자주

는 현존하는 가장 오래된 (『겐지모노가타리』의-역자 주) 본문으로 서, 구니후유본国冬本[8] 등 별본과의 관련성이 지적되고 있지만 남아 있는 고토바가키가 한정되어 적극 논의되지는 않았다.

그러나 고토바가키에 대응하여 그려진 그림은 모노가타리의 내용에 대한 깊은 이해를 바탕으로 한 것으로 볼 수 있다. 본 글에서는 그림과 고토바가키를 각각 고찰하여 서술함으로써 이 글을 읽는 많은 연구자들의 의견을 수렴해 볼 수 있는 기회로 삼고자 한다. 또한 한국에서 출판되는 만큼, 일본뿐만 아니라 한국 내 미술과 문학 연구에 종합적으로 기여하는 모범 사례를 제시할 수 있기를 바란다.

Ⅱ. 엿듣는 뇨보女房

먼저 『겐지모노가타리에마키』에 그려진 뇨보女房에 주목해 보고자 한다. 뇨보는 오토코기미男君나 온나기미女君를 모시기 때문에 쓰보네(局: 시녀들의 개인 처소-역자 주)에 물러나 있지 않은 한 가장 측근에서 시중을 든다. 따라서 모노가타리의 한 장면을 회화화할 경우, 설령 본문의 기술이 없더라도 뇨보의 존재를 가정하고 그렸을 가능성이 크다. 이는 풍속상 그려진 뇨보라고 할 수 있을 것이다.

그러나 그림에 등장하는 뇨보를 살펴보면 병풍이나 칸막이 뒤에 몸을 숨기고 있는데, 그 중에는 독특한 자세를 하고 있는 경우도 있

---

8 쓰모리 구니후유(津守国冬, 1270~1320)에 의해 서사(書写)된 것으로 알려진 『겐지모노가타리』의 사본 - 역자주

61

다. 특히 주목할 만한 것은 후스마쇼지(襖障子: 일본식 공간분할에 사용한 창호지 문 - 역자 주) 너머로 엿듣거나 후스마쇼지 틈으로 엿보는 뇨보들이다. 엿듣는 것은 청각과, 엿보는 것은 시각과 관련된 행위인데 이 모두를 망라하는 사례도 있다. 전자는 뇨보, 후자는 남성에게서 찾아볼 수 있지만 반드시 그렇치는 않다. 여기서는 「유기리夕霧」와 「야도리기1宿木(一)」의 장면을 살펴보기로 한다.

1. 「유기리」

가시와키柏木의 미망인인 오치바노미야落葉の宮에 빠져 유기리夕霧가 빈번히 찾아가자 부인인 구모이노카리雲居の雁의 마음은 불안하다. 유기리는 오노小野 산장을 방문하여 오치바노미야 곁에서 하룻밤을 보낸다. 오치바노미야의 모친인 이치조노미야슨도코로一条御息所는 모노노케物怪를 쫓는 기도를 하러 온 율사律師로부터 유기리가 머물고 갔음을 전해 듣게 된다. 유기리가 딸인 오치바노미야와 관계를 맺었다고 오해한 미야슨도코로는 유기리에게 부모의 마음을 담은 편지를 적어 보낸다. 그러나 구모이노카리는 오치바노미야가 보낸 편지라고 생각했고, 알아보기 힘든 편지를 읽으려는 유기리의 뒤에서 이를 빼앗으려 했다. 『겐지모노가타리에마키』의 그림은 바로 그 순간을 그리고 있다.

위의 장면은 산조도노三條殿의 유기리 방 모습인데, 후키누키야타이(吹抜屋台: 지붕을 드러내고 바라보는 방식 - 역자주)라는 묘사법을 통하여 부부생활의 사정을 여실히 드러냈다고 봐도 무방하다. 종종 문제시되는 것은, 유기리의 뒤에서 다가오는 구모이노카리가 일어서 있는 것인지 아닌지 하는 점이다. 일어서 있는 것은 남성적인 자세이며 귀부인답지 않은 행위이기 때문이다. 이 장면의 고토바가키는 '(구모이노카리는 무언가를) 사이에 두고 있는 듯 했는데, 정말 순식간에 발견하고 슬며시 다가가서는, (유기리의) 등 뒤에서 (편지를) 빼앗으셨다隔てたるやうなれど、いととく見つけて、這ひ寄りて、御後ろより取りたまひつ'라고 적고 있다.

구모이노카리가 서 있었는지 아닌지는 고토바가키를 통해서는 알 수 없지만, 〈這ひ寄る〉의 용례를 검토해 보자. 『겐지모노가타리』에 그 밖에 3건 나오는데, 와카나若菜 상권의 '유기리가 어렴御簾을 바로 매기 위해', 아게마키総角권의 '가오루薫가 오이기미大君에게', 야도리기宿木권의 '가오루가 우키후네浮舟에게'와 같이 모두 남성의 행위이다. 『일본국어대사전(제2판)』에 따르면 '기어서 다가가다, 무릎걸음으로 다가가다, 또한 가만히 다가가다, 몰래 다가가다はって近よる。いざりよる。また、そっと近よる。忍びよる'를 의미한다. 〈這ふ〉의 어원은 슬행膝行이므로 반드시 일어서 있는 것을 의미하지는 않는다. 〈這ひ寄る〉는 남성적인 행동이며, 구모이노카리의 앉은 높이에서 보았을 때 일어서서 접근하는 긴장감을 그리고자 한 것이라면 고토바가키의 틀에서 벗어난 판단이었다고 볼 수 있다.

여기서 문제시 삼고 싶은 것은 다름 아니라, 그림의 오른쪽 부분이다. 해설에는 '옆방에는 시녀가 숨죽이며 엿듣고 있다'고 적고 있다. 해설 그대로 그림 속에는 두 명의 뇨보가 후스마쇼지에 몸을 기대고 안에서 벌어지는 상황을 엿듣고 있다. 그 중 한 명은 엿듣기 편하도록 오른손으로 머리카락을 쓸어 붙잡고 있는데, 이는 엿들을 때의 자세였다고 볼 수 있다. 중요한 것은 고토바가키와 『겐지모노가타리』의 본문 어디에도 이러한 기술이 없다는 점이다. 모노가타리의 주제만 고려한다면 왼쪽 절반만 그리면 되었는데, 오른쪽 부분에 엿듣는 뇨보를 그려 넣은 이유는 무엇일까.

기술되지는 않았지만 유기리와 구모이노카리 부부의 불안정한 상황은 뇨보들에게 있어 불안 요소였음에 틀림없다. 그 결과 이처럼 뇨보들의 행위가 그려진 것일 것이다. 그러나 이들 뇨보들은 분명 존재하면서도 모노가타리의 등장인물이 되기는 어렵다. 이른바 구로고(黒子: 관객 눈에 잘 띄지 않도록 검은 옷과 검은 두건 차림으로 배우의 시중을 드는 연기자-역자 주)와 같은 존재로, 본 장면에서 엿듣게 된 사건을 화자가 되어 이야기를 전하는 존재이다. 이는 모노가타리 속 내재된 화자의 이야기 전달 방법을 『겐지모노가타리에마키』가 현재화顯在化한 것이라 할 수 있다. 언뜻 불필요해 보이지만, 오른쪽 부분이 왼쪽 부분과 동등한 비중으로 존재하는 이유는 모노가타리의 주제뿐만 아니라 모노가타리의 방법과 연관되어 있음을 고려해야 할 것이다.

2.「야도리기1」

「야도리기1」은 새롭게 우지주조宇治十帖[9]의 내용을 다룬다. 가오루薫는 죽은 오이기미를 잊지 못해 출가의 마음만 깊어질 뿐, 부인을 두는 것은 생각지도 않았다. 그런데 금상제今上帝는 가오루를 가장 사랑하는 딸인 온나니노미야女二の宮의 사위로 삼고자 했다. 가오루의 모친인 온나산노미야女三の宮와 금상제는 모두 고 스자쿠인朱雀院의 자식이며, 온나니노미야는 사촌에 해당된다. 교차사촌혼은 선호되는 추세였다. 이에 금상제는 가오루를 불러 바둑을 함께 두기로 하고, 내기에서 진 대가로 정원 국화 한 송이를 뽑아 가지도록 했다. 이는 가오루에게 온나니노미야를 보내려는 것을 우의寓意한 것이었다.

---

9 『겐지모노가타리』의 마지막 부분으로 겐지 사후 우지에서 벌어지는 열 첩(十帖)의 총칭-역자 주

65

　그림의 오른쪽은 세이료덴淸涼殿 아사가레이노마(朝餉間, 식사하는 방
의 명칭-역자 주)에서 금상제와 가오루가 바둑을 두는 장면이다. 해설에
따르면, '금상제는 단의單衣의 고소데小袖(현재에는 소매 부분이 닳아서 없어
져(剝落) 있음) 위에 옷을 걸친 정도의 편안한 차림으로 그려져 있어, 관
직의를 갖춰 입은 가오루와는 대조적이다'라고 지적한다. 바둑의 승
부는 대등했으나 의상이나 착용에 있어 두 사람의 신분 차이가 역력
하게 표현되어 있다. 그리고 이는『겐지모노가타리에마키』중 궁 안
의 모습을 그린 유일한 장면이며, '오른 끝 부분의 2층 선반에는 히
토리(火取, 화로-역자 주), 유스루쓰키(泔坏, 조발용 쌀뜨물 등을 담는 용기-역자
주), 우치미다레노하코(打乱筥, 보관함-역자 주) 등이 놓여 있고, 옆방의
나전 옻칠한 위에 무늬를 그려 넣은 즈시다나厨子棚라는 선반에는 쟁
箏이나 손궤, 두루마리나 책자까지 보인다. 당시 궁정생활을 엿볼 수
있는 귀중한 장면이기도 하다'고 적혀 있다. 역사자료로서 에마키를

분석하여 풍속사적 가치를 서술한 것은 미술연구답다.

해설에서는 언급되지 않았지만, 주목할 부분은 '옆방隣室'이라고 적힌 그림의 왼쪽 부분이다. 여기에는 뇨보가 두 명 그려져 있다. 한 명은 놀랍게도, 후스마쇼지를 젖혀 안쪽의 두 명이 바둑을 두고 있는 모습을 보고 있고 또 한명은 후스마쇼지에 몸을 기대어 엿듣고 있다. 엿듣는 뇨보가 오른손으로 머리카락을 쓸어 잡아 엿듣기 쉽게 하는 자세는 앞서 「유기리」에서도 볼 수 있었다. 엿보는 여성을 온나니노미야라고 보는 설이 있지만, 자신의 미래를 결정짓는 바둑 내기에 관심을 둔다고 보는 것은 본질과 동떨어진 듯한 면이 있다.

앞의 「유기리」에서는 '옆방에서는 시녀가 숨죽이고 엿듣고 있다'고 해설되었는데, 여기에 아무런 해설이 없는 것은 미술연구에서 이들 뇨보들에 대해 거의 주목하지 않았다는 것을 보여준다. 물론 고토바가키나 『겐지모노가타리』의 본문에도 엿보거나 엿듣는 뇨보에 관한 기술은 없다. 그럼에도 이들 뇨보들이 그려졌다는 것은 당시의 생활을 그리는 것 이상으로, 모노가타리의 이야기 방법을 회화화하려고 했던 결과라고 봐야 할 것이다.

Ⅲ. 엿보는 오토코기미男君

「야도리기1」에는 엿보는 뇨보를 그리고 있으므로, 여성이 엿보이게 되는 대상만이 아니었음을 알 수 있다. 그러나 이와 같은 보는 행위에 주체적으로 관여할 수 있었던 사람은 궁중에서 일하는 뇨보들

뿐이며, 온나기미는 그러한 존재가 될 수 없었다. 온나기미는 어디까지나 엿보이게 되는 대상이며, 이를 보는 것은 오토코기미였다. 현존하는 『겐지모노가타리에마키』 중, 우연일 수 있겠지만 엿듣는 뇨보와 대조적인 존재로서 엿보는 오토코기미를 찾아볼 수 있다. 여기서는 「다케카와2竹河(二)」와 「하시히메橋姫」를 살펴보고자 한다.

1. 「다케카와2」

「다케카와2」는 다마카즈라玉鬘 저택에서의 일화이다. 봄 3월에 정원에 핀 벚나무를 걸고 다마카즈라 댁의 오이기미와 나카노키미 자매가 바둑을 두었는데, 그 모습을 유기리의 아들인 구로우도노쇼쇼蔵人少将가 엿보게 된다. 그림의 중앙에는 정원에 만개한 벚꽃을 그리고, 왼쪽에는 바둑을 두고 있는 자매, 오른쪽에는 구로우도노쇼쇼를 그리고 있다. 해설에는 '색색으로 화려하게 꾸민 뇨보들이 죽 늘어앉아 있어, 아름다운 자매의 화려한 생활을 엿볼 수 있다'고 적고 있다, '유기리의 아들 구로우도노쇼쇼는 예전부터 자매들을 연모했다. 정원을 사이에 두고 어렴풋이 넘어 아름다운 자매를 엿보면서, 벚꽃이 흐드러지게 피어있는 아름다운 광경에 잠시 눈을 빼앗겼다'고 적고 있다. 앞서 「야도리기1」에도 바둑을 두는 장면이 있었는데 바둑은 남녀 모두 푹 빠져하는 놀이이기 때문에 가장 편안한 모습을 엿볼 수 있는 것을 의미했다.

구로도우노쇼쇼의 모친인 구모이노카리雲居の雁와 오이기미·나카노
키미 자매의 모친인 다마카즈라玉鬘는 모두 치지노오토도(致仕の大臣, 옛이
름은 도노추죠(頭中将))의 아들이므로 구로도노쇼쇼와 오이기미·나카노키미
자매와는 평행사촌 관계이다. 평행사촌혼은 피하는 추세였다. 이들의
연애도 결국에는 이루어지지 않았는데, 오이기미는 레이제이인冷泉院,
나카노키미는 금상제와 혼인한다. 결실을 맺지 못한 연애라고는 하지
만, 남편인 히게쿠로鬚黒가 죽은 후 다마카즈라 저택의 화려한 봄 풍경
을 보여주면서 딸들의 미래를 걱정하는 상황을 말해준다고 할 수 있다.

고토바가키에는 '때마침 예의 추죠中将가 도지조藤侍従의 방에 와
있었는데 (형님들과) 함께 나가셨으므로 집안사람이 적은데다가 마
침 바깥문이 열려 있어서 슬쩍 다가와 엿본 것이었다をりしも、例の中
将、侍従の君の御曹司に来たりけるを、うち連れいでたまひにければ、おほかた人
少ななるに、廊の戸の開きたるに、やをら寄りてのぞきけり'고 적고 있다. 추죠
中将는 잘못 옮겨 적은 것일 것이다. 구로우도노쇼쇼가 방문한 도지
죠는 자매의 오라버니이며, 그는 형님인 사콘노추조左近中将, 우추우

벤右中弁과 함께 외출했었던 것이다.

'마침 바깥문이 열려 있어'라는 우연성에 더하여, 흐드러지게 피어있는 정원의 벚나무를 걸고 바둑을 두는 자매가 측면의 어렴을 말아 올려서 벚나무를 볼 수 있도록 한 상황이었다. 이에 구로도노쇼쇼는 바깥문이 열린 틈을 통하여 정원을 사이에 두고, 어렴 건너편에 있는 자매의 모습을 엿볼 수 있게 된 것이다. 『겐지모노가타리에마키』는 후키누키야타이 묘사법을 통해, 이를 멋지게 그려내고 있다. 뇨보는 스노코엔(簀子緣, 대나무로 만든 툇마루-역자 주)에 3명, 방 안쪽에 1명 있는데, 역시나 자매와 함께 구로도노쇼쇼가 엿보고 있는 대상이며 다마카즈라 저택의 화사한 분위기를 연출한다.

2. 「하시히메」

「하시히메」에는 유명한 장면이 있다. 가오루가 우지노하치노미야宇治八の宮를 방문하게 된다. 만추의 밤, 산 속 깊은 곳에서 하치노미야가 부재중일 때, 우연히 가오루는 오이기미와 나카노키미 자매를 엿보게 된다. 해설에는 '우지를 방문한 가오루는 음악 소리에 이끌려 틈 사이로 산장을 엿보게 되었다. 달빛 아래에서 하치노미야의 자매가 합주하고 있었다'고 적고 있다. 또한 이 장면에 대해 '구름 사이로 모습을 드러낸 달을 북채로 불러내는 듯한 나카노키미와 줄을 튕겨 소리를 내면서 미소 짓는 오이기미의 모습은, 군청색 노을 속에서 환상적으로 선명해 보인다. 푸른 대나무 울타리나 물든 담쟁이는 산장의 쓸쓸한 풍정을 전하고 있다'고 적고 있는데, 미술연구다운 감상이다.

고토바가키에는 '(가오루는) 아가씨들 방 쪽으로 통할 것 같은 대나무 문을 살짝 열고 들여다보니あなたに通ふべかめる透垣を少し押し開けて見たまへば'라고 적고 있다. 부친인 하치노미야가 부재중이었기 때문에 편안한 분위기 속에서 평소 연주하던 악기를 교환하여, 오이기미는 쟁箏, 나카노키미는 비파琵琶를 연주하며 즐거운 시간을 보내고 있었는데 가오루는 달빛 아래에서 이를 엿보는 장면이다. 역시나 달을 보기 위해 어렴을 말아 올리고 있었기 때문에, 대나무 문틈을 통해 자연스레 자매의 모습을 엿볼 수 있었다. 여기에도 스노코엔簀子緣에 뇨보와 여동이 그려져 있는데, 역시나 자매와 함께 가오루에게 몰래 엿보임을 당하는 대상이 되고 있다.

「다케카와2」는 봄날의 낮, 「하시히메」는 가을밤으로 대조적이지만, 오른쪽에는 엿보는 오토코기미를, 그리고 왼쪽에는 바둑 혹은 음악을 즐기는 자매를 그리고 있다는 점에서 매우 닮아있다. 적어도 이러한 구도는 패턴화 되었으며, 이를 답습한 것은 분명하다. 그림은 그러한 장면을 그리고 있지만, 고토바가키나 『겐지모노가타리』의 본문은 오토코기미가 엿보는 시선을 따라 묘사한다. 등장인물의 시선에 화자가 동화되어, 이에 따라 독자도 이야기 세계에 몰입해 간다. 그림은 평면적이기에 그 차이를 알 수는 없지만 앞의 「유기리」와 「야도리기1」의 경우, 엿듣는 뇨보는 구로코와 같은 존재였던 것에 반해, 「다케가와2」와 「하시히메」에서의 엿보는 오토코기미는 등장인물로서 자립적인 존재로 그려진다.

Ⅳ. 그려진 그림과 쓰여진 고토바가키

『겐지모노가타리에마키』의 그림 중 현존하는 것은 극히 드물지만, 모노가타리의 한 장면을 추출하는 방법을 채용했기 때문에 분명 단절되고 간소화되기 쉬웠을 것이다. 애초에 이와 같은 장면 추출법은 모노가타리의 내용을 따라간다는 측면에서는 불친절한 방법이다. 오히려 에마키는 이야기 내용을 인식한 후 예술로서 그림과 고토바가키의 조화를 즐기기 위한 것이었을 것이다. 화가와 서가의 콜라보레이션을 통하여 『겐지모노가타리에마키』의 우주는 창조되었음에도, 관련 연구는 미술적인 측면만 홀로 앞서 나가게 되었고, 서도는 물론 문학적인 평가 역시 애매한 것이 현실이다. 이에 본 글에서는 그려진 그림과 쓰여진 고토바가키의 관계를 「야도리기2宿木(二)」와 「아즈마야1東屋(一)」을 통하여 고찰해보고자 한다.

1. 「야도리기2」

　「야도리기2」는 사다이진左大臣 유기리의 저택에서 니오우노미야匂宮와 로쿠노키미六の君의 결혼식 장면을 그리고 있다. 니오우노미야는 자택인 니조인二条院에서 회임 중이었던 우지의 나카노키미를 맞이했는데, 유기리의 로쿠노키미와도 혼인하여 3일째 날의 피로연露顕이 성대하게 열린다. 해설에는 '먼저 혼가에서 하룻밤을 보내고 아침 햇살 속에서 신부 얼굴을 본 니오우노미야와, 부끄러워하는 신부 로쿠노키미를 그림의 왼쪽에 그리고, 화사한 가라기누모唐衣裳를 잘 차려입은 아름다운 뇨보가 나란히 그려져 있다'고 적고 있다. 왼쪽 부분에는 아름답게 차려입은 뇨보 5명이 그려져 있는데, 고토바가키에는 뇨보 30명과 여동 6명이 있었다고 적고 있으므로 모두 다 그리지는 않고 나머지는 감상하는 사람들의 상상력에 맡긴 것이라고 볼 수 있다.

앞의 그림에 대응하는 고토바가키는 다음과 같다.

니오우노미야는 로쿠노키미를 낮에 찾아뵈니 점점 사랑하는 마음
이 더해졌다. 키는 적당하고, 용모가 무척이나 아름다우시고 단정히
정리된 머리카락의 늘어트린 모양이나 두상 등이 보통 사람들보다 특
히나 훌륭해 보이셨다. 얼굴색은 넘칠 정도로 광채가 흐르고 무게감
있는 기품 흐르는 얼굴이며, 눈가는 무척이나 부끄러워하시는 듯 보여
고상하고 아름다우며, 무엇 하나 부족함 없이 모두 갖추신 분이시니,
기량이 훌륭한 분을 찾는다면 딱 이 분이 아니겠는가. (나이는) 스물
남짓이시다. 어린 나이가 아니기에 모자란 것도 없고 한창 아름답게
피어난 꽃처럼 보이신다. 말씀 한마디도 부끄러우신 듯 하지만, 그다
지 근심거리가 없으신 (원문 그대로) 것도 없으며, 매정하신 (원문 그
대로) 볼 데가 많고, 견실해 보인다. 아름답고 젊은 뇨보가 30명 정도,
여동이 6명, 모두 볼품없는 자는 하나 없고 옷차림새도 평소와 마찬가
지로 단정한 모습이어서 (니오우노미야는) 분명 항상 보아왔던 것처
럼 생각하실 것이기에 무리하게 취향을 바꾸어 이상할 정도로 과도하
게 꾸미시는 듯하다.
　匂宮は六の君のご様子を昼に拝見なさると、ますますご愛情が
つのるのだった。身長はよい高さである人で、容姿はたいそう美
しい感じであって、切り揃えた髪の垂れ具合や頭の形などが、人
より殊になんとすばらしいと見えなさるのであった。顔色はあり
余るほどに艶があり、重々しく気品のある顔で、目元がたいそう
気恥ずかしい感じで気高く美しく、すべて何事も十分備わってい

るので、器量がすばらしい人と言うならそのときに物足りないことがない。(年齢は)二十歳に一つ二つ余っていらっしゃったことだ。幼い年齢でないので、物足りないところもなく、美しく盛りの花のように見えなさる。何かおっしゃる返事なども、恥じらっているが、あまり気がかりでない(ママ)ところはなく、うし(ママ)見所が多く、しっかりした感じである。美しい若い女房が三十人ばかりに、女童が六人、いずれも見苦しい者はなく、装束なども、いつものきちんとした格好も(匂宮は)きっと見慣れてお感じになるにちがいないので、無理に趣向を変えて、わけのわからないほど過度に意匠を凝らしなさるようだ

중간에 '한창 아름답게 피어난 꽃처럼 보이신다'의 뒷부분이 생략되어 있다. 이는 '(아버지이신 대신께서) 누구보다 귀하게 키우셨기에 (로쿠노키미는) 단점이 없다. 부모로서는 (로쿠노키미를 위해) 무슨 일이라도 해주었을 것이다. 다만 사람을 대함에 있어 부드럽고 정이 있어 사랑스러운 면이라면 그 다이노온가타 (나카노키미) 야말로 제일 먼저 떠오른다. 限りなくもてかしづきたまへるに、かたほならず。げに親にては、心まどはしたまひつべかりけり。ただやはらかに愛敬づきらうたきことぞ、かの対の御方はまづ思ほし出でられける'의 부분이다. 누락되었다기보다는 부친인 유기리의 양육 방식을 비롯하여 나카노키미와 비교한 부분을 생략하고 결혼식의 성대함에 초점을 맞추어 로쿠노키미의 매력을 절대적으로 표현하고자 했다고 볼 수 있다.

그림의 해설에는 '세밀한 기호와 화려한 색채로 표현된 이 장면은

『겐지모노가타리에마키』 중에서도 특히 화려하다'고 기술되어 있다. 그러나 결혼식의 성대함은 유기리가 니오우노미야를 사위로 맞이함에 있어, 내키지 않아하는 니오우노미야의 마음을 움직이기 위한 의도적인 연출이었다는 점에 주의해야한다. 이러한 유기리의 계획은 멋지게 성공하여 니오우노미야는 로쿠노키미에게 빠져들어 간다. 그러나 해설 상으로는 어떠한 이유로 '특히 화려하게' 그렸는지 충분히 설명되지 않는다. '화려하게'는 화가의 판단이라기보다 고토바가키의 본문을 따라 그렸기 때문에 그렇게 되었다고 봐야할 것이다.

2.「아즈마야1」

「아즈마야1」는 모노가타리 향유의 자료로 유명한 장면이다. 우키후네는 배다른 언니인 나카노키미가 거주하는 니조인二条院에서 신세를 지고 있는데, 우연히 니오우노미야에게 들키고 만다. 그림의 해설은 '나카노키미는 일의 전말을 듣고 바람기 있는 니오우노미야의 행동에 질린 것은 물론, 동생인 우키후네가 딱하고 가여워 자신의 집으로 불러 들여 그림 이야기를 보여주면서 위로한다. 나카노키미는 시녀에게 막 감은 풍성한 흑발을 빗질하도록 하고 있다. 우키후네는 시녀 우콘右近에게 이야기를 읽도록 하고, 이를 들으면서 별책의 그림을 넘기고 있다. 모노가타리의 주제는 왼쪽 부분에 있는데 이 장면에서도 발을 사이에 두고 오른쪽 부분에 뇨보 2명을 그리고 있다. 특히 그 중 한명은 앞의 「유기리」와 「야도리기1」의 뇨보와 마찬가지로 약간 몸을 기대어 엿듣는 자세를 취한다. 2명의 뇨보는 분명 나카노키미와 우키후네의 대화를 듣거나 우콘이 읽어주는 이야기를 듣거나 했을 것이다.

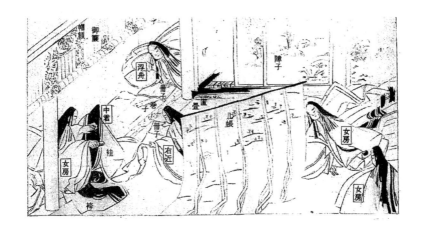

위의 그림에 대응하는 고토바가키는 긴데, 전반 부분은 다음과 같다.

　(나카노키미는) 머리숱이 매우 풍성하여 바로 말려드리지 않으며 일어나 앉아계시는 것도 무척이나 괴로우셨다. 하얀 옷 한겹—襲만 입고 계시면서 등불에 비춰진 모습은 빛이 나시며 아름다우셨다. 이 분은 뇨보가 상상하는 것만으로도 부끄럽지만 무척이나 솔직하고 대범하게 지내시는 편으로 밖으로 나와 앉아 계셨다. 얼굴이나 머리카락이 (눈물로) 젖어버린 것을 (부채로) 슬그머니 감추고 등불 쪽으로 등을 돌려 앉아계시는 모습은, 나카노키미가 누구보다 아름답다 하지만 그에 뒤처지지 않아 보일 정도로 고상하고 아름다우시다. (니오우노미야

께서) 이 분에게 마음이 향하신다면 분명 분위기가 좋지 않게 될게 분명하지만, 이 정도도 못되는 사람에게조차 처음 본 사람에게 흥미를 가지시는 분이시므로, 라고 (생각하는 우콘과 쇼쇼) 두 명만은 서로 부끄럽게 여기지 않았다.

　いと多かる御ぐしなれば、とみにも乾しやりたまはねば、起き居たまへるもいと苦し。白き御衣一襲ばかりにておはする火影はなやかにてをかしげなり。この君は人の思ふらんこともはづかしけれど、いとやはらかにておほどき過ぎたまへる君にて、押し出でられて居たまへり。額髪などのいたう濡れたるをもて隠して、灯の方に背きて居たまへるさま、上をたぐひなく見たてまつるに、けや劣るとも見えず、あてにをかし。これにおぼしうつりなば、さまあしげなることもありなんかし、いとかからぬ人をだに、めづらしき人をかしがりたまふ御心を、と二人ばかりぞ、え恥ぢあへたまはざりける

　전반의 내용은 그림 장면의 앞부분에 관한 기술이며 나카노키미가 모노가타리를 들려주며 우키후네를 위로하게 된 이전의 단락을 전하고 있다. 그러나 실제로는 '이 분은'의 뒤에 과감히 생략된 부분이 존재한다. 여기서 인용하지는 않겠지만, 우키후네는 기분이 나빠져서 니오우노미야와의 사건을 아는 유모가 우콘에게 나카노키미 앞에서 위로해주길 바란다고 의뢰하는 부분이다. 유모는 사건 현장에 함께 있었던 인물로서, 자책감 때문에 우콘에게 청하게 된 것이다. 고토바가키는 이처럼 상세한 경위를 생략함으로써 그림의 장면

을 초점화하는데 성공했다. 고토바가키의 중반은 역시나 선행 장면
으로, 나카노키미와 우키후네의 대화이다.

(나카노키미는) 세간에 떠도는 이야기를 매우 잘 알고 계시어 "익숙
지 않은 곳이라고 미리부터 생각해서는 안 됩니다. 오이기미께서 세상
을 떠나신 후에 한순간도 잊지 못하면서 매우 닮아 생각나게 만드시는
(당신의) 모습을 보고 있노라면 무척이나 사무친 기분이 들어 위로받
는 마음도 한결 더 큽니다. 제가 더 이상 소중히 생각하는 분은 없는지
라 예전 응어리진 마음이 없는 듯 생각해 주신다면 무척이나 기쁠 것
입니다."라며 친근하게 말씀을 해주시므로 (유모는) 너무 송구스럽고
촌스러움이 몸에 배인 지라 바로 답도 제대로 올리지도 못하고, "오랜
시간 먼 곳에서 걱정만 하고 있었는데 이리 뵙게 되니 모두 다행이라
는 생각에"라고만 올릴 뿐, 젊게 목소리를 내어 말하였다.

物語いとなつかしうしたまひて、「例ならぬところなどな思ひな
したまひそ。め(ママ)姫君のおはせずなりにし後、忘らるる世なき
に、いとよく思ひよそへらるる御さまを見れば、いとあはれに慰
む心もいとあはれになん。思ふ人はさらになき身に、昔の御心ざ
しなきやうにおぼさば、いとうれしくなん」など語らひたまへば、
いとものつつみして、また鄙びたる心のいらへきこゆべきことも
なくて、「年ごろいとはるかにのみ思ひきこえさせしに、かく見た
てまつるは、何事も慰む心地してなん」とばかり、いと若びたる声
にして言ふ

79

이어지는 후반의 고토바가키는 그림과 대응하는 부분이다.

(나카노키미는 뇨보에게 모노가타리의) 그림 등을 꺼내도록 하고, 우콘에게 (모노가타리의) 본문을 읽히고 보시니, (앞에 앉아 있는 우키후네는) 부끄러워하지도 않고 열심히 (그림을) 보고 계셨지만 등불에 비춘 모습은 이렇다 할 단점 하나 없이 섬세하고 아름다우시다. 이마 부분이나 눈 주위는 불그스름하여 아름다운 신데, 다만 (오이기미가) 떠올라 그림에는 눈이 가지 않고 이 분이야 말로 실로 정겨운 분의 얼굴 생김새구나, 이런 일도 있구나. 돌아가신 아버지인 하치노미야와도 닮았구나. 돌아가신 오이기미는 부친을, 나는 모친을 닮았다고 늙은 뇨보들이 말한다고들 했는데, 닮았다고 하는 것이 무척이나 감개무량했었는데, 라며 (오이기미를) 떠 올리며 우키후네와 비교하면서 눈물을 글썽이며 바라보신다. 오이기미는 누구보다 고귀하고 기품 있었지만, 매우 염려될 정도로 연약하셨다. (이에 비하면) 우키후네는 모든 행동거지를 신중하게 해야한다고 생각해서일까. 행동하시는 데 있어 부족해 보이기도 하다.

絵など取り出でさせたまひて、右近に言葉読ませて見たまふに、もの恥ぢもえしあへず、心を入れて見たまふに、火影さらにこそと見ゆるところなく、こまかにをかしげなり。額つきまみのおほどかにかをりたる心地する、ただ思ひ出でらるれば、絵は目も止まらず、それとのみいとあはれなる人のかたちかな、さてかくしもありけるならん、故宮に似たてまつれるなめりかし、故姫君は宮の御方さまに、我は上に似きこえたるとこそは、古人ども言

ふめりしか、げに似たるはいといみじきものなりけり、とおぼし
くらぶるに、涙ぐみて見たまふ。これはかぎりなくあてに気高き
ものから、かたはなるまでなよびたまへりし、これはまたもてな
しなどのよろづのことをつつましとのみ思へるけにや、もてなし
などの見所あるもてなしなどぞ劣れる心地する

　이야기 그림에 몰두하고 있는 우키후네를 나카노키미가 관찰하면서, 돌아가신 오이기미나 하치노미야와 비교하고 있는데, 마지막에는 마음속의 말로 끝맺고 있어 독자도 나카노키미의 심정에 동화하게 된다.

V. 문학연구에서의 분석의 필요성

　마지막 예시로 든 「야도리기2」와 「아즈마야1」의 고토바가키 모두 생략된 부분을 찾아볼 수 있다. 『겐지모노가타리에마키』의 고토바가키는 『겐지모노가타리』의 본문에서 발췌한 것을 기본으로 하지만, 사실 그렇게 단순하지 않다는 것은 잘 알려져 있다. 생략은 의도적인 것이며, 발췌하는 과정에서 실수나 누락된 것은 아니다. 고토바가키를 과감히 생략함으로써 대응되는 그림의 장면을 보다 명확하게 초점화한다. 본 글에서는 언급하지 않았지만 실제 「아즈마야1」의 고토바가키는 『겐지모노가타리』의 본문을 그대로 옮긴 것 이상으로, 문장을 미묘하게 수정한 부분도 찾아볼 수 있다. 고토바가키

역시 에마키의 고토바가키라는 것에 걸맞도록 수정되었다고 봐야
할 것이며,『겐지모노가타리』의 오래된 본문으로서 참고할 수는 있
더라도 이본異本으로서 취급하기는 어렵다.

『겐지모노가타리에마키』는 미술연구를 통한 그림의 분석이 한발
진전되어 있는 상황이며, 문학연구를 통한 고토바가키 분석은 정체
된 상태이다.『겐지모노가타리에마키』의 해설이라지만, 실제로는
『겐지모노가타리』의 본문을 활용하고 있는 것이 현실이다. 이러한
것이 통용되는 것은 연구의 허술함이라기보다, 그러한 편이『겐지모
노가타리』와 조합하기 쉽기 때문이다. 반면 문학연구 측면에서는 모
토가타리를 시각적으로 전달하기 쉽도록 하는 보조 재료로서『겐지
모노가타리에마키』를 이용해왔는데, 정면에서 연구대상으로 삼은
적은 없다고 할 수 있다.

실제『겐지모노가타리에마키』에는 그림 없이 고토바가키만 남아
있기도 한데,『겐지모노가타리에마키』가 미술연구라는 틀 속에 갇
혀 있었던 탓에 이들 연구도 진행되지 않았다.『니혼에마키모노전집
日本絵巻物全集 제1권 겐지모노가타리에마키』에 수록된 나카무라 요
시오中村義雄의 「고토바가키詞書(부, 주석)」가 유일한 기초연구이다. 현
재 전본伝本의 복제판이 활발히 출판되고 있어 본문연구가 정치하게
진행되고는 있지만, 에마키의 고토바가키에 대해서도 재검토의 여
지가 있다고 할 수 있다.

부기 : 2010년 8월 세이도쿠대학聖徳大学에서 개최된 '나라에혼·에마
　　　키奈良絵本·絵巻 국제회의' 때에 『겐지모노가타리에마키』의 우

주'라는 제목으로 강연했던 내용을 그대로 이 총서에 싣는다.
『겐지모노가타리에마키』와 『조오3년(1654년)판 겐지모노가타
리』를 비교한 '회화화되지 않은 모노노케物の怪/회화화된 모
노노케'는 별도 기회를 통해 발표하고자 한다.

▎ 번역 : 최승은(단국대)

한일문화 연구의 새 지평 3

일본연구의 새로운 시각 : 확대되는 세계관

제4장

『금석이야기집今昔物語集』의
이계異界・이향異鄕 관련 설화에 관한 고찰

❀ ❀ ❀

이 시 준

I. 서론

『금석이야기집今昔物語集』(이하『今昔』으로 표기)은 12세기 전반에 성립된 일본 최대의 설화집이다. 인도, 중국, 일본에 관한 삼국의 이야기가 수록되어 있는데 특히 일본부(本朝部, 권11~권31)에 수록된 불교설화와 세속설화는 고대 일본인의 종교, 생활, 세계관 등을 살피는 데에 중요한 자료라 할 수 있다. 인간은 모름지기 미지의 세계에 대한 막연한 두려움과 호기심이 존재하기 마련이다.『今昔』일본부에도 낯선 세계에 발을 들여 놓고 그곳에서 경험한 비일상적인 경험을 체험한 증인들의 설화가 다수 수록되어 있다. 흔히 비일상적인 세계를 '이계異界'라고 하는데, 학자마다 시대마다 사용하는 의미가 조금씩 다르다. 이 용어는 1970년대부터 사용되기 시작하여, 1990년대까지 일반성을 갖기 시작했고, 2000년에 들어와서는 사용례가 급격하게 확산되어 그 정의자체가 어려워, 일종의 '유행어'라고 할 수 있다.[1] 사전적 의미로는 "일상생활의 장소와 시간의 외측에 있는 세계. 또 어느 사회의 바깥에 있는 세계"[2]라고 이해되고 있다. 일반적인 쓰임을 살펴보는 데에는 인터넷판·Weblio類語辞典[3]이 용이한데, 여기에서는 ① "영적인 존재(악마, 요정, 천사 등)가 사는 가공의 세계", 유의어는 성령계聖霊界·영계霊界, ② 사자死者의 세계, 유의어는 명부冥府·명토冥土·유명계幽冥界·황천黄泉·유계幽界·명도冥途·요미노쿠니黄泉の国 등이라고 정의되고 있다. 한편, '이향異郷'이란 용어가 있는데, 사전적 의미로는 "① 고향이나 모국에서 멀리 떨어진, 다른 토지. 타향. 외국. ② 사람이 죽어서 간다고 하는 곳. 타계他界. 인간세계가 아닌 세계. 선경仙境"으로 이해되고 있다.[4] 한편, Weblio類語辞典에서는 "자신의 고장이 아닌 장소", 유의어로는 타향·타국·외국·미지의 토지·이토異土·객지客地 등으로 정의되고 있다. 이상으로 보면 '이계'와 '이향'은 자기중심적인 세계관에 의해서 자신이 속한 내부와 외부를 가르는 이원론적인 인식의 용어라는 점에서는 동일하나, '이계'는 공간적인 개념, 시간적 개념(삶과 죽음의 경계)과 관련된 개념이고, '이향'은 공간적 개념이 강한 인상을 갖게 된다. 경우에 따라서 양자의 구

---

1 池原陽齊「'異界'の展開—意味領域の拡散をめぐって—」,『東洋大学人間科学総合研究所紀要』第14号, 2012, 33-37쪽.
2 『日本国語大辞典 第二版 第一巻』, 小学館, 2002, 823쪽.
3 https://thesaurus.weblio.jp.
4 『日本国語大辞典 第二版 第一巻』, 小学館, 2002, 874-875쪽.

별은 뚜렷하지 않은데, 필자는 일상생활과 다른 세계라는 의미의
'이계'는 추상적이고 포괄적이어서, '이향'의 의미를 포함하는 보다
광범위한 어휘로 판단하고 있다.[5] 본고에서는 위의 개념을 참고하
여, 『今昔』일본부에 수록된 '이계'관련 설화와 이향관련 설화(이향방
문담)의 특징을 살펴보고자 한다.[6] 참고로 텍스트는 이시준, 김태광역
『금석이야기집 일본부 1-9』, 세창출판사, 2016을 사용하였음을 밝혀
둔다.

---

5 참고로 일본의 민속학·민담연구에서는 이향에 대해서 "고향이라든가 고국에 대
한, 이민족이 사는 이국(異國)의 의미가 아니라, 인간 세상에 대한 이질적인 차원
이 다른 세계-초자연적인 존재 혹은 동식물이 사는 이질적인 질서·법칙이 지배하
는 세계를 가리킨다."라고 하고 있다. 稻田浩二·小沢俊夫『日本昔話通觀 28』, 同明
舍, 1988, 150쪽 참조. 더불어 이향담(異鄉譚)에 대해서는 "주인공이 어떤 이유로
지하에 있는 나라, 혹은 바다밑에 있는 나라와 같은 곳으로 가서, 환대를 받고 헤어
질 때, 재보를 받는다. 그리고 대부분의 경우, 욕심 많은 이웃이 그것을 따라 해서
실패를 한다고 하는 유형"이라고 하고 있다. 稻田浩二 外(編集)『日本昔話事典』, 弘
文堂, 1994, 48쪽 참조. 본고에서는 '이향'의 개념을 민담연구에서 정의하는 것보
다 좀 더 확장시켜, 이계성을 띤 비일상적인 '산'과 '바다'의 체험담도 '이향'으로
간주하여 살펴보았음을 밝혀둔다.

6 선행연구로, 고미네 가즈아키(小峯和明)는 산과 바다의 이계의 특징을 논하고 있
으며, 중국이나 인도는 일본에 대한 이계인가라는 문제에 대해서 "불법의 넓은 포
교가 주안점이기 때문에 타국의 이계성이나 일본과의 차이에 대해 크게 주목하지
않는다.(중략) 이계성이 의미를 가지는 것은 이문화와의 접촉이라 할 수 있는 불법
전래담에 국한된다."라고 지적하고, 「명토(冥土)나 지옥, 극락」등의 불교설화 자
체에 이계성이 주목된다고 하고 있다. 본고는 고미네의 의견을 참고하여, 구체적
으로 지옥, 극락, 그리고 도시의 이계화(異界化)의 주인공인 오니의 출몰과 산에 대
해서 고찰하고, 산과 바다에 관해서는 '이향'이라는 개념을 써서 자료를 수집하여
분석한 것이다. 小峯和明「異界·悪鬼との交差—『今昔物語集』を中心に一」, 『国文学』,
學燈社, 1995·10, 42-49쪽 참조. 이후 고미네는 위의 논을 더욱 심화시켜 12세기의
'일본해(우리나라에서는 동해)'를 중심으로 한 각 지역 간의 문화교류를 '불법전
래' '해양·해역의 문학' '환상의 이문화교류'라는 시점에서 논하였다. 小峯和明「異
文化交流」, 『今昔物語集』, 吉川弘文館, 2008, pp.143-168. 참조. 이외에 간략한 개념
에 대한 기술이지만 森正人「異域」, 『国文学 今昔物語集宇治拾遺物語必携』, 學燈社,
1988.1, 133쪽 은 참고가 된다.

Ⅱ. 이계로서의 지옥, 정토, 오니鬼의 출몰

1. 이계로서의 지옥

『구사론倶舎論』이나 『대비파사론大毘婆沙論』 등의 불교경전에는 지옥의 위치를 인간이 사는 세계의 지하에 중층적으로 깊게 연속되는 존재로 설명한다. 인간이 지옥을 경험하고 현세로 소생하는 이른바 '지옥소생담'은 『今昔』이전의 『일본영이기日本靈異記』부터 보이는데, 고대 일본 설화문학에서 지옥은 현세의 연장선에 있는 '수평타계관'의 경우가 대부분이다. 지옥관련 설화의 유형은 '地獄蘇生譚' '地獄巡禮譚' '地獄往來譚' '地獄現報譚' '亡靈出現譚' '地獄使臣譚' '地獄來迎譚'으로 나눌 수 있는데, '지옥소생담'이 2/3 정도로 압도적으로 많다.[7] '지옥소생담'에 속하는 권13 제6화 「셋쓰 지방攝津國의 다다원多多院 지경자持經者의 이야기」의 내용을 인용하면 다음과 같다.

　　그러던 중에 이 속인이 몸에 병이 들어서 며칠을 앓더니 결국 죽어버렸고 집안사람이 관에 넣어 나무 위에 놓아두었다. 이후 닷새가 지나 죽은 사람이 되살아나서 관을 두드렸다. 사람들은 두려워 가까이 가는 자가 없었다. 그러나 죽은 이의 목소리를 듣고 '이것은 되살아 난 것이리라.'라고 생각해서 관을 내려서 열어 보니 역시 죽은 이가 살아

---

7 고대 일본지옥설화의 성립 유형에 관련해서는 이시준 「日本地獄說話의 成立과 變容에 관한 통시적 연구」, 『외국문학연구』, 한국외국어대학교외국문학연구소, 2007.11, 362-380쪽 참조.

나 있었다. 사람들은 '불가사의한 일이로구나.'라고 생각해서 집으로 데려갔다. 남자는 처자에게 이야기했다. "나는 죽어서 염마왕閻魔王의 거처로 갔다. 왕은 장부帳簿를 넘기고, 선악의 업業을 기록한 패를 살펴, '너는 생전의 죄업이 무겁기 때문에 지옥에 보내야하지만 이번만은 죄를 용서하고 즉시 본래의 곳으로 되돌려 보내주마. 그 이유는 네가 오랫동안 성심誠心으로 법화法華 지경자를 공양했었는데, 그 공덕이 그지없기 때문이니라. 너는 원래의 곳으로 돌아가서 한층 신심信心을 가지고 그 지경자를 공양한다면 삼세三世의 제불諸佛을 공양하는 것보다 나을 것이다.'라고 말했다. 나는 이 가르침을 얻고 염마왕의 관청을 나와 인간 세상으로 돌아오게 되었는데, 도중에 야산野山을 지나가고 있는데 칠보七寶의 탑塔이 있었다.

속인俗人은 사후, 지옥으로 가서 염마왕의 재판을 받게 되었으나, 지경자 공양의 공덕으로 염마왕에게 용서를 받고 귀가하던 중, '야산'을 지나왔다고 한다. 사후의 세계라고 할지라도 현세와 이어진 공간으로 설정되어 있음에 주목해야 한다. 이외에 '큰 강'(권20 제16화, 출전은 『日本靈異記』上30)을 건너는 경우도 있다. 하선의 '본래의 곳' '원래의 곳' '인간 세상'은 남자가 현세에서 살고 있는 셋쓰 지방攝津國을 가리키는 말로서, 명도(지옥)의 시점에서 현실세계가 상대화되고 있는 점에 주목할 필요가 있다.

한편, 권14 제7화「수행승修行僧이 엣추 지방越中國의 다테 산立山에서 젊은 여인을 만난 이야기」는 지방을 돌며 수행하던 미이데라三井寺의 승려가 다테 산立山의 지옥에 떨어져 고생하는 여자의 영靈의 의

89

뢰로 오미 지방近江國의 부모를 찾아『법화경法華經』을 서사공양하게
해서 여자를 도리천忉利天에 전생하게 했다는 내용이다.[8] 이하는 다
테 산을 형용하는 부분이다.

　　예부터 그 산에는 지옥地獄이 있다고 전해져오고 있었다. 그곳의 모
습은 멀리 넓게 펼쳐진 고원으로, 그 계곡에는 백천百千의 무수히 많은
온천溫泉이 있고 깊은 구멍 안쪽에서 뜨거운 물이 솟아나고 있었다. 바
위가 구멍을 막고 있었지만 뜨거운 물이 끓어올라 바위 사이에서 솟구
치면 큰 바위마저 들썩였다. 열기熱氣로 가득차서 사람이 가까이 가서
보면 무섭기 그지없었다. 또 그 고원 안쪽에는 커다란 불꽃 기둥이 있
어서 늘 불타고 있었다. 또한 그곳에는 높은 봉우리가 있었는데 다이
샤쿠 악帝釋嶽이라는 이름을 가지고 있었다. '이곳은 제석천帝釋天과
명관冥官이 모여 중생衆生의 선악善惡의 업業을 감정勘定하는 곳이다.'
라고 전해진다. 이 지옥의 고원의 계곡에 커다란 폭포가 있었다. 높이
가 십여 장丈으로 이것을 쇼묘勝妙 폭포라고 불렀는데 하얀 천을 쳐놓
은 듯했다. 옛날부터 전해오기를 "일본국日本國 사람으로 죄를 많이 지
은 사람이 다테 산의 지옥에 떨어졌다."고 한다.

　유황이 뿜어져 나오는 온천이 솟아나오는 곳을 현세의 지옥으로
여기는 신앙은 일반적이며, 특히 산악영장山岳靈場의 땅인 예가 많았

8　다테 산의 지옥설화와 관련해서는 이시준 「『法華驗記』所收 立山地獄説話의 산중
　　타계관과 지옥사상의 성립에 관한 고찰」,『일본어문학』, 한국일본어문학회, 2008.9,
　　223-240쪽과 이시준 「平安時代의 立山地獄説話의 成立과 變容에 관한 고찰」,『日本
　　研究 제35호』, 한국외국어대학교 일본연구소, 2008.3, 113-128쪽 참조.

다. 죽은 영혼이 다테 산立山으로 모인다는 재래의 산중타계관이 존재했으며, 이후 산악불교, 불교의 지옥관과 융합되어 이와 같은 설화의 형태로 되었으리라 판단된다. 이외에도 다테 산 지옥에 대해서는 엣추 지방越中國의 서생書生의 세 아들이 다테 산 지옥을 찾아가서 죽은 어머니의 부탁을 듣고 부자가 협력하여 국사國司 이하 여러 사람의 협력을 얻어 천 부의 『법화경法華經』을 서사공양하고 죽은 어머니를 도리천忉利天에 전생하게 했다는 권14 제8화가 있다. 또한 수행승 엔코延好가 엣추 지방 다테 산에서 칩거 수행 중, 지옥에 떨어져 고통받는 여자의 망령의 부탁을 받아 도읍 칠조七條 주변의 생가를 방문하여, 지장상 조립造立과 『법화경』 서사 등 망령을 제도濟度하는 추선공양을 행했다고 하는 권17 제27화가 있다. 출전미상인 권14 제8화의 경우는 『법화험기』를 출전으로 한 권14 제7화보다 내용이 풍부하고 치밀하지만 기본적인 모티브 구성이 유사한 바, 결국 이 이야기는 『법화험기』의 설화를 베이스로 윤색된 파생설화일 가능성이 높다.

다테 산立山 지옥설화는 '지옥소생담'과 거의 같은 모티브로 구성되어 있고, 넓은 의미의 '수평타계관'이라는 점에서 동일하나, 현실의 구체적인 지역의 산중타계관을 배경으로, 사후가 아닌 산채로 지옥을 체험했다는 점이 '지옥소생담'과 구별된다.

2. 이계로서의 정토

다음으로 정토에 관해서인데, 정토란 예토穢土와 반대되는 의미로 부처님의 국토를 의미한다. 따라서 부처님들은 각각 거주하는 정토

를 가지는데, 가령 석가의 영산정토, 관음의 보타락정토, 미륵의 도
솔천, 아미타의 서방극락정토 등이다. 고대 일본인들은 정토를 어떤
세계로 인식하고 있었을까? 권15 제8화 「히에이 산比叡山 요카와橫川
의 진조尋靜가 왕생한 이야기」는 진조가 다년간 염불과『금강반야경』
독송을 수행한 공덕에 의해, 성중내영聖衆來迎의 꿈을 꾸고, 그 예고
대로 극락왕생을 이루었다는 내용이다. 그가 임종 직전에 제자들을
불러 "나는 지금 일심으로 극락을 관념觀念할 생각이니, 혹여 다른
잡념이라도 생긴다면 왕생에 방해가 된다."라고 말하며, 자신에게
말을 걸지 말라고 당부한다. 여기서 '관념'이란 '관상염불觀想念佛'을
말하는데, 마음을 가라앉히고 아미타불과 극락정토의 장엄함을 마
음에 떠올려 염念한다는 의미이다. 또한 권15 제31화 「히에이 산比叡
山 입도入道 신카쿠眞覺가 왕생한 이야기」의 신카쿠는 "눈을 감으면
눈앞에 아름답게 장식된 극락의 모습이 어렴풋이 나타나 보이네!"라
고 스스로가 왕생할 것이라는 사실을 예감한다. 그런데 여기서 주목
할 점은 비록 유형화되었지만 다소 구체적인 염마청이나 염마왕의
재판묘사, 옥졸과 죄인 등의 생생한 지옥묘사와는 달리 정토에 대한
형용은 매우 빈약하다는 점이다. 사후에 경험하는 세계라는 점에서
'지옥'과 동일함에도 불구하고, 정토에 대한 묘사가 빈약하다는 것
은 '지옥'만큼 정토를 접한 경험이 적었기 때문이리라. 실제로 정토
를 직접(혹은 꿈을 통해서라도) 경험한―이하 기술할 권15 제19화를 제외
하고는― '정토소생담'으로 분류될 정도의 설화는 거의 드물다. 이
러한 의미에서, 권11 제2화「교키行基 보살菩薩이 불법佛法을 공부하여
사람들을 제도濟度하신 이야기」는 정토를 체험하고 돌아온 자의 경

험담으로서 이례적이라 할 수 있다.

> 내가 염라왕閻羅王의 사자에게 붙잡혀 끌려가는데 길에 황금으로 지어진 궁전이 있었다. 그것은 높고 넓었으며 찬란히 빛나고 있었다. '여기는 어디인가.' 하고 나를 끌고 가는 사자에게 묻자, 사자는 '여기는 교키 보살이 태어날 곳이다.' 라고 대답했다. 더 가다 보니 저 멀리 연기와 불길이 하늘에 가득했고, 보기에 무시무시할 정도로 맹렬했다. 그래서 다시 '저것은 무엇인가?' 하고 묻자, 사자는 '저건 네가 떨어질 지옥이다.' 라고 말했다. 사자가 나를 데리고 염라왕 앞에 당도하니 왕은 큰 소리로 나를 꾸짖으며, '너는 염부제閻浮提 일본국에서 교키行基 보살을 시기하여 미워하고 비난했다. 지금 그 죄를 벌하기 위해 불러들인 것이다.' 라고 말씀하셨다.

위의 이야기는 고대 민간 불교의 상징적 지도자 교키行基의 찬양을 위한 설화로서, 그를 시기한 간다이지官大寺의 지코智光가 사후 명계冥界로 가서 죄에 대한 지옥의 형벌을 받고 참회하고 현세로 소생하였다는 내용이다. 사후에 교키가 거주할 곳은 "황금으로 지어진 궁전"으로 찬란하게 빛나고 있는 바, 이곳은 곧 일종의 정토로서, 이후 지코가 경험하게 될 지옥의 풍경과 맞물려 강한 대조를 이룬다. 출전은 『일본영이기』(9세기 전반 성립)이며, 헤이안 중기 이후, 정토와 지옥의 이미지가 확연하게 구분되기 이전, 다시 말해서 지옥과 정토가 미분화된 사상적 배경 하에 성립된 설화라고 할 수 있다.

비록 '꿈'을 통해서이지만 극락정토의 모습을 비교적 구체적으로

전하는 예가 권15 제19화「무쓰 지방陸奧國 고마쓰데라小松寺의 승려
겐카이玄海가 왕생한 이야기」이다. 승려 겐카이가 꿈을 꾸었는데, 자
신의 몸 좌우 겨드랑이에 갑자기 날개가 돋아나 "서쪽을 향해 날아
가" "더할 나위 없이 아름다운 세계에 도착했다. 지면은 모두 칠보七
寶로 장식되어 있었"고, "그 세계의 보배나무와 가지각색의 누각·궁
전 등을 둘러보고" 있자 정토의 한 성인聖人이 '3일' 후에 겐카이가
여기로 올 것이라는 말을 하는 것을 듣고 꿈을 깼다는 내용이다. 겐
카이가 꿈을 꾸는 동안 제자와 동자들이 "스승님이 돌아가셨어."라
는 말을 하는 장면을 놓고 볼 때 이 설화가 '지옥소생담'의 영향을 다
소간이라도 받은 것은 아닌가 생각된다. 겐카이는 이후 정진하여 '3
년'후에 숨을 거두었다. 앞서 정토의 성인이 '3일'후에 올 것이라는
말과 견주어 생각하면, 극락의 3일은 인간세계의 3년에 해당된다는
것으로, 타계他界의 시간 경과는 인간세상과 다르다는 이향설화의
특징의 한 면을 잘 보여주고 있다고 하겠다.

   헤이안 중기이후 정토신앙이 확대되자, 정토를 현실 속의 구체적
인 장소로 특정하여 신앙되게 되었는데, 헤이안 말기 성행했던 구마
노熊野 신앙이 대표적이다. 고대 일본인은 구마노를 '사자死者의 영이
모이는 곳'으로 인식했고, 이자나미노 미코토イザナミ命의 매장지로
알려진 바와 같이 고대의 사후세계黃泉国의 입구로 신앙하였다. 구마
노삼산熊野三山은 원래 본궁대사本宮大社는 구마노강, 나치대사那智大
社는 나치의 폭포, 하야타마대사速玉大社는 가미쿠라산神倉山의 '고토
비키 바위ごとびき岩' 등의 자연을 신체御神体로 하였다(자연신앙). 이후
선조先祖신앙이 유입되어 구마노삼산은 각각 스사노오スサノヲ命, 이

자나미イザナミ命, 이자나기イザナギ命를 제신으로 삼게 되었다. 그것
이 헤이안 중기의 신불습합과 정토신앙이 확대되자, 신화 속의 신은
수적신垂迹神으로, 그 본지불本地仏로서 각각 아미타여래, 천수관음,
약사여래가 결부되었다. 따라서 자연히 구마노 본궁은 극락정토極楽
浄土, 나치는 보타락 정토補陀落浄土, 하야타마는 정유리정토浄瑠璃浄土
로 신앙되게 되었다. 권12 제31화 「승려가 사후 혀만 남아 산에서 법
화경法華經을 독송한 이야기」는 구마노 강 상류의 산에 들어가 수행
을 하던 법화 지경자가 죽은 후에도 해골이 되어 법화경을 독송했다
는 내용이다. 이 승려는 "생사무상生死無常의 세계를 꺼리어 몸을 던
져" 정토로 왕생할 것을 바라며 자살했는데, 승려의 죽음은 구마노
지역이 정토로 통하는 성지였다는 인식과 관련이 있을 것으로 판단
된다. 구마노신앙의 정토와 다테 산의 지옥의 성립 배경에는 죽은
자의 영혼이 산으로 향한다는 '산중타계관'이 있다는 점에서 동일하
다. 같은 배경에서 출발했지만, 이후 한쪽은 '정토'의 입구로, 한쪽은
'지옥'의 입구로 정반대로 신앙되었다는 점은 흥미롭다 하겠다.

한편, 권19 제14화의 겐 대부源大夫도 정토를 추상적인 초현실의
공간이 아니라 현세와 맞닿은 구체적인 공간으로 받아들인 듯하다.
그는 염불을 외우며 금고金鼓를 두드리며 서방정토를 향해 '서쪽'으
로 부단히 나아갔다. 그의 정진은 "정말로 깊은 강을 만나도 얕은 곳
을 찾아 건너려고도 하지 않고, 높은 봉우리가 있어도 우회하는 길
을 찾지 않고 굴러 넘어지며 서쪽을 향해 저돌적"인 것이었다. 결국
에는 서해西海를 바라보는 높은 봉우리에 정착하게 되었고, 이하는
그 주변의 주지스님과의 대화문이다.

"나는 이곳에서 더욱더 서쪽을 향해 바다에라도 들어가려고 했지만, 이곳에서 아미타불께서 응답을 해주셨기 때문에 여기서 이름을 부르고 있는 것이오."라고 말했다. 주지는 이것을 듣고 의아하게 여겨 "뭐라고 응답하셨습니까."라고 묻자, 그는 "그러면 불러보지. 들어보시게."라고 말하며 "아미타 부처님이여. 어이, 어이. 어디 계십니까."라고 큰소리로 부르니, 바다 쪽에서 무엇이라 형용할 수 없는 아름다운 목소리로 "여기 있노라."라고 응답하는 것이었다.

겐 대부는 정토를 '서방'으로 가면 닿을 수 있는 구체적인 어떤 곳이라고 믿을 정도로 소박하고 직관적인 신앙의 소유자였다. "어이, 어이. 어디 계십니까." 그의 간절한 외침에 "여기 있노라."라고 아름다운 목소리로 응답하는 장면은 현실에서 상식적으로 일어날 수 없는 '영험담'적인 성격을 띤다.

현세에서 지옥을 들어가 체험하는 지옥관련설화화는 반대로, 정토의 형상화는 정토에서 현세의 경계로 정토의 주민이 넘어오는 형태를 통해 구체화되었다. 『왕생전』에서 빈번이 나오는 성중내영聖衆來迎, 그리고 회화로는 '내영도來迎圖'가 바로 그것이다. 설화와 회화 양자를 설명하는 데에 있어 다음의 예화는 매우 시사적이다. 권15 제23화 「단고 지방丹後國의 영강迎講을 시작한 성인聖人이 왕생한 이야기」는 단고 지방의 성인聖人 아무개가 극락왕생을 간절히 바란 나머지, 매년 섣달 그믐날에 제자로 하여금 아미타불 사자로 마중 나온 것처럼 하게 하여 성중내영을 연출했다는 내용이다. 당시의 연출에 대해서 본문에는 "어느 사이에 영강을 하는 날이 되었다. 매우 성

〈그림 1〉阿弥陀聖衆来迎図 平安時代後期(12世紀)高野山有志八幡講十八箇院蔵

대하게 의식 등을 시작하자, 성인은 향로에 향을 피워 사바娑婆로 설정한 장소에 앉아 있었다. 사람이 분장한 부처가 점차 가까이 다가오자, 관음觀音은 자금紫金으로 만든 대臺를 양손으로 받쳐 들고, 세지勢至는 천개天蓋를 받쳐 들고, 하늘의 기악伎樂을 다루는 보살은 계루고鷄婁鼓를 앞에 두고 신묘한 음악을 연주하며 부처를 따라 왔다.”라고 되어 있다. 〈그림 1〉의 내영도를 보면 아미타를 중심으로 옆모습의 관음이 연대를 들고 있고, 반대편에 세지보살이 합장을 하고 오른쪽 무릎을 세우고 있다. 그리고 세 불보살의 주위에 다양한 악기를 든 보살들이 위치한다. 회화가 대중적 인식에 영향을 미치고, 그러한 인식이 설화의 내용에 반영된 것으로서, ‘회화’와 ‘설화’의 상호 관련성을 이해하는 예로 주목된다. 또한 우리는 이 설화를 통해 ‘내영’이야말로 왕생의 결정적 증거라고 믿었던 그 당시, 내영의 모습의 연출을 통해서라도 왕생을 염원했던 독실한 신앙의 단면을 확인할 수 있다.

3. 오니鬼의 출몰

영귀靈鬼와의 조우는 비일상적인 경험으로 영귀와 조우한 그 공간 자체가 '이계'로 화한다. 권27에는 교토京都 주변의 전승을 중심으로 오니鬼, 여우, 정령 등 다양한 영귀담靈鬼譚이 수록되어 있는데, 본 절에서는 인간의 생명을 위협하며 가장 치명적인 존재로 인식되었던 오니鬼를 중심으로 살펴보고자 한다. 오니와의 조우의 경우, 앞서 살펴본 지옥이나 정토와는 달리 '이쪽 세계'와 '저쪽 세계의 경계'가 애매하다는 점이 특징이다. 이하 '경계'에 중점을 두고 몇 가지 예를 살펴보자.

우선, 오니가 사는 공간과 인간의 거주공간이 비교적 구분되어 있는 경우로, 권27 제17화「동국東國 사람이 천원원川原院에 숙소를 정하고 부인을 빼앗긴 이야기」를 들 수 있다. 이 이야기는 처를 동반해 상경한 남자가 실수로 사람이 살지 않는 천원원川原院에 숙박하고 있을 때, 어느 날의 해질녘에 부인이 오니鬼에게 모퉁이에 있는 문妻戶 안으로 끌려 들어가서 옷에 걸린 장대에 걸친 채로 죽어 있었다는 이야기로, 사람들은 "오니鬼가 빨아 죽인 것"이라고 입을 모아 이야기하였다. 부인이 죽은 '천원원'은 미나모토노 도루源融의 영靈이 붙어살았다는 곳으로(권27 제2화. 우다인(宇陀院)께서 가와라인(川原院) 도루(融) 좌대신(左大臣)의 영(靈)을 보신 이야기) 오니나 영이 출몰하는 지역이었던 것이다. 또한 동국에서 상경한 남자가 쓰러져가는 집에서 머물다 오니에게 습격을 당하였다는 이야기(권27 제14화「동국(東國)에서 상경한 사람이 오니(鬼)를 만난 이야기」)를 고려해보면, 오래되고 황폐한 집은 오니가 출몰할 수 있는 '이계로의 입구' '이계와의 경계'라고 할 수 있다.『今昔』는 이러한 곳을 '악소惡所'(권27 제4화, 권27 제31화)라고 하고 있는데, 인간의 영역과 영귀의 영역이 비교적 확연하게 구분된 경우라고 할 수 있다.[9]

한편, 이쪽과 저쪽의 공간적 경계가 모호한 경우인데, 대표적인 것이 '백귀야행百鬼夜行'이다. 권14 제42화「존승다라니尊勝多羅尼의 험력驗力에 의해서 오니鬼의 난을 피한 이야기」를 예로 들어보자. 이하 장문이지만 '백귀야행'과 조우하는 부분을 인용하면 다음과 같다.

대납언大納言 좌대장左大將인 쓰네유키常行라고 하는 분이 계셨다. (중략) 그래서 밤이 되면 집을 나와 여기저기에 찾아가는 것을 일과로 삼고 있었다.

그런데 대신의 집은 서쪽의 대궁대로大宮大路로부터는 동쪽, 삼조대로三條大路보다는 북쪽에 있어서 여기를 서삼조西三條라고 하는데, 이 도련님은 도읍 동쪽에 마음에 있는 여인이 있었기에 항상 그곳을 다녔다. 부모는 밤에 나가는 것을 걱정해서 강하게 제지하셨기에 쓰네유키는 사람들에게 알리지 않고 살며시 시侍가 대기하고 있는 장소의 말을

---

9 한편, 누각의 상층도 일종의 이계로 수도와 지방의 경계에 서있는 나성문(羅城門)도 오니가 빈번하게 출몰하는 곳이다. 권24 제24화「겐조(玄象)라고 하는 비파(琵琶)를 오니(鬼)에게 도둑맞은 이야기」, 권27 제33화「서경西京에 사는 사람이 응천문應天門 위에 빛나는 물체를 이 이야기」, 권29 제18화「나성문(羅城門) 상층(上層)에 올라가 죽은 사람을 본 도적 이야기」참조.

가져오게 해서 시동侍童과 마부만을 데리고 대궁대로의 북쪽으로 가서 거기서부터 동쪽으로 갔는데 미복문美福門 주변을 지나고 있자 동쪽의 대궁대로 쪽에서 많은 사람이 횃불을 들고 왁자지껄 떠들면서 다가왔다. 도련님은 이것을 보고 "저것은 어떠한 자들이 오고 있는 것일까. 어디에 숨는 것이 좋을까?"하고 묻자, 시동이 "낮에 보았는데 신천원神泉苑의 북쪽 문이 열려 있었습니다. 그곳에 들어가서 문을 닫고 그들이 지나갈 때까지 잠시 그대로 계십시오."라고 대답했다. 도련님은 기뻐하며 말을 달려 열려있는 신천원의 북문 안으로 달려 들어가 말에서 내려서 기둥 아래 쪼그리고 앉았다. 그러자 횃불을 들고 있는 자들이 지나갔다. "대체 뭐하는 자들일까?"라고 생각해서 문을 빠끔히 열고 보자, 놀랍게도 그것은 인간이 아니고 오니鬼들이었다. 저마다 무서운 모습을 하고 있었다. 이를 보고 오니라고 생각하니 간이 쪼그라들고 혼비백산해서 아무 생각도 나지 않고 눈앞이 캄캄해져서《납작》엎드려 있었는데, 들어보니 오니들이 지나가면서 말하는 목소리가 들렸다.

쓰네유키가 오니를 만난 시간은 '밤夜' 시간 때이다. 『今昔』권27의 영귀가 출몰하는 시간대는 거의 밤(夜半許, 夕暮方, 夜ノ事, 毎夜, 夜漸ク深更テ, 亥ノ時, 彼レハ誰ソ時)이며, 오니의 출몰시간은 '밤'에 국한된다. [10] 이계와 일상의 세상은 '밤'을 경계로, 헤이안경의 도로는 낮은 인간의 공간, 밤은 오니의 공간으로 구별되는 것이다.

헤이안 경의 북쪽의 경계선이 되는 동서 도로가 일조대로—条大路

---

10 이시준 「『今昔物語集』巻二七・霊鬼譚の意義」, 『日語日文學研究』, 한국일어일문학회, 2001, 198쪽 참조.

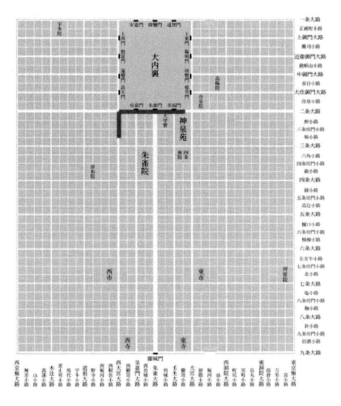

〈그림 2〉 헤이안경과 쓰네유키의 이동경로

이며, 대내리의 남단에 위치한 동서 도로가 이조대로二条大路, 이하 헤이안 경 남단의 경계선이 되는 구조대로九条大路까지 각 대로 사이에 3개의 소로小路를 끼고, 삼조대로, 사조대로, 오조대로 식으로 이어진다. 쓰네유키의 이동경로는 서삼조 부근-대궁대로북쪽-미복문美福門주변-신천원神泉苑(〈그림 2〉 참조)으로, 반대편에서 행진해 오는 오니의 무리와 맞닥뜨렸으므로 오니의 행진은 이조대로를 동쪽에서

서쪽으로 진행하고 있었던 것이 된다. 이조대로는 헤이안경 대내리大內裏의 남쪽에 면한 대로로서, 이 대로에 면한 문은 동쪽으로부터 미복문, 주작문朱雀門, 황가문皇嘉門 등 3개의 문이 있다. 조영당시의 도로의 폭은 17丈(約51m)[11]으로, 동서대로 중에서는 가장 넓어, 헤이안경 전체에서도 주작대로朱雀大路 다음가는 넓은 도로에 해당한다. 이조대로는 궁중과 그 외 지역을 가르는 경계지역으로, 이조대로의 폭은 천황이 거하는 궁중과 일반지역의 차별성을 상징하기도 한다. '낮'의 하레ハレ의 공적인 천황의 궁전 앞은 '밤'을 경계로, 횃불을 든 수많은 오니들의 행진에 의하여 비일상적인 게ケ의 공간으로 변해 버린 것이다.[12]

이외에, 권16 제32화「몸이 보이지 않게 된 남자가 육각당六角堂 관음의 도움으로 몸이 보이게 된 이야기」의 남자는 섣달 그믐날 밤[13]에 일조대로를 서쪽에서 동쪽으로 가는 오니를 호리 강堀川 다리에서 조우하였고, 권24 제16화「아베노 세이메이安倍晴明가 다다유키忠行를 따르며 음양도陰陽道를 배운 이야기」의 가모노 다다유키 일행은 이조대로를 남쪽으로 내려가다 반대쪽에서 올라오는 오니들과 조우하기도 한다.

---

11 『延喜式 第7』, 日本古典全集刊行会, 1929, 32쪽.

12 도읍의 중앙을 달리는 거대한 길이나 문은 의식이나 제사의 장으로서 중요한 역할을 하였다. 가령, 주작문이나 주작대로에서 행하는 오하라에(大祓)는 천황의 몸에서 게가레(ケガレ, 부정)를 씻어내는 것이고 동시에 천황이 통치하는 도읍에서 게가레를 제거하기 위한 것이었다. 田中貴子『百鬼夜行の見える都市』, 新曜社, 2002, 72쪽.

13 고대 민속 신앙에서는, 섣달 그믐날 전후로는 조상의 혼령이 내방(來訪)하는 날로 간주하여 혼제(魂祭)를 올렸다. 섣달 그믐날에 귀신이 집합한다는 이야기는, 권24 제13화에도 보인다.

이계를 구분하는 시간이 '밤'이라는 것을 가장 드라마틱하게 보여 주는 이야기로 권27 제9화「조정朝政에 나간 변辨이 오니鬼에게 잡아 먹힌 이야기」를 들 수 있다. 궁성안 태정관太政官의 아침근무에 늦게 지각해서 등청한 4등관인 남자가 그보다 일찍 나와 있던 상관이 오니에게 참살당한 것을 목격하게 된다. 새벽(아직 밤이 끝나지 않은 시간대)에 먼저 입궐한 상관은 오니에 의해서 죽고, 새벽이 지난 시간(밤이 끝나 시간대)에 입궐한 4등관은 오니의 위해로부터 벗어날 수 있었던 것이다. 오니의 출몰장소가 다른 곳도 아닌 '궁성 안'이었다는 점, 간발의 시간차로 삶과 죽음이 나뉘었다는 점 에서 어느 설화보다도 독자로 하여금 긴장감과 오니의 공포를 상기시켜 준다.

Ⅲ. 이향으로서의 산과 바다

자신의 마을·모국이 아닌 다른 고장이나 지역을 의미하는 '이향'은 기존에 내가 속한 세계와 다른 낯설고 위험한 세계인 경우가 많다. 『今昔』일본부를 살펴보면 총13개의 이향관련설화가 발견된다. 대부분 사람들이 산 속에서 길을 잃고, 혹은 바다에서 풍랑을 만나 표류하다가 이향을 경험하고 있기 때문에, 산과 바다로 크게 나누어 살펴보고자 한다. 본고에서 다루는 이향관련설화는 이향에 들어가서, 그곳을 체험하고 다시 현세로 돌아오는 '방문담'의 형식이 많아, '이향방문담'이라고 명명해도 큰 과오는 없을 것으로 판단된다.

1. 이향으로서의 산

권13 제4화「시모쓰케 지방下野國의 승려가 옛 선인仙人의 동굴에 머무는 이야기」는 여러 지방의 영험소(靈驗所, 영험이 뛰어난 사사(寺社)·영장(靈場))를 돌아다니며 한 곳에 머무르지 않고 수행을 하던 로겐良賢이 "공교롭게도 길을 헤매다" 지경선인 호쿠法空의 산속 동굴로 오게 되고, 로겐은 그곳에서 호쿠에게 음식을 공양하는 미녀로 모습으로 변신한 나찰녀羅刹女에게 욕정을 품고 마을로 추방당한다는 내용이다. 나찰녀는 로겐을 들고 공중으로 날아올라 며칠 걸려 가는 길을 두 시간 만에 마을까지 데리고 나와 그곳에 버려두고 돌아갔다. 산속의 동굴은 "적정寂靜하고 청정淸淨"한 곳으로 묘사되어, 고苦를 멸한 해탈의 경지인 성지로서의 의미를 띠며, 세속의 마을과 강한 대조를 이룬다.

위와 같이 여러 지방의 영장을 돌며 수행하던 자가 산중고행山中苦行의 법화지경자法華持經者의 거처에 방문하여 다시 돌아오는 모티브는 권13화 제1화「수행승 기에이義叡가 우연히 오미네大峰의 지경선인持經仙人과 만난 이야기」, 권13 제2화「가즈라 강葛川 은둔승이 히라 산比良山에서 우연히 지경선인持經仙人을 만난 이야기」에도 보인다. 이들 이야기 역시 "산에서 나오려다 길을 헤매고 방향을 잃"기도 하고(권13 제1화), 히라 산을 며칠이나 필사적으로 뒤져 겨우 선인을 찾기도 한다(권13 제2화). 또한 지경선인의 수행 장소는 이제까지 아무도 찾아 온 적 없는 곳으로, "인간계의 속취俗臭"(권13 제1화)에서 벗어난 곳이며, 외부인과 접촉한 선인은 "자네는 당분간 나에게 가까이 오지 말고 멀리 떨어져 있으시게나. 아무래도 인간 냄새나는 연기가 눈에 들어와서 눈물이 나와 참을 수 없구먼. 이레 지나서 가까이 오면 될 게야."라고 말한다(권11 제2화). 선인은 화기火氣를 사용하지 않기에 취사나 불을 밝힐 때의 연기에 견디기가 어렵다는 의미인데, 청정하고 신성한 이미지가 후각적인 표현으로 강조되고 있다.

이하 살펴볼 세 가지 이야기는 산속의 이향에 들어가 죽을 고비를 넘기고 탈출했다는 점에서 공통적이다. 우선 권11 제11화는 중국에 넘어가 법난法難을 맞아 고난 끝에 밀교를 전한 천태종의 엔닌圓仁이 교힐성纐纈城에 유폐되어 탈출한다는 내용이다. 같은 이야기가 『우지 습유이야기宇治拾遺物語』에도 보이는데, 사실적인 이야기라고 보기에는 어렵다. 엔닌은 당의 무종武宗 황제에 의한 불교탄압을 피해 다른 나라로 도망치는 도중에 "아주 높은 산을 넘어가자 인가"가 있었고, 그곳은 "불상도 경전도 전혀 찾을 수" 없는 사람의 피를 짜서 염색하는 것을 생업으로 하는 곳이었다. 위험에 처한 엔닌은 엔랴쿠지延暦寺 근본중당의 본존인 약사여래상에게 기원을 하였고, 그곳의 주민의 조언과 어디선가 나타난 개(약사여래의 가호라 여겨지는)의 안내를 받아 무사히 그곳을 빠져 나올 수 있었다. 엔닌이 도망쳐 나온 마을 사람들은 "그곳에 간 사람은 두 번 다시 돌아오지 않았습니다."라고 하며, 부처님이나 신의 구원 없이는 도저히 도망칠 수 없었다고 찬탄한다. 단학본丹鶴本의 제목인 '慈覺大師亘唐傳顯密法歸來語'에서 알 수 있듯이, 일본부의 '불법전래담'(권11 제1화~제12화)의 의의를 갖고 있지만 실제의 내용은 약사여래의 영험담적인 성격이 강하다고 할 수 있다.

'말을 못하게 만드는 약'과 '살이 찌는 약'을 몰래 먹여 피를 짜내는 교일성은 중국의 땅인데, 일본에도 이향의 비밀을 지키기 위해서 이향에 들어온 외부인을 죽인다거나 채찍으로 사람을 때려서 말로 바꾸는 이향방문담이 보인다. 권31 제13화 「오미네大峰를 지나는 승려가 사케노이즈미 향酒泉郷에 간 이야기」는 수행승이 "오미네라는 곳을 지나고 있는데 길을 잘못 들어서 어디인지 알 수 없는 골짜기 쪽으로 들어가" 술이 솟아나는 샘이 있는 사케노이즈미 향酒泉郷에 발을 들여놓고 죽을 처지에 몰리지만 간신히 살아서 마을로 돌아온다는 내용이다. 권31 제14화 「시코쿠四國의 벽지를 지나던 승려가 미지의 장소에 가서 맞아서 말이 된 이야기」는 "깊은 산중"에서 길을 잃고 인가를 발견하고 들어갔는데, 마치 오니처럼 무서운 모습의 집주인 승려가 있었다. 집주인은 채찍을 때려 두 명의 수행자를 말로 변신시켰고, 한 명의 수행자는 집주인의 아내에게 도움을 받아 겨우 마을로 돌아갔다는 내용이다. 이하는 각각의 이향에서 탈출한 후의 후일담이다.

○ 그는 본디 신의가 없고 입이 가벼운 승려였다. 그 탓에 그렇게까지 서원을 올려 약속했음에도 불구하고 본래 살던 마을로 돌아가자, 사람을 만날 때마다 이 일을 이야기하였다. (중략) 젊은이들은 의기충천하여 들으려고 하지 않았다. 또 승려도 열심히 부추겼기 때문인지 모두 모여 함께 길을 나섰다. 한편 길을 나선 무리의 부모와 친척들은 제각각 불안해서 그저 탄식만 하고 있었다. 그런데 약속한 날에 돌아오지 않았고, 그다음 날도 돌아오지 않았다. (중략)이렇게 오랫동안 돌

아오지 않았지만 찾으러 나서는 사람은 한 명도 없었고, 단지 서로 한
탄할 뿐이었다.   (권31 제13화)

○ 그런데 그 두 여자는 수행자가 이 일에 대해 발설하지 않도록 하
며, "이처럼 죽을 목숨을 구해 드렸습니다. 이러한 곳이 있다고 절대로
세상 사람들에게 말하지 마십시오."라고 몇 번이나 약속하였다. 그러
나 수행자는 '이만한 사건을 어떻게 사람들에게 말하지 않을 수 있나.'
하고, 만나는 사람마다 이야기하였다. 그러자 그 지방의 용감하고 무
예가 뛰어난 젊은이들이 "군대를 모아서 가 보자." 하며 들고 일어났
지만 가는 길도 몰랐기에 어쩔 수 없이 일단락되었다. (중략)그 수행자
는 거기서 여러 지방을 돌아 상경하였다. 그 후 그 장소가 어디에 있다
고 전혀 듣지 못하였다. 눈앞에서 사람을 때려서 말로 바꾸었다니 도
무지 믿을 수 없었다. 그곳은 축생도畜生道와 같은 곳이었을까.

                                                      (권31 제14화)

두 이야기를 비교해보면, 길을 헤매다 산속의 마을로 들어가, 겨
우 목숨을 부지하고 탈출하였다는 점, 도와준 사람이 남자에게 "이
런 곳이 있다는 사실을 절대로 말씀하지" 말라(권31 제13화), "이러한
곳이 있다고 절대로 세상 사람들에게 말하지 마십시오"(권31 제14화)
등의 부탁을 했다는 점, 하지만 남자는 금기를 깨고 세상 사람들에
게 마을의 비밀을 폭로했다는 점, 호기심 많은 사람들이 마을을 찾
아 떠났지만 아무도 찾을 수 없었다는 점 등이 공통적이다. 산속의
이향에 대해서는 우선 그곳에 다녀온 사람이 있어야 한다. 또 그곳
을 체험한 사람은 '사람들에게 말을 해서는 안 된다'는 금기를 어겨

야만 한다. 체험담을 통해서 세상 사람들은 이향이 있다는 사실을 비로소 알 수 있기 때문이다. 또한 이향을 찾으러 간 사람들은 돌아올 수 없다. 모든 사람이 이향의 정체를 알고 왕래가 자유로워진다면 이미 그 시점에서 '이향'은 말 그대로의 '이향'이 아니게 되기 때문이다.

한편, 권31 제15화「기타 산北山의 개가 사람을 처로 삼은 이야기」의 경우, 흰 개와 여자가 결혼해 사는 산속의 암자를 방문하여 목숨을 부지하고 탈출하여 금기를 어기는 점은 위의 이야기와 동일한 모티브이나, 마을 사람들이 그곳을 찾아가 개를 화살로 쏴서 죽이려고 하나 맞추지 못하고, 개는 여자와 함께 산속으로 사라졌다는 결말 부분은 이향의 존재가 다수의 외부인에게 알려졌다는 의미에서 앞의 이야기와 조금 다르다고 할 수 있다. 하지만『今昔』의 편자는 "그 후 그 개의 존재를 아는 자는 없었다. 오미 지방近江國에 있다고 전해 내려오고 있다."라는 화말평어를 통해, 비록 원래의 거처가 외부인에게 알려졌지만 여전히 현재 부부가 구체적으로 어디에 사는지는 아무도 모른다고-여전히 비밀스러운 공간이라고-강조하고 있다.

다음으로 산속의 이향의 마지막 사례인 권26 제8화에 관해서인데, 민담(구전설화)과 관련이 있어 흥미롭다. 권26 제8화「히다 지방飛彈國의 원숭이 신猿神이 산 제물을 받지 않게 된 이야기」는 불도수행을 하며 전국을 돌아다니는 승려가 히다 지방의 "산속 깊이 들어가 그만 길을 잃고" 헤매다 폭포 안쪽의 이향에 들어가서, 인신공양을 하게 된 어느 집 딸을 대신해 원숭이 신을 퇴치한다는 내용이다. 한편 전 이야기인 권26화 제7화「사냥꾼의 계책에 의해 미마사카 지방

美作國의 신神이 산 제물을 받지 않게 된 이야기」는 동국東國 출신의 아무개가 길들인 개를 이용해서 산 제물로 지명된 어느 집 딸을 대신해 미마사카 지방의 주 산中山에 사는 원숭이 신을 퇴치한다는 내용이다. 설화의 모티브의 구성을 보면, 권26 제7화의 모티브에 이향(은둔마을(隠れ里))의 모티브가 덧붙여진 것이 권26 제8화라고 할 수 있다.

권26 제8화와 비슷한 구조의 이야기가 『오토기보코御伽婢子』(1666년)11권 제1의 「은둔마을隠れ里」[14]에 보이고, 근세의 이와미주타로岩見重太郎의 원숭이신 퇴치 전설,[15] 민담昔話쪽으로는 『日本昔話通觀』의 유형분류의 「275B. 원숭이신 퇴치-이향방문형」[16]이 이에 속한다. 한편, 권26 제7화와 비슷한 구조의 이야기는 『우지습유 이야기』(13세기 전반) 권10 제6화 「아즈마 사람東人이 산 제물을 바치지 않게 한 이

---

14 중국의 『전등신화(剪燈神話)』(1378년)의 「신양동굴(申陽洞窟)」은 일본의 『오토기보코』에 영향을 주었고, 『오토기보코』는 『朝鮮太平記』4 第二 「小西摂津守三道に陣を張事事並家来妻木隠里に至る事」에 영향을 주었다. 박찬기 「가쿠레자토, (隠里)의 세계」 『日本文化學報』2003.8, 223-238쪽 참조.

15 강담(講談), 요미혼(読本), 고칸(合卷) 등에 의하면 주타로는 지쿠젠(筑前) 고바야카와가문(小早川家)의 검술지도역의 이와미자에몬(岩見左重衛門)의 자식으로 각지방을 수행하며 돌던 중, 산적을 물리치고 요괴 히히(ヒヒ)를 물리치고 인신공양을 막는다. 단고 지방(丹後國) 아마노하시다테(天橋立)에서 아버지의 원수인 히로세 군조(広瀬軍蔵)를 물리친다. 실록으로는 『岩見武勇伝』, 요미혼(読本)으로는 『絵本岩見英雄録』등이 유명하다. 乾克己 外 『日本伝奇伝説大事典』, 角川書店, 1986, 113-114쪽.

16 민담의 내용을 약술하면 다음과 같다.① 사냥꾼이 산에서 발견한 구멍 밑으로 내려가니 한 마을이 있었는데, 그 마을 주민이 매년 수호신께 바치는 산재물로 올해는 영주의 딸이 선택되었다고 호소한다.② 사냥꾼은 영주의 딸을 대신하여 상자에 들어가고 거기에 나타난 원숭이(너구리, 이무기 등) 형상의 요괴를 활로 쏴 죽인다. ③ 영주가 사냥꾼을 사위로 맞이한다. 후에 사냥꾼은 고향이 걱정되어 다시 돌아가 보니 아내는 죽고 세상은 이미 변해 있었다. 稲田浩二·小沢俊夫 『日本昔話通觀 28』, 同明舍, 1988, 363쪽 참조.

야기」에 보이며, 요곡謠曲 『사루마루진猿丸神』, 『히나노우케기雛廼宇計木』(에도시대) 下『竹篦太郎ノ弁』 등에도 보인다. 민담쪽으로는 『日本昔話通觀』의 유형분류 「275A. 원숭이신 퇴치 – 개의 도움형」[17]에 속한다고 할 수 있다. 전국에 널리 퍼진 민담 '원숭이신퇴치담'이 헤이안 시대로 거슬러 올라가 『今昔』에서 처음으로 확인되는 점은 설화의 전승성이라는 측면에서 적지 않은 의의가 있다고 하겠다.

2. 이향으로서의 바다

바다 저편의 이향설화는 총6화인데 제재題材별로 2화씩 묶어서 살펴보기로 한다.

먼저 사실적이고 구체적인 지명이 아닌 '용궁'이나 '지네와 뱀의 싸움' 같이 민담적인 색체가 짙은 제제의 이야기이다.[18] 권16 제15화 「관음觀音을 섬기는 사람이 용궁에 가서 부富를 얻은 이야기」는 관음을 신앙하는 남자가, 작은 뱀(실은 용왕의 딸)을 구해준 보답으로, 연못 속 용궁으로 안내되고, 귀환할 때에 용왕으로부터 선물 받은 황금떡을 쪼개어 사용해 평생 부유하게 살았다는 이야기이다. 기기신화

---

17 민담의 내용을 약술하면 다음과 같다. ① 여행길에 오른 수행승이 마을에서 매년 아가씨를 신에게 바친다는 이야기를 듣고 신사에 숨어 있었는데, 거기에 나타난 원숭이 형상의 요괴가 '단바(丹波) 지방의 슛페이타로すっぺい太郎에게는 알리지 말아라.'라며 노래하고 춤을 추었다. ② 수행승이 단바에서 그런 이름을 가진 개를 찾아 와서, 재물로 바쳐질 아가씨를 대신하여 개와 함께 상자에 숨어 있다가 원숭이신이 나타나자 개의 도움을 받아 퇴치하였다. 稻田浩二·小沢俊夫 『日本昔話通觀 28』, 同明舍, 1988, 363쪽 참조.
18 특히 권16 제15화의 용궁이야기는 전형적인 민담의 '이향방문담'에 속하다.

記紀神話에도 보이는 우미사치야마사치海幸山幸이야기나, 우라시마浦島 전설과 동형의 용궁방문을 모티브로 하는 이향설화이지만, 관음영험담으로 윤색된 이야기라는 점이 특기할 만하다.[19] 또한 권26 제9화「가가 지방加賀國의 뱀과 지네가 싸우는 섬에 간 사람들이 뱀을 도와주고 섬에 산 이야기」는 폭풍우로 무인도에 표착한 가가 지방의 일곱 명이 섬주인인 큰 뱀(지주신(地主神))에게 의뢰를 받아, 숙적인 지네를 무찌르고 신의 보답으로 가족들도 모두 그 섬으로 이주하여 살았다는 내용이다. 비록 실제로 알려진 네코지마猫島[20]의 기원담적인 성격도 있지만, 섬주민이 외부 사람들에게 노출되는 것을 꺼려한다는 기술이나, 섬을 방문한 중국인에게는 "이런 섬이 있다고 사람들에게는 말하자 말라"라고 입단속을 시키는 장면 등은 베일에 싸인 이향담적인 성격을 단적으로 드러낸다.

다음으로는 구체적인 지명이 나오고, 섬의 주민이 '사람을 먹는다'고 인식한다는 공통점이 있는 경우이다.

권31 제12화는 규슈의 상인이 장사를 마치고 돌아오는 길에, 규슈 서남쪽 바다에 섬이 있는 것을 발견하고 상륙하였지만, 섬사람들의 모습을 보고 두려워 도망쳐 귀국하였고, 어떤 노인으로부터 '그 섬은 인간을 잡아먹는 종족이 사는 도라 섬渡羅島'이라는 말을 들었다는 이야기이다. '渡羅島'는 제주도의 옛날 명칭인데 "이러한 까닭에

---

19 원래 불교와 관련 없는 불교적영험담으로 윤색된 예로는 권16 제17화「빗추 지방(備中國) 가야노 요시후지(賀陽良藤)가 여우의 남편이 되어 관음(觀音)의 도움을 받은 이야기」가 그러하다. 여우와의 결혼, 즉 이류혼인담이 관음영험담으로 개작된 것으로 보인다. 바다나 산의 이향은 아니지만 본화도 요시후지가 살았던 창고 마루 밑이 곧 '이향'이었다.
20 이시카와 현(石川県) 와지마 시(輪島市)에 속하는 헤쿠라지마(舳倉島)로 추정된다.

사람들 중에서도, 야만스럽게 보통 사람이 먹는 것과 다른 것을 먹는 자를 도라인渡羅人이라고 하였다."라는 내용은 당시 이러한 속담이 있던 것으로 추정된다. 속담과 도라섬 방문사건, 양자의 성립시기의 전후를 판별할 길이 없지만, 속담과 이향설화가 결부된 속담기원담적인 설화라 할 수 있다. 한편, 권11 제12화에서 등장하는 지쇼智證대사가 당나라를 건너던 중 류큐 국琉球國에 표착한 부분에서도 "이 나라는 대해大海 안에 있었고 사람을 먹는 나라[21]였다. 때마침 그 시각은 바람이 그쳐 어디로든 갈 수 없었다. 저 멀리 육지 위를 보니 수십 명의 사람들이 쌍날칼을 꽂은 창을 들고 서성이고 있었다."라는 내용이 보인다. 실제로 당시의 류큐국에 식인의 풍습이 있었는가에 대한 문제는 잠시 접어두자. 중요한 것은 '도라섬'이든 '류큐국'이든 그 곳에 발을 들여 놓은 사람들은 "이상하네, 이런 낯선 곳에는 오니鬼가 있을지도 모른다. 여기 있으면 위험하겠구나."(권31 제12화)라는 생각에서 알 수 있듯이, 바다 저편의 미지의 나라는 '오니'가 살고 있어 사람을 잡아먹는 나라로 두려움의 대상이 되었던 것이다.

미지의 세계와 그 주민에 대한 막연한 공포심은 다음의 두 이야기에도 잘 드러나 있다.

권31 제11화 「무쓰 지방陸奥國의 아베노 요리토키安倍賴時가 호국胡國에 갔다가 허무하게 돌아온 이야기」는 조적朝敵으로 몰린 아베노 요리토키 일행이 동북지방 북단에서 "바다를 건너면 아득히 북쪽 너머로 보이는 땅(홋카이도로 추정)"으로 도망갔으나, 호국(胡國, 중국에서 볼

---

21 『수서(隋書)』권81 「流求国伝」에는 「一軍皆走、遣人到謝、即共和解、収取闘死者、共聚而食之」라 되어 있어, 전투로 살해된 유해를 서로 먹었다는 기사가 보인다.

때 북방의 야만족) 사람과 닮은 천 명 정도의 기마군단이 뗏목과 같이 말들을 연결하여 말을 몰아 강을 건너는 것을 목격하고 그대로 돌아왔다는 내용이다. 한편, 권31 제16화 「사도 지방佐渡國 사람이 바람에 밀려 낯선 섬에 간 이야기」는 사도 지방 사람이 강풍으로 인해 표류하다가 알 수 없는 섬에 도착했는데, "머리를 하얀 천으로 감싸고 있었고, 키가 엄청나게" 큰 섬주민이 상륙을 막고는 먹을 것을 주어, 무사히 돌아왔다는 내용이다. 두 이야기 모두 큰 사건을 경험했다기보다는 이향의 주민 그 자체에 겁을 먹고 퇴각했다는 내용으로 이향의 주민에 대한 공포가 강조되고 있다. 앞 이야기에서는 처음 보는 호국인의 복장, 들어 본 적도 없는 언어聞モ不知言共ナレバ、何事ヲ云フトモ不聞エズ, 그리고 믿기질 못할 정도로 훌륭한 기마기술 등에 놀랐으며, 뒷이야기에서는 머리에 천을 두른 키가 큰 외모에 "이는 오니鬼가 틀림없다. 우리들은 오니가 사는 섬 인 줄도 모르고 와 버린 것이다."라고 공포에 떨었던 것이다. 설화 말미의 "그 섬사람은 일본어를 하였으므로, 그 섬은 다른 나라는 아니었을 것이다."라는 화말평어는 전술한 호국인의 '언어'에 대한 관심과 함께, '언어'가 이쪽 세계(일본)와 이향을 구별하는 잣대가 되고 있음을 암시하고 있다.[22]

---

22 한편, 이 세상에서 이향으로 들어가는 것과 반대로, 이향에서 이 세상으로 이향의 주민이나 물건 건너오는 경우도 있다. 권31 제17화에서는 히타치 지방(常陸國)의 해변에 거인의 시체가 떠내려 와서 큰 소동이 일어났다는 내용이며, 권31 제18화에서는 반대로 에치고 지방(越後國)의 해안에 난쟁이가 탔을 것이라고 추측되는 작은 배가 떠 내려와 그 지역의 사회적 이슈가 되었다는 내용이다.

Ⅳ. 결론

이상으로 『今昔』일본부에 수록된 이계, 이향관련 설화를 살펴보았다. 고찰의 결과를 이쪽 세계와 저쪽세계를 구별하는 시간적·공간적 '경계'의 문제를 시야에 넣고 정리하면 다음과 같다.

첫째, 지옥관련 설화에서 가장 많은 유형은 '지옥소생담'으로서 지옥에서 염마왕의 심판을 받고 현세에서의 어떤 공덕에 의하여 용서를 받고 현세로 돌아오는 패턴이 대부분이다. 이계와의 경계는 시간적으로 '사후'가 되며(어떤 경우는 '꿈'), 공간적으로는 현세의 연장선에 있는 '수평타계관'이라 할 수 있다. 한편, 다테 산立山 지옥설화는 '지옥소생담'과 거의 같은 모티브로 구성되어 있고, 넓은 의미의 '수평타계관'이라는 점에서 동일하나, 현실의 구체적인 지역의 산중타계관을 배경으로, 사후가 아닌 산채로 지옥을 체험했다는 점이 '지옥소생담'과 구별된다.

둘째, 정토 또한 일상적 세계와 구별되는 '이계'이며, 사후에 경험하는 세계라는 점에서 '지옥'과 동일함에도 불구하고, 정토에 대한 기술은 빈약하고, 정토방문담의 예는 극히 드물다. 정토에 대한 형상화의 경우 아미타불과 극락정토의 장엄함을 마음에 떠올려 염불하는 '관상염불觀想念佛'의 수행이 있으나, 그 정토에 대한 형상화는 '내영도來迎圖' 등의 불화의 세계와 더욱 관련이 깊다. 단, 구마노신앙은 다테 산 지옥신앙과 마찬가지로, 추상적인 정토를 현실 속의 구체적인 장소로 특정하여 신앙한 형태로 주목할 만하다.

셋째, 오니와의 조우는 비일상적인 경험으로 영귀와 조우한 그 공

간 자체가 '이계'로 화한다. 오니의 출몰은 시간적으로 거의 '밤'이
다. 그리 공간적으로는 '惡所'라 해서 오니가 사는 공간과 인간의 거
주공간이 비교적 구분되는 예와 공간적 경계가 모호한 예가 있다.
후자의 대표적인 것이 '백귀야행'으로 '밤'을 경계로, 헤이안경의 도
로는 낮은 인간의 공간, 밤은 오니의 공간으로 구별된다.

넷째, 총13개의 이향관련설화가 있는데, 이향과의 '경계'는 산 혹
은 바다로 사람들이 산 속에서 길을 잃고, 혹은 바다에서 풍랑을 만
나 표류하다가 이향을 경험하는 것이 대부분이다. 이향관련설화는
'이향 방문', '비현실적인 경험', '현실세계로의 복귀'의 모티브로 되
어 있어 민담의 '이향방문담'의 구조와 매우 유사하다. 이향이 산인
경우는 이향의 체험이 구체적인 반면, 바다인 경우에는 구체적인 체
험사례가 적고, 멀리서 바라본 이향의 주민의 외양, 혹은 소문으로
들은 습속(식인) 등, 막연한 두려움과 호기심이 이야기의 중심을 이루
고 있다. 민담·전설 쪽에서 보면, 은둔마을隱れ里이나 용궁을 방문하
는 '이향방문담'이외에 이와미 주타로의 원숭이신 퇴치 전설, 「원숭
이신 퇴치 - 이향방문형·개의 도움형」등과 관련된 설화가 확인된다.
고전설화와 민담의 전승의 관계를 생각하는 데에 있어서 유용한 재
료라 할 수 있겠다. '이향으로서의 바다'인 경우, 네코지마猫島, 도라
섬渡羅島, 류큐 국琉球國, 호국(홋카이도로 추정되는 곳) 등, 구체적인 지명
이나 지역이 등장하고 있는데, 이들 지역은 초현실적인 '용궁'과는
달리 현실세계의 연장선에서 파악되고 있다는 점이 특징이다.

한일문화 연구의 새 지평 3

일본연구의 새로운 시각 : 확대되는 세계관

제5장

히코산英彦山개산전승 고찰

❀ ❀ ❀

진은숙

Ⅰ. 머리말

규슈 북부의 최고봉 히코산英彦山:福岡県 田川郡 添田町[1]에 위치한 히코산신궁英彦山神宮은 일찍이 신불습합을 이룬 후 히코산곤겐彦山権現이라 불리며 오미네산大峰山·하구로산羽黒山과 더불어 일본의 삼대영산으로 규슈 수험도修験道의 메카였다.

히코산신궁의 제신 아메노오시호미미노미코토(天忍穂耳命:이후 '오시호미미'로 약칭함)는 매의 모습으로 히코산에 강림하였다는 전승을 갖고 있다. 한편 오시호미미는 오시호네노미코토(忍骨命: 이후 '오시호네'로

---

1 '히코산'은 원래 '日子山'이었으나 819년 사가(嵯峨) 천황에 의해 '彦山'으로 개칭된 후, 다시 1729년 레이겐(霊元) 법황으로부터 천하에 뛰어난 영산이라는 뜻으로 '英' 글자를 하사받아 이후 오늘날까지 '英彦山'이라 표기하고 있다.

약칭함)라는 이름으로 인접한 가와라사(香春社: 田川郡 香春町)에 좌정한 신이기도 하다.[2] 가와라사는 『부젠국풍토기豊前国風土記』(이후 『풍토기』로 약칭함)에 의하면 신라국신을 모시는 신사로 가야·신라계 도래인 하타씨秦氏와 관련이 깊다. 히코산이 자리 잡고 있는 부젠지방은 도래인 하타씨들의 거주지로 신라고古와당이 출토되는 등 신라불교적인 특색을 갖고 있는 곳이기도 하다.

대부분의 일본 수험도의 영산은 야마부시山伏들이 숭배하는 엔노오즈 누役小角를 개산자라고 전한다. 그런데 히코산은 위나라 도래승 선정善正을 제1의 개산자, '恒雄'을[3] 제2의 개산자로 보는 전승을 남기고 있다. 이 '恒雄'이 태백산 신단수에 내려와서 신시를 열었다는 환웅桓雄과 그 이름이 흡사하여 환웅신화[4]와의 관련성이 지적되고 있다.[5] 즉 히코산의 恒雄은 태백산에 강림한 환웅을 말하며 따라서

---

2 『풍토기』는 가와라신에 대해서 구체적으로 언급하지 않지만 『엔기식(延喜式)』 「신명장(神命帳)」(927)에는 가라쿠니오키나가오히메오메(辛国息長大姫大目)·오시호네노미코토(忍骨命)·도요히메노미코토(豊比咩命)의 3좌로 되어 있다.

3 '恒雄'을 'ツネオ·コウユ·カンユウ'라고 읽고 있지만, 권태원은 단군신화의 환웅과 동일 인물이기에 'カンユウ'라고 발음하는 것으로 추정하고 있다. 그러나 '恒雄'은 문헌에 따라 다양한 읽기가 있어서 본 논문에서는 '恒雄' 한자를 그대로 쓰기로 한다. 權兌遠 「韓国古代文化の伝播と英彦山」, 『韓国·檀君神話と英彦山開山伝承の謎』, 海鳥社, 1996, 97쪽.

4 최광식은 『제왕운기』(1287)이후부터 오늘날까지 고조선을 개국했다는 단군의 건국신화만이 주목받고 있지만, 홍익인간의 뜻을 펼치려고 지상에 강림한 이도 환웅이고 생명·형벌·인간·곡식을 주관한 것도 환웅이기에 '단군신화' 보다는 '환웅신화'라고 부르는 것이 합리적이라 논하고 있다. 본 논문에서도 환웅의 강림신화를 중심적으로 논하고 있어서 '환웅신화'라고 부르기도 한다. 최광식 「桓雄天王과 檀君王儉에 대한 역사 민속학적 고찰」, 『韓国史学報』제60호, 2015, 110-123쪽.

5 히코산 개산전승과 단군신화의 관련성을 언급한 연구로는 나카노 하타요시(中野幡能), 나가노 다타시(長野覚), 고라이 시게루(五来重), 오와 이와오(大和岩雄) 등의 연구가 있으며, 한국에서는 박성수, 권태원 등이 있다.

규슈 북부의 하쿠산白山신앙의 원류도 중국을 거쳐 한국의 백산신앙에서 유래하였으며 여기에 다시 신라의 화랑도 등의 영향을 받아 성립한 것으로 보기도 한다.[6]

그러나 대부분의 논이 히코산 개산전승을 본격적으로 취급하지 않고 단편적으로 논하고 있으며 또 '恒雄'이란 이름에 의해서만 단군신화의 영향을 논하고 있을 뿐이다. 따라서 본 연구는 히코산 개산전승을 면밀히 검토하여 히코산과 한반도의 고대전승의 관련성을 고찰하였다.

Ⅱ. 히코산(英彦山)개산전승

일반적으로 수험도의 영산이나 신사·사원의 창건설화는 사실과 전승이 혼재되어서 그 실체를 파악하기 어렵듯이 히코산 개산전승도 사실과 전설이 뒤섞여 있어 추정의 단계를 벗어나기 어렵다는 문제점을 안고 있다.

히코산의 창건을 말하는 주요 문헌으로『히코산유기彦山流記』(정식명칭은『彦山權現垂迹縁起拔書』1213년, 이후『히코산유기』라 약칭함)[7]와『진제이

---

6 中野幡能「檀君神話と英彦山」,『韓国·檀君神話と英彦山開山伝承の謎』, 海鳥社, 1996, 106-109쪽.
7 『히코산유기』는 독창적인 문헌이 아니라『구마노곤겐어수적연기(熊野権現御垂迹縁起)』(이후『구마노연기』라 약칭함)를 전거로 삼고 있어서 양 문헌은 거의 동일한 내용을 전하고 있다.「구마노연기」는『조칸감문(長寛勘文)』(1163)에 부분 인용되어 오늘날 전해지고 있다. 1163년 당시 구마노곤겐의 유래가 분명하지 않는 것을 보면 헤이안 중기 이전 성립으로 소급할 수 있다. 특히 헤이안 중기에는 많은

히코산연기鎭西彦山緣起』(1572년 宗賢房祇曉 서사, 이후『히코산연기』라 약칭함)를 들 수 있다. 이중『히코산유기』는 히코산 관련문헌 중에서 가장 오래된 사료로 가마쿠라 초기에 쓰여 졌지만 헤이안시대의 히코산의 모습을 전하고 있다. 『히코산연기』는 중세말기까지의 히코산의 상황을 기록하고 있어서 양 문헌은 당시 히코산의 기원 및 규모와 조직을 알 수 있는 자료라 하겠다.[8] 히코산개산전승은 다양한 내용을 품고 있지만 여기서는 양 문헌의 개산전승을 중심으로 히코산을 창건한 인물 중심으로 살펴보기로 한다.

1. 선정善正

히코산전승은 중국 천태산의 왕자 진晉, 위나라 승려 선정善正, 恒雄, 나라시대 승려 호렌法蓮을 중심으로 전개된다. 먼저 히코산곤겐에 대해 서술하고 있는『히코산유기』를 보기로 한다.

스슌崇峻천황 때 히코산곤겐이 마가다국에서 동방을 향해 검 다섯 자루를 던지고 천태산을 거쳐서 일본에 도래한 후 히코산 반야굴에서 제1검을 발견하여 그곳에서 길이 3척 6촌의 팔각 수정석으로 시현하였다. 그 후 나머지 검을 찾아서 구마노로 천좌하였다가 다시 히코산으로 귀환하였으며 천태산의 왕자 진이 일본으로 건너와서

수험도의 영산이 구마노신앙과 관계를 맺고 있다는 점에서도 충분히 그 시대의 소산으로 볼 수 있다. 五来重「彦山の開創と熊野信仰」, 『英彦山と九州の修験道』, 名著出版, 1977, 110-111쪽.

8 『히코산유기』및 『히코산연기』의 본문은 '添田町教育委員会編, 『英彦山総合調査報告書(資料編)』, 添田町教育委員会, 2016'에서 인용하였다.

팔각 수정석으로 시현한 히코산곤겐을 봉재하였다고 한다.

위 내용은『구마노연기』의 전승을 몇 개의 문자만을 개변한 것에 불과하며 양 문헌은 히코산과 구마노가 동체임을 웅변하고 있다.[9] 이것은 12세기 무렵 구마노신앙이 히코산까지 전파되었다는 것을 말해주며 이후 구마노신앙은 규슈 각지의 영산으로 퍼져 나갔다.[10]

히코산곤겐의 도래연도 531년(継体 25)은 일본역사에 기술된 불교 공전보다 앞서[11] 일찍부터 사적인 수행승에 의해 불교가 규슈 북부에 전래되었음을 말해준다. 그리고 왕자 진 주나라 영왕의 태자로 신선이 되었다고 하는 왕자 喬를 말하며『열선전列仙伝』에도 보인다. 도사 부구공과 함께 숭고산에 올라 수행하여 흰 학을 타고 비행했다고도 전하며『회풍조懐風藻』(751)에서도 가도노왕葛野王의 시에 노래되고 있으며 후대에 그림으로도 그려지는 등 일본에서도 선인仙人으로 널리 알려져 있다.

그런데 이러한『히코산유기』와는 달리『히코산연기』및 여러 기록에서는 히코산 창건을 북위 효무제의 아들 선정이라고 기술하고 있다.[12]

---

9 『구마노연기』에 의하면 구마노곤겐은 갑인년(534)에 천태산에서 날라 온 신으로 최초에 규슈의 히코산에 강림한 후 이시쓰치야마(石槌山)·유즈루하다케(遊鶴羽岳)·기리베야마(切部山)에서 구마노의 간노쿠라야마(神倉山)에 도착하였다. 이를 사냥꾼인 지요사다(千与定)가 모셨다고 한다.

10 中野幡能「英彦山と九州の修験道」,『英彦山と九州の修験道』, 名著出版, 1977, 27-28쪽.

11 일본의 불교 공전은 538년(欽明 7년)에 백제 성명왕이 불상과 경론을 일본 조정에 보내어 불교가 공식적으로 전해진다.(『上宮聖徳法王帝説』元興寺縁起)

12 이외에『九州軍記』『豊種善鳴録』五『迦藍開基記』등의 문헌에서도 위나라 승려 선정을 히코산 개산자로 기록하고 있다.

산중턱에 료센지靈山寺라는 절이 있다. 선정법사를 개산비조라 한
다. 선정은 위나라 사람이라고 전해지고 있다.　　　　(『히코산연기』)[13]

위나라 승려 선정은 불법을 널리 동방에 알리려는 큰 뜻을 품고
바다를 건너 다자이후大宰府에 도착했지만 뜻을 이루지 못하자 히코
산日子山에 빛이 비추는 것을 보고 입산하여 굴에서 수행하며 때가
되기를 기다렸다. 선정은 갈포 옷을 입고 고사리를 먹으면서 고행하
던 중 료센지를 창건하였으며 사냥을 업으로 삼던 恒雄을 만나서 그
를 교화하였다고 한다.

이처럼 『히코산연기』가 위나라 도래승이라는 선정을 개산자로 기
록하고 있지만 전술한 『히코산유기』에는 선정에 대한 구체적인 언급
이 없고[14] 531년 恒雄이 처음으로 히코산을 열었으며 이는 히에이잔
比叡山을 연 사이초最澄와 나란히 할 수 있는 대업이라 상찬하고 있다.

북위의 선정 역시 왕자 진과 마찬가지로 전설적인 인물로 봐야 할
것이다. 나카노 하타요시中野幡能도 "이러한 전승은 모두 사실이라
할 수 없으며 단지 확실한 것은 후에 호렌이 히코산에 수행했다는
사실이다. 그렇다면 호렌 이전에 히코산 및 규슈 북부에 불교를 전
해준 스승적 인물이 있었다는 것을 말해주는 전승이라 생각된다."고
논하고 있는 것처럼[15] 불교 공전 이전에 히코산에 도래인 승녀에 의
하여 불교가 들어왔음을 상징적으로 말하는 이야기에 불과하며 신

---

13 "山腰有寺旧名靈山 以善正法師為開山鼻祖 伝言正者魏国人也。"(『鎮西彦山縁起』186쪽.)
14 『히코산유기』는 말미 '年中仏神事' 조항에 "11월 개산회 선정상인 玉屋谷(11月 開
　　山会 善正上人於玉屋谷)"이라고 절 행사에 이름만이 언급되어 있을 뿐이다.
15 中野幡能 『八幡信仰の研究 下』, 吉川弘文館, 2013, 689쪽.

라불교가 규슈 북부에 들어왔을 가능성을 염두에 둔다면 북위 승려라고 하지만 신라승일 가능성도 높아 보인다. 그러나 후세에 이러한 사적 수행승을 개산자로 보기에는 이미지가 좋지 않다고 하여 북위의 승녀 선정을 개산자로 삼은 것이라 볼 수 있다.[16]

『히코산유기』와 『구마노연기』에서 북위의 왕자가 개산자로 등장하는 것은 히코산의 수험도에 도교의 성격이 부각됨에 따라 이러한 신선이 등장하고 있을 것이라 생각된다. 사사키 데쓰야佐々木哲哉는 남북조시대 북위에서는 산동반도를 중심으로 도교가 확고한 기반을 구축하던 시기이며 북위는 불교 외에 도교가 융성하였던 나라였기에 바다를 건너 규슈 북부에도 새로운 사상 조류로 수용되었을 것이라 보고 있다.[17] 따라서 북위의 신선이 주인공으로 설정된 된 것도 이러한 연유일 것이다.

2. 호렌法蓮

『히코산연기』는 나라시대의 실재인물 호렌을 중심으로 조직적인 수험도의 성립을 말하는 히코산 중흥담이 상세하게 펼쳐지고 있다. 우사宇佐출신 호렌은 히코산 최초의 성지 반야굴(般若窟, '玉屋窟'이라고도 하며 지금의 玉屋神社)에서 수행을 통해 신통력을 얻고 히코산 재흥에 박차를 가하여 '히코산 중흥의 조'라 일컬어진다.

---

16 五重来, 前揭論文, 114쪽.
17 佐々木哲哉「英彦山神宮」, 谷川健一編, 『日本の神々—神社と聖地』第1巻, 白水社, 1984, 261쪽.

선정과 恒雄에 의해 창건된 료센지는 계승자가 없어 오랫동안 황
폐해져 엔노 오즈누가 찾아왔지만 이 절을 재흥하는 데는 이르지 못
했다.[18] 819년 (弘仁 10) 호렌은 매 한 마리 날아와 공중에서 떨어뜨린
깃털에 "'日子'를 고치라"고 적혀 있어 상서라고 생각하고 있던 차
에, 사가嵯峨천황으로부터 "'日子'을 '彦'라 고치고 '靈山寺'을 '靈仙
寺'라고 부르라. 규슈 일대를 단카檀家로 삼고 사방칠리를 절의 소령
으로 삼도록 하고 히에잔에 준하여 중도 3천명을 두고 천태종을 배
우게 하라"는 조서를 받았다. 호렌은 이후 히코산 전역에 미륵정토
를 재현한 49굴을 정비하여 수험도 영지로 발전시키고 있어 과연 히
코산의 중흥인물이라 할 수 있다.[19]

『히코산유기』, 『히코산연기』, 『하치만우사궁어탁선집八幡宇佐宮御
託宣集』(1313년, 이하 『탁선집』이라 약칭함) 등에서는 호렌을 히코산과 우사
하치만신·가와라신의 중개자로 소개되지만 그 출생이나 입정에 대
해 전해지는 바가 없다. 『속일본기續日本紀』703년(大宝 3)에 의술로 백
성을 구했다하여 조정에서 토지를 하사받았고[20] 721년(養老 5)에도 의

---

18 엔노 오즈누가 히코산에 입산하여 호렌에게 비법을 전수하였다는 등의 이야기는
   모두 엔노 오즈누가 수험도의 시조로 존중받게 된 이후에 부회된 것으로 『히코산
   연기』가 개정되었을 때 첨가된 전승이라 하겠다. 広渡正利 『英彦山信仰史の研究』,
   文献出版, 1994, 94쪽.

19 『히코산유기』는 "사가천황시대 819년 기해년 히코산의 제3좌주 호렌대법사. (嵯
   峨天皇御宇 弘仁十年己亥歲 彦山第三座主法連大法師。)"라고 호렌을 9세기 사가천
   황 시대 인물로 기록하고 있지만 이것은 전승 측의 자료에 불과하다. 사료에 보이
   는 호렌의 기사는 703년이 처음이며 8세기 초 나라시대의 실재인물로 봐야 할 것
   이다.

20 "25일 호렌에게 부젠국의 토지 40정을 하사하였다. 의술에 따른 포상이다. (癸丑、
   僧法蓮に豊前国の野四十町を施す。医術を褒むればなり。)"(『続日本紀』文武天皇 大
   宝三年九月条) 青木和夫·稲岡耕二·笹山晴生·白藤礼幸校注 『続日本紀 一』岩波書店,
   1989, 73쪽.

술에 의해 우사키미宇佐君성을 하사받아[21] 나라시대 초에 활약한 인물임은 알 수 있다.

이와 같이 『속일본기』기사에 의하면 호렌은 뛰어난 의술로 조정에서 두 번에 걸쳐 포상을 받고 있다. 이 호렌의 의술은 유라쿠雄略천황과 요메이用明천황의 병환을 치유하기 위해 도요국豊国에서 조정으로 불러들였다는 '豊国奇巫'[22]·'豊国法師'[23]의 계보를 잇는 인물이라 보는 견해가 많다. 천황의 병을 고치기 위하여 중앙에서 멀리 떨어져 있는 도요국의 기무나 법사를 부르고 있는 것을 보면 도요국이 타 지역과는 다른 독자적인 불교문화가 있었기 때문일 것이며, 구체적으로는 법사라는 이름에서 알 수 있듯이 불교와 주술성이 강한 의술이 중첩된 무의巫醫적 성격을 갖고 있었을 것으로 보인다. 이

---

21 "3일 천황이 칙을 내려 말씀하기를 호렌은 (중략) 무엇보다도 그 의술이 뛰어나서 백성의 괴로움을 구제하였다. 어찌 포상하지 않을 수 있겠는가라고 하며 호렌의 3등 이상의 친족에게 우사노키미 성을 하사하였다. (戊寅 詔して曰はく「沙門法蓮は、(中略) 尤も医術に精くして、民の苦を済ひ治む。善きかな、若のごとき人。何ぞ不褒め賞まざらむ」とのたまひて、其の僧の三等以上の親に宇佐君の姓を賜ふ。)" (『続日本紀』元正天皇　養老五年六月条) 青木和夫·稲岡耕二·笹山晴生·白藤礼幸校注 『続日本紀 二』, 岩波書店, 1990, 75쪽.

22 "유라쿠천황이 병환이 들자 여기에 쓰쿠시 도요국의 기무를 불러서 마쿠라에게 무격들을 이끌고 봉사하게 하였다. 이로 인해 간나기베무라지라는 성을 하사하였다. (雄略天皇 御体不予みたまふ。因りてここに、筑紫の豊国の奇巫を召上げたまひて、真椋をして巫を率て仕へ奉らしめたっまひき。仍りて姓を巫部連と賜ふ。)" (『新撰姓氏録』和泉国神別)

23 "이날 천황이 병을 얻어서 환궁하니 군신들이 모였다. (중략) 이에 황제황자가 [황제왕자는 아나호베황자, 즉 천황의 이복동생이다] 도요국법사 [이름이 빠졌다]를 데리고 내리로 들어갔다. 모노노베노 모리야가 이를 노려보면서 크게 화를 냈다.(この日に、天皇得病ひたまひて、宮に還入します。群臣侍れり。(中略)是に 皇弟皇子、[皇弟皇子といふは、穴穂部皇子、即ち天皇の庶弟なり。] 豊国法師を引て、[名を瞴せり。] 内裏に入る。物部守屋大連、邪睨みて大きに怒る。)" (『日本書紀』用明天皇 2年条) 小島憲之·直木孝次郎·西宮一民 外 校注訳 『日本書紀 ②』, 小学館, 1999, 505쪽.

에 대해서 나카노 하타요시는 "豊国奇巫란 도요국의 무격에 신라계
도코요신앙이 융합하여 만들어진 샤머니즘이며 이러한 특이한 무
격은 다시 불교와 융합하여 6세기 말경 豊国法師라 불리는 법사집
단이 성립하였을 것으로 보인다."[24]고 하여 豊国奇巫를 한반도계의
샤먼, 豊国法師를 그 후예라고 보고, 부젠지역에는 이러한 무승집단
이 활동하고 있었으며 호렌은 이러한 계보를 잇는 인물이라는 견해
를 제출하였다. 오와 이와오大和岩雄도 豊国奇巫·豊国法師를 무의로
보고 이러한 무의의 전통을 계승한 자가 호렌이라고 논하고 있다.[25]

이것은 후술하듯이 6세기 도요국의 문화적 종교적 특색을 말해
주는 기사라고 하겠다. 그 지정학적 조건에 의해 특히 부젠국은 한
반도계, 특히 신라계 문화적 색채가 농후한 지역이었다. 5세기에서
6세기 사이에 그 무렵 들어온 불교와 도교의 영향을 받아 주술이나
신선술을 배우고 의술에 뛰어난 종교자들이 바로 豊国法師이며[26]이
들은 호렌의 경우와 마찬가지로 히코산의 수행자들이었을 것이다.
이러한 전통을 계승한 호렌이기에 의술로 포상을 받을 수 있었을 것
이다.

『히코산유기』『히코산연기』및『탁선집』에 의하며 히코산곤겐이
중생을 이롭게 하려고 마가다국에서 여의보주를 갖고 와서 히코산
반야굴에 안치하였다. 호렌은 여의보주 이야기를 듣고 반야굴에서
12년간 동굴수행에 열중하여 여의보주를 얻었지만 하치만신에게

---

24 中野幡能『八幡信仰』, 塙書房, 1985, 76쪽.
25 大和岩雄『秦氏の研究』, 大和書房, 1993, 106쪽.
26 中野幡能『古代国東文化の謎』, 新人物往来社, 1974, 47-48쪽.

여의보주를 양도하였다. 이후 일심동체가 되어 720년(養老 4년) 햐야토隼人정벌에 참여한 후 하치만신은 마키노미네馬城峯 산봉우리에 좌정하고 호렌은 가와라타케香春岳 봉우리에서 일상관日想觀을 수행하였다고 전한다.

해당 설화는 호렌을 둘러싸고 하치만신, 가와라신과 히코산곤겐의 친밀성을 말하고 있다. 실제로 호렌은 우사하치만궁의 신궁사인 미륵사의 초대별당에 임명되었으며 후에 하치만궁의 방생회에도 참가하고 있어서 호렌은 우사하치만궁의 기초를 다졌다고 평가되고 있다. 호렌을 둘러싸고 히코산과 우사하치만궁이 종교적인 뿌리가 동일하다는 것을 확인할 수 있다. 이를 뒷받침하듯이 『히코산유기』에서도 하치만신과 히코산곤겐이 같은 뿌리에서 나왔음을 강조하기도 한다. 우사하치만궁은 물론이고 가와라사 역시 신라신을 제사하는 신사이기에 해당설화는 호렌이 신라계 도래인 및 신라불교와 밀접한 관계가 있음을 시사하고 있다.

사사키 데쓰야는 이러한 호렌의 히코산 중흥담을 "규슈 북부지역에 발생한 초기 수험도가 하치만신과 가와라신으로 상징되는 우사계·한반도계 샤머니즘의 합체라는 형태로 서서히 진행되고 있음을" 말해주는 이야기로 보았다.[27] 호렌의 히코산 중흥담을 통해서 히코산 산악신앙이 신라문화 및 불교·도교·샤머니즘과 결부되어 발전된 신앙임을 엿볼 수 있다.

호렌은 히코산에 미륵정토를 재현한 49굴을 정비하였는데 많은

---

27 佐々木哲哉, 前揭論文, 263쪽

수행자들이 히코산 49굴을 절로 삼고 수행하였다. 『히코산유기』는 히코산의 49굴에 대해 기술하고 있으며 반야굴에서 수행하는 호렌을 미륵보살의 화신이라고 평하고 있는 것처럼 히코산 수험도의 특색은 이 동굴사원에서의 수행에 있었다고 해도 과언이 아니었다. 나카노 하타요시는 이러한 사례는 일본의 산악 수험도에서 히코산만이 갖고 있는 특색이라고 지적하고 있다.[28] 화랑 김유신의 발심과 동굴에서의 수행생활에서도 볼 수 있듯이 미륵신앙과 동굴신앙이 혼재된 성격은 신라불교의 특색의 하나였으며 이러한 신라불교의 영향을 강하게 받고 있는 것이 히코산 신앙이었다. 즉 호렌의 히코산 중흥전승은 신라화랑의 미륵신앙의 요소, 동굴신앙의 요소를 강하게 전하고 있다. 이러한 점에서도 호렌을 역사적인 창건자로 보는 견해는 타당하다고 생각되며 호렌의 역사적 창건 이전에 선정이나 恒雄과 같은 불교공전 이전의 도래자들의 존재를 인정해야 할 것이다.

3. 藤原恒雄

『히코산연기』는 동굴수행을 하던 선정을 만난 恒雄이 감득하여 불교에 입문, 히코산을 창건하는 이야기를 다음과 같이 전하고 있다.

531년 북위의 승녀 선정이 동방에 불법을 널리 알리려는 뜻을 품고 일본으로 도래, 히코산에 올라 동굴수행하던 중 사냥을 업으로 삼던 분고국豊後国 히다군日田郡 후지야마촌(藤山村, 지금의 大分県 日田市)

---

28 中野幡能「檀君神話と英彦山」, 『韓国・檀君神話と英彦山開山伝承の謎』, 海鳥社, 1996, 114쪽.

의 恒雄을 만나서 살생의 죄를 설법하였으나 말이 통하지 않았다. 어느 날 사냥을 하던 恒雄은 흰 사슴을 활로 쏘아 죽였다. 그 때 하늘에서 매가 세 마리 나타나더니 새부리로 활을 뽑고 상처를 핥아서 씻겨내고 깃털에 물을 적셔 뿌리자 사슴이 소생하여 갑자기 사라졌다. 이를 지켜본 恒雄은 사슴이 신의 화신임을 알고 살생을 뉘우쳐 활을 버리고 가재를 털어서 동굴 옆에 사당을 세우고 선정이 가져온 이국의 불상을 모시고 이를 료센지라 불렀으며 이것이 일본에서 사원의 시작이라 한다. 그리고 그 제자가 되어서 닌니쿠忍辱라 개명하고 수행을 거듭하여 히코산 세 봉우리에 아미타불·석가불·관음보살의 시현을 보고 히코산 산상에 상궁 3사를 세웠다고 한다.

이런 연유로 선정을 히코산의 개산 비조라 한다. 恒雄은 삭발하고 입문하여 닌니쿠라고 개명하였다. 이리하여 일본에서 승려의 시작은 恒雄부터이다. 칡덩굴을 걸치고 면으로 만든 옷을 입지 않았으며 소금과 곡기을 끊고 술을 입에 대지 않고 고행 수련한 끝에 대성하였다.

(『히코산연기』)[29]

닌니쿠는 스승의 업을 계승하여 제2대가 되었다. (『히코산연기』)[30]

위와 같은 『히코산연기』의 전승을 근거로 하여 선정을 히코산의 개산자, 恒雄를 제2대라고 칭송하고 있다. 그런데 위에서 언급

---

29 "以正為第一祖 事為 弟子薙髮修道 其名忍辱 蓋本朝有僧之始也 身被葛裘 不服綿帛 口絶塩穀不味油酒 苦行修練終成大器." (『鎭西彦山縁起』 186쪽)
30 "忍辱繩師武 為第二世." (『鎭西彦山縁起』 186쪽)

한 『히코산연기』와는 달리 『히코산유기』에서 선정에 대해 기록이 없으며 또 恒雄이 사냥을 업으로 삼았으며 선정을 만나서 입문했다거나 '닌니쿠忍辱'로 개명했다는 기술은 찾아볼 수 없다. 오히려 다음과 같이 히코산의 시작은 '恒雄'의 입산이라는 사실을 명확하게 한다.

> 단 히코산을 처음 연 것은 교도년에 藤原恒雄.   (『히코산유기』)[31]
> 藤原恒雄의 기원을 찾으면 히에잔의 덴쿄대사의 탄생에 해당한다. 실로 여기는 불법상응의 영지라 할 수 있다.   (『히코산유기』)[32]
> 히코산의 시작은 교도 원년 신해년이며 (중략) 藤原恒雄이 처음 개창하였다.   (『히코산유기』 오서)[33]

『히코산유기』의 왕자 진의 도래부분은 『구마노연기』의 문구를 몇 자 고치는 수준에서 구성되었지만 그 이후의 전승에서는 부분적으로는 히코산 본래의 오래된 신앙의 파편이 남아 있다. 이러한 파편을 구성하면 히코산 본래의 전승에 다가설 수 있기 때문에 주목해야 할 것이다. 여기에 보이는 '教到年'은 규슈의 연호로 '教到원년'은 531년(継体 25)에 해당하여 『히코산유기』 및 『히코산연기』는 히코산 개산을 동일하게 531년이라 하고 있다.

藤原恒雄은 후지야마출신이라 하여 '藤山'恒雄이라고도 한다. 恒

---

31 "但踏出当山事　教到年比 藤原恒雄云々。" (『彦山流記』 191쪽)
32 "訪藤原恒雄之濫觴者 当四明天台大師之誕生。実知 本朝最初之建立 仏法相応之霊地者。" (『彦山流記』 191쪽)
33 "当山之事立始　教到元年辛亥 (中略) 藤原恒雄踏出者也。" (『彦山流記』 奥書 188쪽) 해당 부분의 인용은 「英彦山勝円坊文書(蒲池家蔵)」의 『英彦山流記』을 수록한 '長野覚·朴成寿編, 『韓国·檀君神話と英彦山開山伝承の謎』, 海鳥社, 1966'에 의했다.

雄은 게이타이천황 시대에 히코산 다카스미신사高住神社:田川郡 添田町을 개산하였다고 전해지기도 한다. 즉「다카스미사전高住社伝」에 의하면 다카스미신사의 제신은 도요히와케豊日別로 사람들을 병고에서 구하고 농업과 소말, 가내안전을 지켜주는 신으로 '부젠보사마豊前坊さま'라고 불리며 그 신앙이 규슈 전역에 펴졌다고 한다. 히코산 개산보다 이른 529년(継体 23)에 恒雄이 "이 동굴에 오랫동안 살고 있노라. 나를 경건하게 모시면 도요국 사람들의 기원을 들어주리라."는 신탁을 받고서 신사를 세웠다고 전해진다. 다카스미신사는 부젠굴豊前窟이라 하여 히코산49굴 중 18굴에 속하는 동굴수행처여서 恒雄가 히코산을 개산했다는 전승을 여기서도 확인할 수 있지만, 恒雄은 역사적 기록이 없기 때문에 실재인물이라 볼 수 없다.

그런데『히코산연기』에는 전술한 豊国法師을 恒雄이라고 기술하고 있다.

> 요메이천황 2년 천황이 병환이 들자 (중략) 여기에 닌니쿠법사를 궁중에 불렀다. (중략)이 때문에 닌니쿠는 도성을 피하여 본산으로 돌아갔다. 스슌천황 2년 기유년 3월 23일 82세를 일기로 무병 타계하였다.
>
> (『히코산연기』)[34]

닌니쿠, 즉 恒雄은 요메이천황 2년(587)에 천황의 병을 치유하기 위해 소가노 우마코蘇我馬子가 불러서 궁으로 들어갔지만 모노노베노

---

34 "用明帝二年玉体不予. (中略) 於是奉詔召忍辱法師 (中略) 於是忍辱避帝域還于本山 崇峻二年己酉三月二十三日 寿八十二無病逝去。" (『鎮西彦山縁起』 186쪽)

모리야物部守屋의 반대로 이루지 못하고 히코산으로 돌아가서 스슌천황 2년(589) 82세를 일기로 세상을 떴다고 구체적인 전기를 전하고 있다. 그러나 이 기술은 전술한 『일본서기』(用明天皇 2年条)와 동일한 내용을 담고 있어서 사실로는 보기 어렵지만, 호렌과 恒雄이 그 문화적 종교적 배경이 동일하다는 것을 말해 주는 것이라는 점에 주목해야 할 것이다.

'恒雄'은 환인의 아들 환웅桓雄과 이름이 유사하다는 점이 지적되고 있다. 사사키 데쓰야는 히코산을 창건한 恒雄은 환웅신화에 등장하는 환웅에서 그 이름을 빌려온 것으로 히코산 전승의 원류를 한반도에서 구해야 하며, 따라서 히코산의 개산전승에 도래인의 전승이 혼입되었을 가능성은 충분하다고 논하고 있다.[35] 나카노 하타요시도 '恒雄'은 태백산에 내려온 환웅을 말하며 '규슈의 하쿠산신앙'의 원류도 한반도에서 구해야한다고 말하고 있다.[36] 사사키나 나카노가 인명의 유사성, 산상강림 형태에 주목하여 논을 펼치는데 비해 박성수는 용어 면에서 비교를 시도하였다. 『삼국유사』등의 환웅신화와 히코산개산전승을 비교하여, 양 쪽 모두 토속신앙이 불교에 흡수 통합되는 과정을 그리고 있으며 선정의 동굴수행은 웅녀의 고행을 배경으로 하고 있으며 히코산전승에 보이는 '이익일본' '이생' 등의 표현은 환웅신화의 '홍익인간'과 동일어이다, 따라서 "인명, 지명을 비롯하여 용어, 사건, 설화 등 여러 사항에서 유사점"이 있다고 구체적으로 지적하였다.[37] 그러나 선정이나 호렌의 동굴수행은 위에

---

35 佐々木哲哉 前掲論文, 261쪽.
36 中野幡能「英彦山と九州の修験道」,『英彦山と九州の修験道』, 名著出版, 1977, 23쪽.

서 언급하는 것처럼 미륵신앙의 하나로 웅녀의 고행과 동일하다고 볼 수 없다.

恒雄이 환웅신화에 보이는 환웅으로 볼 수 있는가에 대해서는 다음 장에서 히코산의 제신 오시호미미의 강림전승을 참고하여 살펴보기로 한다.

Ⅲ. 아메노오시호미미(天忍穂耳) 강림전승

1. 아메노오시호미미(天忍穂耳)

고대로부터 신체산으로[38] 지역민의 신앙의 대상이었던 히코산은 북악·중악·남악의 세 봉우리로 구성되어 있으며 3악을 각각 신격화하여 오시호미미·이자나기·이자나미를 제사하고 있다.

이 영산을 히코산이라 부르는 것은 아마도 일신의 아들신이 이 땅

---

37 朴成寿「韓国の檀君信仰と英彦山」, 『韓国·檀君神話と英彦山開山伝承の謎』, 海鳥社, 1996, 32-33쪽.

38 산악종교에는 일반적으로 '성수신앙'의 흔적을 찾아 볼 수 있다. 히코산 역시 온가가와(遠賀川)강과 야마쿠니가와(山国川)강의 원류로 다가와분지를 풍요롭게 하여 지역민들에게 '미쿠마리노카미(水分神)'신앙의 대상이 되었을 것이다. 『히코산연기』에서도 "여의보주가 나온 반야굴 틈으로 끊임없이 용천이 솟아 큰 비에도 물이 넘치지 않고 가뭄에도 마르지 않는다. 한여름에도 물이 차고 겨울에는 따뜻하다. 몸을 담그면 병이 낫고 이 물을 마시면 젊어진다. 그리고 천하에 이변이 생길 때 반드시 물이 흐려진다. (其龍穿跡常湧清泉 積雨[ ]大旱無竭 盛夏絶冷隆降冬至温[ ]体消痾飲腹延齢 天下将有変異 則此水必濁)"고 하여 히코산의 수원이 영험 있는 성수였음을 말한다. (『鎮西彦山縁起』 188쪽)

에 강림한 연유에 의해서이다.   (『히코산연기』)[39]

『히코산연기』에 의하면 일신 아마테라스의 자신子神, 즉 히노미코
日御子가 산상에 강림했기 때문에 히코산日子山이라 부르게 되었다고
한다. 즉 히코산 숭배는 오시호미미가 강림하였다는 산상에 사당을
세운 것이 그 기원임을 주장한다. 이것은 구마노와 히코산이 동체였
음을 주장하는 『히코산유기』와는 달리 의도적으로 구마노와의 친밀
성을 불식시키면서 히코산이 예로부터 독립적인 산악 수행처였음
을 강조하기 위해서였다. 이것은 시대가 요구하는 바이기도 했다.

   이 3여신은 아마테라스의 명을 받고 우사시마에 강림한 후 히코산
으로 옮겨 왔다. 오아나무치신은 다코로히메와 다기쓰히메와 혼인
하여 이 산의 북악에 좌정하여 북산의 지주신이라 불렀다. (중략) 오시
호미미가 매로 변하여 동쪽에서 날라 와 이 산봉우리에 머물렀다가 다
시 팔각 수정석 위로 천좌하였다. 그러자 오아나무치는 자신의 거처
북악을 오시호네에게 바치고 두 여신을 데리고 산 중복으로 옮겨갔다.
그 산을 히코산이라 불렀다. (중략) 또 이자나미·이자나기 두 신이 각
각 매로 변하여 히코산으로 날아와서 이자나미는 중악으로 이자나기
는 남악으로 날아갔다.   (『히코산연기』)[40]

---

39 "靈山名日子也 蓋由日神御子 降于此地也。" (『鎭西彦山縁起』185쪽)
40 "此三女神 奉日神之勅 降宇佐嶋 後移此山焉。爰大己貴神更娶田心姫命·瑞津姫命為
妃 鎮座此山北嶺、因称北山地主也。(中略) 于時天忍穂耳尊霊 為一鷹自東飛来止于此
峯。後移八角真霊石上 於是大己貴命献北嶽於忍骨尊 自率田心·瑞津二妃降居山腹 日
子号因玆樹焉。(中略) 又伊弉諾尊·伊弉冊尊為二鷹 飛来止于此山。伊弉諾尊移中嶽
伊弉冊尊移南嶽。" (『鎭西彦山縁起』186쪽)

오시호미미가 매로 화하여 히코산 산상에 강림하자 오아나무치는 북악을 오시호미미에게 헌상하고 산 중복으로 천좌하였다. 또 이자나기·이자나미 2신도 매로 변하여 히코산에 날아와 각각 좌정함으로써 오시호미미(아미타불)·이자나기(석가불)·이자나기(천수관음) 3신은 오늘날까지 히코산 삼소곤겐三所權現으로 모셔지고 있다고 전한다.

그런데 히코산과 마주 보고 있는 가와라사에서도 삼소곤겐을 제사하고 있는데 그 중 하나가 '오시호네노미코토忍骨命'이다. 오시호네는 '아메노오시호네노미코토'(天忍骨命·天忍穂根命: 『日本書紀』6段一書第一 및 第二)에서 '天'을 뺀 신명이다. 위에서 인용한 『히코산연기』에도 '天忍穂耳命'과 '忍骨命'이 동일 신명을 가리키고 있는 것을 볼 수 있다. 오시호미미는 아마테라스와 스사노의 우케이에 의해 탄생된 신으로 천손강림의 주인공 호노니니기의 父神으로서 황통계보상 중요한 위치에 있는 신이라 하겠다. 덧붙여서 환웅도 고조선을 세운 단군의 부신으로 태백산 산상에 강림하고 있는 점은 공통적이다.

가와라사는 『풍토기』에 의하면 신라국신을 모신다고 기술하며[41] 제사씨족 아카조메씨赤染氏는 히라노 구니오의 면밀한 고증으로 신라계 도래씨족인 하타씨와 동족이라는 것이 입증되었다.[42] 제신 '가

---

41 "다가와군 가와라 마을. 군의 북동쪽에 위치해 있다.(중략)옛날 신라국의 신이 스스로 바다를 건너와서 이 냇가에 살았다. 그래서 가와라신이라 불렀다. (田河の郡、香春の郷。郡の北東のかたにあり。(中略)昔者、新羅の国の神、自ら度り到来りてこの河原に住みき。すなわち名けて鹿春の神と曰ひき。)" (『豊前国風土記』逸文「鹿春郷」) 植垣節也 校注訳 『風土記』, 小学館, 1997, 548쪽.

42 히라노는 『대일본고문서(大日本古文書)』와 『나라유문(寧楽遺文)』의 호적자료를 조사하여 한반도계 도래자들의 거주지역인 비츄국(備中国) 쓰우군(都宇郡) 가모향(河面郷) 가라히토리(辛人里)에 '赤染部首馬手'와 '秦人部稲麻呂' '秦人部弟嶋' 등이 섞여 살고 있다는 것을 확인하였으며 또 나라 도다이지(東大寺)절의 화공그룹

135

라쿠니오키나가오히메오메辛国息長大姫大目'는 진구황후神功皇后명 '오키나가타라시히메息長帶姫'를 핵으로 하여 신라와의 관련성에서 '가라쿠니辛国'를 앞에 수식하고 우사하치만궁의 제사씨족인 가라시마辛嶋계 무녀명과 연관하여 만들어졌을 것으로 추정되고 있다.[43]

『히코산유기』에서도 히코산곤겐이 히코산에 오르기 전에 가와라다케 봉우리로 향했던 것을 알 수 있다.

> 일본 바닷가에 도착한 히코산곤겐은 먼저 가와라신에게 머물 곳을 청하였지만 지주신은 땅이 비좁다하며 빌려주지 않았다. 그래서 히코산곤겐은 히코산으로 올랐다.　　　　　　　　　　(『히코산유기』)[44]

히코산과 가와라사의 밀접한 관련성을 직접 이야기하고 있다. 이러한 점에서도 가와라사가 신라와 밀접한 관련이 있는 신사임은 명백하다. 이러한 가와라사의 제신과 동일한 신을 봉재하고 있다는 것은 곧 히코산 개산전승에 이러한 도래인 전승이 혼입되었다는 것은 충분히 가능한 일이다.

환인의 아들 환웅이 태백산에 강림하고 히코산에는 오시호미미가 강림하여 히코산이라 불리듯이 이것은 환웅신화의 구조와 동일

중에서 하타씨와 아카조메씨가 같은 그룹에서 협업하고 있는 사이임을 밝혀, "아카조메씨는 하타씨와 동족 또는 동일한 생활권을 형성한 씨족으로 신라계 귀화인"이라고 논증한 이후 현재 거의 정설로 받아들여지고 있다.
平野邦雄「秦氏の研究」(一)」,『史学雑誌』第70編 第3号, 史学会, 1961, 74쪽.
43 三品彰英『増補日鮮神話伝説の研究』, 平凡社, 1972, 92-93쪽.
44 "著岸之当初 香春明神借宿 地主明神 称狭少之由 不奉借宿 爰権現発攀縁." (『鎮西彦山流記』190쪽)

하여 환웅의 강림신화를 힌트로 하여 만들어진 전승이라 할 수 있다.

2. 소에다정(添田町)

히코산이 위치한 다가와군 소에다정田川郡 添田町은 간쟈쿠산嵒石山 산록에 펼쳐진 마을이지만 그 간쟈쿠산에 '소호리신曽襃里神'이 강림 하였다는 전승이 있다. 여기서 지명 '소에다添田'에서 생각나는 것은 천손강림신화에 보이는 호노니니기의 강림처 '소호리노야마노미네 添山峰' 봉우리이다.[45]

소호리노야마의 '소호리添'는 고대 한국어로 신라의 도읍지 서라 벌의 약칭인 '시블徐伐'에서 유래한 말이며, 오늘날의 '서울'도 '식블' 에서 전래한 말이라는 것은 잘 알려진 사실이다.[46] 참고로 『탁선집』 에서도 하치만신의 강림처를 '소호노미네蘇於峯' 봉우리라고 기술하 고 있다.[47] 하치만신의 강림설화는 기기의 천손강림신화 요소와 가 야·신라의 강림 신화의 요소를 습합하여 만들어진 전승으로 이것은

---

45 "이 때 강림처를 휴가 소의 다카치호 소호리노야마노미네(添山峰) 라고 한다. (중 략) ['添山'은 '소호리노야마'라고 읽는다.] (時に降到りましし処をば、呼びて日向 の襲の高千穂峯の添山峰と日ふ。(中略)[添山、此には曾襃里能耶麻と云ふ]〉" (『日 本書紀』神代紀 第九段 一書第六) 小島憲之·直木孝次郎·西宮一民 外 校注訳 『日本書 紀 ①』, 小学館, 1994, 151쪽.

46 김동수는 일본 고문헌 속에 널리 쓰는 '曾富理·曾尸茂梨·添' 등의 'ソホリ'계의 말 은 '식블(徐伐)'의 일본식 표기로 '식블'이라는 이름은 부여 땅으로부터 삼국의 한 토에 걸쳐 널리 쓰인 칭호로서 이는 다시 일본 땅으로 유입되어 신대의 먼 옛날부 터 쓰이고 있는 말이라고 해석하고 있다. 김동수 「韓·日降臨神話의 比較研究」 성신 여자대학교 대학원 국어국문학과 박사학위논문, 1995, 225쪽.

47 "일본의 가라쿠니노키에 환래하였다. 소오노미네 봉우리가 그곳이다. 소오노미 네 봉우리는 기리시마야마 산의 별칭이다.(日州辛国の城に還り来る 蘇於峯是也。 蘇於峯は霧島山の別号なり。)" (『宇佐八幡宮御託宣集』第3巻)

우사하치만궁의 제사씨족인 가라시마씨가 하타씨계에 속하기 때문
이다. 히코산의 소재지 '소에다'라는 지명에서도 하치만신의 강림처
와 마찬가지로 소호리신, 즉 신라신이 강림한 곳임을 말해주는 것이
라 하겠다.

『고사기古事記』에서 오토시신大年神의 子神으로 가라신韓神·시라히
신白日神·히지리신聖神과 더불어 등장하는 신명이 '소호리신曾富理神'
이기도 하다. 이 '소호리신'은 헤이안시대 궁정에서 제사되던 '소노
카라신園韓神' 3좌중의 하나인 '소노신園神'을 가리키는 것이며, 오토
시신의 계보에 보이는 신들은 교토의 하타씨가 제사하던 씨족신, 즉
고대 한반도의 신들이었다.[48] 이처럼 '소노신'과 '소호리신' 이라는
신명에서도 신라계 하타씨와의 관련성을 찾아볼 수 있다. 그렇다면
소호리신은 히코산 개산전승에서 '恒雄'란 이름으로 그 흔적을 남기
고 있으며, 이후 오시호미미의 강림전승으로 교체되었을 가능성이
매우 높다. 천손강림신화에서는 천손이 강림하고 있지만 오시호미
미는 천손 호노니니기의 부신으로 앞에서 언급한 것처럼 환웅은 단
군의 부신이라는 점도 일치하고 있다.

3. '매' 변신담

앞에서 인용한 『히코산연기』을 보면 오시호미미, 이자니기 이나
자미 3신이 매의 모습으로 날아와 히코산에 강림하여 세봉우리에

---

48 西田長男 「曾富理神 : 古事記成立をめぐる疑惑」, 『古事記·日本書紀』, 1986, 97-98쪽.

좌정하고 있으며,『히코산유기』에는 히코산 제6굴인 다카스미굴鷹栖
窟에 삼소곤겐이 세 마리 매로 시현하여 히코산 봉우리에 날아와서
살았다고 한다.[49] 또 恒雄이 활을 쏘아 쓰러뜨린 흰 사슴을 세 마리의
매가 나타나서 소생시키고 있다. 이렇듯 신령강림 전승의 한 형태로
매의 변신담이 등장하고 있지만『일본서기』에서 야마토다케루日本武
가 백조로 변하는 변신담은 있으나 매의 등장은 찾아보기 어렵다.

그러나 우사하치만의 창건설화에서는 하치만 신이 매로 둔갑하
여 시현하는 모티프가 존재한다. 대장장이 노옹의 모습을 한 하치만
신이 매로 변하고 다시금 황금빛 비둘기로 변하자 오가노 히기大神比
義가 기원을 드리자 3년 후 3세의 유아의 모습으로 시현하여 신탁을
내리고 있다. 이뿐만 아니라『히코산유기』『히코산연기』와『탁선집』
(권5)에 보이는 호렌과 하치만신의 '여의보주 쟁탈담'에서도 하치만
신이 황금빛 매로 둔갑하여 시현하고 있다. 하치만신은 가와라신의
조언에 따라 중생을 이롭게 하려고 히코산곤겐에게 여의보주를 청
했지만 히코산 반야굴에서 수행하던 호렌이 먼저 여의보주를 손에
넣게 되었다. 이에 하치만신이 노옹으로 변해 호렌에게 여의보주를
청하였지만 호렌이 이를 거절하자 노인은 여의보주를 갖고 사라진
다. 분노한 호렌은 부젠국 시모게군下毛郡 이사야마향諫山郷 이노코야
마猪山산까지 좇아가서 큰 소리로 꾸짖자 하치만신은 황금빛 매가

---

49 "제6 스미다카굴. (중략) 히코산곤겐이 처음에 왕자의 옷을 벗고 매의 날개를 달아
서 만리 바다와 산을 넘어 지금의 영봉에 이르렀다. 석체가 되어서 지금의 영봉에
남아있다. 매가 되어서 시현하였기에 스미다카굴이라 부른다. (第六鷹栖窟。(中
略) 初脱王者服 粧鷹鳥翼。踰万里山海 遊千里岑嶺 彼御体 変石鷹 于今霊峰。故
以鷹 為垂迹。以此因縁 号鷹栖窟。)"(『彦山流記』193쪽)

되어 황금빛 개를 데리고 호렌 앞에 나타나서 하치만신임을 밝히고
여의보주를 양도받는다. 이처럼 매의 전승과 지명이 히코산, 가와라
신, 하치만신과 관련되어 이야기 되고 있는 점에 주목해야 할 것이
다. 전승의 뿌리가 하나임을 말해주는 것이라 생각된다.

　그런데 이처럼 천신이 매로 변신하는 이야기로는 가야의 김수로
왕신화와 해모수신화에서 찾아 볼 수 있어서 흥미롭다. 탈해는 가라
국에 가서 수로왕과 한차례 겨루기를 하여 패배하여 신라로 향한다.

> 잠깐 사이에 탈해가 매로 둔갑하자 왕은 독수리로 둔갑하였다. 탈
> 해가 또 참새로 둔갑하자 왕은 또 새매가 되었으니 이 모두 한 순간의
> 일이었다. 탈해가 본래의 모습으로 돌아오자 왕도 다시 본래의 모습으
> 로 돌아왔다. 　　　　　　　　　　　　(『삼국유사』「가락국기」)[50]

　수로왕과 석탈해의 왕위 탈환 대결에서 매로 둔갑하면 수로왕은
독수리로 둔갑하고 또 탈해가 참새로 둔갑하면 수로왕은 다시 새매
로 둔갑하는 것을 보고 탈해가 김수로왕의 신통력에 감복하고 실패
를 인정하고 있다. 또 천신 해모수와 하백의 대결에서도 하백이 꿩
으로 둔갑하자 해모수가 매로 둔갑하는 것을 보고 하백은 해모수가
천제의 아들임을 인정하고 있다. 이처럼 매가 천신의 화신이라고 믿
는 신앙이 존재했음을 알 수 있다. 이외에도 경명왕이 매사냥 이야

---

50 "俄頃之間 解化為鷹 王化為鷲 又解化為雀 王化為鸇 于此際也 寸陰未移 解還本身 王亦
　　復然."(『三国遺事』「駕洛国記」) 일연 著·최호 訳解『삼국유사』, 홍신문화사, 2002,
　　184쪽.

기를 보면 잃어버린 매를 선도산 신모, 즉 여산신의 도움으로 매를 되찾고 있어서 매가 산신의 화신임을 말해주며 산신 계통의 신이 직접 매로 변신하는 이야기도 있다.[51]

그런데 가라국의 시조 수로왕신화가 하치만신 강림설화에 영향을 주었다는 것은 전술한 바이다. 이러한 모티프는 하치만궁의 제사 씨족인 가라시마씨가 신라계 하타씨의 일족이라는 점과 연관이 있다. 따라서 하치만신앙과 관련 깊은 히코산에서 매가 신의 화신으로 강림하거나 매로 변하는 변신담은 한반도의 전승과 관련성을 찾아볼 수 있을 것이다.

『일본서기』(仁德天皇 43년 9월조)에도 백제출신 사케노키미酒君가 매의 다리에 가죽 끈을 매고 꼬리에 작은 방울을 달아 팔뚝에 앉혀서 천황에게 바친 후 사냥매를 사육하였다는 기사를 참고하면 매의 전래와 사육을 한반도 출신 도래인이 담당하고 있어서 매와 관련된 전승이 한반도와 관련 하에서 이야기되는 것은 어쩌면 당연한 일이지도 모른다.

이와 같이 히코산의 제신 오시호미미와 하치만신의 매로 둔갑하는 모티프는 수로왕신화나 해모수신화에서 찾아볼 수 있어서 히코산의 개산전승에 한반도의 이러한 신화가 개입되어 있을 가능성이 크다고 본다.

---

51 박진태는 제주의 '광양당 이야기'에서 산신의 아우가 매로 둔갑하여 바람을 일으켜 침략자의 배를 침몰시키고 있는데 이것은 매를 신의 화신으로 믿었던 신앙이 고려시대까지 전승되고 있음을 말해주는 이야기라 보았다. 박진태「고전문학에 나타난 매와 매사냥의 형상화 양상」,『학교교육연구』제7권 제1호, 대구대학교 사범대학 부설 교육연구소, 2011, 68쪽.

Ⅳ. 부젠국豊前国의 신라 불교문화

규슈 북부, 특히 부젠 지역은 그 지정학적 특징—즉 예로부터 한반도 남부 특히 가야·신라와 직접적인 교류를 통해 대륙문화를 쉽게 수용할 수 있다는 지역적 이점에 의해 신라계 문화가 꽃피울 수 있었던 지역이었다.

부젠국은 702년 작성된 호적장부에 하타씨가 93%를 차지하며 『수서隋書』(東夷倭国傳)에서도 이 일대를 '秦王国'이라 부르고 있는 것처럼 하타씨들이 밀집하여 거주하였던 지역으로[52] 신라적인 색채가 현저하여 일본과는 다른 풍속이나 신앙체계를 갖고 있었을 것이다. 부젠국을 대표하는 가와라사 및 우사하치만궁의 제사씨족인 아카조메씨·가라시마씨가 한반도계 도래씨족이라는 사실에서도 부젠국이 하타씨들의 밀집 거주지역이며 신라계 문화가 농후한 지역이었다는 주장도 뒷받침될 수 있다.

고고학적으로도 이 지역에서 신라의 영향을 직접적으로 보여주는 유적유물이 출토되고 있어서 신라불교의 색채가 강하였다는 것이 밝혀지고 있다. 특히 부젠지역과 다자이후를 잇는 관변도로를 따라서 한반도와 관련이 깊은 유적 유물이 집중한다. 불교유적에 국한해서 말하면 이 고대의 길에 7~8세기 세워진 신라계 불교사원 터가

---

[52] 부젠국에 속해있던 나카쓰(仲津)·미케(三毛)·고우게(上毛) 3군의 호적장부 단간 (「正倉院文書」 702년)을 보면 위의 3군의 주민 683명 중 하타씨와 스구리가바네(勝姓) 계통에 속하는 도래계 씨족이 주민의 9할 이상을 차지하고 있다. 그 구체적인 점유율을 보면 '上三毛郡 塔里, 97%, 上三毛郡 加自久也里 82%, 中津郡 丁里 94%, 미상 100%'을 점하고 있어 그 평균은 93%에 이른다. 平野邦雄 「九州における古代豪族と大陸」, 『古代アジアと九州』, 平凡社, 1973, 253쪽.

많이 남아 있으며 이러한 절터에서는 신라계 문양이 있는 신라계 고
와당도 자주 출토되고 있다.[53]

히코산의 동북쪽에 자리잡은 구보테산求菩提山은 히코산과 더불어
수험도의 메카였다. 이 구보테산에서 7세기경 제작으로 보이는 신
라불인 금동약사여래상과 함께 '永久一年' 명이 새겨져 있는 동제
경통經筒이 발견되었다. 1982년에는 히코산에서 최초의 고고학적 조
사가 실시되어 남악 산정의 경총 유구에서 경통 1구가 검출되고 산
정에서 경총 조영의 모습을 찾아볼 수 있었다. 이어서 1984년에는
북악 산정에서 금동제 신라불상과 '王七郎' 명이 새겨진 경통이 출
토되었다.[54] 나카토 하타요시는 동판경을 사용한 경총공양은 일본
본토에서는 찾아볼 수 없고 오로지 규슈지역에 한정되고 있는데[55]
한국에서는 그 예가 많다고 한다.[56] 이러한 점도 부젠지역이 신라불

---

53 다자이후의 '觀世音寺 범종'과 미야코(京都)의 '妙心寺 범종'은 상대의 무늬나 동좌
의 연꽃무늬가 신라계 문양으로 장식되어 있으며 신라의 경주 안압지에서 출토한
와당의 문양과 동일하다고 하여 이러한 문양으로 장식된 기와를 '신라계 고와당'
이라 부른다. 고와당의 출토지역은 모두 우사에서 다자이후로 통하는 길목에 위
치하고 있다. 小田富士雄「西日本の新羅系古瓦」『日本文化と朝鮮』3集, 新人物往来
社, 1978, 208쪽. 泊勝美『古代九州の新羅王国』, 新人物往来社, 1974, 146쪽.

54 岩本教之「史跡英彦山調査の槪要と視点」, 九州山岳霊場遺跡研究会編, 『英彦山-信仰
の展開と転換』九州山岳霊場遺跡研究会, 2017, 9쪽.

55 경총제작은 헤이안시대 후기 말법사상에 의해 성행하게 되었다. 석가 입멸 후 56
억 7천만년 후 이 세상에 나타난다는 미륵보살에게 불법 신앙의 증거를 보여 주기
위해서 법화경을 경통에 넣어서 매장하였다. 법화경을 경통 속에 넣어 공양하는
대신 법화경 글귀를 직접 동판 위에 새긴 동판경은 구보테산 출토의 '銅板法華経
銅筥'와 그 전 해인 1141년에 만들어진 구니사카반도의 조안지(長安寺)의 것이 일
본에서 유일하게 남아 있을 뿐이다. 泊勝美, 前揭書, 129-130쪽.

56 나카노 하타요시는 전남 부산 왕궁리 출토 금판경은 8세기 통일신라시대의 것이
며 그 외 서울중앙박물관에는 동판 명문의 출토품이 다수 보존되고 있어서 한반도
에서 동판을 종교적으로 사용했다는 사실을 확인할 수 있기 때문에 동판경은 한국
과 히코산 문화권에만 존재하는 것이라고 논하고 있다. 中野幡能「英彦山と九州の

교 문화를 체현하고 있다는 사실을 시사한다. 그리고 이동판경 경문에는 네호지如法寺절 주지승 라이겐賴嚴이 발원·권진하다고 새겨있는데 이 라이겐은 우사군 가라시마향의 가라시마씨 출신 승려로 구보테산을 중흥한 인물이다. 동판경의 제작도 가와라사의 채동소에서 만들었을 것으로 추정할 수 있어서 여기서도 하타씨와의 관련성을 찾아볼 수 있다. 이러한 사실에서 보아도 동판경 문화는 신라 불교문화의 전래로 봐야 하며 이것은 한편으로 부젠지역의 문화적 특징을 잘 보여주는 것이라 하겠다.[57] 야마토조정의 불교공전보다 이른 시기에 규슈 북부에 만간 차원의 신라의 불교가 전래되었을 것이다. 그 후도 공적인 유학승이 아니라 사적인 수행승들의 왕래, 예를 들어 인도승 호도法道선인을 일본의 많은 수험산의 개산자로 전하거나, 백제인 니치라日羅가 아타코산愛宕山을 열었다는 이야기에서 볼 수 있듯이 불교전래는 끊임없이 있었을 것이다. 고라이 시게루五來重는 이러한 무명의 수행자의 왕래를 수험도의 개조, 엔노 오즈누의 이름을 빌려 전해지고 있다고 보고 있다.[58]

『善鳴録)』(1741)에는 10세기 중엽에서 11세기 초, 히코산에 거주했던 8명의 승려명이 수록되어 있다. 이중 신케이真慶는 우사출신이며, 조케이增慶는 다가와군 가라쿠니리辛国里 출신으로[59] 하타씨와 관계있는 지역 출신이었다는 사실은 간과해서는 안 된다.

이기영은 수험도의 개조라 일컬어지는 엔노 오즈누의 "경력과 그

修験道」,『英彦山と九州の修験道』, 名著出版, 1977, 14쪽.

57 中野幡能『古代国東文化の謎』, 新人物往来社, 1974, 163-165쪽.

58 五来重, 前掲論文, 112-113쪽.

59 広渡正利, 前掲書, 72-73쪽.

수험도의 내용을 보면 거기에도 이외로 신라의 화랑도나 화엄사상의
영향이 매우 농후함을 간취할 수 있다."고 하여 신라의 화랑도와 일
본의 산악불교인 수험도의 유사점을 지적하였다.[60] 장지훈도 신라불
교의 특징에 화랑이 바로 미륵의 화신이라는 신앙이 있는데 이러한
믿음은 원래의 불교미륵신앙과는 매우 다른 것으로 신라 고유적인
것이라 설명하고 있다.[61] 『히코산유기』『히코산연기』는 자연을 포함
하여 히코산 전역을 미륵정토와 동일시하고 있으며 호렌을 미륵의
화신이라고 서술하고 있다.[62] 이러한 사실도 히코산 전승이 신라불교
의 영향에 의해서 성립되었음을 시사해주는 것이 아닌가한다.

V. 맺음말

히코산은 이세신궁 참궁에 대해서 '半參宮'이라 일컬어질 정도로
규슈지역 최고의 산악종교의 메카였다. 히코산은 한반도와 가장 가
까운 규슈 북부에 위치하여 한반도 문화를 빠르고 직접적으로 받아
들일 수 있었다. 특히 부젠국은 신라계 도래인 하타씨가 집중 거주
했던 지역으로 신라와 관련된 절터와 신라계 고와당, 동판경이 발굴
되어서 고고학적으로 이 지역이 신라불교와 밀접한 관련성이 있다

60 李箕永「象徴的表現を通して見たる七·八世紀新羅及び日本の仏国土思想」, 田村円澄·
　洪淳昶編, 『新羅と飛鳥·白鳳の仏教文化』, 吉川弘文館, 1975, 22-25쪽.
61 장지훈『한국 고대 미륵신앙 연구』, 집문당, 1997, 225-226쪽.
62 "히코산의 나무, 돌, 목재 모든 자연은 미륵화신이다. (鎭西彦山岳有石材木　是弥勒
　化身也。)"(『彦山流記』191쪽) "세인들은 호렌을 미륵보살의 화신이라 하였다.(世
　日‘法蓮弥勒菩薩池応化也。)"(『鎭西彦山縁起』189쪽)

는 것을 방증해 주고 있다.

히코산개산전승에 의하면 위나라 승려 선정이 히코산을 열고 恒雄이 이를 계승하였다고 한다. 그러나 히코산의 역사적 개산자는 나라시대의 승려 호렌이며 승려 선정이나 恒雄은 전설적인 개산자로 봐야할 것이다. 일본 수험도의 시조 엔노 오즈누가 신라 산중에 나타났다는 전승 등을 참고하면 불교공전 이전에 민간차원에서 한반도와 규슈북부를 오가던 많은 수행승이 존재하며 이러한 무명의 수행승의 존재를 선정이라는 위나라 도래승의 이름에 가탁한 것으로 볼 수 있다.

호렌은 오랜 동굴수행 끝에 히코산곤겐에게 여의보주를 얻고 히코산에 49굴을 열어 히코산 전역에 미륵정토를 구현하려 했다. 이러한 전승에서 볼 때 히코산은 신라의 미륵신앙의 영향을 받았다는 것을 추정할 수 있다.

恒雄은 그 이름의 유사성에 의해서 천제의 아들로 태백산 신단수에 강림하여 신시를 열었다는 환웅의 이름을 빌려온 것으로 보는 견해가 제출되고 있다. 히코산의 제신 오시호미미가 매가 되어서 히코산에 강림하는 전승을 살펴보면 매의 변신담은 한국의 수로왕과 해모수신화에서 찾아 볼 수 있는 모티프이다. 또 히코산이 소재한 소에다정의 '소호리'는 서라벌의 약칭인 '식불'에서 유래한 말이며 천손 호노니니기의 강림처 '소호리노야마노미네'와 동일어이다. 따라서 환웅의 태백산 강림신화를 오시호미미의 강림전승으로 교체된것은 아닌가 한다. 부젠지역이 신라계 도래인 하타씨들의 거주지역이어서 히코산 개산전승에 고대 한반도의 신화나 불교문화가 개입되어 형성되었을 가능성은 크다고 볼 수 있다.

제6장

변모하는 이나리 신稲荷神

─ 고대·중세 문예를 중심으로 ─

❀ ❀ ❀

한 정 미

Ⅰ. 들어가며

일본의 신神의 변모라고 하면 역사상 이나리 신만큼 변모의 흔적을 확실히 드리운 예도 적지 않은가 싶다. 왜냐하면 이나리 신앙의 베이스로 있던 것은 벼의 신에 대한 숭경이었는데, 오늘날 오이나리 상お稲荷さん이라고 하면 상업 번성이나 가내 안전 등 소원 성취를 기원하는 신으로 알려져 있기 때문이다. 어째서 이나리 신은 농경신으로만 머무르지 않고 다양하게 현세 이익에 보답하는 신으로 변모해간 것일까?

이나리 참배의 모습은 헤이안 시대平安時代부터 다양한 문예 작품에 기록되어 있는데 특히 2월 초오初午에 거행된 이나리제稲荷祭에는 교토京都 전체가 이나리를 향했다. 사람들은 사랑을 기원하기 위해 이나리 참배를 떠난 것이었는데 이는 이나리가 명소·행락의 장소로 많은 사람들을 사로잡았고 그 때문에 만남의 장場을 연출했기 때문이기도 했다. 게다가 이나리제의 중심적 담당자가 시치조대로七条大路(교토(京都)의 동서 대로의 하나)의 사람들이었던 점에서 이는 널리 서민들의 에너지의 기반이 되었다고 일컬어진다.

지금까지 각 고전 문예작품에 나타난 이나리 신앙에 관한 연구는 종래로부터 진척된 바 있으나 고전 문예 전체에 있어서 각각에 투영된 이나리 신앙이 어떻게 변모해왔는가 하는 문제는 거의 다루어지지 않았는데, 본 장에서는 이나리 신이 일본의 고대·중세 문예 작품 속에서 어떻게 묘사되고 있는지 그 변모 양상에 대하여 주목해 보고자 한다.

Ⅱ. 고대 문예에 나타난 이나리 신

1. 농경의 신

교토의 후시미이나리 대사伏見稲荷大社를 총본사総本社로 하는 이나리 신사神社는 그 창시 기원에 대하여 『야마시로노쿠니 후도키山城国風土記』 일문逸文에, 하타 씨秦氏의 선조인 이로구 공伊侶具公이 어느 날 떡을 과녁으로 쏘자 그것이 흰 새가 되어 날아가 그 새가 머무른 산봉우리에 벼가 나고 여기에서 이나리라는 신사가 시작되었다고 기

〈그림 2〉 후시미이나리 대사伏見稲荷大社, 교토 시 후시미 구 소재

록되어 있다. 즉 이나리 산 봉우리와 이나리 신사의 이름의 유래가
명시되어 있는데, 그 뿐만 아니라 자손의 대代에 선조의 잘못을 뉘우
치고 신사의 나무가 뿌리로 뒤덮이자 이를 뽑아 집에 심어 기도하고
제사를 지냈다고 한다. 특히 이 떡과 흰 새는 각각 곡령穀靈과 연결되
어 있는 것을 나타내는 귀중한 자료이며 신사의 나무를 뽑아 집에
심어 기도하고 제사를 지낸 것은 신령神靈이 깃들여 있는 수목을 가
리키는 히모로기神籬(ひもろぎ·神体木) 신앙이 반영되어 있다고 여겨진
다. 아울러 떡에 깃들인 신령이 흰 새가 되어 이나리 산에 이르고 벼
가 났다고 하는 점에서 생명을 키우는 벼의 신의 근원을 엿볼 수 있
는데, 여기에서 주목하고 싶은 것은 하타 씨와 이나리 신사와 농업
과의 깊은 관련성이다. 왜냐하면『엔기시키진묘쵸 두주延喜式神名帳頭

注』에도 이나리 신의 농경의 신으로서의 신위神威를 살펴볼 수 있기 때문이다.

또한『엔기시키延喜式』권9에도 우카노미타마노카미宇迦之御魂神·사타히코노카미佐田彦神·오미야노메노카미大宮売神를 제신祭神으로 하여 이나리의 상중하 삼사三社가 창시된 것이 쓰여져 있는데, 우카노미타마노카미는『고지키古事記』『니혼쇼키日本書紀』에서 곡물·음식의 신으로 등장하고 있어서 이나리 신이 벼의 신이라는 점에서 음식의 신인 우카노미타마노카미와 동일시되어 나중에 음식의 신으로 습합習습된 것으로 여겨진다.

2. 일곱 번 참배의 대상

『마쿠라노소시枕草子』의 〈부러운 것うらやましげなるもの〉장단章段에는 세이쇼나곤淸少納言의 이나리 참배의 모습이 기록되어 있다. 세이쇼나곤은 2월 초오 날 아침 일찍 일어나 이나리 참배에 도전했는데, 중사中社 근처까지 왔을 때에 사시巳時가 되어 더위와 피로에 지쳐 참배에 온 것 자체를 후회하고 있었다. 눈물을 흘리며 쉬고 있는데 눈앞에서 오늘 아침부터 이미 3번의 참배를 마치고 남은 4번의 참배도 문제없이 해치우려고 하는 40세 남짓의 여성이 길에서 만난 사람과 이야기하면서 서둘러 내려가는 것을 보고 세이쇼나곤은 지금 당장이라도 이 여성이 되었으면 하고 부러워했다고 한다.

여기에서 당시 이나리 참배의 어려움을 엿볼 수 있는데, 이는 일곱 번 참배는 백 번과 같은 의미라서 상중하 삼사를 하루에 일곱 번

참배를 하는 습관이 있었기 때문이다. 하지만『마쿠라노소시』에는 세이쇼나곤이 참배에 이르게 된 이유나 목적 등에 대해서는 기술되어 있지 않다. 다만 40세 남짓의 여성에게 무언가 기원의 목적이 있었고 그것도 일곱 번 반복하는 것이 보다 신의 효험이 있다고 믿었기 때문에 한 참배였음을 알 수 있다. 즉 여기에서 이나리 신은 일곱 번 참배의 대상으로 묘사되고 있음을 엿볼 수 있는데,『슈이와카슈拾遺和歌集』권 제19에도, '폭포수가 솟아 올라 물이 맑아지는 것처럼 남편이 다시 돌아와 살게 된다면 이나리 산에 7일 참배한 효험이라고 생각하자구나'라는 노래가 실려 있어서 이는 이나리 신이 일곱 번 참배의 대상이었다는 점과 무관한 것이 아니라고 본다. 더우기『마쿠라노소시』⟨신은神は⟩의 장단의 마지막에「이나리」가 제시되어 있는 점에서 세이쇼나곤의 이나리에 대한 신뢰가 상당히 깊은 것임을 알 수 있다. 또한「가모賀茂」와「이나리」가 나란히 등장하여「이나리」와「가모」가 같이 숭앙되고 있는데, 염원이 이루어지기 위해서는「이나리」를, 잘못을 바로잡기 위해서는「다다스(바로잡다)노 모리紅ノ森」에 있는「가모」를 꼽고 있었다. 특히 마쓰노오松の尾·하치만八幡 등에 비해 오하라노大原野·가스가春日 다음에 히라노平野, 가모와 나란히 기록되어 있고, 오라하노·가스가가 헤이안 시대를 주름잡던 후지와라씨藤原氏의 조상신氏神으로 숭상되고 있던 점에서 그 다음에 이나리가 기록되어 있다는 것은 얼마나 이나리에 신앙이 집결되어 있었는지를 알 수 있는 대목이다.

3. 부부 복연復緣 기원의 대상

『가게로 일기蜻蛉日記』에는 2번에 걸친 이나리 참배의 장면이 기록
되어 있다.

966년 9월 무렵으로 생각되는 이나리의 첫 참배는 야산의 경치도
틀림없이 멋있을 것이라고 생각하여 참배라도 하고 싶다고 생각하
고 어쩐지 마음이 놓이지 않는 신세를 이나리 신에게 아뢰려고 결심
하여 살짝 참배를 했다고 되어 있다. 본문 안에는 「어떤 곳」이라고
되어 있는데, 「이나리 산」이나 「영험한 삼나무しるしの杉」라고 되어
있고 「하」, 「중」, 「상」의 3개의 신사가 기록되어 있는 점에서 이나리 삼
사에 참배했다는 것을 알 수 있다.

〈그림 2〉 후시미이나리 대사에서 판매하는 〈영험한 삼나무〉

또한 미치쓰나道綱의 어머니는 이나리 신에게 바치는 예물에 다음과 같이 써서 묶었다고 하는데, 우선 하사下社에는 '영험이 풍부한 산 입구라면 이 하사에서 바로 영험을 나타내주셨으면 합니다', 그리고 중사中社에는 '오랫동안 이나리 산의 영험한 삼나무에 의지하여 기도했습니다', 상사上社에는 '상중하의 신들에게 계속해서 참배하려고 하여, 오르락 내리락 하는 언덕 길은 힘들게 느껴졌습니다만, 아직 행복해지지는 않은 느낌이 듭니다'라는 말을 썼다. 여기에서 미치쓰나의 어머니는 이나리 산의 영험한 삼나무에 기대를 하여 오랫동안 기도해 온 것을 알 수 있다. 「영험한 삼나무」란 이나리 신사의 삼나무를 뽑아 자신의 집에 심고 그 영고榮枯로 길흉을 점치는 습관을 나타내는데, 「신의 영험을 나타내주소서」라고 되어 있어서 미치쓰나의 어머니에게 있어서 이나리 신은 영험을 나타내는 신으로 인식되고 있었음을 엿볼 수 있다. 그런데 이 무렵 미치쓰나의 어머니는 점점 자신에게서 멀어져가는 남편 가네이에兼家와의 관계를 심각하게 고민한 것으로 보이는데, 그것은 이나리 신에게 참배는 했지만 아직 전혀 행복해지지 않은 애절한 마음에서 살펴볼 수 있다. 즉 미치쓰나의 어머니는 이나리 참배를 하여 부부의 복연을 강하게 기원한 것으로 볼 수 있으며 여기에서 이나리 신은 영험을 나타내주는 신으로서뿐만 아니라 부부 복연의 기원의 대상이 되고 있음을 엿볼 수 있다. 그리고 이는 다음의 두 번째 이나리 참배의 장면에서도 확인할 수 있다.

두 번째 아나리 참배는 974년의 일로, 작년 8월 이후 남편 가네이에로부터 전혀 소식이 없고 정월이 되어서도 모습을 보이지 않아 남편을 생각하여 울며 지내는 일도 많았다. 그러한 작자에게 있어서 위로라고 하면 양녀뿐이었다. 그러나 당시 16세인 양녀에게 20세나 연상인 숙부(가네이에의 배다른 형제)가 구혼하였고 때마침 양녀가 이나리 참배에 간다고 하자 작자도 동행한 것이었다. 그때 시녀가 여신女神에게 드리는 히나 의상雛衣을 세 벌 바느질하여 각각에 노래를 붙여 봉납하였는데, 비록 「이나리」라는 말은 기록되어 있지는 않으나 이나리 참배라고 보는 것은 『엔기시키진묘쵸』에 삼좌三座라고 되어 있고 당시 귀족 여성이 일부러 가서 참배할 정도로 영험이 알려져 있던 신사라고 하면 이나리 신사 이외에 생각할 수 없었다. 그리고 이나리 삼좌의 제신은 당시 모두 「여신」으로 여겨졌다. 왜냐하면 『니쥬니샤혼엔廿二社本縁』에도 홋쇼보法性房의 꿈에 나타난 지위가 높은 여인의 모습으로 이나리 명신明神이 그려져 있어서 이나리 삼사의 제신을 「여신」으로 묘사하는 사료를 종종 볼 수 있기 때문이다.

　주의하고 싶은 것은 『가게로 일기』에 '흰 옷은 신에게 바칩니다. 우리들 부부 사이를 옛날과 같이 가로막히지 않았던 사이로 돌려주시기를'이라고 읊고 있는 점에서 미치쓰나의 어머니에게 있어서 부부의 사이를 되돌리기 위한 이나리 참배임을 알 수 있다는 점이다. 그리고 구혼을 받은 양녀에게 있어서는 좋은 결혼을 위한 이나리 참배임을 알 수 있다. 그럼 이나리 신은 왜 부부 복연 기원의 대상이 된 것일까? 이는 『슈이와카슈』권 제19에 '나로 말하자만 이나리 신도 정말로 너무하시는구나. 다른 남자를 위해 그 여자와 관계를 맺도록 기도하지는 않았는데' 라고 기록되어 있어서 이나리에서 만난 여성과 연애를 했는데 그 여성을 다른 사람에게 빼앗기다니 이나리 신은 잔인한 처사를 하신다는 의미로, 당시 이나리 참배가 남녀의 만남의 장을 제공하고 있어서 부부 복연 기원의 대상이 되는 근원을 이루고 있기 때문이라고 할 수 있겠다.

4. 남녀 성애性愛 기원의 대상·출산의 신産神

『곤자쿠모노가타리슈今昔物語集』권 제28에는 이나리 참배에 관한 해프닝이 묘사되어 있다.

2월 초오의 날에 동료와 함께 이나리 참배를 나간 고노에노 도네리近衛舍人 시게가타重方라고 하는 남자가 이나리 중사 근처에서 아름답게 차려입은 여성에게 '처妻는 원숭이와 똑같고 장사꾼과 다름없는 여자라 헤어지려고 한다' 등을 말하며 끈질기게 다가갔는데, 사실 이 여성은 자신의 처로 결국 머리를 잡혀 뺨을 맞았다는 이야기이다. 시게가타는 구경하러 놀러 가는 기분으로 이나리로 참배를 한 것이었는데 2월 초오의 날에 이나리 참배가 이루어지고 있어서 예년보다 많은 참배자가 와 있었다. 여기에서 주목하고 싶은 것은 옛날부터 남녀노소 중에서 무리로 참배한 모습을 엿볼 수 있다는 점이다. 이와 같은 초오 참배는 『오카가미大鏡』에도 아버지와 함께 2월 초오에 이나리 참배를 했는데, 초오의 이나리 참배도 갑오甲午 때가 가장 좋은 길일이라고 일컬어져 예년보다도 많은 사람들이 모여 대성황이었음을 알 수 있다. 또한 이나리 신은 『곤자쿠모노가타리슈』권 제30에는 출산의 신으로 숭상되고 있음을 엿볼 수 있다.

더욱이 주목하고 싶은 것은 여인을 설득하는 시게가타의 대화 안에 '이 신사의 신도 들어 주십시오. 몇 해 전부터 생각한 대로 이렇게 참배한 보람이 있어서 신이 주셨다고 생각하니 너무나 기쁩니다'라고 되어 있는 점이다. 「몇 해 전부터 생각한 대로」란 남녀의 성애를 말하는 것으로 여기에서 이나리 신은 남녀의 성애를 기원하는 대상이 되고 있음을 알 수 있다. 또한 여성도 이 3년 정도는 의지하고 싶은 분이 있으면 하고 생각해서 이 신사에 오게 되었다고 말하고 있어서, 남성은 성애를 구하기 위해 이나리 신사에 참배한 것에 비하여 여성은 현세적인 결혼, 즉 결혼 상대를 기원하기 위한 이나리 참배임을 엿볼 수 있다.

헤이안 시대 또는 가마쿠라 시대鎌倉時代의 우타모노가타리歌物語인 『다카무라 모노가타리篁物語』에서도 오노노 다카무라小野篁가 배다른 여동생을 따라 이나리 참배를 갔는데, 여동생이 효에노스케兵衛佐에게 첫눈에 반하고 있어서 여기에서도 이나리 참배는 남녀의 만남의 장을 제공하는 것을 알 수 있다. 이는 이나리 신이 남녀의 성애 기원의 대상이기 때문에 그 참배의 장도 남녀의 만남의 배경으로 사용되고 있는 것이 아닐까 생각한다.

5. 영험이 뚜렷한 신

『사라시나 일기更級日記』에는 이나리의 「영험한 삼나무」가 반복해서 나오며 뚜렷한 영험의 이야기가 전개된다.

1046년 10월에 고레이제이後冷泉 천황의 다이죠에大嘗会(천황 즉위 후의 첫 니이나메사이新嘗祭; 11월 23일에 천황이 햅쌀을 신에게 바치는 궁중 행사)의 불제 당일에 출발한 하세初瀬 참배의 마지막 날에 꾼 꿈에서, 다카스에孝標의 딸이 하세데라長谷寺를 참배했을 때에 「이나리로부터 받은 영험한 삼나무」를 던지려고 하는 것을 봤다고 한다. 이는 이전에 어머니가 작자인 다카스에의 딸의 미래를 하세데라의 관음의 탁선으로 예지하려고 한 것과 관련된 것인데, 주의하고 싶은 것은 다카스에의 딸이 하세에 참배하고 있어서 신의 삼나무라면 하세에서 가까운 미와야마三輪山의 상징적 표시인 「영험한 삼나무」를 생각해도 좋을 법한데, 하세에서 이나리의 「영험한 삼나무」를 생각해내고 있다는 점이다. 하세와 이나리와의 관계는 『고킨슈古今集』의 세도카旋頭歌(와카(和歌) 형식의 하나. 상·하구가 각각 5·7·7로 합해서 6구가 됨)가 이나리와 하세의 우타가키歌垣(남녀가 무리지어 창화(唱和)하는 풍류놀이) 노래였던 점에서도 엿볼 수 있다. 그런데 후년에 작자는 이 일을 회상하며, 「이나리로부터 받은 영험한 삼나무」의 꿈을 따라 그때 바로 이나리 참배를 했으면 지금쯤 이렇게 불행해지지 않았을텐데 하며 후회하고 있어서 이나리 신에 대한 뚜렷한 영험을 나타내고 있다.

Ⅲ. 중세 문예에 나타난 이나리 신

1. 구마노熊野와 함께 참배하는 대상

『헤이지 모노가타리平治物語』에는 1159년 12월 19일에 다이라노 기요모리平清盛가 구마노를 참배하고 나서 이나리에 참배한 것이 기록되어 있다. 전술한 『야마시로노쿠니 후도키』 일문에서도 알 수 있듯이 이나리 참배자가 도중에 참배 길의 「영험한 삼나무」 가지를 꺾어 들고 집으로 돌아가 이것이 자신의 정원에서 뿌리를 내리면 기원의 효과가 있다고 하는 전승이 있었는데, 기요모리는 삼나무 가지를 꺾어 갑옷 소매에 끼워 로쿠하라六波羅(교토(京都)의 가모가와鴨川 동쪽 기슭의 고조 대로(五条大路)에서 시치조 대로 일대의 지명)로 돌아간 것을 알 수 있다. 헤이안 말기가 되어 구마노 신앙이 유행하자 구마노로 가는 길이나 돌아가는 길에 반드시 이나리 신사에 참배하는 것이 관례가 되었는데, 여기에서도 이나리 신은 구마노 신과 함께 참배하는 대상이 되고 있었음을 엿볼 수 있다.

2. 서민 신앙의 대상

지엔慈円의 『구칸쇼愚管抄』권 제14에는 이나리제에 관하여 다음과 같이 기록되어 있다.

매년 3월 중오中午의 날에 오타비쇼御旅所(신사의 제례에 신요(神輿, 신령을 안치하는 가마)가 본궁에서 행차해서 임시로 머무는 곳)로 행차하여 4월 상묘上卯의 날에 본사本社로 돌아오는 길에 이나리제의 구경을 위한 관람석 위에서 후지와라노 아키스에藤原顕季나 이에야스家保 등이 관백関白을 바꾸는 의논을 하는 것이 묘사되어 있는데, 신분이 낮은 자 등도 부른 것을 엿볼 수 있다.

헤이안 시대부터 이나리제는 도읍에서 행해지는 마쓰리祭り로서는 대규모의 것이었는데 귀족뿐만이 아니라 도시민의 자유로운 마

〈그림 3〉 후시미이나리 대사의 도리이鳥居

쓰리의 참가로 시끌벅적했다. 전술한『곤자쿠모노가타리슈』권28에
도「예부터 교토 전체에는 상중하의 사람들 모두 이나리에 참배하러
모인 날이라」라고 되어 있어서 여기에서도 아키스에 등과 같은 귀족
뿐만 아니라 신분이 낮은 자들도 참가하고 있음을 알 수 있다. 또한
전술한『곤자쿠모노가타리슈』권 제30에는 이나리 신이「출산의 신」
으로 서민 신앙을 획득하고 있음을 엿볼 수 있다.

3. 천황의 수호신

무로마치 시대室町時代에 성립한 설화집『요시노슈이吉野拾遺』상上
에는 다음과 같은 이나리 신사에 대한 기사가 있어서 주의를 끈다.
1336년 고다이고 천황御醍醐天皇은 유폐幽閉된 가잔인花山院을 나와
요시노吉野를 향하는 도중에 길이 어두워지는데, 천황이 '여기는 어

디쯤인가'하고 묻자 '이나리 신사 앞'이라고 대답했다고 한다. 그래서 고다이고 천황은 '범부채 씨앗의 어두운 밤길을 헤매는구나 나에게 비추는 세 개의 등불'이라는 노래를 읊고 엎드려 절하자 이나리 신사로부터 붉은 구름이 떼지어 천황의 밤길을 비추었다. 이 천황이 읊은 「세 개의 등불」이란 여우의 꼬리에 있는 「삼고三古」의 「여의보주如意宝珠」를 시사하는 것으로, 『이나리 엔기稲荷縁起』권 제4에도 이나리 신과 고보대사弘法大師(구카이(空海))가 만났을 때의 이나리 신이 노옹老翁의 모습으로 얼굴에서 빛을 비추고 밤을 비추는 것이 대낮과 같은 빛이었다고 말하고 있다. 중세의 명소名所 와카집『우타마쿠라 나요세歌枕名寄』의 이나리 산 조항에도 이나리 명신의 노래에 「세 개의 등불」이 나오는데, 이나리 삼사에서의 제사에서 유래하는 것으로 나와 있어서 여기에서도 이나리 신사에서 빛을 비추고 고다이고 천황의 길을 비춤으로써 천황을 수호하는 이나리 신의 신격神格을 부각시키고 있다고 볼 수 있다.

4. 도지東寺의 수호신

기타바타케 치카후사北畠親房의 저서로 전해지고 있는 『니쥬샤 혼엔卄二社本縁』에는 도지의 구카이空海 전설이 기록되어 있다.

여기에는 구카이가 도지에 있었을 때에 할아버지·할머니가 많은 남자 하인들을 데리고 가다가 벼를 메고 쉬고 있는 것을 구카이의 제자인 지쓰에実恵가 보고 이는 예사로운 일이 아니라고 생각하여 구카이에게 보고한다. 구카이는 그들을 불러 도지의 중문中門에서 이야기

를 하며 어디로 가느냐고 묻는데, 그들은 히에잔比叡山에 있는 아사리
阿闍梨(사이쵸(最澄))가 수호하라고 하여 자신들을 부른 것이라고 대답한
다. 그러자 구카이는 사이쵸에게는 히요시 신日吉神이 전적으로 다스
리고 지키고 있으므로 도지의 불법仏法을 수호해주기를 요청하는데
이들이 구카이의 안내로 지금의 이나리 경내境内를 택하여 진좌, 도지
의 수호신이 되었다고 한다. 주의하고 싶은 것은 이나리와 도지의 관
련이 기록된 것으로 특히 「도지의 수호가 되셨나니」라고 되어 있어서
여기에서 이나리 신은 도지의 수호신이 되었다는 것을 알 수 있다.

5. 불법仏法의 수호신

남북조 시대의 기록인 『이나리 다이묘진루키稲荷大明神流記』에는
고보 대사와 이나리 신과의 만남이 묘사되어 있다.

이나리 신사의 신관神官인 가다荷田 씨의 선조로 「류토타龍頭太」라
고 하는 사람이 있었는데, 류토타는 와도和銅 연호 기간(708-724)부터
이나리 산에 암자를 짓고 낮에는 밭을 경작하고 밤에는 장작을 캤다
고 한다. 그런데 고닌弘仁(810-824) 연간 무렵에 이나리 산에서 수행을
하고 있었던 고보 대사를 만나 고보 대사의 수행을 지켰다는 것이
다. 여기에서 이나리 신은 고보 대사를 만났을 뿐만 아니라 불법을
수호하는 신으로서의 신격을 나타내고 있음을 엿볼 수 있다. 즉, 농
경의 신이었던 이나리 신은 밀교密教와 습합함으로써 도지나 불법을
수호하는 신으로 변용되고 있어서 밀교와의 습합에 의해 새로운 신
격을 획득하고 있다고 할 수 있다.

161

Ⅳ. 나오며

이상으로 일본의 고대·중세 문예에 나타난 이나리 신을 규명함으로써 이나리 신의 변모 양상에 대하여 구체적으로 살펴보았다.

고대 문예에 있어서 이나리 신은, 『야마시로노쿠니 후도키』에서는 농경의 신으로서 그 신위를 나타내지만, 『마쿠라노소시』에서는 일곱 번 참배하는 대상으로, 『가게로 일기』에서는 부부 복연 기원의 대상으로, 『곤자쿠모노가타리슈』에서는 남녀의 성애 기원의 대상과 출산의 신으로, 『사라시나 일기』에서는 영험이 뚜렷한 신으로 변모한다.

중세 문예에 있어서는, 『헤이지 모노가타리』에서는 구마노와 함께 참배하는 신으로, 『구칸쇼』에서는 서민 신앙의 대상으로, 『요시노슈이』에서는 천황의 수호신으로, 『니쥬니샤혼엔』에서는 도지의 수호신으로, 『이나리다이묘진루키』에서는 불법의 수호신으로서 그 신격을 나타낸다. 즉, 농경의 신이었던 이나리 신은 헤이안 시대 이후 부부 복연 기원의 대상이나 남녀의 성애 기원의 대상 등, 서서히 현세이익을 가져다주는 신으로 서민과 귀족들의 신앙을 불러일으키고 밀교와 습합한 후인 중세에서는 도지나 불법을 수호하는 신으로 크게 변용하고 있는 것을 알 수 있다.

이는 헤이안 시대부터 서서히 이나리 신의 현세이익적인 영험을 기대하여 연애나 일을 비롯한 소원 성취 등, 신분이 높고 낮음과 관계없이 일상생활에 밀접히 관계된 신이라는 점, 또한 이와 같은 이나리 신의 현세이익적인 신격은 헤이안 시대 중기 이후에 귀족이 앞다퉈 수행한 밀교 수행법의 효능과의 공통점에 의한 것으로 알려져 있다. 그러나 이나리 신의 실로 다양한 변모는 시대의 변천과 함께 밀교와 습합함으로써 새롭게 획득한 다양한 신격으로 그 시대 사람들의 요구나 소원을 반영하는 신앙의 발로라고 할 수 있겠다.

한일문화 연구의 새 지평 3

일본연구의 새로운 시각 : 확대되는 세계관

제2부

경계와 초월

한일문화 연구의 새 지평 3

일본연구의 새로운 시각 : 확대되는 세계관

제7장

류큐琉球 왕부 오고에御後絵의
왕권적 성격

❀ ❀ ❀

김 용 의

I. 오고에의 유실과 재현

이 연구는 류큐琉球왕부 시대 오키나와에서 제작된 오고에御後絵의 왕권적 성격에 관해서 고찰하는 것이 목적이다. 오고에란 오키나와 어로 '우구이ぅぐぃ'라고 부르며, 일찍이 류큐왕부 시대 국왕의 사후에 제작된 국왕의 초상화이다.[1] 류큐왕부 시대에 왕권이 강화되는 과정에서 국왕이 정치적으로 위대하며 종교적으로 신성한 존재임을 과시하기 위한 목적으로 오고에가 제작되었음을 고찰하고자 한다.

---

[1] 일반적으로 통용되는 오고에의 사전적 정의에 관해서는 다음을 참조. 沖縄大百科事典刊行事務局『沖縄大百科事典』, 沖縄タイムス社, 1983, 599쪽.

167

오고에는 이른바 오키나와전沖繩戰 동안에 실물이 사라져서 현재 그 행방이 묘연하다. 현재 전해지는 것은 오키나와 연구자 마지키나 안코真境名安興가 저술한 『오키나와 천년사沖繩一千年史』(1923)에 3장, 오키나와 연구자 가마쿠라 요시타로鎌倉芳太郎가 저술한 『오키나와문화의 유보沖繩文化の遺宝』(1982)에 10장의 사진으로 남아 있다. 마지키나 안코의 「소고만필笑古漫談」이라는 수필집을 보면, 마지키나가 1925년 10월 2일에 상가尚家를 방문하여 오고에를 관람했다는 기록과 함께 마지키나가 보았다는 오고에에 관한 정보가 비교적 상세하게 소개되어 있다.[2] 이를 보면 적어도 오키나와전 이전까지 오고에 실물이 존재했다는 것은 분명하다.

일본에서 오고에의 존재가 대중적으로 알려지게 된 것은 사토 후미히코佐藤文彦가 오고에를 재현한 이후인 듯하다. 화가인 그는 『오키나와문화의 유보』에 흑백 사진으로 남아있는 오고에를 참고하여 컬러로 이를 재현하였다. 이들 그림은 그의 저서 『요원한 오고에遙かなる御後絵』(2003)에 모두 수록되었다.[3]

현재 오고에 실물이 존재하지 않은 탓인지 이에 관한 선행연구는 활발한 편이 아니다. 따라서 앞으로 밝혀야할 과제가 산적해 있다고 할 수 있다. 예를 들면 애초에 류큐왕조 국왕의 초상화를 '오고에(우구이, 御後絵)'라고 부르게 된 역사적 기원 및 경위에 관해서도 정확하게 알려지지 않았다.[4]

---

2 真境名安興 「笑古漫談」 『真境名安興全集』 第3卷, 琉球新報社, 1993, 167쪽.
3 佐藤文彦 『遙かなる御後絵』, 作品社, 2003, 45-63쪽.
4 필자는 '오고에(御後絵)'라는 이름 중에서 '後'에 착안하여 두 가지 의미 중의 하나로 사용되지 않았는지 추론한다. 첫째 오고에가 국왕의 '사후(死後)'에 제작되었

일본에서의 연구로는 히가 조켄比嘉朝健의 「상후작가 오고에에 관해서尙侯爵家御後絵に就いて』[5]라는 선구적인 논문을 비롯하여, 히라카와 노부유키平川信幸의 「오고에와 그 형식에 대하여御後絵とその形式について」,[6] 사토 후미히코의 『요원한 오고에遥かなる御後絵』 등이 있다. 히라카와 노부유키의 연구는 특히 오고에의 회화적 양식을 중심으로 중국과의 관련성을 검토한 연구이다. 사토 후미히코의 경우는 화가 겸 연구자라는 복합적인 관점에서 오고에 연구를 진행하였다.

드물게 국내에서도 오고에를 주목한 연구가 진행되었다. 안천의 「유구왕국琉球王国의 일월물결도 연구-사회과교육의 국제화 시각에서-」는 오고에 배후에 등장하는 일월물결도에 착안하여 조선시대 국왕의 어진과 비교하였으며, 이를 위해서 근대 이전에 행해진 한국과 오키나와의 문화교류 양상을 여러 방면으로 검토하였다.[7] 그렇지만 현재 알려진 오고에 전체에 일월물결도가 그려진 것은 아니다. 오고에 중에서 일월물결도가 등장하는 것은 전체가 아니라 일부이다. 회화양식의 변화로 인해 후대의 오고에에서는 일월물결도가 사라지게 된다. 이 점에 대해서는 뒤에서 상세하게 다루기로 한다.

김용의의 「오키나와 오고에御後絵와 조선시대 불교회화의 비교」

다는 점을 주목하였다. 둘째 류큐왕부 종묘에서 오고에가 신위의 '뒤(後)'에 안치되었다는 점을 주목하였다. 이 점에 대해서는 앞으로 계속해서 자료를 조사할 생각이다.

5 이 논고는 『沖縄タイムス』(1925.11.1.-11.12)에 연재되었다. 본고에서는 佐藤文彦(2003)에 재수록 된 논고를 참고하였다. 比嘉朝健 「尙侯爵家御後絵に就いて」『遥かなる御後絵』, 作品社, 2003, 119-152쪽.

6 平川信幸 「御後絵とその形式について」, 『芸術学論叢』14, 別府大学, 2001, 48-71쪽.

7 안천 「유구왕국(琉球王国)의 일월물결도 연구-사회과교육의 국제화 시각에서-」, 『사회과교육』49권2호, 2010, 87-120쪽.

는 류큐왕부 시대에 한반도와 오키나와 사이에 불교교류가 행해지는 과정에서 고려 및 조선시대 불교회화의 영향으로 오고에의 회화 양식이 정착했을 가능성을 시사하는 연구이다.[8] 김용의 연구는 오고에의 왕권적 성격에 관해서도 언급하고 있지만 연구의 주제가 오고에와 조선시대 불교회화의 비교에 치중한 탓인지, 이 점에 대해서는 심도 있는 천착이 이루어지지 않았다.

본고에서는 선행연구에서 주목한 점을 참고로 하여, 특히 오고에 회화양식 및 왕실제사와 관련한 문헌기록을 중심으로 오고에가 류큐왕부의 왕권 확립과 어떻게 관련이 있는지를 고찰하기로 한다.

Ⅱ. 오고에의 회화 양식과 왕권

현재 사진으로 그 존재가 알려진 오고에는 제이상씨第二尚氏 왕통의 제1대 상원왕尚円王, 제3대 상진왕尚真王, 제5대 상원왕尚元王, 제7대 상녕왕尚寧王, 제8대 상풍왕尚豊王, 제11대 상정왕尚貞王, 제13대 상경왕尚敬王, 제14대 상목왕尚穆王, 제17대 상호왕尚灝王, 제18대 상육왕尚育王 등으로 모두 10장에 이르고 있다.[9] 다음의 〈표〉는 오고에에 등장하는 국왕 및 그 회화 양식의 특징을 정리하여 작성한 목록이다.[10]

---

8 김용의 「오키나와 오고에(御後絵)와 조선시대 불교회화의 비교」『일본문화학보』
    60, 한국일본문화학회, 2014, 243-262쪽.
9 오키나와 왕조 중에서 제이상씨는 제일상씨 시대의 상태구왕(尚泰久王)의 중신이
    었던 가나마루(金丸)에서부터 시작하였다. 그가 바로 제이상씨의 시조인 상원왕
    (尚円王)이다.
10 [표]는 다음 자료를 참고하여 본고의 내용 및 주제에 맞게 수정 보완하였다. 김용의

〈표〉 현재 전하는 역대 국왕의 오고에

국왕	재위 기간	회화 양식	
1대 尚円王	1470~1476	중앙에 국왕이 좌정, 국왕은 정면을 향함, 피변관복(皮弁冠服)을 입음, 손에 규(圭)를 들고 있음	국왕 좌우에 8명씩 모두 16명의 신하를 배치, 일월물결도, 좌우 위쪽에 용 문양, 좌측 위에 문방구 그림
3대 尚真王	1477~1526	상동	상동
5대 尚元王	1556~1572	상동	상동
7대 尚寧王	1589~1620	상동	상동
8대 尚豊王	1621~1640	상동	상동
11대 尚貞王	1669~1709	중앙에 국왕이 좌정, 국왕은 정면을 향함, 피변관복(皮弁冠服)을 입음, 손에 규(圭)를 들고 있음, 국왕을 더욱 크게 확대하여 그림	신하의 수가 좌우 7명씩 14명으로 줄어 듬, 일월물결도 및 용 문양과 문방구가 사라지고 국왕 앞에 향로가 등장
13대 尚敬王	1713~1751	상동	상동
14대 尚穆王	1752~1794	상동	상동
17대 尚灝王	1804~1834	상동	상동
18대 尚育王	1835~1847	상동	상동

〈표〉에 정리한 바와 같이, 오고에는 회화 양식 면에서 크게 두 유형으로 나뉜다. 첫째 유형은 제1대 상원왕에서 제8대 상풍왕까지의 유형이다. 둘째 유형은 제11대 상정왕부터 제18대 상육왕까지의 유형이다. 다음의 〈그림 1〉은 첫째 유형에 속하는 제1대 상원왕의 오고

「오키나와 오고에(御後絵)와 조선시대 불교회화의 비교」, 『일본문화학보』60, 한국일본문화학회, 2014, 245-246쪽.

〈그림 1〉 제1대 상원왕   〈그림 2〉 제11대 상정왕

에이다(이 유형을 제1유형이라고 부르기로 한다). 〈그림 2〉는 둘째 유형에 속하는 제11대 상정왕의 오고에이다(이 유형을 제2유형이라고 부르기로 한다).[11]

그런데 〈그림 1〉이나 〈그림 2〉를 보면 어느 쪽 유형에 속하는 오고에인지를 막론하고, 회화 양식 면에서 공통적으로 매우 독특한 점을 발견할 수 있다. 국왕의 초상화에 국왕과 신하가 함께 등장한다는 점이다. 모든 오고에는 국왕이 중앙에 좌정하고 그 좌우에 신하들이 시립하는 구도로 그려졌다. 이 점에 있어서, 오고에는 동아시아 역대 국왕의 초상화와 비교할 때에도 매우 특이한 구도이다. 같은 동아시아 지역에 속하는 한국, 일본, 그리고 중국의 역대 국왕의 초상화는 국왕만이 등장하는 경우가 대부분이기 때문이다. 간혹 신하가 국왕과 함께 등장하는 경우에도 고작 서너 명에 불과하다.

위의 〈표〉 및 〈그림 1〉과 〈그림 2〉를 함께 참고하면 제1유형과 제2

11 그림의 출처는 다음과 같다. 鎌倉芳太郎『沖縄文化の遺宝』, 岩波書店, 1982, 310-315쪽.

유형 사이에는 두드러진 차이점이 발견된다. 첫째 제1유형과 제2유형 사이에는 중앙에 정좌한 국왕의 크기가 차이가 난다. 주의해서 보지 않더라도 제2유형에서는 제1유형보다 국왕을 더욱 크게 그렸음을 알 수 있다. 둘째 국왕 주위에 시립한 신하들이 제1유형은 좌우에 8명씩 모두 16명이 등장한다. 제2유형에서는 좌우에 7명씩 모두 14명이 시립하였다. 왕과 신하들의 크기 비례에 있어서도 제1유형보다는 제2유형이 신하들을 볼품없게 작게 그렸다. 셋째 제2유형에는 제1유형에서 볼 수 없었던 향로가 국왕 앞에 놓여 있다. 넷째 제1유형에는 왕의 배후에 일월물결도가 그려졌지만 제2유형에서는 이를 생략하였다. 다섯째 제1유형에서는 그림의 좌우 위쪽에 용 문양이 그려져 있지만 제2유형에는 등장하지 않는다. 여섯째 제1유형에서는 좌측 위에 문방구 관련 그림이 등장하지만 제2유형에서는 이를 생략하였다.[12]

이처럼 오고에는 뚜렷한 차이가 인정되는 두 가지 유형이 존재한다. 사토 후미히코는 그 이유에 대해서 중국 국왕의 초상화 양식으로부터 영향을 받은 결과로 해석하였다. 즉 제1유형은 명나라 시대의 국왕상의 영향을 받았으며 제2유형은 청나라 시대의 국왕상의 영향을 받았다는 것이다.[13] 그렇지만 이는 오고에에 등장하는 국왕만을 주목한 결과로 충분한 설명이라고 할 수는 없겠다.

---

12 이 점에 대해서는 다음의 선행연구에서 이미 언급하였다. 佐藤文彦『遥かなる御後繪』, 作品社, 2003, 65-80쪽. 김용의「오키나와 오고에(御後繪)와 조선시대 불교회화의 비교」,『일본문화학보』60, 한국일본문화학회, 2014, 254-257쪽.
13 佐藤文彦『遥かなる御後繪』, 作品社, 2003, 75-80쪽.

〈그림 3〉 명나라 世宗 朱厚熜 초상화　　〈그림 4〉 청나라 太祖 努爾哈的 초상화

　　본고에서 이미 지적한 바와 같이, 중국 국왕의 초상화는 국왕이
단독으로 등장하는 경우가 대부분으로, 국왕이 가운데 정좌하고 좌
우에 대칭적으로 신하들이 시립하는 초상화는 발견할 수가 없다. 예
를 들면 중국의 역대 국왕의 초상화를 집대성한 『中国帝王図志』(晉
文 主編, 2009)를 모두 검토해도, 국왕의 좌우에 여러 신하들이 대칭적
으로 시립한 초상화를 발견할 수가 없다.[14] 〈그림 3〉과 〈그림 4〉를 주
목하기로 한다. 〈그림 3〉은 명나라 시대 世宗 朱厚熜의 초상화이다.[15]
〈그림 4〉는 청나라 시대 太祖 누루하치努爾哈的의 초상화이다.[16] 사토
후미히코의 지적처럼, 〈그림 3〉과 〈그림 4〉는 국왕이 의자에 앉아서
정면을 바라보는 모습, 국왕의 복장, 용 문양등에서 일견 오고에와

14　晉文 主編『中国帝王図志』, 山東画報出版社, 2009, 1-671쪽.
15　그림의 출처는 다음과 같다. 晉文 主編『中国帝王図志』, 山東画報出版社, 2009, 575쪽.
16　그림의 출처는 다음과 같다. 晉文 主編『中国帝王図志』, 山東画報出版社, 2009, 599쪽.

비슷한 화화 양식처럼 보인다. 그렇지만 〈그림 3〉과 〈그림 4〉 어디에
도 신하들이 등장하지 않는다.

거듭해서 말하지만 국왕이 가운데 정좌하고 좌우로 신하들이 대
칭적으로 시립하는 회화 구도는 오고에의 가장 두드러진 회화 양식
의 특징이다. 따라서 그 회화적 특징을 중국과의 영향관계에서만 추
구할 것이 아니라 당시의 류큐왕부 내부에서 찾아볼 필요가 있다.

본고에서는 그 이유를 왕권의 확립이라는 관점에서 찾고자 한다.
류큐 왕부의 왕권이 강화되는 과정에서 오고에 양식에도 일정한 변
화가 생겼다고 보아야하기 때문이다.

Ⅲ. 왕실제사 공간 속의 오고에

동서고금을 막론하고 왕실의 제사는 왕권을 유지하는 데에 중요
한 역할을 하였다. 예를 들면 일본의 경우에 천황가에서 고대부터
현재에 이르기까지 왕권을 유지하고 강화하기 수단으로 다양한 제
사를 지내고 있다.[17] 류큐 왕부도 예외는 아니었다. 류큐 왕부는 역대
국왕의 제사를 지내기 위한 종묘를 마련하여, 이 종묘를 중심으로
제사를 지내왔다. 국왕의 초상화인 오고에는 왕실제사에서 중요하
게 여겨졌다. 국왕에 버금가는 왕권의 상징물로 매우 소중하게 보관

---

17 이 점에 관해서는 다음 논저를 참조. 村上重良 『天皇の祭祀』, 岩波書店, 1977, 1-220
쪽. 천황가의 각종 제사 중에서도 가장 정점에 위치한다고 볼 수 있는 다이조사이
(大嘗)에 관해서는 다음 논저를 참조. 吉野裕子 『大嘗祭』, 弘文堂, 1987, 1-230쪽.

되었다. 오고에를 안치하기 위한 특별한 공간이 마련되었으며, 이 공간에서 왕권의 확립 및 강화로 이어지는 각종 왕실제례가 거행되었다.

여기서는 오키나와의 역사적 문헌자료에 기술된 오고에 관련 기록, 오고에가 안치되었던 종묘에 관한 기록, 오고에와 관련한 왕실제례에 관한 기록 등을 중심으로 오고에의 왕권적 성격에 대해서 살펴보기로 한다.

[사례 1]

높은 망루를 건조하여 유관遊観하고자 하다. 주잔中山 왕조가 먼저 이미 조금씩 쇠퇴하였으나 미야코宮古 및 야에야마八重山 지역에서 신하로 복종함에 따라서 국세가 비로소 강해졌다. 왕은 이로 인해서 조금 교만하고 사치스런 생각을 갖게 되어 몇 장丈에 이르는 높은 망루를 건조하여 유관하고자 하였다. …(중략)… 전하기를 삿토察度의 수영壽影은 말길만수사末吉万寿寺에 있었다고 한다. 그런데 이 절은 만력万曆 38년 경술 9월 22일에 실화로 소실되었다.　　　(『球陽』 권1)[18]

앞의 [사례 1]은 『球陽』 권1에 기술된 삿토왕察度王의 치세에 관한 기록의 일부이다. 그는 직전의 영조왕통英祖王統을 물리치고 왕이 되었는데, 그가 오키나와의 남부에 위치한 미야코宮古 및 야에야마八重

18　球陽研究会編 『球陽』, 角川書店, 1974, 107쪽. 『구양』은 편년체로 기술된 류큐왕부의 정사(正史)이다. 편자는 정병철(鄭秉哲)·채굉모(蔡宏謨)·양황(梁煌)·모여포(毛如苞) 등 4인이다.

山 지역에서 신하로 복종하여 국세가 강해지자 조금 교만하고 사치스런 생각을 갖게 되어 높은 망루를 건조하여 즐기고자 하였다는 기록이다. [사례 1]의 후반은 삿토왕의 '수영壽影'에 관한 기록이다. 여기 등장하는 '수영壽影'이 바로 오늘날 우리가 일컫는 오고에이다. [사례 1]에 의하면 삿토왕의 '수영'이 말길만수사末吉万寿寺에 안치되어 있었는데 만력万曆 38년에 절에 실화가 발생하여 함께 불타고 말았다. [사례 1]을 보면 이미 삿토왕 시대에 국왕의 초상화를 제작하여 절에 안치하는 왕실의 전통이 존재하고 있었음을 알 수 있다.

문헌 기록에 의하면 오고에는 단독으로 안치하는 것이 아니라 왕실의 종묘에 신주와 함께 안치하고 제사를 지냈다. 이 점에 관해서 기록을 살펴보기로 한다.

[사례 2]

18년 비로소 종묘宗廟를 원각사円覚寺 대전大殿의 우측에 꾸몄다. 대전은 원래 신상神像을 안치했다. 비로소 종묘를 대전 우측 토지에 조성하여 정통한 소목昭穆 제위諸位의 신주를 봉안하고 제사를 지냈다. 이 종묘의 이름을 어조당御照堂이라고 불렀다.   (『球陽』권3)

[사례 2]는 제이상씨第二尚氏 왕통의 상진왕尚真王 시대에 관한 기록이다. [사례 1]과 같이 오고에가 등장하는 것은 아니지만, 왕실의 신주를 소목昭穆이라는 정통적인 방식으로 제사 지내기 위한 종묘를 처음으로 건립하였다는 기록이다. 그 종묘 이름은 어조당御照堂이었다. 여기 언급된 소목昭穆이란, 일찍이 중국에서 행하던 종묘 영위靈

177

位의 석차席次를 의미한다. 영위가 놓인 정면을 향해서 중앙에 태조太
祖를 안치하고 우측에 2세, 4세, 6세 순으로 안치하며 이를 소昭라 불
렀으며, 좌측에 3세, 5세, 7세 순으로 안치하고 목穆이라고 불렀다.
다음 기록에는 어조당에 안치된 오고에에 관해서도 언급하고 있다.

[사례 3]
양 종묘를 창건한 기록 -중수한 일을 덧붙임
공경히 궁구해 보건대, 홍치 7년 갑인년(1494)에, 처음 방장方丈의 오
른쪽에 종묘를 지어 '동어조당東御照堂'이라고 하였다. 이후 융경 5년
신미년(1571)에 함께 나란히 지어서 '서어조당西御照堂'이라고 하였다.
다시 만력万曆 연간에 수리를 행했다. 당초 판자를 깔았으나 지붕이 썩
고 기둥도 기울었다. 본격적으로 수리를 하지 못해서 거적으로 지붕을
덮었으나 폭풍우가 몰아치는 해에는 자주 비가 새서 똑바로 쳐다볼 수
가 없을 지경이었다. 순치 9년에 수리할 때에는 지붕을 기와로 덮었다.
강희康熙 15년에 다시 수리를 하였지만, 그 후 십 수 년이 지난 계유년,
비가 내리면 비가 새서 양쪽 묘廟가 마를 날이 없었다. 그 때문에 수리
를 하게 되었다. 솜씨가 뛰어난 화공을 골라서 세조世祖의 존상尊像에
색을 칠하고 반룡蟠竜·무학舞鶴을 그려 넣어 더할 나위 없이 아름답게
꾸몄다.   (『琉球国由来記』 권10)[19]

[사례 3]은 『琉球国由来記』 권10에 기술된 종묘 어조당御照堂에 관

---

19 外間守善·波照間永吉 編著 『定本 琉球国由来記』, 角川書店, 1997, 176쪽.

한 기록이다. 이 기록에 등장하는 '존상尊像'은 지금의 오고에를 가리킨다. 1494년에 동어조당東御照堂, 1571년에 서어조당西御照堂을 건립하였다고 한다. 1652에 지붕을 기와로 덮는 등의 수리를 하였으며, 1676년에도 다시 수리를 하였으나 비가 새서 종묘가 마를 날이 없으므로, 이로부터 십 수 년이 지난 계유년(1693)에 다시 수리를 하였다고 한다. 그 과정에서 솜씨가 뛰어난 화공을 골라서 세조世祖의 존상에 새로 색을 칠하고 반룡과 무학을 그려 넣어 아름답게 꾸몄다. 이 기록을 보면 애초에 존상(오고에)은 일종의 벽화 형식으로 어조당 안의 벽에 그려졌던 듯하다. 그러다가 후대에 이르러 족자 형식으로 그려 안치하게 되었다. 이 점에 대해서는 다음 기록에서 구체적으로 확인할 수 있다.

> [사례 4]
> 5년, 비로소 여러 선왕先王의 수상壽像을 족자로 만들다.
> 원래 이것은 조당照堂의 정면 벽에 그려서 모셨다. 여러 해가 지나자 단청이 퇴색하였다. 게다가 불경스럽게 선왕을 모독할 우려가 있었다. 이 때문에 새로 모사하여 비로소 족자를 만들었다. (『球陽』 권10)[20]

[사례 4]는 상경왕尚敬王 5년의 기록이다. [사례 4]는 오고에 형식의 변천과정을 고찰하는 데에 중요한 단서를 제공한다. 이에 따르면 원래 오고에는 어조당 정면에 벽화 형식으로 그려서 보존하였음을 알

---

20 球陽研究会編 『球陽』, 角川書店, 1974, 257쪽.

수 있다. 여러 선왕의 수상(오고에)을 어조당 정면에 그려서 모셨는데
세월이 지나 단청이 퇴색하여 불경스럽게도 선왕을 모독할 우려가
있었으므로 이를 모사하여 족자 형식으로 만들었다는 기록이다. 다
시 말하자면 오고에는 원래 벽화 형식이었다가 족자 형식으로 바뀐
셈이다.

[사례 5]

9년, 원각사円覚寺 대전이 화재를 겪다.

정월 초일 축시에 실화하여 원각사 대전이 불로 손실되었다. 그렇
지만 조당照堂, 불전仏殿, 산문山門은 다행히 화재를 면했다. 이때의 주
지 각옹覚翁이 주의를 게을리 하였다. 잘못하여 화재를 일으켰다. 그
화재를 당했어도 오로지 자기 짐만을 들어내고 선왕의 신주神主 및 수
영寿影을 돌보지 않았다. 그리하여 상청왕尚清王의 신위 및 상풍왕尚豊
王, 상현왕尚賢王의 수영이 불탔다. 이 때문에 각옹은 야에야마八重山
로, 그리고 조당照堂의 승려는 구메산久米山으로 유배되고, 정亭의 승
려는 조태사照泰寺로 내보낸 지가 300일이 되었다.　　(『球陽』 권11)[21]

[사례 5]는 상경왕 9년의 기록이다. 상경왕 9년 정월 초하루에 원
각사의 대전이 화재를 만나, 이 과정에서 상청왕尚清王의 신위 및 상
풍왕尚豊王과 상현왕尚賢王의 수영(오고에)이 불에 탔다는 기록이다. 그
책임을 물어 원각사의 주지 각옹覚翁이 야에야마八重山 지역으로, 그

21　球陽研究会編『球陽』, 角川書店, 1974, 264쪽.

리고 어조당을 담당했던 승려는 구메산久米山 지역으로 유배를 가게 되었다고 한다.

[사례 5]를 통해서 원각사 어조당 안에 역대 선왕의 신주 및 오고에를 함께 안치하였다는 사실을 알 수 있다. 다음 기록에는 선왕들의 신위를 어떻게 배치하였는지에 이르기까지 구체적으로 상세하게 기록하였다. 특히 불교적 신위 배치와 유교적 신위 배치가 함께 언급되고 있는 점이 흥미를 끈다.

[사례 6]

원각사円覚寺 주지 덕수德叟가 선왕의 신주 및 신위를 바로잡아 구법에 따르다.

원래 원각사 대전은 중간에 불상을 모시고 좌우 두 칸에 선왕 7세 이하의 신주를 봉안하였다. 또한 대전 앞의 우측에 곁채를 두 채 지어서 신전으로 삼았다. 그 한 채를 상어조당上御照堂이라 칭하고 또 한 채를 하어조당下御照堂이라고 칭했다. 당은 각각 세 칸 세 감실龕室이 있었다. 상당의 중간 감실은 시조 상원上円 왼쪽 감실은 2세 상진尚真, 오른쪽 감실은 3세 상청尚清을 모셨다. 하당의 중간 감실은 4세 상원尚元, 왼쪽 감실은 5세 상영尚永, 오른쪽 감실은 6세 상녕尚寧을 모셨다. 대전 좌우의 두 칸에 이르러서는 왼쪽 칸은 오른쪽을 상위로 삼아서 제1위는 7세 상풍尚豊, 제2위는 9세 상질尚質, 제3위는 11세 상순尚純을 모셨다. 오른쪽 칸은 왼쪽을 상위로 삼아서 제1위는 8세 상현尚賢, 제2위는 10세 상정尚貞, 제3위는 12세 상익尚益을 모셨다. 모두 즉위한 대에 따라서 순서를 정하고 백세百世를 합사하지 않았다. 이는 구법이다. 분명

불교에서 비롯되었을 것이다. 후대의 법도는 상당의 중간 감실은 상원尙円[지금 왕의 시조], 왼쪽 감실은 상질尙質[지금 왕의 고조], 오른쪽 감실은 상정尙貞[지금 왕의 증조]을 모셨다. 하당의 중간 감실은 상진尙眞[상원의 아들], 왼쪽 감실은 상익尙益[지금 왕의 부친], 오른쪽 감실은 상순尙純[지금 왕의 조부, 즉위하지 않은 채로 홍거]을 모셨다. 살펴보니 상원왕과 상진왕은 각기 당의 중간 감실에 위치한다. 이는 상원왕을 시조로 삼고 상진왕을 대종大宗으로 삼아 그 나머지를 5세 신주에 상관없이 대전에 합사한다. 이는 아마도 유교에서 비롯되었을 것이다. 이에 주지 덕수가 상주하였다. 지금 선왕의 신위는 불법에 맞지 않는다. 본국은 불법으로 종묘의 제사를 지내므로 말하자면 위열位列은 응당 구법에 따라야한다고 했다. 왕상이 이에 따랐다. (『球陽』 권11)[22]

[사례 6]은 [사례 5]와 마찬가지로 상경왕 9년의 기록이다. 앞서 [사례 2]에 어조당의 신위를 중국 종묘에서 신위를 모시던 소목昭穆이라는 정통적인 형식에 따라서 안치하였다는 기록이 있었는데, [사례 6]에는 이 점에 관해서 매우 구체적으로 기록하고 있다.

[사례 6]의 기록을 다시 정리하면, 원각사 대전의 중앙에 불상을 모시고, 불상 가까운 곳부터 순서대로 선왕 7대 이하 국왕의 신위를 모셨다. 뿐만 아니라 대전 우측에 각각 상어조당과 하어조당이라고 부르는 곁채를 두 채 지어서, 1대부터 6대까지의 신위를 모셨다. 이 같은 신위의 진열 방식은 구법으로 불교식 방식이었다. 그런데 형행

---

22 球陽研究会編『球陽』, 角川書店, 1974, 264-265쪽.

진열 방식은 유교식으로, 류큐왕부는 원래 불교식으로 종묘 제사를 지냈으므로 불교식으로 다시 고칠 필요가 있다는 것이다. 원각사의 주지 각수가 이 점을 상주하자 당시 상경왕이 이를 따랐다고 하는 기록이다. 말하자면 이 시대에는 불교식과 유교식이라는 두 가지 종묘 제사 의례가 존재했으며, [사례 6]의 기록으로 보건데 이 시대에 역대 국왕에 대한 일종의 불교적 신격화가 진행되었던 셈이다.[23]

이후 역대 국왕의 불교적 신격화는 더욱 본격적으로 진행되었던 듯하다. 몇 년 후에는 [사례 6]에 언급된 원각사 대전의 중앙에 안치되었던 불상을 다른 곳으로 옮기고 대전을 종묘로 삼게 되기에 이른다.

[사례 7]

16년, 원각사 대전을 개수하여 왕의 종묘로 삼다.

원래 원각사는 불상을 대전에 봉안하였다. 그리고 대전 옆에 별도로 작은 당堂 두 채를 세워서 이를 어조당御照堂이라고 부르고 여기에 선왕의 신주를 모셨다. 이번에 새로 대전을 왕의 종묘로 삼았다. 어조당 한 채를 작은 당으로 개수하여 불상을 봉안하고 이름 붙이기를 사자굴獅子窟이라고 불렀다. 다른 한 채는 작은 당으로 개수하여 법당의 승려를 옮겨 살게 하였다. 그 나머지는 구관에 따라서 감히 새로 고치지 않았다.   (『球陽』 권11)[24]

---

23 이 점에 관해서는 다음 논고에서 이미 언급이 있었다. 김용의 「오키나와 오고에(御後絵)와 조선시대 불교회화의 비교」, 『일본문화학보』60, 한국일본문화학회, 2014, 259쪽.
24 球陽研究会編『球陽』, 角川書店, 1974, 276쪽.

[사례 7]은 상경왕 16년의 기록이다. [사례 7]을 통해서 역대 류큐 왕부에서 종묘를 어느 정도로 중요시하였는가를 알 수 있다. 이 기록에 의하면 원래 원각사 대전 중앙에 봉안되었던 불상을 기존의 어조당으로 옮기고 대신에 원각사 대전을 종묘로 삼았다고 한다. 종묘로서의 원각사의 성격을 분명히 하였으며, 이로 인해서 종묘의 위상이 더욱 올라갔다. 다시 말하자면 역대 국왕(신위)은 대전에 안치된 부처(불상) 이상으로 숭경되었던 것이다. 이 같은 조치가 자연스럽게 류큐왕부의 왕권 강화로 이어졌음은 물론이다.

Ⅳ. 오고에의 왕권적 성격

본고는 오늘날 오고에라는 이름으로 알려진 류큐왕부 시대 국왕의 초상화가 왕권 확립과 어떻게 밀접한 관련이 있는가를 두 가지 점에 중점을 두고 고찰하였다.

첫째 오고에라는 그림 텍스트의 회화적 양식에 주목하였다. 말하자면 오고에에 새겨진 왕권의 흔적을 읽어내고자 하였다. 오고에는 한국, 일본, 그리고 중국에도 존재하는 국왕의 초상화와 비교할 때에 매우 뚜렷한 특징을 지니고 있다. 중앙에 정좌한 국왕의 모습이 좌우에 시립한 신하들에 견주어 과도하게 크게 묘사되었다는 점이다. 그 유형에 있어서도 시대적 특징이 뚜렷하였다.

본고에서는 이 점을 왕권의 확대와 강화라는 측면에서 주목하였다. 지면 관계상, 본고에서는 이 점만을 집중적으로 언급하였지만,

앞으로 다른 여러 가지 특징도 시야에 넣고 아울러서 분석할 필요가 있겠다.

둘째 오고에라는 그림 텍스트가 어떤 콘텍스트에서 존재하는 지를 살펴보았다. 구체적으로 원각사라는 류큐왕부 왕실의 종묘를 주목하여, 종묘라는 제사공간 안에서 오고에가 어떻게 등장하는 지를 문헌자료 중심으로 고찰하였다.

오고에는 주로 신주와 함께 종묘에 보존되었다. 초기에는 종묘에 벽화 형식으로 그려졌다가 후대에는 족자 형식으로 제작되었다. 벽화 형식에서 일률적으로 족자 형식으로 바뀌었는지, 혹은 벽화 형식과 족자 형식이 동시에 존재하였는지 명확하지 않다. 앞으로 본고에서 다루지 못한 다른 문헌자료를 함께 참고하면서 이 문제를 해결하고자 한다.

동서고금을 막론하고 국왕이 존재하는 나라에서는 각종 왕권의례 및 제사의례가 성행하였다. 류큐왕부의 경우에는 일찍이 유교식과 불교식이라는 종묘 공간이 혼재하였는데, 후대에 올수록 불교식이 우위를 점한다는 사실을 확인하였다. 이 점으로 미루어볼 때에, 류큐왕부에서 국왕을 부처에 버금가는 혹은 그를 능가하는 신적인 존재로 숭경토록 하는 불교적 신격화를 꾀하였다고 말할 수 있겠다. 바로 이 점이 오고에의 회화 양식에도 영향을 끼쳤을 것으로 본다. 오고에에서 불교 회화의 흔적을 확인할 수가 있기 때문이다.

한일문화 연구의 새 지평 3

일본연구의 새로운 시각 : 확대되는 세계관

제8장

근대 한·일 자국문학사와 한문학 인식
－ 하가 야이치와 김태준을 중심으로 －

❀ ❀ ❀

류 정 선

Ⅰ. 머리말

한국과 일본은 동아시아의 한자문화권을 공유해 왔고, 한문학은
각국의 국문학(자국문학) 사상을 지탱해 왔다. 여기서 자국문학이라는
인식의 등장은 근대적 형상으로 그 시대 국문학이 어떠한 기능과 역
할을 했으며, 반反근대로 인식되었던 한문학의 위치는 어떠했는지,
그것은 근대 국민국가 형성의 한 일면을 파악할 수 있는 근거라 할
수 있다. 한·일 근대사에 있어 자국문학의 고유성, 특수성이 무엇인
가라는 문제는 항상 서구문학의 영향을 받은 근대문학, 즉 신문학과
의 대응 속에서 존재해 왔다. 그것은 19세기 후반 국문학이라는 학
문적 내셔널리즘의 언설이 소위 서구화, 근대화라는 이름으로 등장

했기 때문이다. 그리고 한·일 자국문학 인식에 있어 한문학의 포함 여부 또한 국문학 연구의 출발과 함께 늘 제기되었던 사안이었다.

먼저 일본한문학사에 관한 선행연구로는 최근 일본한문학사의 대표적인 연구서로 한국에서 번역된 이노구치 아츠시猪口篤志『日本漢文学史』(角川書院, 1984)[1]가 있으며, 국내에서 일본한문학에 관한 연구로는 성균관대학교 동아시아 근대한문학연구반 편역『일본한문학 연구 동향1(동아시아 자료총서16)』(성균관대학교 출판부, 2016)[2]이 있다.『일본한문학 연구 동향1』은 일본한문학 연구의 초보적 단계이지만, 한국에서 일본한문학의 탐색의 첫발을 내딛고 있다는 데 의의가 있다고 할 수 있다.

다만, 이 책에서는 일본 최초의 한문학사 연구서를 1929년에 출간된 오카다 마사유키岡田正之[3]의『日本漢文学史』(共立社書店)로 보고 있지만, 본고에서는 그 보다 1년 빠른 1928년에 출간된 하가 야이치芳賀矢一의『国語と国民性 ·日本漢文學史』(富山書院)를 연구대상[4]으로 삼는다. 또한 한국 최초의 한문학사를 저술한 김태준金台俊의『朝鮮漢文學史』와의 비교를 통해 한·일 한문학사에 대한 인식을 살펴보

---

1 이 책은 심경호·한예원 공역『일본한문학사』, 소명출판사, 2000로 번역되었다.
2 『일본한문학 연구 동향1』은 일본한문학 연구에 대한 기초 작업으로 일본한문학 약사(日本漢文学史略史), 일본한시의 특징, 메이지기 일본 한시단의 양상과 전개, 일본 불교의 한적 수용, 근대문학과 한문학, 근대 일본이 한문교육 등의 내용을 담고 있다.
3 오카다 마사유키(岡田正之)는『日本漢文学史』서론에서 한문이 외국어가 아닌 제2의 '國字國文'이라고 규정하고, 모든 일본한문학의 총체를 일본문학이라고 언급했다(5쪽).
4 하가 야이치의『일본한문학사』에 관한 선행논문으로는 佐野保太郎「芳賀博士と日本漢文学史」,『国語と国文学』14-4, 1937, 438-447쪽이 있다.

고자 한다.

여기서 근대국가 형성과 더불어 탄생된 하가 야이치의 일본 문헌학은 "근대 국문학 연구가 국민국가 이데올로기 장치의 일부로 정착되는 흐름"[5]이었고, 그의 문학 서술방법은 조선 자국문학사 저술에 있어서도 본보기였다. 또한 근대 한국 국문학 연구의 주축이었던 김태준의 민족주의적 문학사관은 자국문학사 서술에 있어 한문학의 배제 논리[6]를 표면화시켰다.

따라서 본 고찰에서는 고대 문화권력이었던 한문학이 근대국가 형성과 국민문학·민족문학이라는 테두리 속에서 어떠한 위치에 있었는가. 그리고 한·일 근대화와 자국문학사 구축과정에 있어 최초로 '한문학사'를 저술한 일본의 하가 야이치와 한국의 김태준을 중심으로 당대 근대문학사가들의 한문학에 대한 보편적 의식을 살펴보고자 한다.

Ⅱ. 일본 자국문학사와 한문학 인식

전근대 동아시아에서 큰 권위를 가졌던 한문학이 근대국가 형성

---

5 사사누마 도시아키(笹沼俊曉), 서동주 역 『근대일본의 국문학 사상』, 어문학, 2014, 21쪽. 이 책은 일본 국문학 연구의 다양한 학설에 대한 검증을 통해 국문학 연구가 어떻게 국민국가 '일본'의 형성과 그 전개에 기여 혹은 가담했는가에 대해 상세히 논하고 있다.
6 김태준의 한문문학 배제의 논리에 관한 선행연구로서 류준필 「한문학사 서술과 '문자'문제」, 『동아시아 자국학과 자국문학사 인식』, 소명출판사, 2013, 389~408쪽이 있다.

과 더불어 생성된 국민문학, 또는 민족문학이라는 흐름 속에서 어떤 모습으로 인식되었고, 국문학 연구라는 영역 속에서 어떻게 취급되었는가는 자국문학사 서술에 있어서 중요한 문제였다. 19세기 후반 일본을 시작으로 한 동아시아의 자국문학사 저술은 근대국가 건설에 있어 애국심의 발화 수단으로써 이용되었으며, 근대 학문의 한 영역으로서 '국문학'과 그 역사적 체계인 '국문학사'는 국민국가 건설이라는 과제의 일환으로 진행되었다.

메이지 시대(1868-1912)의 국문학 연구는 서구문화의 유입과 국민국가의 제도적 형성에 동반된 측면이 컸다. 이러한 입장은 서구근대에 형성된 국민문학 개념에 있었고, 그 이론들은 동경제국대학을 중심으로 한 학자들에게 수용되어 일본 자국문학의 세계화를 주장하는 애국주의의 실천으로 나타났다. 본 장에서는 일본 자국문학사 속에서의 한문학의 위치를 살펴보고 하가 야이치의『일본한문학사』서술 양상과 특징을 분석해보고자 한다.

1. 일본 자국문학사와 하가 야이치의『일본한문학사』

메이지 시대의 국문학 연구는 전근대 공통된 문화였던 한문학을 중국(지나)문학이라는 형태로 대상화하고 특수화함으로써 일본학문의 영역을 구획했다. 그러한 흐름에 따라 1877년 동경대학 창립과 함께 화한和漢의 학문과 교양을 보전한다는 목적으로 화한문학과가 설치되었다. 하지만 1885년에 화한문학과는 화문학과와 한문학과로 분리, 그 이후 1889년 화문학과는 국사학과와 국문학과로, 한문학과는 1904년에 중국(지나) 철학과 중국문학과로 양분된다[7]. 이러한 동경대학의 학과 조직개편은 일본에서 보편적 학문이었던 한학이 '지나문학'이라는 명칭아래 하나의 외국문학으로 분류된 것이었다.

당시 전근대성의 상징으로 묘사된 중국문학에 대한 평가는 근대적 문학 틀에서 보면 부정적인 이미지를 전제로 하는 경우가 많았다. 따라서 이러한 부정적인 인식은 일본 국문학과 중국문학을 분리시키는 기능을 수행했다. 뿐만 아니라 이 시기는 중화주의적 사고에서 벗어나 서구를 주체로 한 '세계' 개념의 변화에 따라 서구문학과 일본문학을 동일시하는 주장이 성행하는 한편, 그로 인해 중국문학에 대한 멸시의식도 조장되었다.

이러한 움직임 속에 일본은 근대국가 체제가 확립되고, 1890년 발표된 교육칙어는 충군애국의 유교적 윤리를 국민 도덕의 기초로 하는 국가 방침을 담고 있었다. 여기서 한문체로 작성된 '교육칙어'는 당시 한자, 한문의 사용과 교육을 폐지하거나 제한하려고 하는 세력에 대항하기 위한 중요한 근거가 되었다[8]. 그리고 같은 시기 동경대학 출신의 젊은 연구자들을 중심으로 본격적으로 일본문학 연구활동이 시작되고 자국문학사의 저술이 출간된다.

일본 최초의 문학사인 미카미 산지三上參次, 다카쓰 구와사브로高津鍬三郎의 『日本文学史』(1890)는 18세기 국학파의 일본 고전연구 성과

---

7 사사누마 도시아키(笹沼俊暁), 서동주 역「근대 '국문학연구'의 형성과 세계-'지나'문학과의 관계로부터」, 앞의 책, 60쪽 참조.
동경대학교의 학과제도 개편에 관해서는「東京大学校의 학과제도와 '國學·漢學·東洋學'」, 위의 책, 13~46쪽 참조.
8 국어의 내셔널리즘에 관해서는 長志珠絵『近代日本と国語ナショナリズム』, 吉川弘文館, 1998, 23쪽 참조.

를 잇고 있다. 총론에서는 유럽의 문학론을 바탕으로 "문학사란 무엇인가, 문학이란 어떻게 정의되는가"로 시작해서 문학의 종류에 이르기까지 자세한 논의를 펴고 있다. 이 책에서는 "문학사는 국민으로 하여금 자기 나라를 애모愛慕하는 관념을 깊게"하는 효용성이 있다고 하면서, 국문학이란 그 나라 고유의 특질을 가진 문학으로, 문학사를 서술한다는 것은 "그 나라의 심리학을 연구한다"는 것, 즉 "국민의 마음을 살펴"본다는 데 의의를 두고 있다. 따라서 국문학이란 "그 국민이 그 국어에 의거해서 그 특유의 사상, 감정, 상상을 기술한 것"[9]을 의미함으로 일본문학 연구에서 한문문학은 모두 배제한다고 서론에서 선언한다.

이와 같이 메이지 시대 중국문학 및 한문학에 대한 인식의 변화와 고대 문화권력이었던 중국문학을 일본 자국문학보다 열등한 것으로 간주하는 움직임은 청일전쟁(1894-1895)을 계기로 현저히 나타났다. 그리고 이 시기에 창간된 '제국문학'을 비롯한 국민문학론의 언설 속에는 국민문학의 창출을 강조하여 애국심을 고취하려는 의도가 표방되어 있었다.

이러한 분위기 속에서 일본의 문헌학을 제창하여 그것을 국문학 연구의 치침, 문학사 서술의 본보기로 제시한 하가 야이치는 일본문학의 발전과정에 있어서 중국문학의 수용양상을 배제할 수 없다는 입장을 표방한다. 물론 그는 "일본의 국학을 '문헌학'으로 평가하며 '국문학 연구'의 이념적 원류"[10]로 삼았지만, 하가 야이치는 『국문학

---

9 三上參次·高津鍬三郎 『日本文学史』, 金港堂, 1890 (류준필 『자국문학사의 인식과 서술양상』, 소명출판사, 2013, 298-299쪽에서 재인용)

사십강国文学史十講』(1899)에서 한학을 철저히 배격하려 했던 근세 국학자의 방식을 비판하며 기존 일본문학사에 대한 결함을 제시하고 중국문학이 일본의 고대문학에 미친 영향과 중요성을 강조했다[11]. 그 이후 『국민성십론国民性十論』(1907)의 선언에서는 '국민성'을 아는 것을 '국민문학' 연구의 가장 중요한 목표로 두고, 일본 국민성의 우수함과 서구에 뒤지지 않은 일본 국문학의 독자성을 어떻게 알리고 강조할 것인가를 국문학 연구의 역할로 삼았다[12]. 그리고 하가 야이치는 국문학에 있어서 한문학과 서양문학과의 관계를 "국문학의 진상과 변화를 알려면 당시 한학 및 지나로부터 받은 영향을 봐야한다. 오늘날 메이지 문학을 이해하려는 자가 서양문학을 제쳐놓고 그것을 이해할 수 없는 것과 같은 이유이다"[13]라고 주장한다.

한편 같은 시기 후지오카 사쿠타로藤岡作太郎도 『국문학사신강国文学史新講』(1908)에서 메이지 유신 이후의 사회변동과 서양문학사와의 영향관계를 고대 다이카 개신(大化改新: 645)과 중국문학의 수용관계로 파악하여 하가 야이치와 같이 일본문학사가 지나(중국)로부터의 영향을 적극적으로 인정하는 태도를 보인다[14]. 이것은 일본문학사에서 중국문학의 이입이 메이지 유신이후 서양제국문학의 유입과 유사하다는 입장 표명이었다.

물론 그들과 상반된 부정적인 견해를 가진 쓰다 소키치津田左右吉

10 사사누마 도시아키(笹沼俊曉), 서동주 역, 앞의 책, 75쪽.
11 조동일 『동아시아 문학사 비교론』, 서울대학교출판부, 1993, 42쪽 참조.
12 사사누마 도시아키(笹沼俊曉), 서동주 역, 앞의 책, 51쪽.
13 芳賀弥一 『芳賀矢一選集(第一巻 国学編)』, 国学院大学, 1982, 137쪽.
14 사사누마 도시아키(笹沼俊曉), 서동주 역, 앞의 책, 73쪽.

의 경우, "고대 일본의 지나문화는 인정하지만, (일본) 민족의 실생활에서 유리된 지나사상은 이국숭배라는 나쁜 폐단을 나았고, 그로 인해 일본 민족의 고유한 것은 성장하지 못하고 그대로 멈춰 버렸다"[15]고 한다. 이것은 지나(중국)사상에 대한 악영향을 비판적으로 지적한 것이었다. 이러한 일반화된 한문학의 부정적인 견해 속에서 하가 야이치는 자국문학사 연구에 있어 일본한문학에 대한 관심과 입장을 『国語と国民性・日本漢文學史』(1928)에서 표명한다[16].

이 책에서 하가 야이치는 먼저 당시 한문학에 대한 부정적인 입장을 취한 이유에 대해 "지금까지 한학과 국학은 서로 받아들이지 않고 국학자는 한학을 상당히 배척해서 지나(중국)문명이 들어오지 않은 고대를 높이 고양시킨 풍조"가 있었으며, 다음으로 "서양문학사의 영향을 근거로 해서 자국 글자로 쓰인 문학만을 자국문학으로 인정하여 연구대상으로 삼으려고 했다"(12쪽)고 논한다. 그리고 그는 이러한 한문학에 대한 부정적 인식을 개선하고자 이 책의 서문에서 "일본의 한문학이란 일본인이 만든 지나문학의 역사이다. 이것을 나는 일본문학사의 일부로서 보고 싶다"(11쪽)고 주장한다. 즉 일본한문학사를 일본인이 만든 중국문학의 역사 일부분으로 간주한 것이다. 그리고 그 사례로서 "밀턴이 라틴어로 쓴 시를 라틴문학이라 하지

---

15 쓰다 소키치의 『우리 국민사상연구(文学に現れる我が国民思想の研究)』4권, 1916-1921
   은 당시 청일전쟁을 계기로 등장한 메이지 시대의 지나문학을 둘러싼 부정적 언설
   을 논하고 있다. 『津田左右吉全集』(別巻第二), 岩波書店, 1966, 38쪽.
16 본 고찰의 텍스트인 芳賀矢一『国語と国民性・日本漢文學史』, 富山書房, 1928은 『日
   本漢文学史編 芳賀矢一選集(第五巻)』国学院大学, 1987에 의하며, 인용 페이지는 본
   문에 기입한다.

않고 역시 영국문학으로 봐야하는 것처럼 일본한문학사는 일본인이 만든 중국문학의 역사라고 본다"(11쪽)는 입장이었다. 왜냐하면 일본국민은 한문을 빌려 자신의 감정이나 사상을 표현했기에 한문은 단순히 중국문학을 흉내 낸 것이 아니라 자국문학으로서 사용했기 때문이라는 것이다.

따라서 하가 야이치는 국학자들이 그 국자문학의 가치를 고양시키기 위해 한문학을 배제한 것과는 달리, 일본한문학도 일본문학사의 한 부분이며, 중국문학사의 일부이기도 하다는 입장이었다. 이것은 일본한문학의 특징을 '이중성격', 즉 양면성으로 파악한 것이었다. 그리고 한문체의 국문학의 가치를 정립시키기 위해 화문和文체 즉 순국어로 쓰인 것을 '순국문학'으로 칭하며, (중국)한문학에서 일본한문학으로, 한문학에서 (일본)국문학으로, 그리고 순국문학에 있어서의 한문학의 영향관계 등을 중점적으로 다루고 있다. 좀 더 세부적으로는 상고시대의 한학의 전래와 응용, 한학과 불교와의 관계, 그리고 일본에 있어서의 한학의 역사를 언급하며 의고문擬古文과 한문학, 배문排文과 한문학, 소설과 한문학과의 관련성 등 한문학이 국문학에 미친 영향을 역사적으로 기술하고 있다. 이처럼 하가 야이치가 국문학사에 있어서의 한문학의 영향관계를 규명하고자 한 것은 그의 저서의 특징이라 할 수 있다.

2. 하가 야이치의 『일본한문학사』 서술양상과 특징

근대 초기 일본문학사의 연구가들 중에 한문학을 일본문학 역사의 일부분으로 봐야한다고 주장하는 이는 거의 없었다. 하지만 하가 야이치의 『일본한문학사』저술의 목적은 "일본인이 창작한 지나문학의 연구"(11쪽)에 있었고, 종래의 유학적 입장에서가 아니라 국문학으로서 취급하려고 하는 명확한 입장에서 서술하였다. 그가 서론에서 일본한문학사를 "일본인이 만든 지나문학의 역사"로 규정하고 스스로 그것을 "일본문학사의 일부분으로 보고 싶다고"(11쪽)라고 주장했듯이, 일본문학사에 있어서의 한문학의 영향력에 대해서도 "국민에 끼친 영향도 국문학보다 한문학 쪽이 오히려 크다"(13쪽)는 확고한 입장을 표명한다. 그리고 "국문이 성행하게 된 시기에는 반드시 그 배후에 한문이 숨겨져 있다. 그리고 한문의 경향은 항상 국문에 영향을 주고 있는 것이다"(21쪽)고 강조한다. 이와 같이 하가 야이치는 '일본문학사의 일부'로 간주한 한문학의 각 시대를 〈上古〉〈中古〉〈近古〉〈近世〉로 구분하여 그 특징을 기술했다.

먼저 〈上古〉시대를 하가 야이치는 '일본한문학의 서광曙光' 시대로 평하며, 제사나 전설 등과 같은 순국문학의 근본을 이루고 있는 것 또한 한문에 의해 전해진 것으로 그 영향관계를 배제할 수 없다는 입장이었다. 그리고 '스이고推古 시대(554-623)' 이전 시기의 특징을 '한학의 전래와 응용'으로 규정하며 『고지키古事記』『니혼쇼키日本書記』의 기재에 근거해 일본에 처음으로 한학이 들어온 시대를 오진応神 천황시대(재위: 270-310)로 추정한다. 하지만 이 시기 사관史官에 의해 사용된 한학의 응용은 한문학의 발생에는 미치지 못했다는 것이다. 따라서 하가 야이치는 스이고 시대를 일본한문학사의 시작인 '한문학의 맹아기萌芽期'로 봤다. 그리고 이 시대의 특징을 견당사 파견으로

인한 불교와 한학의 발전, 대륙 선진 제도를 모방한 헌법 17조의 제
정과 중앙집권 국가체제의 확립으로 들었다.

이어 한학이 점차 성행한 나라 시대(710-794)를 하가 야이치는 '일본
에 있어 한시인 및 그들의 작품이 탄생'한 시기로 논하며, '한문학의
감화感化' 양상을 『만요슈万葉集』와 중국한문학, 그리고 『니혼쇼키』와
한서漢書와의 영향관계를 통해 언급한다. 특히 일본한문학사에서 가
장 오래된 한시집 『가이후소懷風藻』의 문학사적 가치를 높이 평가하
며 이 시기의 대표적 인물로 기비노 마키비吉備眞備를 들고 있다.

〈中古〉시대, 즉 유교와 불교가 함께 융성한 헤이안 시대를 하가 야
이치는 중국풍의 한시를 모방한 '한시문의 발전 융성기'로 평가한
다. 그리고 나라 시대의 '한문학의 감화'에서 '한문학 모방시기'로의
전환을 헤이안 시대의 특징으로 삼았다.

먼저 당나라의 영향을 받은 헤이안 시대의 시단詩壇은 사가嵯峨
천황을 중심으로 주로 문인관료에 의해 구성되었으며, 9세기 초기
에는 '문장경국대업文章は経国の大業'의 이념을 배경으로 한 『료운슈
凌雲集』(814), 『분카슈레이슈文華秀麗集』(817), 『게이코쿠슈經國集』(827) 등
의 칙찬 한시집이 잇달아 편찬되면서 일본의 한시문학이 융성기
를 맞이했다고 한다. 이처럼 헤이안 전기는 정사正史인 육국사六國
史나 각종 공문서, 그리고 남성 귀족들의 일기문학, 불교경전 등
한시를 비롯한 한문학의 비중이 컸다는 것이다. 또한 하가 야이치
는 『백씨문집白氏文集』(845)의 전래가 종래의 시풍을 일변시키는 계
기가 되고, 한문학의 문단은 학자시인을 주축으로 전개되었는데
그 대표적 인물로 구카이空海의 활약과 스가와라노 미치자네菅原道

197

眞[17]를 들고 있다.

또한 이 시기에는 가나仮名문자의 탄생에 의해 와카和歌, 일기, 모노가타리物語 등의 장르를 중심으로 한 가나문학이 발달하지만, 하가 야이치는 이러한 "헤이안 시대 문학은 한문학의 감화感化를 받아 후에 발달한 것이다"(18쪽)라 한다. 즉, 가나문학도 한문학의 자극에 의한 것으로 예컨대 『도사일기土佐日記』와 같은 '순국문학'도 한문학을 모방하고 영향을 받았다는 것이다. 한편 견당사 폐지(894) 등의 정세변화와 함께 한학 및 한시문은 잠시 쇠퇴하게 되지만, 그러한 상황 속에서도 귀족이나 조정 대신들은 헤이안 중기 이후에도 계속하여 한시문을 짓고 한시문집을 펴냈다[18]고 헤이안 시대 한시문의 위상을 언급한다.

〈近古〉시대, 한층 확산된 한문의 영향과 함께 가나문학 발전도 동반한 가마쿠라鎌倉, 무로마치室町 시대를 하가 야이치는 '한문과 국문의 조화시대'(p.19)로 평한다. 그리고 그 대표적인 사례로 전란 시대의 영웅이야기를 담은 화한혼교문和漢混淆文의 군기물軍記物을 언급한다.

또한 한위육조漢魏六朝의 문학을 모방한 헤이안 시대와는 달리, 가

---

17 구카이(空海)의 작품으로는 『산고시키(三教指帰)』(797)와 詩作法·作文法의 해설서인 『분쿄히후론(文鏡秘府論)』(810~823?), 한시문 『쇼료슈(性靈集)』등을 들 수 있고, 스가와라노 미치자네(菅原道眞)의 한문시집인 『간케분소(菅家文草)』(900)와 『간케고슈(菅家後集)』는 새로운 한시의 경지를 개척하고 솔직하게 자기의 감정을 토로하여 일본고유의 한시가 탄생시켰다고 할 수 있다.
18 이 시기 한시집으로는 후지와라노 긴토(藤原公任)가 한시와 와카를 모아 편찬한 『와칸로에이슈(和漢朗詠集)』(1013)와 『신센로에이슈(新撰朗詠集)』(1115)가 있으며, 후지와라노 아키히라(藤原明衡)의 한시문집 『혼조몬주이(本朝文粹)』(1066)가 있다. 또한 산문 한문학으로는 요시시게노 야스타네(慶滋保胤)가 편집한 왕생담인 『니혼오조고쿠라쿠키(日本往生極楽記)』(985-987경)와 오에노 마사후사(大江匡房)의 『조쿠혼초오조덴(続本朝往生伝)』(1009-1103 경) 등의 작품이 있다.

마쿠라 시대부터는 송·원·명宋·元·明의 새로운 한문학의 영향을 받
게 되는 데, 그 대표적인 한문학이 선승문학禪僧文学·선림禪林문학인
오산五山문학이라 한다. 하가 야이치는 스님들의 불교적 시문 중심
인 오산문학의 범위는 좁았지만, 헤이안 시대의 학자, 문인 등 문벌
중심의 문학에 비해 새로운 사상을 가졌고 에도江戸 시대 초기까지
광대한 작품들을 탄생시켰다고 한다. 그리고 그는 가마쿠라, 무로마
치 시대가 한문학 쇠퇴기로 언뜻 보이지만, 그것은 표면적인 것이고
실제로 오산문학은 그 내부적으로 큰 세력을 양성해서 도쿠가와德川
시대(1603-1867)의 한문학 전성기를 뒷받침하고 있었다고 평한다(133쪽).

　다음으로 〈近世〉 시대, 주자학이 본격적으로 도입되고 화이질서
華夷秩序관에 근거한 유학사상이 지식층에게 많은 영향을 미치게 된
도쿠가와 시대[19]를 하가 야이치는 '한시문의 제2전성기'로 평한다.
그리고 문교文敎정책을 배경으로 한문학의 전성기를 맞이한 이 시
기의 특징을 다양한 한적漢籍의 발행과 문인작가의 배출, 한학자들
에 의한 화한혼효문和漢混淆文의 유행 등을 들고 있다. 더불어 이 시
대를 대표하는 한학자로는 근세 문운文運의 개척자이자 주자학을
제창한 후지하라 세이카藤原惺窩를 비롯하여 하야시 라잔林羅山, 오규
소라이荻生徂徠 등을 언급하고 있다. 이처럼 19세기 이전 유교에 바
탕을 둔 한학은 일본을 비롯하여 동아시아 지역의 보편적인 문화로
정착, 한학의 사회적 보급과 더불어 수많은 한문학 작품을 탄생시

19　하가 야이치는 도쿠가와 시대의 한문학을 다음과 같이 좀 더 세부적으로 나누고
　　있다.
　　① 草創時代－慶長·元和에서 元禄까지(1603-1703) ② 最盛時代－亭保·元文에서 寛
　　政까지(1716-1800) ③ 渾成시대-寛政이후(1801-1867)

켰다. 그리고 그 가운데 한시문의 성행은 일본한문학의 특징이라
할 수 있다.

따라서 하가 야이치의『일본한문학사』서술적 특징은 전근대 동아
시아의 공통문화이자 어떤 의미에서 세계성과 보편성을 표상했던
한시문을 어떻게 취급할 것인가의 문제가 중요한 핵심이었다. 예컨
대, 일본인이 만든 한시문도 국문학의 일부라고 주장한 하가 야이치
는 "넓은 의미에서 일본문학을 연구하는 데에는 역시 한시문도 병행
해서 연구하는 것이 필요하다"(11쪽)고 강조하며 한시문은 단지 사상
적인 면뿐만 아니라, 형식면에서도 일본문학이라는 입장이었다. 사
사누마 도시아키笹沼俊曉는 이러한 하가 야이치의 입장을 뒤집어 생
각하면 "한시문의 본질은 어디까지나 동아시아 지역의 보편적인 문
자 표현이었고, 그것을 '일본문학' '지나문학'이라는 범주로 분리해
서 생각하는 것은 오히려 국민의 성질과 '정신'이라는 근대 서구의
내셔널리즘과 세계관을 수용해 적용한 결과였다"고 견해를 밝힌
다[20]. 즉, 하가 야이치가 동아시아 공통적인 문학형태인 한시문을 지
나(중국)문학에서 분리하여 일본문학의 속에 편입시킨 것을, 한시문
의 보편성을 부정한 것으로 본 것이다. 하지만 하가 야이치의 한시
문의 일본문학 수용은 한시문의 보편성을 부정하기보다 이상 살펴
본 바와 같이 그러한 보편성을 공유한 일본 한시문의 위치를 일본문
학사 속에서 재정립시키고자 했다고 볼 수 있다.

---

20 사사누마 도시아키(笹沼俊曉), 서동주 역, 앞의 책 , 58쪽.

Ⅲ. 한국의 자국문학사와 한문학 인식

한편 일본의 자국문학사 저술 과업과 함께 조선의 근대화에서도 민족의 우월성과 주체성 확립의 목적으로 민족문학사 편찬 작업이 실행된다. 그 나라 국민정신을 문학이라는 표현형식을 통해 역사적으로 기술한 자국문학사의 큰 틀 또한 근대적 시점이 반영되었다. 지금까지 자국문학사에 있어 한문학에 대한 인식은 시대적, 그리고 민족국가를 단위로 하는 사고의 틀을 기반으로 배타적인 이데올로기 속에서 여러 이견들이 잔재해왔다. 더불어 한국문학의 범위 설정 문제에 있어 한문학의 포함 여부 또한 거듭 논란이 되어 왔다. 그 가운데 최초로 한문학사를 저술한 김태준의 『조선한문학사』는 근대 조선의 한문학에 대한 인식이라 할 수 있다.

1. 한국의 자국문학사와 김태준의 『조선한문학사』

19세기 말부터 20세기 초에 발생한 여러 새로운 문학적 시도들은 애국적·계몽적 성격을 띠게 되고, 서구적 형태를 띤 신문학은 민족문학 성립의 초보과정으로 이것은 1920년대에 어느 정도 구체화된다.

한국 최초의 국문학사는 안확(안자산)의 『조선문학사』(1922)로 출발되었다. 1930년대 조선학운동의 활동과 자국문학사 저술은 경성제국대학 출신 연구자들을 중심으로 진행되었다. 그들의 조선문학 연구의 기본적 방법론은 앞서 고찰한 하가 야이치의 영향이 컸다. 이러한 자국문학사 저술에 있어서 가장 시급했던 것은 조선의 고유성과 주체성 확립이었다. 특히 일제 강점기에 왜곡당한 조선(한국)문학의 가치를 재정립시키기 위해 조선의 고전문학이 새롭게 구축되지만, 그 근간을 이룬 한문학은 '국문문자' 중심의 국문학 범위에서 배제된다. 또한 3.1운동 이후의 근대문학은 신문학 운동으로 전개되고, 이러한 신문학의 창출과정은 탈脫한문학의 과정이자 민족문학의 실현 방향이기도 했다.

그렇다면 한국 근대국가 형성과 민족문학의 상관관계, 그리고 한문학의 인식은 어떠했는가. 먼저 한국 문학사상에 민족문학론이 뚜렷이 제기된 시기는 1920년대 중엽, 근대사적인 측면에서 사회변혁운동과 문화운동이 활발해진 시점이다. 당초 국민문학을 표방한 민족문학은 근대에 등장한 개념으로, 신문학 성립에 의한 한국문학의 개념 수립과도 관련성이 많았다. 특히 국문학에 있어서 한문학의 포함문제는 1930년대 조선문학 연구부터 1945년 이후에서도 최대의 쟁점이 되어 왔다. 그 가운데에서 조선한문학의 사적史的연구를 최초로 시도한 것은 1931년에 조선어문학회朝鮮語文學會에서 출판한 김태준의 『조선한문학사』다. 김태준은 이 책에서 "공·맹·정·주孔·孟·程·朱, 노장老·莊 등의 철학적 요소를 버리고 순전히 조선에서 한자로 쓴 문학적 방면인 시가문장詩歌文章의 내용 혹은 형식의 변천을 사적史的 체재 아래서 보고자"(17쪽)[21]했다. 조선조 말기까지의 한문학을 통시적通時的으로 서술하고 있는 이 책은 동양 철학이자 조선의 이념

---

21 본 고찰의 텍스트인 金台俊『朝鮮文學史』, 조선어문학회, 1931은 金台俊 著·崔英成 譯註『朝鮮文學史』, 시인사, 1997에 의한다. 최영성(崔英成) 譯註는 당시 국한문혼용체로 쓰인 원문을 한글전용으로 바꾸고, 교정을 거치지 않은 채 출간된 김태준의 오자, 탈자를 수정했다. 인용 페이지는 본문 안에 기입한다.

인 성리학을 배척하고 있고 서론에서 다음과 같이 국자주의 문학관을 표명한다.[22]

> 조선문학이라는 것이 순전히 조선문자인 '한글'로서 향토고유의 사상 감정을 기록한 것이라고 할진대 다만 조선어로 쓴 소설, 희곡, 가요 등이 이 범주 안에 들 것이요 한문학은 스스로 구별될 것이다.(18쪽)

이처럼 김태준은 조선문학의 개념을 "조선문자인 한글로서 향토 고유의 사상 감정을 기록한 것"으로 규정하며 한문학을 배제했다. 뿐만 아니라 전통 한문학의 한계는 중국문자(문학)의 맹목적 추정에서 나온다는 견해 아래 "고대의 문언체文言體 시문은 하나의 골동품을 구경하는 셈밖에 되지"(20쪽) 않는다고 언급한다. 이것은 이른바 조선의 한문학은 과거의 유물일 뿐이며, 새로운 신문학에 의해 도태될 수밖에 없는 낡은 것에 불과하다는 배타적인 민족주의적 사고를 내세운 것이라 할 수 있다.

여기서 김태준이 규정하는 조선문학의 요건은 표기문자가 '조선문자'로 쓰였는가, 그리고 조선 고유의 사상과 감정을 표현했는가의 여부이다. 이것은 민족문학으로 귀속되는 요건으로 그의 한문학사 인식에 있어 핵심적 요소로 작용했다. 이렇듯 '민족문학'의 관점에

---

22 심호택은 이러한 "국자주의는 국가와 민족의 주권을 빼앗긴 식민지 시대에 민족의 혼을 최우선시하는 치열한 민족의식에 근거하는 것"으로 김태준의 국자주의는 조선문학을 축소시키는 역효과를 나타냈으며 한국의 한문학관은 중국문학의 연장으로 파악하면서 중국문학에 비해 후진적이고 저급하다는 전통시대의 인식을 답습하였다고 언급한다.(「한국한문학 연구의 문명사적 검토」, 『大東漢文學』48, 2016, 9쪽)

서 김태준은 한글이 아니면 조선문학일 수 없다는 명제를 근간으로
자국문학의 영역에서 한문문학을 배제했다. 더불어 김태준은 "문자
의 문제를 문학의 차원에서가 아니라 국가(민족)을 구별하는 기
준"[23]으로 삼으려 하였다. 이러한 민족주의적 입장은『조선한문학사』
의 결론부분에서도 명확히 언급되어 있다.

> 조선에서도 일한합병 당시부터 구미歐美 일본문화의 흡취吸取와 조
> 선문학 '한글'사용의 보급과 혹은 한학자와 신학자新學者가 사회적으
> 로 신진대사를 함으로 인하여 한문학은 아연俄然히 은둔하여 버릴 운
> 명에 빠졌으니 흡사 척불망斥佛網에 걸린 이조시대의 불교모양으로 시
> 들부들 위미萎靡해져서 옛날 흥성하든 자취를 찾아볼 곳이 없이 되었
> 다. 과거 수천 년 동안 한·당·송·명漢·唐·宋·明의 문화를 끊임없이 수
> 입하든 중국을 잊어버렸었다…중략…재래의 한문학은 경향京鄕에서
> 약간 잔천殘喘을 보존하고 있지만, 자연도태로써 신선하게 쇄소刷掃되는
> 것을 우리는 본다. 낡은 것을 정리하고 새로 새 것을 배워서 신문화의 건
> 설에 힘쓰자! 이것이 조선 한문학사의 외치는 표어라 하노라(255쪽)

이러한 김태준의 한문학의 배제논리는 앞서 논한 하가 야이치와
는 다른 입장이었다. 하가 야이치의 문학론은 경성제국대학을 중심
으로 하는 조선문학 연구자에게 있어 그 영향력이 컸지만, 김태준과

---

23 류준필은 "국민문학이라는 관점에서 김태준이 한자표현과 국문 표현방식을 대
  립"시키며, 표기문자 문제를 중심으로 하는 그의 한문학 부정론은 '문학'이 없는
  자리에서 외친 문학론이었다고 평한다(『동아시아 자국학과 자국문학사 인식』,
  소명출판사, 2013, 403쪽)

같이 조윤제의 경우도 "한문학은 문학사의 방계 영역이라 보고, 국문문학의 결핍을 보충하는 자료로 활용했다"[24]. 즉, 국문문학과 한문학을 조선문학으로서 동등하게 대우할 수 없는 적서의 개념으로 적용하여 한문학을 서자의 입장에 두고 취급하였던 것이다[25]. 물론 조윤제 또한 한문학 연구의 필요성을 역설했지만, "한문으로 쓴 것은 조선문학이 될 수 없다"고 하여 한문학을 배타적, 적의적으로 인식한 점은 '조선어문학회'의 활동을 같이 한 김태준의 주장에 기본적으로 동의하는 입장이었다. 다만 조윤제는 김태준과는 달리 한문학을 배제의 대상으로서가 아니라, 서자의 입장에서 조선문학으로 포용하고자 했다.

물론 김태준은 이후 조선문학의 범주에 한문학을 편입시키는 문제에 있어 한문학에 차등을 두었던 초기 입장을 철회하여 다소 완곡하게 '제이의적第二義的'[26]이라는 개념으로 부분적으로 국문학의 범위로 수용하게 된다. 이것은 그와 함께 국문학의 선구자로 인정받는

---

24 조동일 『문학사는 어디로』, 지식산업사, 2015, 218쪽.
　　조동일은 조윤제의 민족주의적 문학관에 대해 "구비문학·한문학·국문문학의 대립적 총체가 민족문학이라고 하지 않고 국문문학만 일방적으로 선호해 민족정신 이해의 폭을 좁혔으며 문학사 전개를 역동적으로 파악하기 어렵게 했다"고 비판한다.

25 조윤제는 「조선문학과 한문과의 관계」, 『동아일보』 1929. 2.23일자 기사에서 "조선문학 연구에서 한문 작품을 단연히 구축하야 버리지 아니하면서 이를 서자(庶子)의 지위에 두고 그 안에 침재(沈在)하야 있는 조선문학이라는 정체를 보자 하는 것이다"고 평한다.

26 김태준은 「조선가요개설, 가요와 조선문학」, 『조선일보』 1933.10.21일자 기사에서 "한문학도 그 어떤 부분은 제이의적(第二義的)으로 조선문학으로 가정할 수 있다. …왜 그러냐 하면 우리는 과거에 중국문자로 불완전하나마 우리네의 제이국자처럼 자유스럽게 씌어온 특수한 사정이 있고 한글 발명 이전 장구한 시일에 중국문자를 가차해서 우리네의 생각을 기록하였기 때문이다."라고 언급한다.

조윤제가 큰 조선문학이란 범위로 한문학을 포용하여 광의의 국문
학과 협의의 국문학을 구분하는 방식으로 해방 이후 한문학 문제를
해결하려고 했던 것과 같은 입장이었다[27].

이처럼 해방 전까지의 한문학은 서구 근대적 문학관의 영향과 국
자주의의 기준에 의해 '준국문학準國文學'의 위치에 있었으며, 주로
한문학 연구는 한학에 조예가 있는 학자들에 의해 전개되었다. 그리
고 민족사관에 근거해 국자중심의 문학사 구축을 시도한 김태준과
조윤제 비롯한 국문학자들의 한문학에 대한 부정적인 인식은 1945
년 해방 후에도 오랫동안 국문학자들에게 영향을 미쳤으며, 그 후에
도 국문학 연구에 있어 한문학 포함문제는 여러 차례 논쟁의 사안이
었다.

2. 김태준의 『조선한문학사』 서술양상과 특징

김태준의 『조선한문학사』는 유학과 문학을 엄연히 구별하여 서술
하였다. 그에게 있어 "문학文學은 '정情'적 학문이여서 '미美'를 구하
고자 함"(17쪽)이었다. 즉 문학이란, 미적 정감을 구한 것, 다시 말하면
실생활의 이해를 따라서 예술화한 것이어야 한다는 것이다.

그렇다면 김태준의 『조선한문학사』의 서술적 특징은 무엇인가.
김태준은 이 책에 대해 스스로 "나의 한문학사는 조선한문학의 결산
보고서"(20쪽)로 단언하며 서론에서 과거의 문학관과 금일의 견해, 그

---

27 류준필 「한문문학사 서술과 '문자' 문제」, 앞의 책, 390쪽.

리고 조선한문학사의 범위, 조선한문학의 개관을 밝히고 있다.

한문학을 중국문학의 방계로 본 김태준의 『조선한문학사』는 여러 장르를 모두 섭렵하여 완벽한 체계를 갖추고 있는 것은 아니었다. 그는 이 책에서 이미 『조선소설사』에서 다룬 내용의 중첩을 피하고자 한문소설류는 거의 배제한 반면, 주로 시詩, 문文 등 정통적인 한문학을 중심으로 각 시대의 중국문학과의 영향관계, 학제·문풍 등을 서술하였다. 그리고 "불가사문佛家沙門의 한문학은 다른 기회에 발표하기도 하고 합술合述치 아니하였"으며, "조선한문학사는 이조 이후에는 경기·삼남 사람들의 산물이며, 서북 일로一路는 전혀 관계가 없었다"(20쪽)고 하여 배제하였다. 다시 말해 전통 한문학인 시문, 그것도 산문보다 한시에 비중을 두고 집필되었다.

김태준은 "조선 고대의 한문학이란, 체재體材를 산수화월山水花月에서만 구하였기 때문에, 물론 오늘날의 문예 재료가 사회생활에 근거를 둔 것과는 판이하다"(17쪽)평한다. 그리고 조선한문학의 특징을 "시는 이조 보다는 고려高麗가 승하고 문은 이에 반하는 것은 당송의 관계와 같을 듯하다"(25쪽)고 언급하며, 그 가치에 있어 "조선의 한문학은 순전히 시가, 사육四六문장에 그치고 말았다"(18쪽)고 논한다.

그럼, 김태준의 『조선한문학사』의 내용을 살펴보도록 하자. 우선 그는 『조선한문학사』를 〈상대〉·〈고려〉·〈이조〉편으로 나누어 기술하고 있다[28].

28 〈상대편〉- 1. 고대문학의 감상 2. 삼교수입과 삼국문학 3. 삼국통일 이전의 문장가 4. 문장 강수선생 5. 통삼후의 문학과 학제 6. 국어해경의 선각자 설총 7. 김대문과 록진 8. 나말의 빈공제자 9. 동방한문학의 비조 최치원
〈고려편〉- 1. 고려한문학 개관 2. 고려 초엽의 문예(태종~정종) 3. 사학의 발흥과

　〈상대편〉에서는 삼국정립까지의 역사와 함께 공후인이나 황조가 등의 고대문학 감상, 그리고 삼교(유교, 불교, 도교)의 수입과 삼국문학의 특징을 언급했다. 또한 고구려 소수림왕 2년(372) 불교의 전래와 태학 설립에 따른 유교 교육, 그리고 국가 사회를 규제하는 율령을 한자문화의 시발점으로 간주했다. 김태준은 이 시기에 활약한 신라 강수, 김대문, 녹진 등의 문장에 대한 감상을 논했으며, 원효와 설총의 불교 저술은 한문 글쓰기의 실천으로 삼았다. 특히 국어해경의 선각자로서의 설총의 일생과 이두언해와의 관련성을 논하며, 향찰표기법을 사용한 향가를 한자문화의 일환으로 보고, 한시와 향가로 일컬어지는 시詩·가歌의 형식으로 전개된 신라문학의 특징을 언급한다. 이어 통일신라와 고려를 거친 10세기 전환기에 한문의 지식층으로 자리 잡게 된 당나라 유학파들의 활동과 특히 그 가운데 한학에 두각을 나타내며 현존하는 최고의 문집인 『계원필경집』을 집필한 최치원을 '동방한문학의 비조'로 규정하고 있다.

　〈고려편〉에서는 각 시기의 사회적 변동과 그에 따른 한문학적 양상을 기술하고 있다. 먼저 나말의 유생들을 등용하여 학교제도를 장려하고, 광종·성종이후 쌍기, 왕융에 의한 과거제도의 완성은 중국 학제의 모방으로 창설되었으며, 고려 한문학은 문선文選을 버리고 당을 배우기 시작했다고 한다. 특히 사회적 이면에서는 불교가 지배하고 유학이 성행한 고려는 무인에 의한 정권 혼란과 끊임없는 외적의 침입으로 문예의 원천이 고갈되었지만, 고려시대에 이어 조선시대까지 약 천년동안 한문학은 한국문학사의 중심이었다는 것이다.

김태준은 이 시기 한문학의 발달 배경에 대해 해동공자의 칭호를 받은 최충을 중심으로 한 십이공도十二公徒의 사학의 발흥과 삼대문벌의 문운융성기를 언급한다. 또한 고려판 한적의 발달은 이후 조선의 출판 사업을 진보시킨 원동력이 되고, 무인정권시대에 있어 문인들의 도피사조가 성행함에 따라 해좌칠현(海左七賢: 오세제, 조통, 황보항, 함순, 이담지)의 풍류운사風流韻事적 시풍을 소개한다. 그리고 이 시대의 대표적 작품으로『삼국사기』를 지은 김부식,『삼국유사』의 일연, 백운거사 이규보의『백운소설』, 이인로의『파한집』, 최자의『보한집』, 익제 이제현의『역옹패설』, 고려를 대표하는 시인 정지상, 고려말 유관문인인 목운 이색, 도은 이승인, 포은 정몽주, 삼봉 정도전에 대한 한문학의 기량을 언급했다.

〈이조편〉에서 김태준은 '한글의 창정創定과 그 한문학상의 영향'을 논하며 "한글창제, 조선문학의 새로운 맹아는 이에 출발한다"(162쪽)고 언급한다. 그리고 집현전 학자들 또한 이 시대를 대표하는 한학자들(성삼문, 신숙주, 정지상 등)이었고, 한글반포 이전 탄생한 "『용비어천가』는 한자, 국자國字혼용문으로 출판되었으며, 그 이후부터는 『초학자회初學字會』, 불경, 『두시언해杜詩諺解』와 같은 언해 등이 연달아 나왔으니, 이것이 조선 사람으로서 유창한 한문을 짓게까지 된 간접적 근거"(164쪽)가 되었다고 한다. 또한 이 시기 한문학으로는『삼국사절요』『동문통감』『동문선』을 편찬한 서거정을 높이 평하고 있는데, 그 순수한 한시담인『동인시화』에 대해 김태준은 '시화로서는 시작 試作인 동시에 백미白眉라 평한다.

한편 15세기 한글창제 이후에도 한문학 그 존재의 위상에는 큰 변동이 없었다. 김태준은 해동강서파(海東江西派: 박은, 이행, 노수신)의 시풍과 사림파의 대표적인 인물 김종직의 문장, 그리고 성현의『용재총화』를 풍부한 내용과 현란한 문장을 담은 고금의 수필 가운데 독보적인 작품이라 평한다. 또한 기존 송시풍의 한시창작의 경향에서 벗어나 당시를 짓는 것의 중요성을 제시한 '삼당시인(三唐詩人: 백광훈, 최경찬, 이달)'의 작품과 팔문장(八文章: 송익필, 이산해, 백광훈, 최경창, 최입, 이순인, 윤탁연, 하응림)이라 불리는 시문대가詩文大家의 작품을 논한다.

더불어 인조와 선조에 걸친 월상계택月象谿澤[29]의 사대문장가四大文章家의 작품과 허난설헌의 작품에 관심을 표한다. 효종, 숙종 이후에는 이조문화의 난숙기라고 할 만큼 문인, 학자가 배출되어 시조, 가요로부터 한시, 한문에 이르기까지 대가가 탄생하는 데, 김태준은 그 대표적 인물로 홍세태와 고시언을 들고 있다. 그리고 근세의 한문학의 분류에 있어 그 대표적인 작품으로 박지원의『열하일기』, 김삿갓의 파격시, 해학시를 언급하며, 천재시인 신자하의 작품을 들었다.

이처럼 김태준의『조선한문학사』에서는 한문학만을 논하기보다 당시 문화 전반에 관한 개설적인 내용, 그리고 문인들의 생애에 대

---

29 당대를 대표하는 한문 문장가 월사(月沙) 이정구, 상촌(象村) 신흠, 계곡(谿谷), 택당(澤堂) 이식의 호를 한 자식 딴이름으로 그들의 글은 당송팔대가의 고문(古文)을 모범으로 삼고 있으며, 주자학적인 사고가 규범이 되고 있다.

한 간략한 소개 및 인물평 등 폭넓게 다루고 있는 것이 그 특징이라 할 수 있다. 하지만 그 반면, 조선후기로 가면서 상당한 분량을 가지고 있는 시문학 부분을 약술略述에 그치고 있고, 이조편은 중요한 골자를 많이 생략하고 있어 좀 더 자세한 작품 분석에 아쉬움이 남는다. 이와 같이 김태준의『조선한문학사』는 여러 장르를 모두 섭렵하여 완전한 체계를 갖추고 있지 않아 여러 가지 한계성이 있기는 하지만,『조선소설사』와 함께 조선식민지 시대의 열악한 환경 속에서 조선문학 연구의 이정표 구실을 했다는 데 커다란 의의가 있다고 할 수 있다.

Ⅳ. 한·일 '민족·국민문학'과 한문학

동아시아 지역은 중국 중심의 질서와 유교·불교의 공통적인 이념을 바탕으로 한자문화권의 공동화된 세계에서 보편성을 가진 한문학을 발전시켰다. 일본한문학의 특징이 주로 한시문에 있었다면 한국 한문학은 그 폭이 넓고 성격이 다양하다고 할 수 있다. 그것은 자국문자의 탄생과도 관련성이 깊다. 일본의 경우 히라가나 문자가 10세기부터 시작되었고, 한글창제는 1443년 즉 15세기 이후로 한자문화의 시대 폭이 일본보다 훨씬 넓기 때문이다. 다시 말해 일본한문학은 한국한문학에 비해 비중이 적었다고 할 수 있다. 이러한 역사적 흐름 속에서 한·일 한문학의 전개 양상과 인식은 상이했다. 담당층이 달랐고 그 문화적 풍토가 달랐기 때문에 그 형태나 내용도 달랐던 것이다.

먼저 일본한문학의 경우, 주로 고대와 중세에는 귀족과 승려가, 근세에는 유학자와 시민계급이 그 주요한 담당 층이었다. 한국의 경우, 한문학의 주요한 담당층이 양반을 중심으로 한 유학자였던 것과는 사정이 달랐다.

특히 귀족 한문학의 경우, 한국은 문인이 지배하는 사회였고 과거제도에 의해 한문학적 소양 또한 그 폭이 넓었다. 물론 근대에 들어와 한문학 즉 시와 문의 창작을 국가적 차원에서 제도화한 "과거제도의 폐지는 한자를 공통 문어로 하는 중국 중심의 질서가 붕괴되었음을 의미"하고, 동시에 '한문문학에서 국문문학으로 전환'이라는 의의를[30] 갖게 된다. 이와 달리 일본은 공가公家의 문신이나 일부 승려만 한문학을 익힌 기본적인 차이점이 있으며, 근세에는 소수의 기능인이 한문학을 생업으로 삼아 유지하는 모습을 보이기도 한다[31].

다음으로 한·일 두 나라의 유학사상에 대한 인식의 차이를 들 수 있다. 일본 근세의 유학자는 일본의 신도神道를 용인하였으므로, 조선의 유학자들이 유학적 보편 이념을 고수하였던 것과는 사상적·정치적 성향이 달랐다. 일본은 유교적인 보편적 개념을 부정하고 반발하여 국학을 형성했고, 일본 국문학 연구의 형성과정은 서구문화와의 동질성 주장과 유교적 화이개념의 해체를 배경으로 하고 있었다.

---

30 심호택 「한국한문학 연구의 문명사적 검토」, 앞의 논문, 7쪽.
31 조동일은 18세기 문학의 전반적인 양상에 대해 한국문학에서는 귀족문학·시민문학·구비문학도 서로 대등한 위치를 차지하는 데 비해 일본문학에서는 시민문학, 그리고 국문학이 우위를 차지한 차이점을 지적한다. 특히 한국에서는 귀족의 한문학이 상대적으로 강세로 보이고 있는 한편, 일본에서는 시민의 국문문학이 크게 번성했다는 것이다(조동일 『동아시아문학사비교론』, 서울대학교 출판부, 1993, 409쪽.

하지만 한국은 한문학에 있어 유교사상이 오랫동안 뿌리박혀 있었으며, 근대에 들어와서도 거의 유교사상을 부정하지 못했다고 할 수 있다.

그 한편으로 한·일 한문학의 공통된 이라 한다면 국문학과의 상보적인 관계 속에서 그 존재를 유지했던 것이다. 이러한 국문학과 한문학과의 상호 공존구도에 대해서는 김태준 또한 의식하고 있었으며, 한문학사가인 임형택은 국문학사에 있어 이러한 국문문학과 한문문학의 병존현상이 '이원구도'로 전개되었다고 주장한다. 즉, 한국의 경우 신라시대 향가와 한시의 병존형상이 존재했듯이 조선시대에는 한시와 시조가사, 그리고 17세기 이후 그 이원구도의 중심축이 소설양식으로 이동하여 한문체소설과 국문체소설이 병행하면서 성행했다는 것이다. 그리고 임형택은 "국문문학과 한문문학이 초래한 이원구도가 한국(중세)문학사의 특수성"이며 "국문문학과 한문문학의 이원성이 마감되는 시점에서 근대 문학으로의 전환이 성사"[32]되었다고 논한다.

하지만 한문학과 국문학의 상호공존구조, 즉 '이중구조'는 한국문학만이 가지고 있는 특수성이 아니라, 이미 하가 야이치가 일본한문학의 특징을 '이중성격', '양면성'으로 파악했듯이 이것은 한·일문학

---

32 임형택 「한국문학의 총체적 인식을 위한 서설」 『한국문학사의 논리와 체계』 창작과 비평사, 2003, 14쪽. 또한 임형택은 「민족문학사의 개념과 그 사전 전개」에서 "19세기 말에 이르기까지 우리 문학사는 한문학이 주류를 이루면서 국문학과 병존상태로 내려왔다. 이러한 이원구조를 극복하게 되는 것은 지금의 20세기에 들어와서이다. 20세기 벽두의 애국계몽운동, 그리고 3.1운동과 신문학운동의 성과로 비로소 이원성의 구문학을 전체로 청산할 수 있었다. 그리하여 창출된 것이 신문학이다"라고 언급한다(위의 책, 32쪽)

의 공통된 특수적 양상이라 할 수 있다. 그리고 이러한 '이중구조'는 한문학을 배제하고는 각국의 문학사를 논할 수 없는 주요한 요인으로 작용하고 있다.

한편 근대국가 형성과 함께 자국문학사의 저술이 활발히 전개된 상황에서 각국의 한문학사 저술은 다른 방향으로 진행되었다. 20세기 초 일본은 언문일치에 따른 "국어의 독립, 보급, 발달은 국가의 통일을 견고하게 하여, 국세의 신장을 돕고 국운의 진보를 빠르게 하는 제일의 방법"으로 규정하고 국가적으로 그 과업을 진행한다. 여기서 '국세의 신장'을 위한 일본의 국어정책은 제국주의적 성격의 일면이었으며 한자 폐기론까지도 제기되지만, "한자와 한문은 동아시아로의 진출, 군사적, 경제적 책략에 이로운 수단"이 된다는 이유로 한자폐지론에 대한 수정 제의도 거론되었다[33].

이러한 시대적 상황 속에서 하가 야이치는 한자, 한문학에 대한 배타주의적 경향이 근대 초기 국학자들의 한학을 배척하는 시대풍조와 서양문학사관에 의한 국자문학 중심의 영향에 의한 것이라고 밝히며, 오히려 한문학이 일본문학에 끼친 영향을 강조한다. 이른바 한문학을 일본문학에서 제외해서는 일본 국문학 연구가 완전히 행해지지 않는다는 입장이었다.

한편 한국의 경우, 1896년 창간된 『독립신문』은 유교를 부정하고 한문의 폐기를 주장하며, 누구나 배우기 쉬운 국문이 '조선의 글'이

---

33 임형택은 미야께 세쓰레이(三宅雪嶺)가 논한 "한자의 이로움은 동아 사상을 습득, 동아 공략(攻略), 동아 상략(商略)을 돕는 데 있으며, 따라서 한자를 쓰고 익히는 한편, 한문을 배우는 것도 필요하다"라는 1895년의 「漢字利導説 (1895)는 발언을 근거로 하고 있다(「한민족의 문자생활과 20세기 국한문체」, 앞의 책, 450쪽)

라는 입장으로 표기법을 순국문으로 채택한다. 그것은 하나의 국문 우월론의 수립과정이자 '민족문학' 창출의 초기적 단계였다고 할 수 있다. 이어 1920년대에는 신문학운동을 통한 언문일치가 진행되고, 1930년대 조선학운동은 근대학문의 틀을 갖춘 계기가 된다. 이러한 시대적 상황 속에서 1931년 김태준의『조선한문학사』저술은 국문학사에 있어 한문학의 배제론을 보편화시켰으며, 그러한 영향으로 국문학자들의 한문학 연구는 거의 방치되게 된다.

또한 1933년 한글 맞춤법 통일안과 1936년 표준어 사정은 국가적 한글 문화전략으로 진행되었으며, 김태준을 비롯한 일제강점기의 국문학자들의 민족의식은 민족문학을 키워나갔다. 하지만 1945년 해방 이후에도 한문학이 한국문학의 범주에 편입될 것인지, 그리고 국문체의 한글전용론과 국한문체의 한자혼용론의 갈등은 계속 이어졌다. 이러한 상황 속에서 국문학자들은 국문문학만 가치가 있다고 하며 한문학에 대한 관심과 이해를 갖추지 못했다.

이와 같이 한국은 일본에 비해 한문학의 비중이 높고 다양했지만, 근대화와 함께 국문학자들의 한문학에 관한 부정론은 1910년대 이후의 근대 한문학사를 논하지는 않는 등 국문학의 범위를 축소시키는 역효과를 나타냈다. 그와 달리 근대 일본은 국문문학의 가치를 높이는 한편, 한문교육을 문화전략의 한 방편으로 소홀히 하지 않았다.

물론 일본도 패전 뒤 고등학교 교과서에서 한시, 한문이 거의 수록되지 않았지만, 메이지 시대 서구의 근대화 이후 한학이 쇠퇴되고 한문학이 자국문학사 속에서 배제되는 상황에서도 일본 한문학의

주축인 한시문의 유행과 그 문학적 가치에 대한 평가는 한국 한문학
과는 다른 특징이라 할 수 있다.

V. 맺음말

일본 자국문학사의 저술은 근대국가 만들기의 작업으로, 그 시대
의 국민문학론은 정치적 배경의 추이를 수반했으며, 국문학 연구는
일종의 근대 국민국가의 산물이기도 했다. 먼저 일본의 자국문학사
에 있어 한문학의 수용문제는 청·일전쟁을 주축으로 중화주의에 대
한 반발과 일본의 우월주의, 서구문화와의 동질화를 위해 배제되기
도 했다. 하지만, 그 한편으로 한자 교육은 동아시아의 진출의 정치
적 책략과 제국주의의 세력 확장을 위한 방편으로 유지되어 갔다.

이와는 달리 한국의 경우 한문학 배제를 기반으로 하는 조선어문
학회 중심의 민족문학은 식민지 시대에 있어 민족주의의 혼을 유지
하고 지탱하려는 주체성 확립의 한 방책이었다. 이러한 시대적 상황
속에서 한·일 한문학의 전개 양상과 인식은 상이했다. 담당 층이 역
사적으로 달랐고 그 문화적 풍토가 달랐기에 문학의 형태나 그 내용
도 달랐으며, 유교사상에 대한 인식의 차이도 달랐다. 그 반면 한국
한문학이 일본한문학과 공유하는 부분 또한 없지 않았다. 일본한문
학이 스스로의 독자성을 확립하고, 가나문자로 이루어진 일본문학
에 영향을 주었던 과정은 우리 한글과 한문학과의 영향관계와 유사
한 면이 많다.

한편, 김태준의 『조선한문학사』와 하가 야이치의 『일본한문학사』
는 한·일 각국의 최초의 한문학사라는 공통점은 가지고 있었지만,
한문학에 대한 인식은 상이하게 달랐다. 하가 야이치의 『일본한문
사』에서는 일본인이 쓴 지나(중국)문학을 일본문학으로 수용하고, 자
국문자로 쓰인 것을 순국문학으로 칭하며 한문학과의 영향관계를
규명했다. 물론 근대 일본의 국문학 연구는 '중국문학'에 대한 멸시
의식을 배경으로 출발했지만, 중국문학으로부터의 영향 검증을 중
시한 하가 야이치의 일본한문학에 대한 강한 지향志向은 김태준과는
상반대 입장이었다. 김태준은 조선문학의 커다란 부분을 차지한 한
문학을 부정하고 국문학사에서 배제시켰다. 즉 민족주의적 사고를
배타적으로 표명한 문학관이었다.

또한 서구 근대화 이후, 한국과 일본에서 한학이 쇠퇴되고 한문학
이 자국문학사 속에서 배제되는 상황에서, 하가 야이치의 『일본한문
학사』는 국학이 중국문화의 영향을 받지 않았던 고대문학의 가치를
고양시키고 한학을 극도로 배척한 풍조에 대한 반성과 한문학의 중
요성을 재정립시키기 위한 작업이었다. 이에 반해 김태준의 『조선한
문학사』는 국가와 민족의 주권이 빼앗긴 일제침략기 시대에 민족의
혼을 최우선시하는 '민족의식'이 표명된 작업이었다. 하지만 그의
한문학 부정론은 국문표현과 한자표현을 대립시켜 조선문학의 내
용적 특징을 등한시한 과오를 남겼다고 할 수 있다.

이처럼 근대화 이후 동아시아 문화의 중핵을 이루어 온 한문학에
대한 한국과 일본의 인식의 차이는 국문학이라는 학문적 내셔널리즘
이 반영된 국민국가 형성의 한 일면으로 표상된 것이라 할 수 있다.

한일문화 연구의 새 지평 3

일본연구의 새로운 시각 : 확대되는 세계관

제9장

19세기 서양인이 본 가부키와
'주신구라' 인식

❀ ❀ ❀

한 경 자

Ⅰ. 들어가며

조루리浄瑠璃와 가부키歌舞伎는 각각 무로마치室町시대와 에도江戸
시대에 성립, 발전하여 현재까지도 상연되고 있는 일본전통예능이
다. 그 중 소위 '주신구라忠臣蔵[1]'는 일본에서 뿐 아니라 세계적으로
도 가장 알려진 조루리, 가부키 작품의 하나라 할 수 있다. '주신구
라'는 이미 19세기에 미트포드Algeron Bertran Freeman Mitford의 *Tales of
Old Japan*(1870), 프레데릭 디킨즈Frederic Victor Dickens의 *Chushingura; or*

---

1 아코낭사(赤穂浪士)사건을 소재로 하는 조루리 『가나데혼추신구라(仮名手本忠臣
蔵)』(1748년 초연, 다케다 이즈모(竹田出雲)·미요시 쇼라쿠(三好松洛)·나미키 센
류(並木千柳) 합작)가 원제목임.

*the Loral League*등으로 일찍이 서양에 번역 소개되었을 뿐 아니라, 최근에도 헐리우드 영화 『47 RONIN』² 이 만들어지는 등 여전히 그 인기와 관심은 높다.

20세기에는 전시인 1943년 11월 8일에 간행된 잡지 *LIFE*에 'The Ronin The Most Popular Play In Japan Reveals The Bloodthirsty Character of Our Enermy'라는 '주신구라'에 대한 특집기사가 실렸다. 그 기사 내에 "The theater form which expresses the very essence of Japan and its people is the Kabuki Drama.일본과 일본인의 본질을 극의 형태로 가장 잘 나타낸 것이 바로 가부키이다"라며 전쟁 상대인 일본인을 파악하기 위해 가부키, 특히 주신구라를 이해하는 것이 유용하다고 하고 있다.

그 외에 루스 베네딕트Ruth Benedict도 『국화와 칼*The Chrysanthemum and the Sword: Patterns of Japanese Culture*』(1946)내에서 일본인의 인생관-도덕규범 -을 이해하는 데에 '주신구라'를 인용하고 설명하고 있다. 그들은 '주신구라'를 통해 일본, 일본인을 파악하려 했던 것이다.

또한 초대 주일영국공사 러드포드 올콕Sir Rutherford Alcock도,

사람들의 주된 오락이 무엇인지 하는 것을 보지 않으면 안된다. 진지한 일이나 공적인 정책을 보기보다는 국민이 즐기는 것을 보는 것이 국민성을 잘 알 수 있다고 한 사람이 있다. 분명 많은 국민에 관해

---

2 2013년 12월에 개봉예정. 감독 칼 린치(Carl Rinsch), 각본 크리스 모건(Chris Morgan), 키아누 리브스, 柴咲コウ, 赤西仁, 真田広之 등 출연. 3 D액션물로 판타지 어드벤처 영화.

그리고 내 생각으로는 일본인에 관해 그들의 오락과 그 즐기는 법을 보면 일반의 취미와 국민성을 제법 알게 된다[3].

라며 그는 일본, 일본인을 이해하기 위해 일본 체재 중에 가능한 많은 오락거리들을 관찰하는 데에 진력했다. 이렇듯 서양인은 일본인의 사고, 사상 등 본질을 파악하는 데에 전통예능(주로 가부키)을 이용하고 있었다. 특히 그 중에서 '주신구라'를 들어 일본인을 파악하고 설명하려는 경향이 있었고, 패전 후 연합군 점령 하에서 상연통제를 받았던 주된 작품으로 지목되기도 하였다.

서양인이 본 가부키에 대해서는 나카무라 데쓰로中村哲郎[4]와 고야노 아쓰시古谷野敦[5], 야마시타 다쿠미山下琢巳[6] 등의 논고가 있다. 나카무라는 쇄국시대부터 근대에 이르기까지 통사적으로 검토를 하고 있으나 고야노는 초대영국대사인 올콕이 본 가부키가 무엇이었는지에만 초점이 맞추어지고 있으며, 야마시타는 19세기 서양인들이 남긴 가부키관극기록에는 어떤 것이 있는지를 검토하고 있을 뿐이다. 이들 연구는 당시 서양인들이 어떤 시각으로 가부키를 바라보았는지에 대해서는 다루고 있지 않다. 따라서 본 글에서는 19세기에 일본을 방문하게 된 서양인들이 가부키를 어떻게 바라보았고 가부키 작품 중에서 '주신구라'를 어떻게 인식하고 있었는지를 검토하고

3 オールコック『大君の都(下)』, 岩波書店, 1962, 221쪽.
4 中村哲郎『西洋人の歌舞伎発見』, 劇書房, 1982.
5 古谷野敦「オールコックが観た歌舞伎」『図書』669, 岩波書店, 2005.1.
6 山下琢巳『19世紀末欧米出版物の中の歌舞伎』, Center for Asian Studies University of Colorado Boulder(http://cas.colorado.edu)홈페이지, CAS Publication, "Publishing the Stage," (검색일 2013년 10월 20일)

자 한다.

가부키 탄생 이래 쇄국정책 하에서는 관극觀劇이 허락된 서양인은 네덜란드상관 관계자에 제한되어 있었다. 그 후 개항을 전후하여 외교관 및 고용외국인, 군인, 학자와 여행가들이 일본을 방문하여 가부키를 관극하였다. 여기서는 쇄국시기와 개항 후로 시기를 구분하여 일본을 방문한 서양인들의 일본체재기록을 주로 이용하여, 그들이 본 가부키는 어떠한 것이었는지, 그리고 가부키작품 중 '주신구라'를 어떻게 인식하고 있었는지를 살펴보도록 하겠다.

Ⅱ. 쇄국시대 서양인들이 본 가부키

서양인 중 가부키 무대를 직접 관람한 것은 나가사키長崎 데지마出島에 설치된 네덜란드 동인도회사사무소인 네덜란드상관 관련 사람들이었다.

이 장에서는 그들 중 특히 학자이며 네덜란드상관의 의사로 데지마에 체재했던 캠펠(Engelbert Kaempfer, 1651-1716), 툰베리(Carl Peter Thunberg, 1743-1828), 지볼트(Philipp Franz Balthasar von Siebold, 1796-1866)의 기록에서 그들이 어떻게 가부키를 보았는지 살펴보겠다.

쇄국시대 일본에 체재했던 네덜란드상관 관련 인물들의 기록에는 상관장의 일기가 있다. 그러나 그들의 기록보다 캠펠을 비롯한 이들의 일본체류 기록은 단순한 체류기록이 아니라 일본 및 일본인에 대해 종합적으로 조사, 연구하고 일본을 널리 세계에 소개하는 글이 되었다는 점에서 중요하다. 캠펠은 1690-92년, 튠베리는 1775-76년, 지볼트는 1823-29년, 1859-62년에 일본에 체재했는데, 튠베리는 캠펠의 책을, 지볼트는 캠펠과 튠베리의 책을 참고로 하고 있었다. 그들 사이에 축적된 일본에 대한 지식이 다시 그 이후에 일본을 방문한 서양인들에게 전해졌었다[7].

그들 중 캠펠은 오사카大坂에 대해 인구가 매우 많고 상업이 번성하며 유복한 시민이 많으며, "사치를 하거나 관능적 오락을 하는 데에 필요한 것은 뭐든지 있다. 그래서 일본인은 오사카를 온갖 환락에 부족함이 없는 도시라 한다. 공적인 극장에서도 가건물에서도 매일 연극을 볼 수가 있다."라고 기술하고 있다. 도시의 번화함에 대해 언급은 하고 있으나 구체적으로 가부키나 조루리 등에 대해서는 내용이나 감상 등 특기할 만한 기록을 남기고 있지는 않다.

한편 튠베리는 직접 본 연극에 대한 평을 남기고 있다. 그는 오사카에 이틀 체재하며 "여행 중 최고의 오락과 번화함"을 즐겼다고 하고 있다. 다만 일본 연극에 대해서는 다음과 같이 부정적 견해를 보이고 있다.

일본인의 연극은 재미있으나 별나서 나에게는 오히려 터무니없어 보였다. 연극의 내용을 알기 위해서는 통역의 설명이 필요했다. 일반적으로 연애이야기와 영웅의 공적 등을 소재로 하고 있었다. 그들은

---

7 올콕의 기술 안에는 캠펠이나 튠베리의 책을 보았던 것을 알 수가 있다. 올콕 전게서, 92쪽, 티칭은 캠펠의 일본관련 서적을 참고로 하여 일본에 대한 지식을 얻고 있었다. ティチング『日本風俗図誌』雄松堂書店, 1970, 34-35쪽.

나름 잘 연기하는 것 같았으나 극장이 매우 좁고 답답했다[8].

　나는 나가사키나 에도참부 도중의 오사카에서 연극을 관람할 기회가 수차례 있었다. 건물 크기는 다양했고 관람자는 긴 의자에 앉는다. 관람석 정면이 높게 되어 있는데 그곳이 무대이다. 그러나 그것은 간이하고 좁다. 거기에 1명이나 2명 가끔은 여러 명의 배우가 한꺼번에 나타난다. 배우는 늘 참으로 별난 독특한 의상을 차려입고 있다. 즐기게 한다고 하기보다 관람객을 놀라게 하기 위한 것이라고밖에 생각되지 않는다. 그 의상은 물론이거니와 그들의 동작도 우스꽝스럽고 터무니없으며 기묘하게 몸을 비꼬는데 습득하기까지 대단한 노력이 필요했음에 틀림이 없다. 일반적으로 우상신이나 주인공의 영웅적 행위와 연애이야기가 다루어진다. 많은 경우 그것은 시의 일절에서 따온 것이다. 연극에 음악이 들어가는 경우도 있다. 분명 (확실히) 배우와 관람객 사이에는 막을 내릴 수 있게 되어 있고 필요한 것은 무대에 갖추어져있다. 하지만 그것을 제외하면 이 작은 무대에 유럽의 그것과 비견할 만한 장치와 장식은 아무 것도 없다. 또한 이 나라의 상연작품이 다른 나라의 것과 비교해서 보다 국민의 풍속향상에 도움이 되고 있다고는 생각할 수 없었다. 다른 것처럼 그것은 사람들의 마음의 양식이 되기보다 그 익살스러움에 의해 허무함을 메우는 것에 불과한 것으로 관객을 위한다고 하기보다 실제로는 배우를 위해 마련된 것임에 지나지 않는다.[9]

8　ツュンベリー, 高橋文訳『江戸参府随行記』平凡社, 1994, 205쪽.
9　튠베리 전게서, 280쪽.

극장, 무대, 배우의 연기, 음악, 의상, 작품소재 등 가부키의 모든 요소에 대해 서양의 연극과 비교하여 논하며 그것들에 대해 생소하다는 인상을 지나 강한 거부감을 드러내고 있다. 내용에 대한 언급이 없어 깊이 이해를 했는지 알 수 없으나 배우의 연기에 대한 낯설음이 가부키 전체에 대해 부정적 인상을 준 것으로 보인다. 다만 가부키가 배우를 보이기 위한 측면을 가지고 있다는 점은 잘 파악하고 있다는 것을 알 수 있다. 또한 연극이 '국민의 풍속향상'이라는 사회적 역할을 지녀야 하는데 가부키는 악영향을 미치는 것으로 비판하고 있다.

이에 반해 지볼트는 가부키에 대해 좋은 인상을 기록하고 있다. 나카무라 데쓰로中村哲郞에 의하면, 가부키를 처음 본 서양인이 누구인지는 알 수 없으나, 상세한 가부키 감상 기록이라고 할 만한 글을 남긴 것은 지볼트라고 한다[10]. 지볼트는 가부키를 흥미롭게 본 사람으로 그의 권유로 또는 그의 책을 보고 가부키를 감상한 사람들도 많이 있었다.

그는 1826년 에도참부에서 돌아오는 길에 6월 9일부터 13일까지 오사카에 체재했다. "대중적인 오락장은 에도의 경우보다 한층 더 찬란한 광채를 받고 있었다."며 오사카에 대해서는 일본 제일의 상업도시이며 물가가 저렴하여 온갖 종류의 오락이 모여 있는 번화한 도시로 보고 있었다.

그는 오사카 체재 중에 연구에 필요한 물건들을 구입하며 신사와

---

10 나카무라 전게서, 47쪽.

사찰을 방문하거나 마치부교町奉行들을 만나는 것이 일과였다. 6월 12일자 기록을 "우리는 오늘 오사카의 유명한 연극을 구경했다."라는 문장으로 시작하며 하루를 가부키를 관람하며 보내고 있었다.

앞서 언급한 튠베리나 뒤에 언급할 인물들과는 달리 지볼트는 구경한 작품명, 그리고 줄거리 뿐 아니라 작품에 대한 일본에서의 지명도까지 파악하고 있었다. 그가 본 연극은 지카마쓰 한지近松半二의 『이모세야마온나테이킨妹背山婦女庭訓』으로 줄거리까지 상세히 기록하고 있다[11]. 후에 독일 작가 도데Alphonse Daudet에게 이야기하여 『눈이 먼 황제L'Empereur aveugle』작품화에 영향을 주었다고 할 정도로 그에게 인상적인 작품이었다는 것을 알 수 있다. 이는 일본의 가부키 작품을 단지 서양에게 소개하는 차원이 아니라 작품화할 정도로 원작품을 이해하고 상세하게 전하였다는 점에서 중요하다. 지볼트가 수집한 목록에는 『이모세야마온나테이킨』『단노우라가부토군키壇ノ浦兜軍記』『이치노타니후타바군키一谷嫩軍記』『혼마치이토야노무스메本町糸屋娘』『오미겐지센진노야카타近江源氏先陣館』『가나데혼추신구라』『후타쓰초초구루와닛키双蝶々曲輪日記』『스가와라덴주테나라이카가미菅原伝授手習鑑』등이 있다[12]. 그는 직접 본 『이모세야마온나테이킨』을 비롯한 조루리 책을 8권 가지고 돌아갔던 것인데 가부키에 대해 긍정적으로 기술한 것에서도 알 수 있듯, 여러 권의 조루리 대본을 구입해갈 정도로 당시의 연극에 관심을 가지고 있었다는 것을 알 수 있다.

---

11 "연극은 복잡하게 전개되어 있고 사냥꾼의 천황에 대한 충성심, 효행을 아들에게 가르친 어머니의 고뇌가 테마가 되어 있다."
12 吳秀三『シーボルト先生其生涯及功業』, 吐鳳堂, 1926, 613쪽.

그는 네덜란드가 식민지정책 쇄신의 일환으로 대일무역에 대한 재검토를 기획하던 시기에 일본에 대한 총합적 조사, 연구라는 사명을 받고 방일을 했었다[13]. 많은 조루리 책의 수집은 일본연구의 한 수단이기도 했을 것이다.

쇄국시대에 네덜란드상관 의사로 일본에 체재했던 캠펠, 튠베리, 지볼트는 각각 다른 시기에 오사카에서 가부키를 관극하였다. 그들이 공통적으로 느낀 것은 가부키가 서민들에게 친숙한 오락이었다는 점이다. 튠베리는 그런 가부키가 우스꽝스럽고 황당무계하게 비추어졌고, 그렇기 때문에 국민풍속향상에는 악영향을 미치는 것이라 생각하였다. 지볼트는 조루리(가부키)내용의 파악을 통해 일본을 총합적이고 체계적으로 조사, 연구하려고 했었다는 것을 알 수 있었다.

Ⅲ. 개항 후 서양인들이 본 가부키

쇄국시대 이후 개항이 되자 네덜란드상관 관계자 외의 서양인들이 일본을 방문하게 된다. 그들은 외교관, 정치인, 군인, 여행가, 학자 등 직업이 다양했을 뿐 아니라 영국, 스위스, 프랑스, 미국 등 국적도 다양해졌다. 이장에서는 직업과 국적이 다른 서양인들의 체재기록을 통해 그들이 가부키를 어떻게 바라보았는지를 살펴보겠다.

---

13 튠베리 전게서, 394쪽.

1. 러드포드 올콕(Sir Rutherford Alcock, 1809-1897)

지볼트와 거의 같은 시기 일본을 방문한 인물에 영국인 러드포드 올콕이 있다. 그는 영국 초대 주일공사로 개항 후 가부키를 관람한 최초의 서양인 고관으로 보여지고 있는데[14] 특히 가부키 관람 후 상세하게 작품의 내용과 감상에 대해 기록하고 있어 서양인의 가부키 인식을 살펴보는 데에 중요한 자료가 되고 있다.

올콕은 1859년부터 1862년까지 3년간 일본에 체재하였고 귀국 후에『대군의 수도The Capital of Tycoon: A Narrative of a Three Year's Residence in Japan』(1863)를 출판하게 된다. 올콕은 "국민의 풍속을 나타내는 것을 보고 싶다."며 가부키 등 서민들의 연극을 직접 보기를 희망하고 있었는데 마침 1861년 나가사키에서 에도로 가는 도중에 오사카에서 가부키를 감상할 기회가 생겼다. 에도에서는 고관이 가부키를 관람하는 것은 품위를 떨어뜨리는 일로 금지되어 있었다[15]. 그런데 오사카에서는 네덜란드상관장이 나가사키와 에도를 왕래할 때 극장에 들르는 것이 관례화되어 있었기 때문에 그 전례에 따를 수 있었다[16]. 이후 메이지시대가 되면 외국인이나 고위층 인사들이 도쿄東京에서 가부키를 관람하게 되는데 오사카에서만 관극을 허락한 것은 개항으로부터 메이지 시대로 가는 과도기의 상황이었다는 것을 알 수 있다.

올콕은 관람한 가부키작품『가치도키미바에겐지勝鬨萃源氏』의 줄

---

14 나카무라 전게서 47쪽.
15 올콕 전게서 중권, 387쪽.
16 올콕 전게서 중권, 388쪽.

거리가 영국의 작품 『방앗간과 종업원*Miller and His Men*』이나 『40인의 도둑들*Forty Thieves*』과 비슷하다는 인상을 기술하고 있다[17]. 가부키에 대해서는 연애의 내용은 세련미가 떨어지고, 그 외 살인과 싸움 장면이 많은데 눈이 높은 관객에게는 아니겠지만 일반 대중들에게는 인기가 많은 것 같다고 그 인상을 남기고 있다. 앞서 언급한 바와 같이 올콕은 일본인의 국민성을 파악할 수 있을 만한 오락, 연극 등을 직접 보기를 희망했었다. 그런 관심이 있어서인지 오사카의 극장에서는 극장의 모습, 관객의 모습, 관극한 가부키의 줄거리 등에 대해 상세히 기록하고 있다. 일본의 연극에서는 용감한 영웅적 행위, 유혈장면, 자결이라는 요소가 거의 대부분 빠지지 않는다고 보았다. 그는 연극의 내용을 통해 일본의 국민성을 배울 수 있다고 생각했다[18]. 또한 연극의 줄거리에서 뿐 아니라 그것을 감상하는 사람들의 모습을 통해서 일본인을 이해하려 하고 있다.

Ⅳ장에서 후술하나 그가 연극을 통해 일본과 일본인을 이해하는 것이 유효한 수단이었다는 것이 증명된다. 즉, "그 후 얼마 지나지 않아 극장에서 본 것과 같은 장면이 현실에서 행해지는 것을 실제로 보게 된 것이었다."[19]고 하고 있듯 영국공사관습격사건에서 올콕 자신이 주연이 되는 연극과 같은 현실을 경험하게 된다.

그 외 그는 다분히 저속하고 외설적인 내용을 아무렇지도 않게 보

---

17 구체적으로 어떤 작품을 관극했는지 밝히고 있지 않으나 기술되어 있는 줄거리에서 추측하고 있다.
18 "연극의 결과가 어떻게 되는지를 일본의 국민성을 배운다는 점에서도 알고싶었다."
19 올콕 전게서 중권, 394쪽.

고 있는 관객에게서 자신들의 규범과는 명백하게 다른 위화감을 느끼고 있었다.

> 연극이 진행되어 표현하기 어려울 정도로 저속한 정경이 전개되어 감에 따라 남자와 여자 젊은이와 노인이 즐기거나 무관심하거나 아무튼 전혀 거북해하는 모습을 보이지 않으며 또한 볼품사납다거나 무례하다거나 하는 느낌을 전혀 보이지 않고 바라보고 있는 모습을 보고 있는 것은 매우 재미있는 일이었다. 실제 이 사람들은 어떤 점에서는 우리의 도덕과 기호의 규범에서 판단하자고 하면 완전히 불가해한 사람들이다[20].

올콕은 많은 지면을 할애하며 이 점에 대해 연극과 현실을 같은 문제로 생각해서 연극에 접근하고 있다. 그는 또한 그의 저서 34장에서 일본의 예술에 대해 아래와 같이 논하고 있다.

> 분명히 일본의 예술은 교양이 매우 낮은 많은 사람들의 저급한 욕망을 선동하고 종종 저속한 쪽으로 내모는 작용을 하고 있다. 오락과 천진한 즐거움을 낳는 모든 것은 모두 그 범위에서는 좋다고 인정할 수 있다. 세련됨을 낳는 것도 모두 마찬가지이다. 그러나 저속함과 거칠음은 필연적으로 야만을 낳게 되고 틀림없는 악이다. 일본의 예술은 이러한 양쪽 결과를 낳기 위해 큰 역할을 하고 있는 것처럼 보인다[21].

---

20 올콕 전게서 중권, 388-389쪽.
21 올콕 전게서 하권, 145쪽.

올콕은 극예술, 즉 가부키를 보고 받은 저속한 이미지와 그것을 아무렇지도 않게 감상하는 관객에게 커다란 충격을 받았던 것을 알 수가 있다. 그는 예술은 "도덕적 능력을 키우게 함으로써 국민을 교화"하는 역할을 해야 한다는 생각을 가지고 있었는데, 일본의 예술은 도덕적이고 지적인 요인이 없다는 인식을 가지고 있었다.

올콕이 부임한 당시는 이이 나오스케井伊直弼가 암살당한 '사쿠라다문 외의 변桜田門外の変'이 발생하는 등 양이운동이 활발하여 외국인을 습격하는 사건들이 많아지는 등 외국인들이 불안에 빠진 시기였다. 연극에 대한 올콕의 이해는 그의 주신구라에 대한 인식에서도 확인할 수가 있는데 이에 대해서는 IV장에서 다루도록 하겠다.

2. 에메 앙벨르Aimé Humbert

올콕이 일본을 떠난 후 얼마 지나지 않은 1863년 4월에 수호통상조약을 체결하기 위해 스위스기계업조합 회장이자 참의원 의원인 에메 앙벨르가 일본을 방문했다. 약 10개월간의 체재 중에 통상을 위한 교섭을 하는 한편, 일본 각지를 돌며 일본의 역사, 지리, 종교, 풍속, 습관 등 실정을 조사하였다. 프랑스에 귀국 후 잡지『Le Tour du Monde』에 일본체재경험에 대한 삽화와 기사를 연재하였고 후에 그것이『일본도회日本圖繪(Le Japon Illustré)』라는 책으로 간행되었다. 이는 에도시대 말기의 매우 정밀한 견문기로 평가받고 있다. 앙베르역시 일본의 연극, 극장, 관객에 대해 상세하게 기록을 남기고 있다. 그는 올콕의 저서, 그리고 지 레르라는 프랑스 육군중좌의 의견과 비교하면서 자신의 주장을 피력하고 있다. 그러한 사전 지식이 앙베르가 연극에 대해 면밀한 관찰을 하게 만들고 있었다고 볼 수 있다.

앙베르는 일본의 희곡 작품에 대해서는 다음과 같이 언급하고 있다.

> 일본에 정치교육이 아직 시작되지 않았다고 누가 말할 수 있을까? 오히려 정치적 계몽이 에도의 극작가와 배우 사이에서 나날이 발전하고 있는데 세상은 깨닫지 못하고 있는 것일까. 일본의 수도의 어느 연극에서도 크던 작던 정치적 종교적 풍자를 포함하는 특이한 장면이 있다[22].

앙베르는 당시 보았던 연극에서 정치적, 종교적 풍자성을 지적하고 있으나 구체적으로 어느 장르의 어느 작품을 지칭하는 것인지는 알 수가 없다. 다만 그는 가부키와 같은 극장에서 행해지는 연극만을 대상으로 한 것이 아니라 다이도게大道藝라 불리는 노천 거리에서 행해지는 인형극이나 교겐狂言[23]과 유사한 다이묘大名들이 웃음거리로 등장하는 연극들에 담긴 신랄한 풍자에서 정치의식을 발견, 지적하고 있다.

앙베르는 일본의 희곡에 대해서 문학적으로는 높이 평가할 정도의 수준이 아니어서 유럽언어로 번역된 희곡이 없다고 한다. 한편 올콕이 저속하고 외설적이라 평했던 점에 대해서는 햄릿의 어머니, 베르테르, 샤롯데, 보바리부인 등은 일본인의 심경에 전혀 매력적으로 비쳐지지 않는다며 일본 연극을 두둔하고 있다. 즉, 그녀들이 더 도덕적으로 문란한 인물로 보고 있는 것이다. 또한 일본에서는 정치

---

22 올콕 전게서 하권, 195쪽.
23 héroï-comique라고 쓰여 있을 뿐, 교겐이라고는 단언할 수는 없다.

상의 이유로 사극이 불가능하며 사극에 가까운 작품도 역사와 신화, 황당무계한 것들이 맥락없이 뒤섞여 있고 일본인조차 이해를 하고 있는지 의심스럽다고 지적한다.

에도시대 희곡에서는 역사상의 실제 사건이나 실존인물을 다룰 때 다른 시대로 바꾸어 설정하게 되어 있었다. 이것은 에도시대에는 연극에서는 흔히 행해져 왔던 일이며, 관객들도 연극의 일종의 유형인 '세계'에 대한 사전 지식이 있었기 때문에 앙베르가 느낀 것처럼 혼란스러워하지는 않았을 것이다. 앙베르는 일본의 연극을 중국에서 유입된 것이며 극작가들은 그것을 초월하지는 못했다고 하는 등, 에도시대의 연극, 특히 희곡에 대한 이해도는 높지 않았던 것으로 보인다.

3. 에드어드 스웬슨(Edouard Suenson, 1842-1921)

덴마크인 에드어드 스웬슨은 프랑스함대의 사관으로 24세에 1866년 8월에 요코하마로 도착하였다. 이듬해 귀국하여 1869년부터 1870년에 걸쳐 잡지에 일본방문기를 연재했다. 주로 요코하마橫浜와 오사카에 체재했던 기록들로 구성되어 있다. 그 안에 일본의 연극에 대한 기술을 볼 수가 있는데 앙베르가 에도의 극장에서 본 연극에 대한 감상을 남겼다면 스웬슨은 오사카의 극장을 여러 차례 방문하며 그 감상을 기록하고 있다. 여러 번 극장을 찾았다는 것에서 알 수 있듯 당시의 가부키에 깊은 관심을 보이며 극장, 무대, 관객, 배우, 연기, 내용에 대해 상세히 기록하고 있다.

사실 그는 극장에 대한 사전 지식이 없이 우연히 발견한 현란하고

"악취미이고 선정적인" 간판에 눈길이 끌려 극장에 들어가게 된다. 그 역시 앙베르처럼 일본연극은 중국기원이며 중국의 연극과 공통점이 많다는 인식을 가지고 있었다. 배우에 대해서는 얼굴 표정으로 온갖 격정과 심리의 미묘한 움직임을 잘 표현하고 있어 좋은 인상을 받았으나 그로테스크한 동작 때문에 망치게 된다며 가부키배우의 정형화된 과장된 동작에는 거부감을 보인다.

희곡에 대해서는 가장 많은 제재가 영웅이야기인데 부자연스럽고 비현실적인 괴물과 사건들이 중심적 역할을 하는 것으로 이해하고 있다. 또한 스웬슨도 배우들이 무례하고 외설적인 면이 많다는 것을 지적하면서, 그렇기 때문에 여자역할을 남자가 하는 것을 납득하게 된다는 오해도 하고 있다.

4. 이자벨라 버드(Isabella Bird Bishop, 1831-1904)

1878년 영국인 여행가 이자벨라 버드는 요양차 일본을 방문하여, 여행기 『일본오지기행*Unbeaten Tracks in Japan*』을 썼다. 그녀는 조선을 4번 방문하며 *Korea and Her Neighbours*를 썼던 것으로도 잘 알려져 있다. 『일본오지기행』의 서문에서 이 책은 '일본에 대한 책'이 아니라 일본을 여행한 이야기이며 "일본의 현상에 관한 지식을 넓히는 데에 도움이 되고자 하는 시도"[24]였다고 집필 동기를 밝히고 있다. 앞에서 언급한 책들과는 달리 현지에서 여동생과 지인들에게 보낸

---

24 イザベラ·バード時岡敬子訳『イザベラ·バードの日本紀行 (上)』講談社, 2008

편지를 중심으로 구성되어 있어 시간의 흐름에 따른 그녀의 일본이
해를 생생하게 느낄 수 있다.

책의 제목에서 알 수 있듯 그녀가 다닌 곳은 서양인이 발을 들여
놓지 않았던 곳이 대부분이었으나 그녀는 일본을 방문한 해인 1878
년 에도워드 모스Edward Sylvester Morse와 함께 도쿄 신토미좌新富座에서
가부키를 관극하였다. 이자벨라 버드는 일본에 도착하자 올콕의 후
임인 헤리 파크스Sir Harry Smith Parkes공사부부의 도움을 받고 일본여행
계획을 세우고 있었다. 마침 신토미좌는 1876년의 화재 후 가설극장
에서 공연을 하다가 서양식 근대극장의 형태로 극장을 신설하여 오
픈하게 되었는데 그 개장식에 초청을 받았던 것이다. 이자벨라가 본
가부키는 이전의 서양인들이 보았었던 것과는 달리 서양의 그리고
근대화의 영향을 받은 극장, 상연 내용을 가진 것이었다. 당시 일본
은 다방면에서 서구를 본받고 있었기 때문에 신토미좌의 주인 모리
타 간야守田勘彌는 "의욕적으로 무대를 개량하고 연극을 재생"함으
로써 신토미좌가 "유럽과 같은 오락시설, 그것도 일본최고의 것"이
될 것을 기대하고 있었다. 그는 개장식 때 외국공사, 장관 등 조야의
명사들을 초청하고 배우들은 연미복, 극장관계자는 프록코트를 입
고 인사한 것으로도 잘 알려져 있다[25].

이자벨라는 이러한 개량에 대해 중류와 하층계급의 사람들에게
제한되어 있었던 관극이라는 오락이 신분의 높고낮음에 상관없이
열리게 되었다는 점에서 "일본 연극에 새로운 시대"를 여는 것이라

---

25 배우 등 극장 관계자들이 양복을 입고 무대에서 인사하는 모습을 『新富座評判記』
    (永志田福太郎編, 長谷堂, 1878)에서 확인할 수 있다.

는 견해를 가지고 있었다.

희곡에 대해서는 일본에서 가장 인기가 있는 작품의 하나로『주신구라』를 들고 있다. 그녀는 주신구라에 대해 그다지 관심이 없었는지 별다른 언급은 하고 있지 않고 이 이야기를 미트포드의『오래된 일본의 이야기 Tales of old Japan』의 이야기를 바탕으로 한 것으로 오해하고 있었던 것으로 보인다[26]. 또한 "최악의 작품에는 매우 인기가 있는 것이 많다"고 하 '주신구라'에 대해서도 부정적 인상을 가지고 있었다. 이자벨라가 지적한 내용에 대해서는 당시의 신문에서도 연극이 일본 젊은이에게는 유해하다고 비난하고,『메이로쿠잡지明六雜誌』도 연극은 "부도덕하고 거짓말이 많으며 시시하고 지루하다"는 점을 들어 연극개량을 지지하고 싶다고 언급한다.

그녀는 지면을 할애하며 다음과 같이 신 극장 개장에 대한 모리타의 설명口上을 인용하고 있다.

극장의 설비와 상연되는 작품의 성격 양쪽을 손보고 비속함을 모두 배제하여 악을 응징하고 선을 권하는 것과 같은 실재의 역사적인 이야기를 무대에 올려야 한다고. 이것이 달성되면 한편에서는 예의와 도덕의 개선에 도움이 되고 다른 한편에서는 이 극장을 화족, 정부고관, 각계명사, 외국공사와 같은 한마디로 말하면 사회 엘리트인 분들에게 주요한 휴식처가 되고 그 결과 질서있는 정부를 낳는 데에 조금이라도

26 일본어번역으로는「最も人気のある作品のひとつに「四十七士」があり、これはミットフォード氏の『古い日本の物語』にごく簡単に書かれた話を基にしたものです。」라 되어 있으나, 실제로는 미트포드가 주신구라이야기를 간략히 한 것이 *Tales of Old Japan* 안의 *The Forty-Seven Ronins*이다.

공헌하고 문명개화의 길을 걷는 사회의 전진에 하나의 특징이 될 수 있지 않을까. (중략) 연기하는 자들의 품성과 예의도 개선의 대상으로 삼았습니다[27].

이자벨라는 양복을 갖추어 입고 나온 가부키 관계자를 "(서양인) 흉내를 낸 양복이 골계미를 불러일으켰"다고 비판적으로 바라보고 있다. 한편으로 모리타의 설명에서 "내부로부터의 개혁"의지가 있었고 그것이 "서구문명을 향하는 일본의 커다란 움직임"이라는 점에서 관심을 보이고 중요하다고 여겼다. 또한 이미 여러 서양인들이 언급했던 연극의 저속하고 외설적인 부분에 대한 개선이 메이지정부가 추진하려던 공중도덕의 개선에 동조하면서 이루어지고 있었다[28]. 올콕도 일본에서 가부키를 관극하는 계층의 사람들의 생활에는 "도저히 청정하고 신성한 것이 들어갈 여지가 없어 보인다."고 그 저속함을 지적한다. 그는 이자벨라 버드처럼 공중목욕탕에서 혼욕하고 젊은 여자와 부인까지도 이런 음란하고 외설적인 연극을 즐기고 있다는 것에 경악을 금치 못하고 있었다.

메이지 신정부는 '문화의 중앙집권'의 일단으로 가부키에 대한 간섭을 시작했다고 한다[29]. 이마오 데쓰야今尾哲也는 『신문잡지新聞雜誌』 1872년 3월 제36호[30]와 4월 제40호[31]를 인용하며 정부의 통달 내용

---

27 이자벨라 전게서, 93쪽.
28 외설경향이 있는 그림이나 도안 판매의 금지, 많은 외설물의 공개 금지, 도회지 야외에서의 착의의 강제, 공중목욕탕에서의 혼욕금지 등등 적어도 야외에서의 공중도덕을 개선하려고 하는 정부의 행위와 동조하고 있습니다.
29 今尾哲也「明治の歌舞伎」『岩波講座歌舞伎·文楽』第10巻, 岩波書店, 1997, 146쪽.
30 와세다대학도서관 홈페이지(http://archive.wul.waseda.ac.jp/kosho/i08/i08_00787/

을 언급하고 있다.『신문잡지』제 36호에는 가부키 관객에 "귀인貴人 및 외국인"이 있으니, 외설적 내용을 가지며 온 가족이 함께 보기에 거북한 내용을 가지는 것은 금지하고 교육적인 줄거리로 극작劇作을 할 것을 지시하고 있다. 앞서 언급한 서양인들의 비판내용이 개선점 으로 제시되고 있는 것을 알 수 있다.

또한『신문잡지』40호에서 하시바 히데요시羽柴秀吉를 마시바 히사 요시真柴久吉라고 하거나 노부나가信長를 하루나가春永라고 부른 것은 아이들에게 잘못된 지식을 심게 된다고 하여 수정하도록 하고 있다. 이 점 역시 앙베르가 지적했던 것과 같은 역사적 사실과 신화, 황당 무계한 것들이 섞여있는 점에 대한 수정이 필요하다는 것을 메이지 정부가 인식하고 지시한 것이라 할 수 있을 것이다.

새로운 신토미좌의 개장 이듬해 1879년 독일 황손 하인리히 폰 프 로이센(Heinrich von Preußen, 1862-1929)이 일본을 방문하며 신토미좌에 초 대받았다. 당시 황족과 이토 히로부미伊藤博文, 이노우에 가오루井上馨 등 고위인사들이 함께 관극을 했는데 4개의 작품으로 특별하게 구성 된 프로그램 중 2개만을 보고 귀관歸館해버려 관계자에게 큰 충격을 주었다고 한다[32]. 그 후 외국인에게는 이해가 안 되는 가부키 작품을 보이기보다 무용을 중심으로 한 프로그램을 구성하는[33] 등 외국인

i08_00787 _0024/i08_00787_0024.pdf), 早稲田古典籍総合データベース, 猿若町三 座太夫及『新聞雑誌』1872年3月, 第36号, 日新堂 (검색일 2013년 10월 15일)

31 와세다대학도서관 홈페이지(http://archive.wul.waseda.ac.jp/kosho/i08/i08_00787/i08_ 00787_0019/i08_00787_0019.pdf), 早稲田古典籍総合データベース,『新聞雑誌』1872年 4月 第40号, 日新堂 (검색일 2013년 10월 15일)

32 今尾哲也 전게서, 155쪽.

33 미국의 전 대통령 그랜트 방문 시 가부키무용으로 프로그램을 구성함.

의 시각을 염두에 두고 개정노력을 하고 있다는 것을 알 수 있다.

외국인이 관극 중 지루해하거나 자리를 뜨는 일은 종종 있었다. 이자벨라도 역시, 함께 관극한 챔버랜Basil Hall Chamberlain에게 해설을 들어도 지루하고 짜증이 났다고 기술하고 있었다[34]. 그 외에도 올콕이 관극할 때에도 올콕 자신도 지루한 것을 참고 "독자를 생각해서", "일본의 국민성을 배우기"위해 작품의 결말을 나는 것을 지켜보았고, 한편 동행한 네덜란드 총영사 데 위트DeWit는 참다못해 일어나버렸다고 기술되어 있다. 기록에 따르면 "10시와 11시 사이에 도착하여 1시간 반 정도" 머문 것으로 보이는데, 데 위트가 자리를 뜨려한 것은 아침식사 시간을 놓치기 싫다는 이유였다고 하나, 극 내용이 지루했던 것은 짐작이 가능할 것이다. 챔버랜과 같은 일본연구자 아니면 긴 시간을 요하고 줄거리도 복잡하여 전개가 느린 가부키 작품을 잘 이해하며 감상하기는 어려웠을 것이며, 그런 점은 일본인에게도 해당되며[35] 개량이 요구되었던 것이다.

5. 엘리자 시드모아(Eliza Ruhamah Scidmore, 1856-1928)

니토베 이나조新渡戶稻造와 친분이 있던 인문지리학자 시드모아는 1884년 이후 1902년까지 6차례 일본을 방문하였고, 일본에 대해 기록한 책이 『시드모아일본기행Jinrikisha days in Japan』[36]이다. 서문에서 밝

---

34 이자벨라 전게서 94쪽. 이자벨라는 지루해 했으나 챔버랜은 이 때 관극한 공연에 대해 논문을 집필하고 있다.
35 今尾哲也 전게서, 155쪽.
36 シドモア, 外崎克久訳『シドモア 日本紀行』講談社, 2002.

혔듯이 "일본을 처음 여행하는 사람 뿐 아니라 일본에 사는 외국인도 즐길 수 있게" 일본을 소개한 일종의 가이드북 성격을 지닌 글이다. 그 안에서 그녀는 일본의 연극에 대해서도 깊은 관심을 보이며 노와 가부키에 대해 비교적 자세하게 기술하고 있다. 노와 가부키에 대해 가이드북답게 장르의 기원, 내용, 상연형식, 배우의 연기 극장 관람석, 관람료, 무대 등에 대해 세세하게 설명하고 있다.

특히 다른 외국인들과 달리 가부키 작품에 대해 문학적으로 높은 평가를 하고 있다는 점은 주목할 만하다. 당시 일본연극계는 사실주의와 자연파가 주류였고 서양의 어느 배우도 단주로団十郎 이상으로 그 극중 인물이 되어 침착하고 완벽한 연기를 하는 것은 불가능하다고 기술하고 있다. 또한 "각본도 현실사회 그대로를 반영하고 있으며 온갖 테마가 일본의 관습과 습관을 통해서 일상생활 그대로 상연이 된다."고 하고 있다. 즉, 가쓰레키活歷라고 하는 연극개량운동의 한 부분을 접하고 이해하기 쉽고 사실과 부합되는 희곡내용에 만족스러워 하고 있다.

아코낭사사건에 대해서도 에도시대에는 등장인물의 이름을 바꾸고 시대도 변경하여 상연했고 내용도 역사적 사실과 거리가 있었으나 메이지시대가 되자 역사가와 연구자로부터의 정보를 바탕으로 "사실史實에 부합하는 가장 바른 연극"이라며 상연하였다고 한다. 그녀가 본 가부키는 그녀보다 이전에 일본을 방문한 서양인들이 관극한 가부키와 달리 연극개량운동이 한창이던 때였다. 당시 9대 단주로가 사실적인 연출을 하고 희곡내용도 시대고증을 기하는 등 가부키의 근대화에 진력하고 있었던 시대적 상황을 엿볼 수 있는 기술이라 할 수 있다.

개항 후 일본에 체재한 서양인도 쇄국시대에 일본에 체재한 튠베리가 지적한 것처럼 가부키의 내용이 도덕적이고 교육적이지 않다고 비판하고 있었다. 특히 폭력적이고 외설적인 내용에 대한 비판에 그치지 않고 그것을 아무렇지도 않게 보고 있는 관객에 대해서도 윤리성을 의심하며 부정적으로 바라보고 있었다. 그 외에 배우들의 과장된 동작과 사실에 입각하지 않은 황당무계한 줄거리 등도 비난의 대상이었다. 이 시기 서양인들이 비판했던 내용들은 메이지시대에 서양인의 가부키에 대한 시각을 일본인들이 의식하게 되면서 연극 개량에 반영되게 되었다는 것을 확인할 수 있었다.

Ⅳ. 19세기 서양인들의 '주신구라' 인식

일본에 체재했던 서양인들의 기록에는 구체적인 가부키 작품을 거론하는 경우가 드문데 유일하게 자주 거론되는 것이 '주신구라'였다. 따라서 이 장에서는 왜 그들이 '주신구라'에 대한 언급을 하게 되었는지, 그리고 어떻게 보고 있었는지에 대해 살펴본다.

앞서 언급했던 시드모아는 '주신구라'에 대해서는 다음과 같이 특별히 생각을 피력하고 있다.

그 위대한 고전『47인의 낭인』의 감동적 역사극은 인기가 쇠퇴하는 일은 없습니다. 외국문화와 근대화의 열의에도 불구하고 이 이상異常

241

이라고도 할 수 있는 봉건시대의 영웅주의는 일본인의 영혼에 불을 지 핍니다[37].

그녀는 주신구라를 바로 지칭하며 말하고 있지는 않으나 "대중들에게 잘 알려진 명예있는 죽음인 할복 장면은 항상 긴장을 하고 강한 흥미와 광기의 갈채로 환영받게 된다." 거나 또한 "영웅의 자살 할복은 지금도 소중한 일본인의 영혼을 용감하고 미적으로 표현하고 또한 모욕을 받은 원수에 대한 완벽한 복수심을 불러일으킨다." 고 일본인의 복수심에 대해서 긍정적으로 언급을 하고 있다. 일본인 관객이 할복장면을 특히 흥미롭게 본다는 점도 강조하고 있다.

'주신구라'에 대해서는 일찍이 네덜란드 상관장이자, 네덜란드 최초 일본학자인 티칭(Isaac Titsingh, 1745-1812)이 2차례 에도참부를 하고 쓴 『일본풍속도지(Illustrations of Japan)』에서 그 기술을 확인할 수가 있다. 그것은 1701년 4월 14일 에도성에서 아코번주 아사노浅野가 수차례 받아온 모욕 때문에 에도성 내에서 기라 고즈케노스케吉良上野介에게 칼을 뽑아 그 결과 할복하게 되었다는 점과 아코낭사들의 복수에 대해 간략한 언급이 있을 뿐이었다[38].

당시 서양에서의 '주신구라'에 대한 이미지의 원형이 된 것은 미트포드Algeron Bertran Freeman Mitford가 쓴 *Tales of Old Japan*(1870) 속의 아코낭사들의 복수를 다룬 단편 'The Forty-Seven Ronins'이다. 이것이 '주신구라'를 서양에 처음으로 소개한 문헌으로 알려져 있다.

---

37 シドモア, 外崎克久訳『シドモア 日本紀行』講談社, 2002, 135쪽.
38 『ティチング日本風俗図誌』雄松堂書店, 1970, 34-35쪽.

*Tales of Old Japan*은 아코낭사의 이야기 외에 시타키리스즈메舌切雀, 하나사카지지이花咲爺 등 일본의 옛이야기들을 모아 번역 소개하고 있는 책이다. 부록으로 할복과 결혼, 장례식 등 일본의 풍습에 대한 설명이 첨부되어 있다. 특히 'An Account of the Hari-Kiri'라 제목 붙여진 할복에 관한 부분은 많은 지면을 할애해서 상세히 기술되고 있는데 이는 실제로 다키 젠자부로滝善三郎의 할복[39]을 목격했기 때문이다. 즉, 미트포드는 할복이라고 하는 것은 일본의 옛 관습이 아니라 현재도 일어나고 있는 현실문제로 바라본 것이다.

그 후 디킨즈Frederic Victor Dickens에 의해 1875년에 『가나데혼추신구라』의 완역본 *Chishingura; or the Loral League*가 간행이 되는데 재판을 반복할 정도로 많은 사람들에게 읽혔다. 우카이 마사시鵜飼政志는 미트포드와 디킨즈가 쓴 두 권 모두 복수담의 사실과 왜 주신구라가 일본인에게 전승되어 왔는가 하는 점을 다루면서 거기에 무사의 충의, 미덕이라는 것을 발견하고 있었다고 보고 있다[40].

미트포드가 고베사건으로 인한 다키 젠자부로의 할복을 보게 되었던 것에서 알 수 있듯 무사들의 습격은 당시 일본에 체재 중인 서양인에게 현실의 문제였다. 미트포드와 디킨즈와 달리 올콕 등 그들보다 10년 전인 에도시대 말기에 일본을 방문한 외국인들은 아코낭사들을 영웅 취급하는 일본인에 대해 기이하게 생각하고 있었다.

올콕은 1859년부터 초대 주일 총영사로 부임했는데 1861년에 다

---

39 1868년 2월 비젠번(備前藩)의 무사가 외국인을 습격한 고베사건(神戸事件)에 대한 책임으로 다키 젠자부로(滝善三郎)가 할복에 처해짐. 우카이 전게논문, 74-75쪽
40 우카이 전게논문, 73쪽.

이로大老 이이 나오스케井伊直弼를 미토번水戸藩과 사쓰마번薩摩藩의 양이파 무사들에 의해 습격당한 '사쿠라다문 외의 변'을 도쿄 체재 중에 듣고 많은 충격을 받았던 것 같다[41]. 그는 이 사건에 대해 매우 관심을 가지고 정보를 수집한 것을 알 수 있는데 그의 『대군의 수도』에는 상세히 사건의 그 배경과 경과에 대해 설명을 하고 있다.

대낮에 자신의 집이 보이고 게다가 대군의 저택이 가까운 장소에서 관직으로는 이 나라에서 위에서 두 번째인 고관이 자신들의 고관이 학대당한 것을 복수하기 위해 일종의 기사도 정신과 이상할 정도의 용기를 가지고 자신의 몸을 바친 왕가(도쿠가와가)의 일원인 가신家臣인 결사決死의 사람들로 이루어진 작은 한 무리에 의해 살해되었다[42].

섭정의 목은 무사히 에도에서 운반되어 그들의 주군에 바쳐졌다. 그러자 주군은 그 자신의 최대의 적의 목에 저주와 침을 뱉았다고 한다. 그 목은 천황의 수도인 교토에 옮겨져 (중략) 시조가와라四条河原라고 하는 처형장에서 효수梟首에 처해졌다. 그리고 그 목 위에는 "이것은 일본의 가장 신성한 법-외국인의 국내 입국을 금하는 법-을 어긴 배신자의 목이다."라는 종이가 붙여졌다[43].

올콕은 다이로라고 하는 장군의 보좌역인 히코네번주彦根藩主 이

---

41 "도저히 믿을 수 없고 놀랄만한 성질의 일로 보고받은 내용을 믿는 것을 주저하였다." 올콕 전게서 중권, 84쪽.
42 올콕 전게서 중권, 91쪽.
43 올콕 전게서 중권, 96쪽.

이 나오스케가 저택 바로 가까이에 있는 에도성江戸城으로 가는 길에
주군의 원수를 갚기 위한 가신들의 복수에 의해 암살당한 것으로 기
술하고 있다. 이이 나오스케는 장군의 후사와 외국과의 통상조약체
결이라는 두 가지 큰 문제를 처리했는데, 암살은 이들에 대한 불만
을 가진 자들에 의한 복수였다고 하고 있다. 그는 이에 대해 "기묘한
역사다."라며 도저히 이해하지 못하기는 하나 일본의 연극이나 통속
적 모노가타리物語 안에는 그러한 "영웅적 행위와 인과응보에 관한
일반민중의 관념"이 잘 나타나 있다고 하며 주신구라를 예를 들고
있다. 그러나 올콕은 주군의 복수를 한 아코낭사들에 대해서는 "최
고의 영웅적 행위라고 자기만족에 빠져 장腸을 제거하였다."며 복수
자체에도 그리고 할복에도 부정적 견해를 보이고 있다.

올콕은 이 이야기를 들었을 때 "이러한 통속적 문학과 역사가 일
국민의 사상과 행동의 습성에 미치는 영향은 어떠한 것인지 생각하
지 않을 수 없었다."[44]며 일본인이 그들의 무덤에 경의를 표하러 가
는 등 아코낭사들을 영웅시하는 것에 대해서도 문제시하고 있었다.
올콕을 비롯한 서양인들에게는 '범죄'로 간주되는 이러한 행위가 아
무 망설임없이 시인되고 있다는 것은 그에게는 도저히 납득히 가지
않았다. 또한 이것이 "국민의 일반적 성격과 도덕적 훈련"에 영향을
미칠 것이며 그러한 역사와 모노가타리를 듣고 자랄 아이들에게도
악영향을 미칠 것이라며 깊이 우려한다.

올콕은 아코낭사의 복수에 대한 일본인의 숭상崇尚이 이이 나오스

---

44 올콕 전게서 중권, 96쪽.

케의 암살, 외국공관관원의 살해[45] 등의 모든 행위에 대한 일반적 평
가를 좌우하고 있으며, 진지하게 고려할 사태가 점차 드러날 것이라
확신하고 있었다. 그러한 그의 확신은 실제로 현실로 나타나 1861년
7월에 영국공사관습격, 즉 '제1차 도젠지東禅寺사건'이 발생하게 된
다. 올콕은 이 사건에 대해 현장에 있던 당사자로서 생생하게 전하
고 있다. 습격상황, 피해상황, 그리고 습격자와 습격배경, 막부의 보
고서 등을 상세히 기술하고 있으며, 습격자체에 대해서는 무리하고
무모한 행동으로 이해하기 어렵다는 견해를 보이고 있다[46].

이런 상황에서 개항 후 일본을 방문한 외국인들은 무사, 특히 낭
인들에 대해 경계심을 가질 수 밖에 없었다. 특히 '복수'라고 하는 것
에 주목하고 있었던 것은 그들의 기록들에서 확인할 수가 있다. 쇄
국시기에 방문한 서양인들의 기록과 개항 후에 방문한 서양인들의
기록에서 볼 수 있는 차이는 복수심에 대한 언급일 것이다. 식물학
자인 로버트 포춘Robert Fortune도 북경과 에도를 방문한 기록 『에도와
북경 Yedo and Peking』(1863)에서 일본인의 복수심에 대해 영국공사관습
격 사건과 함께 언급하고 있다[47].

덴마크 해군사관인 스웬슨은 일본인의 복수심에 대해 다음과 같
이 설명하고 있다.

---

45 1861년 헨리 휴스켄 습격.
46 올콕은 습격이 성공하더라도 영국정부가 보상을 요구해 오는 등 정치적 영향이 올
   것을 습격자들은 왜 예상하지 못하고 행동을 실행했는지, 이해하기 어렵다는 견
   해를 보인다.
47 ロバートフォーチュン『江戸と北京』広川書店, 1969, 233-235쪽.

일본인은 자긍심이 강하고 자존심이 강한 성격을 가지며 모욕에 대
해 민감하고 한번 받으면 쉽게 잊지 않는다. 그 반면 타인으로부터 받
은 호의에는 같은 만큼 감사의 마음을 갖는다. 이런 지나칠 정도로 민
감한 도의심이 복수심으로 이어져 '하라키리'라고 하는 이상한 자기희
생을 하게 하는 것이다. 이러한 야만적인 습관은 점점 사라져가지만
그래도 가끔 실행에 옮겨지는 일이 있으며 구미의 전권대사와 일본정
부 사이에 정치교섭이 이루어질 당초에 정치고관 사이에 몇 사람씩 자
살자가 나오게 되었다[48].

자긍심과 자존심이 강하여 호의에도 모욕에도 민감한 것이 복수
심으로 이어지고 그것이 할복을 하게 만든다고 보고 있다. 할복은
본인의 명예회복과 그 외의 방법으로 불가능한 복수심을 만족시킬
수가 있는 것이라고 보았다. 그래서 일본 역사상 할복이 수없이 많
으며 그 중 대표적인 것이 '주신구라'라 설명한다. 그런 무사들의
복수심에 의한 행동을 올콕은 '주신구라'에 대한 일본인들의 숭앙
심과 연결시켜 설명하고 있었고, 후에 일어날 심각한 사태까지 추
측하며 그러한 사고의 세대를 넘는 연속성에 대해 문제시하고 있
었다.

개항 후 개항에 대해 반대하는 자들에 의한 습격 사건이 다발하던
시대에 일본을 방문하게 된 서양인들은 신변의 안전이 불안했고 무
사들의 행동을 경계, 주시하게 되었다. 무사들의 목숨을 건 행동의

---

48 エドゥアルドスエンソン, 長島要一 訳『江戸幕末滞在記: 若き海軍士官の見た日本』講
談社, 2003. 112-113쪽.

이유를 파악할 필요가 있었으며, 그들의 복수심, 할복이라는 행동에 대한 파악을 위해 '주신구라'와 겹쳐 생각하게 된 것이다.

V. 맺으며

이상, 쇄국시대와 개항 후 일본을 방문한 서양인들이 가부키를 어떻게 바라보았는지, 그리고 가부키 작품 중에서 '주신구라'를 어떻게 인식하고 있었는지에 대해 살펴보았다. 쇄국시대이건 개항 후이건 서양인은 음란하고 외설적인 요소가 다분한 가부키를 남녀노소가 함께 개의치 않고 관극하고 있다는 점에 경악하고 비난적으로 보고 있었다. 그들은 연극은 교육적 역할을 지녀야 하는 것이며, 극 내용도 황당무계하지 않고 사실에 부합하는 것이어야 한다고 하고 있었다. 이러한 점들은 메이지시대에 관객으로 서양인들을 의식하게 되면서 정부의 요구와 연극개량운동을 통해 수정되어갔는데, 이러한 가부키의 변화의 역사도 서양인들의 가부키 관극 기록을 통해 확인할 수 있었다.

특기할 것은 개국 후의 일본방문기에는 그 이전에는 볼 수 없었던 복수심에 대한 기술이 보인다는 점이다. 개항을 전후하여 일본에 체재하게 된 서양인에게 일본인의 복수심은 현실의 문제였고, 그러한 위기의식에서 '주신구라'를 바라보고 있었다. 언제 일어날 지도 모르는 낭인들의 외국인 습격은 그들에게 늘 불안감을 가지게 하였는데 그러한 낭인들의 심리를 이해하는 데에 가부키 특히 '주신구라'

는 분석 자료로 이용되었다는 것을 확인할 수 있었다.

이러한 '주신구라'를 대하는 서양인의 태도는 20세기에 들어서도 마찬가지였다. 앞서 언급한 바와 같이 1943년 11월 8일에 잡지 *LIFE*에 '주신구라'에 관한 기사가 실리거나 루스 베네딕트의 『국화와 칼』에서도 다루어지고 있는 등, 전시에는 전쟁 상대자로서의 일본인의 사고, 행동양식을 이해하기 위한 자료로 다시 이용되고 있었다.

20세기의 서양인들의 가부키 인식에 대해서는 본 글에서 다루지 못하였다. *LIFE*의 기사는 패전 후 GHQ의 검열관들의 가부키 인식에 영향을 주었다고도 하며, 루스 베네딕트의 견해와 조셉 그루의 견해 등도 미국의 대일정책에 영향을 미칠 가능성이 있던 것들이었다. 19세기의 서양인들의 가부키 인식이 그 이후에는 어떤 영향을 미쳤는지에 대한 고찰은 앞으로의 과제로 하겠다.

한일문화 연구의 새 지평 3

일본연구의 새로운 시각 : 확대되는 세계관

제10장

동아시아 세계의 화이華夷의 관련 양상

─ 오삼계吳三桂를 중심으로 ─

❀ ❀ ❀

황 소 연

Ⅰ. 시작하며

사마천이 '이 세상에 과연 하늘의 의지가 작용하는가'라고 의심하면서도 『사기』의 열전을 '백이숙제'로부터 구성한 것은 역사를 통한 도덕적 자아의 실현[1]을 갈망했다는 것을 역설적으로 드러내는 것이다.

동아시아 왕조 교체에 대해서는 다양한 기술이 존재하지만 동아시아적인 관점에서 왕조 교체의 의미를 논할 수 있는 예는 의외로 제한적이다. 중국의 역사를 호胡와 하河의 역사라고 하는 말이 있듯

---

[1] 남상호 『How로 본 중국철학사』, 서광사, 2015, 418쪽, '사마천이 역사의 본질을 도덕 자아의 실현으로 보았다.'

이 다양한 세력들과의 역학 관계를 무시하고 중국의 역사를 이야기 하는 것은 어렵다. 중원의 흥망이 동아시아 전체의 틀에 영향을 주 는 경우가 일반적이지만, 역사의 주도권은 각 지역에서 발호한 세력 의 등장으로 상시 유동적이었다. 이른바 동아시아 세계에서 화이華 夷의 주체가 반복적으로 교체된 것이다. 1619년 심하深河전투를 계기 로 조선에서는 친명親明, 친청親淸으로 대별되는 두 개의 가치관이 갈 등을 빚기 시작한다. 광해군의 밀지에 따른 강홍립의 투항을 비판하 던 세력이 1623년에 인조반정을 일으켜 친명 자세를 취하다가 청에 의해 두 번의 침략을 당하고 결국은 청의 체제를 수용하게 된다. 1644년에 명 왕실이 농민 반란으로 붕괴하자 산해관을 지키고 있던 오삼계는 청과 손을 잡고 농민 반란군을 진압한다. 이후 중국 남부 에 진출한 청 세력과 반청 세력이 대립하다가 1683년[2]에 대만을 근 거지로 한 정씨 일가가 청에 투항하면서 만주족이 중국 전체를 지배 하게 된다. 만주족에 의한 명의 소멸은 17세기 동아시아를 관통하는 핵심적인 사건으로 이후 동아시아의 가치체계에 커다란 영향을 끼 쳤다.

동아시아를 무대로 한 격동의 시기에 다양한 인물들이 등장하고 있었다. 조선에서는 심하 전투에 참가한 강홍립과 김응하 등을 비롯 해 임경업, 최명길, 김상헌, 윤휴尹鑴[3], 최효일 등이 그 진동 안의 인 물이라고 할 수 있다. 직접, 간접적으로 많은 인물들이 작품의 소재

---

2 타이완(臺灣)을 근거지로 한 정씨가 청 왕조에 항복해 중국은 청조에 의한 단일 체 제를 이루게 된다.

3 이덕일『윤휴와 침묵의 제국』, 다산북스, 410쪽, '윤휴가 실제로 북벌을 추진하려 고 했기 때문에 사형을 당했다.'

가 되어 일반인에게 회자되었다. 일본에 있어서도 나가사키와 연고가 있는 정지룡, 정성공 부자가 반청 세력을 이끌면서 명청교체를 다룬 다양한 작품이 등장했다. 그 중에서도 극작가인 지카마쓰 몬자에몬(近松門左衛門: 1653-1724)의『고쿠센야캇센(國姓爺[4]合戰』(1715년), 고쿠센야고지쓰캇센(國姓爺後日合戰』(1717년)이 널리 주목을 받는 작품이다.『고쿠센야캇센』은 명청교체기에 전개된 화이의 모습을 형상화한 작품이라고 할 수 있다. 이 작품에 대한 국내 연구로는 김성은[5], 이민희[6], 한경자[7] 등이 있는데 일본의 자국중심주의의 발현이라는 측면에서 작품을 이해하는 경향이 강하다. 이 작품이 치밀한 구성하에 쓰여진 것인가에 대해서는 이론의 여지가 있으나 전반적인 작품 성격에 대해서는 연구자의 주장에 공감하는 바가 크다. 그러나, 지카마쓰의 작품이 진지하게 역사적 사실을 반영하고 있는가에 대한 비판도 강하게 존재한다. 예를 들어, 조너선 클레멘츠는『고쿠센야캇센』에서 중요한 역할을 담당하는 주인공의 누이에 대해, '지카마쓰 몬자에몬은『고쿠센야캇센』에서, 정지룡이 일본 여인과의 사이에 딸을 하나

---

4 『조선왕조실록』『연려실기술』에는 '谷泉屋'로 기술돼 있다. '고쿠센야'의 음을 활용해 한자로 표기한 것이다.

5 김성은『지카마쓰 몬자에몬(近松門左衛門)의『고쿠센야갓센(國姓爺合戰)』론–자국인식을 중심으로』(2002년 1월, 고려대학교 대학원 일어일문학과 석사, 70쪽), '본 작품에서 주인공 와토나이를 통해, 일본을 중심으로 하는 동아시아의 새로운 질서라는 〈대일본〉의 실현을 꿈꾸었다는 것을 작품 분석을 통해 확인할 수 있었다.'

6 이민희『한국·일본·폴란드·영국의 역사영웅서사문학 비교연구』(2003년 8월, 서울대학교 대학원 국어국문학과 박사), '국가 간 대결구도를 통해 민족적 자긍심과 정체성을 새롭게 자각하게 된다.', 2쪽.

7 韓京子「近松の浄瑠璃に描かれた「武の国」日本」(田中優子編『日本人は日本をどうみてきたか』、笠間書院、2015、143-4쪽)、「近松は、日本が神国であり武国であることからくる自国優越意識が広まっていた中、外国を意識しつつ「武の国」日本を描いている。」

두었으며 이름을 긴쇼죠錦祥女라고 지었다고 단언하고 있다. 그러나 이 희곡 작품은 여러 측면에서 부자연스럽고 비현실적인 성격이 강한 만큼, 여기서 그려지고 있는 소녀의 존재를 하나의 증거로 받아들이기에는 무리가 있다.'[8] 는 반론을 제기하고 있다. 실제로 정성공의 혈연관계에 대해서는 여러 가지 설이 혼재해 특정하기 어려운 것이 사실이다.[9] 현시점에서 판단하면 『고쿠센야캇센』이 역사적 사실을 충실히 반영한 작품이라고 말하기 어렵다. 특히 『고쿠센야캇센』에 실명으로 등장하는 오삼계(吳三桂: 1612-1678)에 대해서는 현대 중국의 평가뿐만 아니라 동아시아인의 역사지식 관점에서도 이색적인 형상화라고 할 수 있다. 『고쿠센야캇센』의 주석 작업을 행한 오하시大橋는 지카마쓰가 오삼계를 충신으로 인용하고 있다고 정리했다.[10] 그에 반해서, 지카마쓰와 동시대 인물인 조선의 최덕중崔德中은 1712년 중국으로 가는 연행길에서 '오삼계가 어떤 사람인지 모르지만 스스로 장성을 무너뜨리고 관밖 호인을 청해 들여서 신주神州를 육침토록 했으니 통석됨을 어찌 견디겠는가.'[11]라며 만주족인 청과 결탁한 오삼계의 선택을 비판적으로 언급하고 있다. 이른바, 오삼계가 주도한 '산해관 사건(1644년)'으로 청 왕조가 중원에서 융기했으며 그의 죽음으로 중국이 안정을 찾게 된만큼 오삼계의 선택이 동아시아인의 역사인식에 깊이 연동돼 있다고 할 수 있다.

---

8 조너선 클레멘츠 지음·허강 옮김 『해적왕 정성공』, 삼우반, 2008, 152쪽.
9 『조선왕조실록』에는 동모동부(同母同父)의 형제인 칠좌위문(七左衛門)에 대한 언급이 나온다.
10 大橋正叔校注·譯 『國姓爺合戰』(日本古典文學全集76), 小學館, 254쪽.
11 최덕중저·이익성역 『연행록』(국역연행록선집Ⅲ), 민족문화추진회, 1976, 323쪽.

본 논문에서는 한국과 일본 양쪽 작품을 활용해 오삼계에 대한 평가를 동아시아적 시점에서 검증하고자 한다. 이를 통해 17세기 동아시아에 있어서 오삼계로 인해 촉발된 화이華夷의 전도와 의식의 전개 양상을 분석해 보고자 한다.

II. 『명청투기』와 『연도기행』

지카마쓰가 『고쿠센야캇센』(1715년)에서 다루고 있는 역사적 시간은 1644년 명 왕조가 붕괴하는 시점에서 1647년 영력제(永曆帝: 1647-1662)가 남명南明의 황제로 즉위하기까지의 과정이다. 지카마쓰는 『고쿠센야캇센』을 창작할 때 『명청투기明淸鬪記』(1661년)를 토대로 한 것으로 알려져 있다.[12] 『명청투기』는 나가사키에 거주하는 마에조노 소부前園噌武의 원고를 우가이 세키사이(鵜飼石斎: 1615-1664)가 교정해 출판한 것이다. 마에조노 소부前園噌武는 부친이 서徐씨이며 명나라 장주漳州 출신으로 나가사키에 거주하고 있다고 서문에서 소개하고 있다.[13] 『명청투기』는 이자성에 의한 명의 멸망과 오삼계의 활약, 청의 융기 그리고 정성공의 대만 이주에 이르는 명청 교체기의 과정을 상세히 기술한 책이다. 『명청투기』를 비롯해 각종 기록에 등장하는

---

12 倉員正江「明淸軍談国姓爺忠義伝」をめぐって, 『国文学研究』85号, 早稲田大学国文学会, 1985.3, 50쪽.

13 渡辺真理翻字『明淸鬪記』(広島女学院大学博士論文『国性爺合戦』研究」所収), 2쪽. 본 논문에서의 『明淸鬪記』의 인용은 渡辺真理의 학위 논문에 첨부된 번자본에 의한 것임.

오삼계의 평가에 대해서는,[14] 만주족을 끌어들여 '산해관 사건'을 일
으킨 시기와 다시 청에 대해 '삼번의 난'을 일으킨 시기를 나누어 고
찰할 필요가 있다. 이른바『명청투기』에 등장하는 오삼계에 대한 기
술은 '산해관 사건'을 일으킨 시기의 인식이다.

> (오)비량 원래부터 총병(오삼계)이 마음을 바꿀 사람이 아니라는 것
> 을 잘 알고 있으면서, 뭔가 생각하는 바가 있어, 그 자리에서 한통을 편
> 지를 작성해 안쪽에 '十疋'이라는 글자를 써서 보냈다.―중략―'이자
> 성이 너를 죽이려고 하니 그저 몸을 보전해 도망치거라'라는 뜻이라고
> 한다.[15]

북경에 거주하던 오삼계의 부친 오비량이 이자성의 포로가 되어,
오삼계에게 투항하라는 편지를 강요받고서 편지 안쪽에 '十疋'라고
몰래 썼다는 내용이다. 두 글자를 합성하면 '走'가 된다는 이야기로
오삼계에게 도망치라는 비밀 전갈이다. 오삼계가 부친의 죽음을 외
면했다는 유교 사회에서의 비난을 피할 수 있는 설정이다.『명청투
기』에는 역사적 변화를 글자 풀이破字로 설명하는 수법이 빈번히 등
장하는데『고쿠센야캇센』뿐만 아니라『고쿠센야고지쓰캇센國姓爺後

---

14 오삼계에 대한 현재 중국인의 평가를 일반화하는 것은 어렵지만 중화권의 저명 작
  가인 김용의『녹정기』에 등장하는 오삼계의 부정적인 모습이 현재적 평가의 기준
  이 될 수 있을 것이다.
15 『明清闘記』、46쪽、「(呉)飛良本より総兵か心ざしを変ずる者に非る事、能知れり
  といい共、少所存有に依て、當座に先一通の状を調へ、奥に十疋と云字を書てぞ遣
  しける。―中略―李自成が汝を殺さんとする程に只身を保て走去と云る義なりとか
  や。」

日合戰』[16]에서도 '順'을 분해해서 세상의 흐름을 설명하는 방법으로 활용되고 있다. 역사 기술에 있어서 지카마쓰가『명청투기』를 지속적으로 참고하고 있었음을 알 수 있는 내용이다. 또한『명청투기』에서 주목되는 내용은 오삼계가 청과 연합한 '산해관 사건'에 대해서 '오삼계가 서둘러 달단국으로 달려가, 노사왕인 태자를 뵙고 아뢰기를-중략-무슨 일이 있어도 도와달라고, 날을 거듭하며 재차 간청을 했더니'[17]라고 오삼계의 청병請兵을 우호적으로 기술하고 있는 점이다. 청의 태자가 '지금 숭정제의 군신이 모두 무도하다고 하지만, 네가 충직한 마음을 가지고 중흥의 기책을 마련하고자 하는 것은 오늘날 대명국의 신포서이다.'[18]라고 오삼계의 노력을 적극 평가하고 있다. 초나라의 신포서申包胥가 나라를 구하기 위해 진나라에 청병을 하던 일화를 소개하며 오삼계의 행동을 단순한 복수가 아니라 충절로 미화한 것이다.

애통하구나, 오삼계여! 나라에 충성을 하려고 하면 화가 일족에 미치고, 부모에게 효도를 하려고 하면 바로 국가의 은혜를 저버리게 된다. 충효를 모두 이루기는 어렵다. 집을 나서 나라에 봉사할 때는 부모를 사적으로 돌볼 여유가 없다. 본래 '대의大義는 부모를 멸한다'라는 글이 있다.[19]

---

16 『國姓爺後日合戰』(近松全集10卷), 岩波書店, 1996, 10쪽.
17 『明清鬪記』, 44쪽, 「三桂急ぎ韃靼國に赴き、老四王の太子にまみえて申樣、-中略-是非に合力し給へとて、日を累て再三懇望しければ」
18 『明清鬪記』, 45쪽, 「今崇禎の君臣、亦皆無道他といへども、汝忠貞の心ざし存じ、中興の奇策を建んとする條、今日大明の申包胥也。」
19 『明清鬪記』, 47쪽, 「痛まひ哉 吳三桂、忠を国に建んとすれば、禍一族に及ひ、孝を父母に竭さんとすれば、忽に国恩に背く。忠孝両ながら全ふし難し。家を出て国に仕える時は、父母の私を顧るに違あらず。大義には親を滅すといふ本文あり。」

『명청투기』의 작자는 오삼계를 부친과 가족의 죽음도 불사하고 이자성에 복수하기 위해 만주족에 원병을 청하는 결기있는 장수로 묘사하고 있다. 이것은 오삼계가 이민족과 결탁한 것을 비판한 조선의 최덕중의 입장과는 대조적인 견해이다. 중국과 일본에 비해 조선에서 화이華夷의 구분이 보다 엄격했다는 것을 추론할 수 있다. 그러나 오삼계는 청에 배제당해 입지를 상실하는 인물로 『명청투기』에 기술된다.

북로는 대명의 태자와 신하를 궁전에 두지 않는다고 하면서 성 밖에 머물도록 했다. 오삼계는 모두와 상의한 후, 이 상황에서 어떻게 할 도리가 없다고 판단해, 태자를 받들고 호광강서湖廣江西사이로 내려가, 한동안 시절을 기다렸다.[20]

『명청투기』에 오삼계에 관한 기술은 더 이상 등장하지 않는다. 위의 내용은 지카마쓰가 『고쿠센야캇센』에서 오삼계가 왕자를 모시고 구선산九仙山으로 들어가 신선들과 지내는 내용으로 설정한 부분에 해당된다. 후일, 오삼계는 구선산으로 찾아온 정지룡(鄭芝龍: 1604-1661)과 재회해 속세로 복귀한 후 정성공과 함께 명 왕실의 복원을 이룬다는 것이 『고쿠센야캇센』의 중심 내용이다. 오삼계에 대한 기술에 있어서 지카마쓰가 『명청투기』를 활용하면서도 새로운 내용의 각색

---

20 『明淸鬪記』, 56-7쪽, 「北虜大明の太子諸臣をば、敢て宮殿に置ずして、城外に居らしめぬ。三桂以下相談して、是にては始終如何と有て、力無く太子を守り奉て、湖廣江西の間に落行き、暫く時節をぞ相待ける。」

을 시도한 예라고 할 수 있다.

조선에서 오삼계에 대한 언급은 인평대군(麟坪大君: 1622-1658)의 『연도기행』(1656년)을 들 수 있다. 『명청투기』와 동시기의 기록으로 오삼계에 대한 조선의 기본적인 시각을 잘 전해주고 있다. 산해관을 지키던 오삼계의 행동에 대해, '스스로 무너진 것이 삼계吳三桂의 죄라 하지만 이는 삼계의 죄가 아니다.'[21]라며 명 왕실의 붕괴가 오삼계 개인의 과실이 아니라는 견해를 제시하고 있다.

> 오삼계는 비록 임금과 아버지의 망극罔極한 원수가 밉기는 했지만, 군사가 미약하고 장교가 적어서 속수무책으로 망할 때만 기다렸던 것이다. 청나라 군사가 이 기회를 타서 갑자기 침범했다. ㉠ 삼계는 원수 갚을 계획에 급급하여 오랑캐에 붙는 수치도 생각지 않고 문을 열고 적에게 항복하였다. 이 때 군사는 만여 명이요, 이자성李自成의 군사는 40만이었지만, 기병과 보병의 형세가 현저하게 달랐다. 이에 한번 짓밟으니 유적流賊이 바람에 쓸리듯 했다. 이에 ㉡ 오삼계는 왕호王號를 감수甘受하고 한중漢中에 앉아서 진롱秦隴을 호령했다. 아아! 그 때의 힘이 명나라를 붙들어 보호하지 못하겠으면 ㉢ 차라리 자결해 죽어서 그 본래의 뜻을 밝혔으면 천 년 후까지라도 그 절의를 지켰다는 보람이 어떠했겠는가? 그런데 마침내 이것을 분별하지 못했으니 비록 외구外舅 조대수祖大壽와 간격이 있다고는 하지만, 기실은 곧 ㉣ 50보 백 보 사이다.[22]

---

21 인평대군저·이민수역 『연도기행』(국역연행록선집Ⅲ), 민족문화추진회, 1976, 60쪽.
22 『연도기행』, 67-8쪽.

인평대군이 오삼계의 상황에 대해서 이해를 표명한 것처럼 보이지만 결국은 ⓛ의 청의 녹봉을 수용한 태도를 비난하며 ⓒ처럼 자결했어야 한다고 주장하고 있다. 명 왕조와 운명을 함께 하지 않고 왕호를 칭하며 군림하고 있던 오삼계에 대해, '본부와 만주 몽고의 정갑 만여명을 거느려서 한중漢中에 왕부를 열고 군마를 총찰, 유적을 비롯해서 양천兩川, 진롱秦隴에 대치하고 있어 정벌과 생살을 마음대로 하고 있으니 그 권세가 북조北朝를 연상케 합니다.'²³라고 현실의 영화를 수용하는 오삼계의 태도를 비난하고 있다. 일본의『명청투기』에서는 오삼계가 은둔한 것으로 기술되어 있지만 조선의『연도기행』에서는 ⓛ처럼 오삼계가 영화를 누린 사실을 언급하고 있다. 인평대군의 기록이 현재 우리가 아는 역사적 사실에 보다 가까운 내용이다. 나가사키長崎에 거주하는 마에조노 소부前園曾武와 일본 유학자인 우가이 세키사이鵜飼石齋가 시정의 정보에 기초해 기술한『명청투기』보다 인평대군의 기록이 보다 직접적이고 정확한 정보였음을 알 수 있다.²⁴

『명청투기』의 내용에는 중국 정보의 부재와 함께 이자성이 주도한 농민 반란에 대한 반감이 작용했을 가능성이 크지만, '산해관 사건'을 비롯해 오삼계의 활동에 대해서는 우호적으로 묘사하고 있다.『명청투기』의 필자는 오삼계가 은둔한 이후에는 만주족에 모친과

---

23 『연도기행』, 100쪽.
24 1645년에 조선의 동래부사의 전언으로 '오삼계가 투항했다'는 말이 대마도 번을 통해 도쿠가와 막부에 전달된다.(『화이변태』권1, 10쪽) 또한, 남명(南明)의 마지막 황제인 영명왕 영력제가 1662년에 오삼계 솔하의 군사에게 교살 당했다. 이러한 내용이『명청투기』등에 반영되지 않은 것을 보면 오삼계의 구체적인 정황이 당대 일본의 일반 지식인에게는 알려지지 않았음을 알 수 있다.

부친을 잃은 정성공鄭成功 : 1624-1662이 반청운동을 주도하는 것으로 조형했다. 또한 필자는 청세조의 사망을 청 왕조의 종말로 이해하고 있으며, 정성공에 의해 명 왕조가 복원된다는 희망적인 관측으로 『명청투기』를 마무리하고 있다. 시기적으로 『명청투기』의 출판시기와 정성공의 사망 시점이 중첩되지만 일본에 거주한 저자가 정성공의 근황을 파악하는 데에는 한계가 있었을 것이다. 인평대군의 『연도기행』에도 1656년 10월 10일에 정성공 부자에 대한 언급이 등장한다. 오삼계의 경우처럼 정성공의 인식에 있어서도 『명청투기』와 차이가 있다.

> 우진왕자친왕右眞王子親王은 정갑 만여 명을 거느리고 출사出師하여 돌아오지 않고 있습니다. 정지룡鄭芝龍의 아들 진공進功과 대진對陣하여 돌아오지 않고 있습니다. 정진공鄭進功은 명나라 때부터 구강九江의 어귀 해도海島에 웅거하여 노략을 일삼았으니, 해적海賊입니다. 백만의 무리를 웅유擁有하고 복건의 반을 차지하여, 영력(永曆 명나라 영명왕의 연호)을 받들고 청나라에 순종하지 않으니 식자識者들이 이를 근심합니다.[25]

인평대군은 정지룡이나 정성공을 우호적인 존재라기보다는 해적 내지는 위험 세력으로 인지하고 있다. 명 왕조에 대한 명분을 존중하면서도 반청 운동을 전개하는 남쪽의 정지룡과 정성공에 대해서

---

25 『연도기행』, 100쪽.

는 유보적인 자세를 취하고 있었음을 알 수 있다.[26] 인평대군과 달리 『명청투기』의 저자는 일본 나가사키에서 도일하는 친명 세력과의 접촉을 통해 중국 정보를 접한 만큼 오삼계뿐 만 아니라 나가사키와 연고가 있는 정씨 일가에 대해 우호적인 입장이었을 것으로 추론된다. 나가사키를 중심으로 일본에 거주하던 중국인이 명나라 유민들이었던 만큼 반청친명 의식이 강한 사람들이었을 것이다. 반면에, 일본의 도쿠가와 막부에서는 중국정보를, 서적을 통한 것과 조선통신사나 표류민, 중국 선원에 의한 정보, 대마도를 통한 조선의 정보 등 다양한 방법으로 수집을 하면서 중립적인 자세를 견지했다. 1643년 조선통신사 사행에게, '섬서陝西의 이장군李將軍이 산동, 하남, 산천을 취했다.'[27]는 소문에 대해 질문하지만, 조선의 홍역관은 '바닷길이 막혀 잘 모른다.'라고 답하는 내용이 있다. 1655년 조선통신사 사행에서는, 하야시 라잔(林羅山: 1583-1657)의 아들인 하야시 하루카쓰(林春勝: 1618-1680)가 통신사행을 찾아와, '정지룡鄭芝龍·오삼계吳三桂는 살아 있는지 죽었는지? 섬서陝西의 이자성李自成과 사천四川의 장헌충張獻忠이 다 멸망함을 면했습니까?'라는 질문을 한다.[28] 이 질문을 한 하야시 하루카쓰林春勝는 나가사키를 통해 정보를 수집해 정리한 『화이변태華夷變態』[29]의 편집자이다. 막부에서도 조선의 통신사행에게 중국 정세에 대한 정보 확인을 해야 할 정도로 진위 파악이 곤란

---

26 정응수는 후일 정경의 조선침략설과 관련해 조선 내부에서의 『정감록』에 의한 정씨세력의 경계로 이해하고 있다.

27 미상·이민수역『계미동사일기』(국역해행총재 v), 276쪽.

28 남용익저·성락훈역『부상록 하』(국역해행총재 v), 535-536쪽.

29 오삼계의 삼번의 난을 계기로 임가(林家)에서 1644년부터 1724년까지의 해외 정보를 취합 정리한 책이다.

한 상태였음을 알 수 있다. 남용익(南龍翼: 1628-1692)의 기록에는 일본 측에 모르겠다고 답을 했다고 하지만, 민감한 사안이었던 만큼 실제 정보교환通信이 이루어졌을 가능성도 배제할 수 없다.

Ⅲ. 『연행일기』와 『고쿠센야캇센』

『명청투기』와 『연도기행』에 등장하는 오삼계(吳三桂: 1612-1678)의 모습은 1644년에 '산해관 사건'을 일으킨 오삼계를 평가한 것으로, 오삼계의 삶에 대한 종합적인 평가를 내리기 위해서는 1673년의 '삼번의 난'에 대한 고려가 불가피하다. 이 난으로 인해 조선과 일본 막부는 중국 상황을 판단하기 위해 분주했다. 조선과 일본 막부는 비교적 빠른 시기부터 정보를 수집하고 있었지만 정확한 상황을 파악하는데 어려움이 있었을 것이다. 조선에서 오삼계의 반청 움직임이 포착된 것은 1674년 3월 2일이다. 오삼계가 '북쪽으로 되돌아가지 않으려고 사신을 붙잡아 놓고는 군사를 일으켜 반기를 들었습니다.'[30]라는 정보가 연행사로 파견된 김수항 일행의 보고로 알려지게 된다. 일본에서도 비슷한 시기인, 1674년 4월 1일자로 오삼계와 정경鄭經의 격문을 입수해 중앙에 보고한다. 또한 중국 복건성에서 나가사키로 온 탑승자의 진술서를 1674년 5월에 받아 6월에 보고한다.[31] 진술서에서는 오삼계에 의한 '반격大飜'이 시작됐다고 언급하

---

30 『조선왕조실록』 현종15년 갑인(1674) 3월 2일(한국고전종합DB 2017년8월 29일 검색)

고 있다. 오삼계와 정경의 격문은 대마도를 통해 조선에도 빠르게 전달됐다.[32] 1674년 11월 20일 남구만이 '오삼계의 격서가 해선을 통하여 왕래한다는 말을 듣게 되면, 저들은 반드시 우리가 먼저 오삼계와 서로 통하고 있다고 의심할 것입니다.'라는 상서를 올리는 것을 보면, 오삼계와 정경(鄭經: 1642-1681)[33]의 격문이 조선 내에서 이미 회자되고 있었음을 알 수 있다. 조선의 입장 확인에 고심한 대마도 번藩에서는 서찰을 보내 1675년 6월 3일에 오삼계, 정경의 봉기를 우호적인 입장에서 알려온다. 이러한 일련의 움직임 속에서 조선의 조정에서는, '윤휴尹鑴는 '일본을 매개로 하여 정금과 통해야 한다.'하고 묘당(廟堂)에서는 '왜倭의 서신으로 청나라에 통고해야 한다.'고 서로 다투어 결정하지 못하였다.[34]' 라고 친명 자립파와 친청 세력의 첨예한 의견 대립이 있었음을 알 수 있다. 결국 조선 조정은 오삼계 반란에 명분이 있다고 인정하면서도, '지난해 여름·가을 사이에 우연히 관왜館倭로 인하여 복상福商이 전하는 오삼계吳三桂의 격문檄文을 얻었는데'라는 내용으로 청에 격문의 내용을 알리게 된다. 이러한 조선 조정의 태도는 명분과 현실을 분리해서 판단하고 있었음을 의미한다. 당시, 오삼계와 정씨 일가에 대해 우호적으로 접근한 윤휴를 비롯한 조선의 친명 자립파 세력의 시각과는 거리가 있는 것이다. 일본 내에서도 도쿠가와 막부의 철저한 중립주의와

---

31 林春勝·林信篤編『華夷變態 上』(東洋文庫叢刊十五上), 東洋文庫, 1958, 53-62쪽.
32 이재경 「三藩의 亂 전후(1674-1684) 조선의 정보수집과 정세인식」『韓國史論』60, 186-235쪽.
33 일명 정금(鄭錦). 정성공의 아들이며 정극상의 아버지.
34 『조선왕조실록』1675년 6월 3일(한국고전종합DB 2017년 8월 29일 검색)

나가사키를 발신지로 한 시정市井의 오삼계, 정씨 일가를 옹호하는 입장과는 차이가 있었다. 이러한 상황에서, 오삼계가 청 왕조에 대해 반란을 일으키자 동아시아의 사람들에게 충성스러운 인물이며 중화성을 상징하는 존재로 각인되는 효과가 있었다. 오삼계가 일으킨 '산해관 사건'을 계기로 중국에서는 이미 공간적인 의미의 중화는 사라졌으나 다시 '삼번의 난'을 일으키자 동아시아의 각 지역에서 '중화성'이라는 개념을 놓고 논의가 촉발되는 환경이 조성됐다고 할 수 있다.

조선과 일본에서는 오삼계의 죽음을 비롯해 '삼번의 난'의 전개 상황에 대해서 정확한 정보를 파악하는데 어려움이 따랐을 것으로 추론된다. 1687년에 제주도에 표류한 중국인에게 행한 다양한 질문 중에 흥미로운 것은, '오삼계吳三桂 등의 일은 어떻게 되었는가?' 라고 거론한 내용이 있다. 1687년은 오삼계의 사망과 함께 난이 진압이 되고 대만의 정극상(鄭克塽: 1670-1717)이 1683년에 투항해서 이미 청으로 통일된 시기이다.[35] 이 시점에 이르기까지 오삼계에 대한 정보의 필요성이 존재했다는 것이다.

오삼계의 사망 후 34년이 흘러 중국을 방문한 김창업(金昌業: 1658-1721)은 『연행일기』(1712년)에서 『명사明史』와 『시강원일기侍講院日記』에 언급된 오삼계의 기록을 언급한 후 다음과 같이 평하고 있다.

오삼계가 기왕 깨질 관(關 산해관)을 포기하고 군부의 원수를 갚았

---

35 송정규지음, 김용태·김새미오역 『해외견문록』, 휴머니스트, 2015, 45-6쪽.

으니, ㉠ 임시변통의 의倉卒處義는 지켰다고 할 수 있다. 만일 오삼계가 ㉡ 완전한 의一切之義를 지켜 청병과 힘을 합하지 아니했던들 끝내는 이자성에게 패했을 것이며, 따라서 자연 청병이 산해관을 입수했을 것이다. 그렇게 되었다면 도대체 무슨 소용이 있겠는가! 그러나 아버지 오양이 죽은 뒤에 따라서 죽었어야 했는데, 그렇지 않았으니 이것만은 삼계의 죄다. 하지만 ㉢ 30년을 은인자중하여 백두(白頭 아무 벼슬도 없는 평민)로 거사하여 천하를 진동시켰으니 그 행위 또한 장하다. 그런데도 아깝게도 대명의 왕실을 세우지 못하여 천하 사람의 소망을 잃고, ㉣ 스스로 왕을 참칭하였다가 끝내는 패망하였으니, 그가 이름을 망치고 절의를 잃었음은 두말할 나위가 없다.[36]

김창업은 산해관에서의 오삼계의 행동에 대해 ㉠ 임시변통의 의倉卒處義와 ㉡ 완전한 의一切之義란 표현으로 ㉢, ㉣를 포함해 일부 옹호하는 입장이다. 당시 군관으로 동행한 최덕중은 『연행록』(1712년)에서 적군을 끌어들인 사실 자체를 비판하고 있으므로 ㉡의 완전한 의一切之義를 주장한 것이다. 김창업의 기록 중에 ㉢의 '30년을 은인자중하여 백두(白頭 아무 벼슬도 없는 평민)로 거사하여 천하를 진동시켰으니 그 행위 또한 장하다.'라는 견해는 1658년에 인평대군이 '오삼계는 왕호王號를 감수甘受하고 한중漢中에 앉아서 진롱秦隴을 호령했다.'라며 청에 투항해 영화를 누리는 것을 비판한 것과는 대조적인 내용이다. 1712년 시점에서 김창업이 오삼계를 '백두白頭'로 이해했다는 것은

---

36 김창업저·이장우 외 공역 『연행일기』(국역연행록선집Ⅳ), 149-150쪽.

인평대군의 오삼계에 대한 평가가 조선 내에서 공유되고 있지 않았음을 의미한다. 김창업이 오삼계를 바라보는 시점은 ㉠→㉢→㉣로, 청나라 병사를 끌어들여 감행한 복수와 은둔한 ㉠→㉢까지는 용인할 수 있지만 그 이후에 왕조를 창업한 ㉣의 행동은 반청 운동의 실패를 포함해 죄가 있다는 것이다. 그럼에도 불구하고 김창업은 오삼계의 우호적인 일화에 대해서도 관심을 표명한다. 예를 들어, '오왕(吳王 오삼계)의 용략勇略은 어떠했으며, 필시 조정에 계실 때 들은 것이 있을 것이오니 한두 가지 들려주셨으면 합니다.'라는 질문을 한다. '체격이 크고 뛰어난 인물이었습니다. 어려서부터 전쟁에 나가서는 군략이 출중했고 수염은 강대한 사람으로 귀인의 상을 가졌습니다.'[37]라는 설명을 일일이 자신의 사행록에 기록하고 있다. 또한 김창업은, 요동에 있는 이소증李素曾이 부친인 김수항(金壽恒: 1629-1689)에게 한 일화까지 소개하고 있는 것도 이례적이다.

　오왕(吳王 오삼계)이 운남雲南에 있을 적에 사졸士卒을 만나면 술마시기가 일쑤이며 연극은 악무목(岳武穆 소의 충신. 악비. 무목은 시호임)의 일을 즐겨 보았는데, 본 다음엔 곧 울면서, "천하가 이러하거늘 번경藩境이 남의 말을 옳게 여기지 않는다."하며, 말이 끝나면 다시 울고 운 뒤엔 다시 술을 마셨다.'고 하였다.

선대에 들은 오삼계의 일화를 김창업이 자신의 연행기록에 소개

37 『연행일기』, 514쪽.

하는 이유는 그 만큼 오삼계에 대한 관심과 호의가 작용했다고 해석된다. 김창업은 '후반의 일이 사람들에게 만족을 주지는 못했으나, 세상에 보기 드문 웅걸임엔 틀림이 없다.'라고 자신이 내린 긍정적인 평가를 고수하고 있다. 후반의 일이라고 하는 것은, '삼번의 난'이후 스스로 제왕의 칭호를 칭한 ㉣을 의미한다고 하겠다. 김창업은 오삼계가 왕조에 대해 충절忠節을 다해 복수를 감행한 인물로 인식하면서 '㉢ 30년을 백두로 은인자중하여'라고 한 것은 지카마쓰의 『고쿠센야캇센』에서 오삼계가 구선산九仙山에 은둔했던 인물로 묘사된 것과 같은 내용이다. 1712년과 1715년 시점에서 한일 양국의 작품과 기록에 오삼계가 '산해관 사건'이후 은둔하면서 복수를 위해 반란을 일으킨 인물로 이해되고 있었다는 것은 『고쿠센야캇센』의 오삼계 설정이 단순히 소설적인 각색이 아니라 전문에 의한 역사적 사실로 공유되고 있었을 가능성이 있다는 점에서 흥미로운 내용이다.

김창업처럼 오삼계의 활동의 공과를 따져서 '임시변통의 의'를 긍정하는 입장이 있는 반면에, 봉건 지배가 안정되면서 오삼계에 대한 평가도 '일체의 의'를 강조하며 부정적인 견해가 강해진다. 예를 들어, 조선의 영조(英祖: 1694-1776)는 오삼계라는 존재에 대해 언급하는 횟수가 많은 편이다. 특히 명의 숭정제(崇禎帝: 1611-1644)의 죽음을 애통해하며 죽음을 맞이했다는 조선의 최효일(崔孝一: ?-1644)을 '어질도다. 오삼계가 부끄러워 할 만하구나.'[38]라고 높이 평가했다. 최효일에 대

---

38 『조선왕조실록』영조 32(1756)년 2월 24일 (한국고전종합DB 2017년 8월 29일 검색)

한 적극적인 평가는 명나라가 멸망했음에도 불구하고 백이숙제처럼 왕조를 위해 '일체의 의'를 구현한 인물로 그를 현상하려는 움직임이 조선에 있었음을 알 수 있다.

충절을 강조하는 것은 조선만의 특징이 아니라 18세기 동아시아의 일반적인 현상이다. 청나라에 있어서도 명 왕조를 위해 목숨을 바친 충신에 대해서 예우를 하기 시작했다. 청에 투항한 정극상에 대한 처벌 요구가 제기되자, 청의 강희제(康熙帝: 1654-1722)는 명에 충성을 다한 충신으로 예우를 해야 한다는 입장을 표명했다. 반면에 삼번의 난을 일으켰다가 다시 청에 투항한 경정충(耿精忠: ?-1682)에 대해서는 삼족을 멸하는 처벌을 내린다. 청의 녹봉을 받다가 반란을 일으키고 다시 항복을 했다는 이유에서 이다.[39] 이른바 '회반回反'을 했다는 것이다.

조선의 권력자를 위시한 많은 유학자들이 왕조를 위한 일관된 충성도인 '일체의 의'라는 유교적 척도를 적용시키고자 한 것은 중국의 주인으로 이민족인 청의 존재를 현실적으로 인정하면서도 충절의 대상을 소멸한 명 왕조에서 구하는 절충적인 태도이다. 반면에, 처해진 입장에 따라 '충忠'과 '반反'의 평가가 전복되는 동아시아 상황에서 김창업과 지카마쓰가 '임시변통의 의'이지만 복수를 관철하고자 한 오삼계를 충절의 인물로 부각시키고자 한 노력은 관념적인 유학자들과 차별화되는 흥미로운 시도이다.

---

39 『華夷變態 上』, 459쪽.

Ⅳ. 17세기 동아시아의 세계
– 변태變態와 지쿠라筑羅형 충절忠節

 지카마쓰의『고쿠센야캇센』에는 새로운 인물 유형으로, '머리는 일본, 두발은 달단, 몸은 중국인'이라는 국적불명의 동아시아인이 등장한다.[40] 이것은 만주족이 중국을 지배하면서 자국의 풍속을 이민족에게 강요했기 때문에 동아시아에서 화이華夷의 풍속이 뒤섞이는 상황이 전개되고 있었음을 의미한다. 1667년에 다카사고東寧를 출발한 중국인 임인관 등이 제주도에 표류했는데, 그들 역시 자신들이 변발한 이유를 청 영역에 들어가서 무역을 하기 위해서 라고 말하고 있다.

 만주족의 중국 지배에 대해『명청투기』에서는, '하루아침에 중화를 훔치고 위호를 세웠다고 하지만, 아무런 공덕도 없고 그저 맹위만 휘두르며 사민을 위협하고 있다. 두발을 깎아 자신들의 국속을 강요하며 농민을 괴롭히면서 탐욕스럽게 자신들 멋대로 한다.'[41]라고 만주족의 지배를 평하고 있다. '중화中華'를 훔치고 자신들의 '국속國俗'을 중국인에게 강요한다는 내용을 보면,『명청투기』의 저자가 '중화'를 공간 개념으로 이해하고 있음을 알 수 있다. 만주족에 의한 중국 지배로 전통적인 '중화'는 사라지고 동아시아인에게 '중화란 무엇인가'라는 문제가 대두되고 있었음을 알 수 있는 내용이다. 1670(현종11)년 5월, 중국인 심삼沈三 등 65명이 제주도에 표류를 했는

---

40 『國姓爺合戰』, 295쪽,「頭は日本、鬚は韃靼、身は唐人」
41 『明淸鬪記』, 274-275쪽,「一旦中華を盜み、位号を建といへども、何の攻德もなく、妄に毒威を振ふて、士民を刦かし、鬚髮を剃せて、己が国俗に效せ、百姓を虐げ苦め、自ら邪欲を恣ままにす。」

데, '의복은 한漢·청·왜 세 나라의 제도가 섞여 있었는데, 청나라 복
장에 변발을 한 것은 청나라 경계로 장사를 나가기 위해서 였다.'[42]
라는 기록이 있다. 1683년 정씨 일가가 청에 투항해 만주풍으로 통
일을 이루기 전까지 동아시아 해상에서 무역을 하는 사람들의 모습
은 지카마쓰의 작품에 등장하는 인물처럼 그야말로 각양각색이라
고 할 수 있다.

명청 교체라는 변화를 당대의 사람들이 가장 실감할 수 있었던 것
은 풍속의 변화일 것이다. 이른바 '모습의 변화變態'로 중화성을 상실
했다는 판단 의식이 존재했다고 여겨진다. 예를 들어, 조선의 영조
역시 오삼계에 대해 '아버지에게 보낸 편지를 보면 그때는 다른 의
도가 없는 듯 하지만 시종 머리를 깎고 청나라 사람이 된 뒤에는 일
을 처리한 것이 수상하였다.'[43]라며 만주족 풍속으로 바꾼 인물은 더
이상 신뢰할 수 없다는 의견이다. 즉 중화인의 모습인 화태華態에서
이민족의 모습인 이태夷態로의 변화가 화이華夷의 전도를 상징적으
로 표현하고 있었음을 알 수 있다. 가장 인상적인 변화였던 만큼 제
주도 표류민 조서에도 많이 등장하는 내용이다. '중원 사람들은 변
발을 했는가? "오직 네 성省 사람들만이 변발을 하지 않았습니다."'[44]
라고 중국의 정세를 가늠하는데 있어서도 변발 여부가 중요했다는
것을 알 수 있다. 이른바 명청의 교체는 화태華態가 이태夷態로 바뀌
는 사건이었다. '삼번의 난' 시기에는 반대로 '정남왕과 그 밖에 따르

---

42 『해외견문록』, 19쪽.
43 『연려실기술』영조 4(1728)년 2월 24일 (한국고전종합DB 2017년 8월 29일 검색)
44 『해외견문록』, 40쪽.

는 관리들은 말할 것도 없고, 모든 사람이 머리를 기르고, 만킨을 쓰고, 의복도 명 왕조의 제조법으로 바꾸었습니다.'⁴⁵라고, 청에 대해 반란을 일으킨 사람들이 이태夷態에서 화태華態로 재차 풍속의 변신을 시도하고 있었음을 알 수 있다. 『고쿠센야캇센』에서 주목되는 것 중에 하나가 '내 부하가 되는데 있어서는 일본류로 변발을 시키고 옷을 입혀 이름도 고쳐서 부리겠다.'⁴⁶며 이답천(이자성)의 부하들을 사로잡아 일본인의 모습으로 머리를 깎게 하고 이름도 일본식으로 바꾼다는 설정이다. 이러한 지카마쓰의 설정이 일본만의 독창적인 경향이라기보다는 만주족이 자신들의 국속國俗을 중국인에게 강요한 동시대의 흐름과 연동하는 것이다. 만주족에 의해 촉발된 자국 풍속의 강요가 정치적 함의를 띠고 17세기 동아시아에 확산된 것이다.

자국 풍속을 강조하는 것을 자국중심주의의 발로라고 해석할 수 있지만, 내용적으로 자국 풍속을 과도하게 강조하는 것은 문화적 소수자들의 발상이기도 하다. 겐로쿠기元祿期에 활동한 상인 작가인 사이카쿠(西鶴: 1642-1693)가 조선통신사 사절을 의식하면서 일본 유곽의 모습을 조선인에게 보여주고 싶다고 기술한 것도 문화적 소수자의 자기주장의 한 예라고 할 수 있다. 순수하게 유곽의 풍속을 보여주고 싶다는 바람도 있었겠지만 사회적 약자로써 평가받고 싶다는 욕구가 기저에 작용하고 있다. 『고쿠센야캇센』에서 '일본인의 모습和態'을 한 사람들이 명 왕조의 복원을 도모한다는 설정이기 때문에 이

---

45 『華夷變態 上』, 61쪽(1674년 2번선 진술서, 「靖南王其外付隨諸官共は不及申に、萬民迄も髮をたて、まんきんをかぶらせ、衣服も明朝之製法に改申候」

46 『國姓爺合戰』, 295쪽, 「我が家来になるからは日本流に月代剃つて元服させ、名も改めて召しつかはんと」

른바 일본 풍속을 강조하는 것은 이야기의 하위 요소로 명 왕조 복원이 중심적인 내용이다. '전왕불망前王不忘'이라는 말이 있듯이 유교적 가치관의 상징인 명 왕조를 위해 충절을 다하는 인물들의 이야기가 중심이며 일본적인 요소의 강조는 부수적인 설정으로 이해하는 것이 타당하다고 생각한다. 상인 작가인 사이카쿠는 일본인의 무위武威와 신위神威에 대해 자긍심을 표현하지 않았지만 같은 오사카 지역에서 20여년이 지난 시점에 지카마쓰가 무위와 신위를 강조하고 있는 것이다. 이러한 지카마쓰의 태도는, 『명청투기』에서 청나라 장수의 입을 빌려, '실로 왜국의 무용은 중국, 인도보다도 뛰어나다'[47]라고 언급하는 내용의 연장선상에 있는 것으로, 막부 초기의 무위 중심적인 가치관이 다시 표면화된 예로 겐로쿠기의 여유로운 기풍이 오사카에서 퇴색되고 있었음을 의미한다고 할 수 있다. 무위를 강조하는 사회 분위기에 대해 아메노모리 호슈(雨森芳洲: 1668-1755)는, '쓸모없는 전쟁 이야기를 써대는 것은 정말로 종이 낭비라고 해야 할 것'[48]라고 혹평을 하고 있다. 또한, 아라이 하쿠세키(新井白石: 1657-1725)도 정지룡 등이 일본의 풍속으로 꾸며서 해상에서 자행한 약탈 행위가 일본과는 무관함을 암시하는 내용으로 무위에 대한 경계심을 나타내고 있다.[49] 호리 게이잔(堀景山: 1688-1757) 역시 맹목적인 일본인의 무위 자랑에 대해서 경계심을 나타내고 있다.[50] 도쿠가와 시

---

47 『明清闘記』, 「誠に倭国の智勇は、支那天竺にも超過せり」, 69쪽.
48 雨森芳洲 『たはれ草(外)』(新日本古典文学大系99), 岩波書店, 2000, 73쪽, 「いらざるいくさ物語のみかきちらしたる、まことに紙のついへとやいふべき」
49 新井白石 「五事略 下」『新井白石全集 第三』, 東京活版, 1906, 660-661쪽.
50 堀景山 『不盡言(外)』(新日本古典文学大系99), 岩波書店, 2000, 245쪽.

대 유학자들에게 일본인의 무절제한 무위의 신봉은 경계의 대상이
었다. 그럼에도 불구하고 무위를 선망하는 일본인의 욕망을 지카마
쓰가 포착한 것은 성공적이라고 할 수 있으나 정성공의 모친을 비롯
해 지카마쓰가 다룬 인물 평가가 시기에 따라 변화하는 만큼 18세기
일본 사회의 주도적 견해라고 인정하기에는 어려움이 있다.

　정성공의 모친상의 변화를 보면, 『화이변태』에서는 단순히 자살한
것으로 기록하고 있지만 『명청투기』는 다음과 같이 기술하고 있다.

　　예부터 세상에 정숙한 여인과 열녀가 많다고 하지만, 이런 예는 드
　　문 일이다. 과연 무용武勇의 나라 일본의 사람이기에, 여성조차도 마음
　　이 용맹하다. 그 절개를 지켜, 국가의 위상을 드러낸 드문 일이라고 모
　　두 감격의 눈물을 흘렸다.[51]

　『명청투기』의 저자는 중국 내의 전투를 논하면서 무위와 더불어
여성의 죽음을 윤리적 차원에서 언급하고 있다. 이러한 여성상은
『고쿠센야캇센』의 기술은 물론, 『고쿠센야캇센』이 출판된 후 『나가
사키야와소長崎夜話草』(1720)[52]에서도, '정성공의 어머니가 "우리가 일
본을 떠나 이곳에 온 것도 자손의 영화를 보고자 한 일념에서 이다.
지금 늙어 이 난리를 만나니 무슨 면목이 있겠는가, 다시 이곳을 떠
나 어디로 가야한단 말인가"라고 하면서 성루로 올라, 자해를 하며

51　『明清闘記』, 90쪽, 「昔より世に貞女烈婦多しといへども、斯るためしは又珍らか也。
　　さすがに日本武勇の国の人なれば、女性までも心猛ふして、斯節操を立てる事、其
　　国風難しとて、皆感涙をぞ流しける。」
52　실제 원고가 완성된 시점은 1715년경으로 추론된다.

아래의 큰 강에 투신해 죽었다. "일본 여성의 태도가 저와 같다면 남자의 무용은 가늠하기 어려울 정도일 것이다."라며 달단의 병사들이 모두 혀를 내둘렀다고 한다.'[53]라고 외부인의 시점이 강조되는 형태로 계승되고 있다. 흥미로운 것은『고쿠센야캇센』의 와토나이和藤内가 이른바 중국인 부친에 일본인 모친을 둔 혼혈인으로 당시 나가사키에 거주하는 다수의 중국인들의 한 유형이라는 것이다. 이른바 '지쿠라筑羅' '후라이시風來子'라는 경계를 오가는 복합적 인물상이다. 이러한 인물들에게 유교적 충절의 의미를 부여하고 있지만 그 유교적인 현상화가 사회적으로 인정된 것은 아니었다. 예를 들어, 『고센야츄기덴國姓爺忠義傳』의 첫머리에 '중국 명 말에 '고쿠센야 정삼鄭森', 호는 성공成功이라고 하는 사람이 있었다. 부친은 중국 민閩의 도독인 정자룡鄭子龍이고 모친은 일본 히젠지방肥前國 나가사키 마루야마丸山의 유녀였다.'[54] 라고 정성공의 부친은 중국 관료이고 모친은 나가사키의 유녀로 기록하고 있다. 진실 여부를 가리기 어렵지만, 시볼트의 기록에도 '고쿠센야, 본명은 정성공이라고 하고, 중국의 상인인 복건의 정지룡의 아들로, 모친은 부친이 일찍이 체재하고 있던 히라도平戸출신의 일본 창녀이다.'[55]라고 정성공의 부친은

---

53 『長岐夜話草』(卷3), 2-3쪽, 「鄭成功の母は我日本を去て爰に来れるも子孫の栄華を見んとおもひてなり今老て此難にあふ事何の面目在て又爰を去ていつくに往事をせんやといひて城の楼に登りて自害しつつ下なる大河に落入こそ死にけれ。日本女人のありさまかくの如くなれば男子の武勇おしはかりぬと韃靼の軍勢みな舌をまきけるとかや。」

54 『國姓爺忠義傳』, 自由閣, 1886, 1쪽, 「漢土明の季に當て國姓爺鄭森字は成功といふ者あり。父は唐土閩の都督鄭子龍母は日本肥前國長崎丸山の遊女なり」

55 シーボルト著, 呉秀三訳『シーボルト日本交通貿易史』, 326쪽, 「國姓爺Koksenia 本名は鄭成功 Tsching tsching kung と云ひ、支那の商人福建 Fukian の鄭芝龍 Tsching

상인으로, 모친이 유녀라는 설을 소개하고 있다. 지카마쓰가 "'이 이상 어미가 오래 산다면 처음 한 말이 허언이 된다. 두 번 일본국에 수치를 입히게 되는 것이다'라며 딸의 검을 빼앗아 쥐고서는 목에 '꾹'하고 찔러댔다.[56]'라고 의붓딸에게 한 약속을 지키고자 죽음을 택하는 정성공의 모친상과는 차이가 있는 유녀화되는 흐름이 다른 작가들에 의해서 시도되고 있었던 것이다. 또한 『고쿠센야츄기덴國姓爺忠義傳』의 작자 역시 정성공의 모친이 유녀라는 사실을 의식하면서 글을 쓴 듯하다. '고쿠센야의 모친은 일본 나가사키 항, 마루야마의 유녀로 그 모습이 아름답기 그지없는 미모였다. 한고산韓固山이 그녀를 붙잡고서는 크게 기뻐하며 진중으로 데리고 가서 자신의 첩으로 삼으려고 했다. 이 부인이 갑자기 안색을 바꾸며-중략-품속에서 단검을 꺼내 한고산에 달려들었다. 한고산이 크게 놀라 검을 뽑아 살해했다.[57]'라고 정성공의 모친에 해당하는 인물의 이야기를 윤색해 묘사하고 있다. 『명청투기』의 봉건적인 여성상을 지카마쓰는 계승하고 있지만 후대의 작가들은 새로운 변형을 시도하고 있는 것이다. 정성공의 어머니가 중국으로 건너간 것은 사실이겠지만 그녀의 구체적인 행동에 대한 정보가 부재한 상황인 만큼 정성공의 이야기를 다루는 작가들의 생각이 다양하게 적용되고 있었다. 따라서,

---

dschi lung の子にして母は父が嘗て滞在し居たる平戸の出身の日本生の娼女なり。」

56 『國姓爺合戰』、318쪽、「この上に母が長らへては始めの詞虚言となり。二度日本の国の恥を引き起こすと、娘の剣を押つ取つて、喉にがはと突き立つる。」

57 『國姓爺忠義傳』、121쪽、「國姓爺が母は日本長崎の津丸山の遊君にて其容麗敷類なき艶色なれば韓固山是をとらへて大に悦び営中に携へ帰り己が妾と成んとす此婦人肅然と容を改め一中略一懐より短剣を抜出し韓固山に飛びかかる。固山大に怒り剣を引て刺殺す。」

『고쿠센야캇센』의 인물상을 통해 시대 환경을 규정하기 위해서는
보다 폭넓은 검토가 필요하다고 하겠다. 정성공의 모친이 유녀로 묘
사된 것 역시 당시 일본인의 현실 인식을 반영한 기술로 보인다. 예
를 들어, 1706년 제주의 이계민李繼敏 등이 나가사키에 표류해 2개월
정도 체재하며 남긴 기록에는 다음과 같은 내용이 있다.

> 강남관 부근에는 창가(倡家, 창부의 집)가 많았다. 매환(買歡, 성매매)하
> 는 중국 상인들은 여인의 재색才色에 따라 값을 정했다. 그곳 풍속에서
> 는 이를 '은와(銀娃, 은으로 된 여인)'라 했다. 이 때문에 장기에는 중국인
> 의 자손들이 많았다.[58]

당시 나가사키에 중국인이 많이 살고 있었다는 것을 알 수 있다.
중국인들과 혼인한 여성들이 일본의 일반 유녀와는 다른 존재였겠
지만 일본 내에서는 특정한 이미지가 작용했을 가능성이 크다. 흥미
로운 것은 지카마쓰가 이러한 혼혈인에 주목해 일본 풍속을 가미한
유교적 인물로 형상화했다는 점이다. 그 대표적인 인물인 정성공을
소재로, 중국 왕실을 위해 충절을 다하는 봉건시대의 영웅으로 재탄
생시킨 것이다. 이른바 경계인(筑羅[59]: 지쿠라는 신라와 일본 규슈 사이에 존재
하는 경계인을 지칭하는 말)에게 명 왕실을 위한 충절을 강조하는 것으로
상당히 독특한 세계가 연출된 것이다.
『고쿠센야캇센』에 일본적인 무위가 가미된 것은 김창업의 표현을

58 『해외견문록』, 81쪽.
59 『國姓爺合戰』, 320쪽.

빌린다면 '임시 변통적'인 것이고 '일체'인 전체적인 틀은 작품의 제목 그대로 명나라의 '고쿠센야國姓爺'인 주씨朱氏가 왕조 복원을 이행한 것이다. 작품의 최종적인 결론이 명 왕실의 복원이라는 설정은 지카마쓰의 의도가 일본중심적이라기 보다는, 실재적인 중화中華의 부재의 시대를 맞이해, 중국 모습華態과 일본 모습和態, 만주 모습夷態을 혼성적으로 배합하면서, 봉건적인 가치에 충성을 다하는 동아시아의 인물상을 구현하는데 있었기 때문이라고 생각된다.

V. 마치며

전근대 조선인의 세계 인식은 서례동신西禮東信의 입장으로 중화中華가 위치한 서西를 위에 두고 근린의 동東의 여러 세력과는 신의를 돈독히 한다는 사대교린 정책이었다. 이러한 입장에서 명과 청을 바라본다면 '산해관 사건'을 일으켜 이민족인 청과 연대를 통해 복수를 도모한 오삼계의 행동을 순수한 '충忠'으로 인정하는 것이 용이하지 않을 것이다. 그러나, 중국 역사에서 반란을 도모하는 세력에게 이민족과의 연대는 항상 중요한 선택지 중의 하나였던 만큼 '산해관 사건'은 중국 역사에 있어서 있을 수 있는 현실적인 선택이었다. 이러한 상황에서 청에 대해 오삼계가 다시 반기를 들자 '삼번의 난'이 '충'인지 '반'인지 판단하는데 입장에 따라 어려움이 따랐을 것이다. 조선과 일본의 조야朝野에서는 오삼계의 청에 대한 '반反'을 우호적으로 해석하는 분위기가 강했는데, 그의 '반反'을 명 왕조에 대한 '충

忠’으로 바로 연결시켜서 이해하고자 하는 사람들이 많았다는 것을 의미한다. 오삼계의 행동을 하나의 명분으로 평가하기 어려운 상황이 발생한 것이다.

조선의 인평대군이 작성한『연도기행』은 ‘산해관 사건’을 중심으로 오삼계를 평가한 것이다. 이른바 부친과 왕조를 위한 복수에 대해서는 동의를 하지만 이민족인 청에 귀의해 만주풍습夷態으로 부와 권력을 누리는 행태에 대해서는 비판적이었다. 오삼계의 복수를 이른바 ‘임시변통의 의’로 본 것이다. 최덕중 같은 인물은 ‘일체의 의’의 입장에서 이민족과 결탁한 오삼계를 부정적으로 평가하고 있다. 반면에 김창업은 오삼계를 ‘일체의 의’에는 미치지 못하지만 ‘임시변통의 의’라도 관철하고자 한 호걸로 평가하는 경향이 있다. 그러나, 조선 사회에서 봉건적 질서의 체계화가 심화되면서, 오삼계의 ‘임시변통의 의’에 대해서는 부정적인 태도가 강화되고 최효일과 같은 ‘일체의 의’를 높이 평가하는 분위기로 진행하고 있었다. 같은 시기 일본의『명청투기』나『고쿠센야캇센』에 그려진 오삼계의 모습은 충신 그 자체로 부정적인 인물이 아니다.『명청투기』에서는 이민족인 청과의 연대에 대해서도 우호적이었다. 또한 청과의 관계에서 자신의 역할을 상실한 오삼계가 은둔 생활을 한다는『명청투기』,『고쿠센야캇센』의 기술을 보면 ‘삼번의 난’을 일으키기 전까지 오삼계의 행적이 나가사키를 포함해 일본의 지식인에게 그다지 알려지지 않은 채 ‘오자서’의 모습이 투영되면서 전승되었을 가능성이 높다고 생각한다. 조선에서도 김창업이『연행일기』에서 오삼계를 은둔자의 의미로 언급한 것을 보면 인평대군의 기록에 등장하는 오삼계의 행적에 대한 평가가 공유되지 않았다는 것을 의미한다고 하겠다.

　지카마쓰가 『고쿠센야캇센』을 발표한 시점에서는 정성공의 손자인 정극상이 이미 청에 투항해 북경에 거주하고 있는 상태였다. 그럼에도 불구하고 지카마쓰는 실패한 정씨의 반청 운동은 거론하지 않고 정성공과 그의 부모를 충절을 다하는 인물로 작품에서 형상화했다. 정성공의 부친인 정지룡은 명말의 혼란기에 해적 활동을 하다가 명 왕조에 출사하게 되면서 명성을 얻었지만 결국은 청 왕조에 투항해 죽음을 맞이한 인물이다. 역사적으로 정지룡의 삶 자체를 충절로 평가하기에는 불명확한 부분이 많은 편이다. 그런 의미에서 지카마쓰가 정성공 가족과 오삼계를 충신으로 형상화한 것은 '임시변통의 의'이지만 반청 운동을 통해 일관성을 보인 인물로 그들의 실천적 삶을 평가하고자 한 작가의 역사의식의 표현이라고 할 수 있다.

　지카마쓰의 시점은 순수한 일본인보다는 와토나이和藤內라는 중국인과 일본인의 혼종적 성격의 인물에 주목하면서 중국을 무대로 '중화의 복원'이라는 봉건적 윤리 체계의 완성을 지향했다. 명 왕조의 붕괴로 17세기 동아시아는 중화세계가 소멸한 가운데 모두가 자신의 풍습態을 강조하는 자기주장의 각축장처럼 되어 있었다. 이러한 전통적인 중화의 부재 속에서 이민족의 풍습夷態을 몰아내고 새롭게 중국적인 것을 회복한다는 것이 『고쿠센야캇센』의 작품 세계이다. 이러한 『고쿠센야캇센』에 일본적인 요소가 반영된 것은 만주족에 의해 촉발된 중화의 상실 시대를 맞이해 자연스럽게 국속國俗이 표출된 동시대적 현상이다. 이미 중국에서는 만주족이 자국 풍속을 명나라 유민에게 강요하면서 화이華夷의 전위가 상당 부분 진행된 상태인 것이다. 전란이 종식되자, 청 왕조는 주군을 위해 죽음을 불사한 명의 유신을 서원에 배향하고, 공자묘의 복원을 추진하면서 봉건적인 충절을 강조했다. 이른바 이민족인 청 왕실을 중심으로 한 유교적 중화 질서를 강조한 것으로 이질적인 존재가 실체와 명분을 일치시키려고 한 '경계인형 중화 의식'의 중국적 상황이라고 할 수 있다.

『고쿠센야캇센』와 같이 명 왕조 복원을 도모하는 작품이 18세기 초에 일본에 등장한 것은 일본 내에 '반反'과 '충忠'에 대한 관심이 잠재돼 있었기 때문이라고 생각한다. 오삼계나 정성공 같은 실천적 인물에 대한 기대가 유교적 충신으로 형상화되면서 표출된 것이다. 『고쿠센야캇센』에서 지카마쓰가 지향하고자 한 것은 혼종성에 기초한 '반反'과 '충忠'이라는 새로운 변혁 에네르기의 창출과 봉건적 윤리의 구축이라고 할 수 있다.

한일문화 연구의 새 지평 3

일본연구의 새로운 시각 : 확대되는 세계관

제3부
확장과 접목

한일문화 연구의 새 지평 3

일본연구의 새로운 시각 : 확대되는 세계관

제11장

한·중·일 공동연구에의 제안

─ 언어와 문화 ─

🏵 🏵 🏵

이 준 서

Ⅰ. 들어가며

언어와 문화가 불가분의 관계에 있다는 사실에 대하여 부인하는 사람은 없을 것이다. 언어는 문화의 투영된 모습으로 언어현상 속에서 다양한 문화적 요소가 발견될 수 있다. 언어는 의사소통의 수단으로써 뿐만 아니라, 고차원적인 개념은 물론, 인류의 문명 문화 창출의 매개체로써의 역할을 수행해왔다고 해도 과언은 아닐 것이다.

지금까지는 이러한 거시적인 차원에서의 언어와 문화의 상호관계 그리고 언어의 보편적 기능에 기인하여 표출된 문화적 표상에 대한 논의가 주된 것이었다. 그러나 인류의 문화는 인간으로서의 보편성을 지니며 동시에 각 문화공동체가 당면한 주변 환경에 따라 타

언어문화권과 차별화된 상대적 특수성도 담지한다. 예를 들어 어떠한 문화에서도 존재하는 인사방식, 식사방식 등 인류 보편적인 문화 양식이라 할지라도 각 개별 언어문화권의 문화적 특수성이 존재하는데, 이러한 문화적인 특수성은 언어교육에 있어서 무시할 수 없는 중요 문화요소라고 할 수 있다.

이글은 지금까지의 문화 보편성에 근거한 담론 레벨의 논의에서 벗어나 언어교육에 있어서 실질적으로 고려되어야 할 문화적 특수성과 상대성을 언어현상 속에서 찾아내기 위한 방안을 고찰한다. 특히, 지리적 근접성과 언어적인 유사성에서 비롯하여 문화적으로도 유사하다고 여겨지는 동아시아 3국의 한국어, 일본어, 중국어를 비교 대조할 수 있는 기술적인 방안을 제시함으로써 한·중·일의 상대적인 특유 문화요소를 각국의 언어 속에서 발견해낼 수 있을 것이다.

Ⅱ. 한·중·일 문화의 상대성

한국과 일본 그리고 중국은 지리적인 인접성과 역사적인 관계성에 기인하여 서로 유사한 문화적 특징을 나타내고 있다고 알려져 있다. 언어적 측면에서도 한국어, 일본어, 중국어는 상호 유사한 문법적 규칙성 그리고 공통 한자에서 비롯한 발음적 유사성뿐만 아니라, 상호 역사적인 문화교류에 의한 어휘적 유사성 등 다양한 방면에서 동아시아 3국은 공통분모로서의 문화를 공유한다.

예를 들어, 식사방식에 있어서 일본은 현대에는 숟가락이 사라지

고 젓가락의 사용빈도가 압도적으로 높아 역사적으로 숟가락의 용
도가 전무했을 것으로 예상되지만, 과거에 일본도 한국과 중국 고대
에서 전해진 숟가락과 젓가락을 동시에 사용했던 시기가 분명히 있
었다고 알려져 있다.

> 「平安時代貴族階級の食膳には箸と共に匙が置かれてあった。
> (中略)食物を匙で食べる風は長つづきしなかったようで、その後匙
> がよく使われたのは室町時代からの香道の香箸や薬の調剤用の薬
> 匙であろう。」　　　　　　　　　　　　　『日本を知る事典』351쪽.

비록 숟가락이 사용된 시기가 짧고 이후 숟가락의 용도가 많이 바
뀌었지만 일본도 한국과 마찬가지로 숟가락을 사용하여 식사를 했
었던 시기가 분명히 있었다는 것을 알 수 있다. 그러나 이후 주된 도
구가 젓가락으로 바뀌면서 전통적인 식사 방식과 요리에 큰 영향을
주었다. 음식은 최대한 한 입에 들어갈 수 있는 크기로 작아졌고, 숟
가락을 사용하지 않았으므로, 탕 그릇이 작아지고 가벼워 졌다. 일
본의 전통적인 식기가 대부분 나무로 만들어진 목기라는 사실은 이
와 비슷한 맥락에서 파악할 수 있다.(『음식전쟁 문화전쟁』181쪽.)

중국 고대의 숟가락과 젓가락이 지금까지 그대로 이어져 온 나라
는 한국뿐이라고 할 수 있는데, 이는 한국인의 음식이 세계에서도
제일 국물이 많은 '탕성濕性 음식'으로 발전하는 계기가 되기도 하였
다.(『한국식품문화사』288쪽). 한국음식은 숟가락이 사용하지 않으면 먹
을 수 없는 찌개류, 탕류, 장류, 김치류와 같은 음식이 80%이상 차지

하고 있다고 알려져 있다. 이른바 특유의 탕문화(「湯文化」)를 형성하기에 이른 것이다.

중국은 기름을 유독 많이 사용하는 음식문화의 특성으로 중국은 한국과 일본에서 사용하는 젓가락 보다 긴 젓가락을 사용한다. 또한, 기름을 많이 사용하는 중국어에 있어서 기름과 관련한 다양한 어휘가 다수 존재한다. 예를 들어, '강한 화력으로 고온의 기름으로 재빠르게 볶는 것을 의미하는 「爆[bào]」', '소량의 기름으로 뛰기는 것을 의미하는 「炒[chǎo]」', '소량의 기름으로 철판 위에서 볶는 「煎[jiān]」', '다량의 기름으로 뛰기는 것을 의미하는 「炸[zhà]」', '뛰긴 후에 점분을 넣어서 점성을 높이는 「溜[liū]」', '한쪽 면만을 지지는 「貼[tiē]」' (宮崎, 2006) 등 다양한 어휘가 존재하는 것으로 알려져 있다. 이에 대해, 소재 본연의 맛을 중시하는 일본의 음식 문화를 감안하면, 일본어에는 기름과 관련한 어휘가 상당히 희박하다는 것을 알 수 있다.

Ⅲ. 한·중·일 공동연구에의 기술적 제안

인류학자 칼베로 오베르그(Kalvero Oberg, 1901-1973)는 인간이 다른 사회환경이나 문화환경에 접촉했을 때 느끼는 문화충격cultural shock 문화충돌cultural crash이 의사소통에 매우 큰 영향을 미친다고 지적하는데, 이러한 이異문화 프레임의 존재에 원활히 대응하지 못해서 발생하는 여러 심리적인 문제(anxiety, uncertainty, feeling of exhaustion, cf. William B, 1998)는 외국어학습자의 현지 적응과정에 큰 영향을 주는 중요한 요인이라고 할 수 있다.

또한, 최근 여러 언어를 사용하는multi-lingual 사람들이 단일어를 사용하고 있는 사람들보다 뇌가 더 발달해 있으며, 다국어 학습 및 교육이 특히 학생들의 지능 발달 및 창의성 등을 위해 활용될 수 있고 심지어 노인의 경우 치매에 걸릴 확률이 적다는 내용의 언어심리학자들의 연구 결과가 최근 다양하게 발표(cf. Cognitive consequences of multi-competence, Panos Athanasopoulos, 2016)되고 있다.

이러한 최근의 연구결과 및 연구경향에 근거하면 다양한 언어 문화를 비교 대조함으로써 얻는 교육적인 효과가 지대하다는 것을 알수 있다. 즉, 문화적 상대성에 기반한 다국어의 비교 및 대조는 특정 언어의 학습 및 교육에 있어서도 학습자들의 교육적 효과성을 극대화시킬 수 있는 계기를 마련해 줄 수 있을 것이다.

본장에서는 한·중·일의 언어현상속에서 발견되는 문화요소의 추출 그리고 이를 활용한 언어교육을 위한 기술적인 방안을 제시한다.

1. 텍스트언어 분석을 통한 문화요소의 발견

컴퓨터가 인식할 수 있는 거대 텍스트 기반 코퍼스의 힘으로 근래 통계적 자연언어 처리에 대한 관심이 급증하여 언어와 컴퓨터의 접목은 지극히 자연스러운 현상이 되었다. 특히 언어학의 의미론에 근간을 두고 구축되고 있는 어휘데이터베이스Lexical Database인 워드넷 WordNet, 프레임넷FrameNet은 전산언어학의 주된 관심 분야이다. 이중에서 프레임넷의 틀의미론에서 의미하는 프레임은 단어의 의미 파악을 위해 필요로 하는 '경험 지식 틀'로, 이는 프레임을 형성하는 어휘요소Lexical Elements의 조합으로 구성된다. 이러한 틀의미론을 기반으로 한 프레임넷FrameNet이 현재에는 일본어, 중국어 등의 다국어로 확장되고 있는 추세이다.

그러나 프레임넷 프로젝트가 기본적으로 활용하는 분석 데이터가 미국과 영국 영어인데, 이로 인해 프레임 구축에 있어서 영어 문화권의 틀 구조에서 크게 벗어나지 못하고 있는 한계가 있다. 방대한 양의 백과사전적 지식을 중시하는 경험적 의미론에 근거하는 틀의미론의 입장에서 서로 다른 문화권에 존재하는 다양한 문화적인 변수는 반드시 고려해야 할 대상임에도 불구하고 영어를 기반으로 한 단일 프레임의 전통적인 언어학적 접근방식'armchair linguistics'에서 크게 벗어나지 못하고 있는 실정이라고 할 수 있다.

이 글에서 논의의 출발점으로 사용하고 있는 프레임넷의 ingestion_frame을 살펴보면 다음과 같다.

〈그림 1〉 Ingestion_frame 정의 및 프레임 구성요소

프레임넷에서는 다음과 같이 단순히 'Ingestion_frame'의 정의definition 를 '소화자Ingestor가 음식Ingestibles을 소화Consume한다'고 하고 구체적으로 이를 구현하는 프레임 구성요소로 핵심Core요소와 비핵심No-Core을 나누는데 그치고 있다.

프레임넷에서의 프레임 정의 및 구성요소의 제시는 문화보편성에 입각한 관점에서 보면 특정 언어를 초월한 인류 보편적인 문화양식으로 중요한 의미를 지닐 수 있다. 그러나 개별 언어에 따라서 구

291

체적인 구현방식이 상이할 수 있는데, 본 글에서는 프레임넷을 기반으로 한·중·일 개별 언어의 독특한 구현방식을 추출하려고 하는 것이다.

이준서(2013)는 '프레임 구성에 있어서, 일반 어휘요소 뿐만 아니라, 각 독립 언어의 문화적 특수성을 반영하는 특유 문화 요소Cultural Elements까지 포함하고, 지금까지의 텍스트 언어가 아닌 이미지를 사용하여 지식 체계를 구현한다'는 점에서 '문화이미지프레임CIF'의 개념을 도입하여 기존 영어 기반 틀의미론의 단일 프레임의 한계를 보완하려고 하였다.

'Ingestion_frame'의 한국과 일본의 문화적인 차이양상도 한국어를 대표하는 세종코퍼스와 일본어를 대표하는 BCCWJ 코퍼스書き言葉均衡コーパス를 사용하여 구축된 한·일 문화요소추출시스템(CEMS, 이준서 2014)을 활용한다면 다음과 같이 텍스트 언어 속에서 쉽게 발견할 수 있다.

〈그림 2〉 텍스트 언어 속에서 발견되는 한·일 문화요소의 차이

한국과 일본은 모두 쌀을 주식으로 하는 동일 '쌀 문화권'에 속하여, 특히 자포니카(japonica-日本種)를 주식으로 하고 있다. 그러나 한·일 문화요소추출시스템의 추출결과에 있어서 실제 언어적으로 구현되는 도구(instrument)는 각각 한국어가 숟가락(t-score: 5.76), 젓가락(t-score: 5.11), 일본어가 젓가락(t-score: 9.32), 숟가락(t-score: 9.19)으로 서로 유미의한 특징적 차이를 나타내고 있다.

〈그림 3〉 한국어, '먹다'와 일본어 「食べる」의 wordclouds

　　개별 언어 속에서 문화적 현상을 찾아내기 위해서는 대용량의 코퍼스가 필요하며 정확한 통계적 추출을 위해서는 각 형태소의 품사별 구분이 필요하다. 한·일 텍스트 문화요소추출시스템CEMS 프로토타입prototype은 다국어로도 확장하기에 용이한 구조를 가지고 있는데, 본 글에서 궁극적인 목표로 하는 한·중·일 문화요소추출시스템은 문화관광부의 '세종 코퍼스', 일본 국립국어연구소의 '書き言葉均衡코퍼스BCCWJ', 북경어언대학北京語言大學의 'BCC漢語語料庫(北京漢語語料庫)'를 활용할 수 있다.

〈그림 4〉 한·중·일 코퍼스 raw-data 대조 비교

2. 이미지언어 데이터베이스를 활용한 문화요소의 발견

'비언어 이미지 데이터베이스'의 이미지가 언어교육에 있어서 학습촉진효과mathemagenic effects와 좌우 양뇌의 동시 자극에 의한 뇌의 활성화, 그리고 이를 통한 장기기억으로의 고정화memory consolidation에 크게 기여한다는 것이 통계적으로 입증된 바 있다(이준서, 2012). 기존 텍스트 언어를 통한 외국어 교육에 비해 단순한 이미지와의 병행만으로도 교육적·학습적 효과성이 크게 증가한다는 것이 중론인데(Peeck 1974, Levin & Lesgold 1978), 본 연구의 문화 스키마가 반영된 단어 의미의 이미지 프레임('문화 이벤트')이 일화기억episodic memory화 하여 장기기억 속에 저장되고, 또한 이는 문화 스키마가 자연스럽게 첨가된 고차원적인 외국어 구사를 위하여 쉽게 복원retrieval 가능하기 때문에 그 효

---

1 이미지 검색엔진(이&한, 2011)을 활용한 메타검색을 통해 대표 이미지를 선별하는 방식과 모바일 애플리케이션(이&노, 2014)을 통하여 '제스쳐링(gesturing)' 기법으로 직접 구현한 이미지들이 통합·관리되고 있다.(2017년 7월 1일 현재, 구축 이미지수 1만 323장)

과성이 매우 큰 것이다.

이미 반자동 이미지 데이터베이스 구축을 위한 프로토타입prototype 시스템이 웹 애플리케이션 형태로 개발되었는데, 이러한 프로토타입은 구글Google에서 일반 공개하는 이미지 검색 APIApplication Programming Interface와 야후Yahoo에서 제공하는 이미지 검색 API를 기반으로 자바스크립트JavaScript와 PHP를 이용하며, 사전 데이터는 MySQL 데이터베이스에 저장된다. 야후 API는 지역과 언어를 일본어로 설정할 수있는데, 이를 통해 한국어, 일본어, 중국어 등 각 언어 특유의 이미지 검색 결과를 가져오도록 하였으며, 구글 API는 글로벌한 이미지 검색 결과를 가져오는 용도로 활용 가능하다.

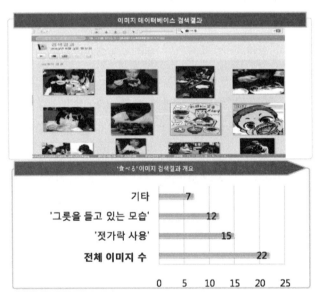

〈그림 5〉'食べる' 검색결과 분석(이준서, 2013. 56쪽)

〈그림 6〉 한국어와 일본어의 'Ingestion' 동사의 문화이미지프레임 비교
(이준서, 2013. 58쪽)

〈그림 7〉 데이터베이스 저장 구조

　현재 데이터베이스에 저장되는 정보는 단어 문자열, 이미지 썸네일 주소, 이미지 원본 주소, 이미지 타이틀, 이미지 문맥 텍스트, 이미지를 포함한 페이지 주소, 이미지의 가로 및 세로 길이 등이다. 데이터베이스의 대략적인 저장 구조는 〈그림 7〉에서 보는 바와 같다. 정보가 단어 부분과 이미지 부분이 이원화 되어 저장되므로, 필요할 경우 데이터베이스 구조의 변경 없이 단어의 뜻풀이나 의미 카테고

리 등의 단어 정보나 이미지에 대한 상세 정보를 추가할 수도 있다. 또한 기존의 텍스트언어에 이미지 정보를 부가하기에도 용이한 구조이므로, 본 연구에서 구축하려는 한·중·일 문화이미지프레임이 바로 통합될 수 있는 것이다.

기존 웹에도 이미지를 직접 등록할 수 있는 다양한 사이트들이 이미 존재하는 것이 사실이다. 예를 들어 플리커(http://www.flickr.com)는 개인적인 사진을 등록하고 태그를 활용해서 서로 공유할 수 있는 자유도가 매우 높은 서비스이다. 그러나 이 이미지들은 규칙성 없이 산재 등록된 원자료raw data에 불과해서 등록된 이미지의 품질 관리가 어려울뿐더러, 이를 외국어 교육 등으로 체계적으로 활용하는 데에는 어려운 문제가 있다. 위키 사전(http://en.wiktionary.org), 위키 백과사전(http://en.wikipedia.org)은 보다 정제된 정보를 등록하고 있지만, 일반적으로 예측 가능한 명사류 이외에는 이미지 정보가 크게 부족한 실정이다. 한편, 바이두, 야후나 구글 등 이미지 검색 서비스는 검색되는 이미지의 양은 매우 방대한 편이나 어떤 이미지가 대표적인 것인지 파악하기 어려워 외국어 교육에 있어서 중요한 요소인 '선택적 집중selective attention'의 관점에서 외국어 학습에 직접적인 효과를 얻기 어렵다. 이에 대해 위에서 밝힌 분명한 목적의식에서 출발하여 객관적인 연구방법에 의하여 각국 언어의 문화적 스키마를 반영하여 체계적으로 제작되는 본 연구의 문화이미지프레임CIF 데이터베이스는 기존의 것들과는 크게 차별화된 독창적인 것이라고 할 수 있다.

지금까지의 언어와 문화교육 과정에 있어서 언어교육이 어느 정도 수준에 다다른 후에 문화교육이 이루어지거나, 고차원적인 문화교육은 언어교육과 분리되어 진행되는 것이 일반적인 방식이었다. 본 연구가 목표로 하는 학습모형은 서로 다른 언어의 차별화된 문화스키마를 포함하고 있는 이미지 프레임을 통해 언어를 습득하는 것이다. 이는 언어습득 초기에 이미지를 통해 문화를 동시에 학습할수 있어 언어와 문화의 병행 학습이 가능한 것이다. 외국어 교육에 있어서 문화와의 접목 필요성과 그 중요성에 대한 인식이 급증하고 있는 현실을 고려하면, 본 연구는 이에 대한 창의적이고 독창적인 방안을 제시할 수 있을 것이다.

본 연구의 한·중·일 문화이미지프레임CIF은 이미지를 중심으로 다양한 텍스트 정보와 음성 정보가 태깅tagging될 수 있다. 이들 태깅 정보 중 문화이미지프레임을 구성하는 일반 어휘요소LE와 문화요소 CE는 해당 이미지 전체의 의미와의 공기 정보(연관성 정도, t점수)는 물론, 단어의미의 동적인 변화를 확인할 수 있는 최신의 연관검색어 정보도 담고 있다. 본 연구를 통해 축적되는 이러한 자료들은 최근 주목받고 있는 증강현실 기반 컴퓨터의 이미지 인식 기술의 토대 데이터로 그대로 사용되기에 충분하다. 또한 본 연구에서 최초로 시도되는 이미지 기반의 계층적 어휘망(문화이미지프레임망-CIFN)이 연동되기에 보다 고차원적인 컴퓨터의 자연어처리 기술개발에 활용될 수 있을 것이다.

마지막으로 각 이미지프레임에 부여되는 텍스트 정보는 이미지 부분과 단어 부분이 분리되어 저장되므로, 본 연구에서 추가되는 문화요소 정보, 의미 카테고리, 단어의 뜻풀이 등의 단어 정보나 이미지에 대한 상세 텍스트정보, 음성파일 등을 데이터베이스 구조에 큰 변경을 주지 않고도 추가할 수도 있다. 또한 기존의 텍스트 기반 어휘데이터베이스에 이미지 정보를 부가하기에도 용이한 구조이기에 궁극적으로 워드넷WordNet, 프레임넷과의 통합 가능성도 크게 열려있어 이들 연구에서 발견되는 문제점과 한계성을 극복하는데 일조할 수 있는 것이다.

V. 나가며

본 글에서 제안하는 한·중·일 공동연구는 다음과 같은 4가지 측면에서 활용가치를 갖는다.

첫째, 이미지 데이터베이스의 다중언어 확장이다.

본 연구의 결과물은 한국어, 중국어, 일본어 등의 다중언어 이미지 사전은 물론, 증강현실을 통한 이미지 전자사전을 위한 기반 데이터로 바로 활용될 수 있다. 또한, 본 연구에서도 시도되어질 예정인 외국어 학습모형의 개발은 더 나아가 본 연구소의 이미지 DB와 연계된 학습용 게임으로도 연계될 수 있는데, 본 연구는 끊임없는 콘텐츠 발굴에 고민하는 개발자에게는 개발소재로 활용될 수 있을 뿐만 아니라, 관련 산업의 개발자 양성 효과까지 기대할 수 있을 것이다.

둘째, 다중언어 문화이미지프레임으로의 확장과 활용이다.

본 연구는 특정한 한 개 언어의 문화이미지프레임을 연구하거나 서로 다른 복수 언어의 문화이미지프레임을 대조·비교하는 것이다. 본 연구의 결과물인 문화이미지프레임은 텍스트 언어가 지니는 한계를 뛰어넘어 본 연구의 주요 대상 언어인 한국어, 중국어, 일본어 이외의 다양한 다중언어로의 확장성을 가진다. 유사 문화를 공유하는 동일문화권에 있어서는 본 연구 결과물을 활용해 문화와 언어교육을 병행할 수 있고, 다문화多文化와 이문화異文化 사이의 공통점과 차이점을 이해할 수 있는 기회가 되기도 한다. 또한, 문화이미지프레임은 다문화, 다언어 사회에서 이미지를 통한 원활한 의사소통 방안을 제시할 수 있을 것으로 기대한다.

셋째, 외국어 학습모형의 개발이다.

본 연구에서도 외국어 교육용 모바일 애플리케이션을 개발할 예정인데, 이를 시작으로 본 연구의 결과물인 통합 클라우드 데이터베이스를 매개로 하여 다양한 교육용 플랫폼이 개발될 수 있다. 또한, 문화이미지프레임은 다중언어의 비언어적 커뮤니케이션 학습자료 및 언어치료용 시청각자료로도 활용될 수 있을 것이다.

넷째, 인문학과 공학의 만남을 통한 융복합 연구 및 인접 학문에의 공헌이다.

자연언어와 컴퓨터의 만남은 1990년대 이후 급증한 현상으로, 본 연구는 언어학의 의미론에 근간을 두고 구축된 어휘데이터베이스인 워드넷WordNet, 프레임넷FrameNet과 연계될 수 있다. 이들 연구가 최근 유행하고 있는 애플 및 구글 등의 음성인식 연구에도 크게 공헌하고 있는데, 본 연구에서 시도하는 문화이미지프레임을 중심으로 한 다양한 태깅tagging 정보는 컴퓨터의 자연어인식에 일조할 수 있을 뿐만 아니라, 인문학과 공학이 결합된 융복합 연구 및 인접 학문의 발전에도 기여할 수 있을 것이다.

제12장

한국에서의 일본어문법교육의 연구 현황과 전망

❀ ❀ ❀

최 은 혁

I. 머리말

　일본어교육의 형태와 그 연구 동향은 시대의 흐름에 따라 변화되어 왔다. 이러한 언어 교육 연구는 주로 일본어교육의 관점에 있어서의 연구보다는, 언어학적 관점에서의 문법 연구가 그대로 일본어교육과 연계되는 형태로 이루어져 왔다. 즉, 언어에 관한 관점의 변천과 더불어 변화해 온 일본어 연구가 일본어교육에 그대로 적용되었다는 것이다.

　그러나, 최근 일본어 교육은, 일본어 연구를 통한 문법적 지식보다는 교육 현장이나 실생활에서의 커뮤니케이션을 위한 언어 교육에 보다 비중을 두고 있는 추세이다. 이러한 커뮤니케이션 능력 신장 중심의 언어 교육에는 오히려 일본어 문법교육에의 의식이 장애가 될 수 있다고 지적되어 왔다. 이처럼 일본어교육에서 일본어 문법교육이 시대의 흐름에 따라 어떻게 다루어지는지는 일본뿐 아니라, 한국에서도 변화되어 왔다. 그리하여 본고에서는 1970년대부터 현재까지 한국의 일본어교육에 있어서 문법교육이 어떻게 인식되어 왔는지 그 흐름을 파악하기 위해 한국의 일본어 문법교육에 대한 연구 동향[1] 을 살펴보아, 앞으로 한국에서의 일본어 문법교육의 미래지향적인 연구 방향을 전망하고 모색하고자 한다.

연구 방법으로는, 한국에서의 문법교육 연구 문헌을 시대별, 분야별로 분석한다. 연구 문헌은 일본어학·일본어교육학 관련 전문 학술지 및 국내 대학의 일본연구 연구소 학술지 (등재지)를 중심으로 한다. 자료 검색을 활용하여 관련 연구 문헌을 정리하고 연구 동향을 파악하였다.

Ⅱ. 조사 내용 및 방법

조사 방법은 국내의 일본어 관련 학회의 검색 사이트와 국회도서관 http://www.nanet.go.kr/에서 검색하였다. 국회도서관 검색에서

---

1 최근 한국에서의 일본어 관련 연구에 관한 연구 동향을 알아보는 연구가 활발하게 진행되고 있다. 그러나 일본어문법교육의 연구동향에 관한 연구는 아직까지는 체계적으로 이루어져 있지 않다. 전체적으로 일본어교육의 초점이 커뮤니케이션이나 언어활동 및 언어생활 등을 중심으로 변하고 문법교육의 비중이 감소한 상황에서, 한국에서의 새로운 방향에 맞는 문법교육의 도입 형태와 그에 맞는 연구의 관점 및 방식에 대해 분석하고 전망하기 위해 이제까지의 문법교육 연구의 동향을 알아보고 앞으로의 취해야 할 연구 태도나 방향에 대해 제시할 필요가 있다.

는 키워드를 「일본어교육」으로 검색하였다. 「일본어교육」으로 검색
된 논문을 제목과 목차, 요지, 본문 내용으로 확인해 가면서 일본어
문법교육과 관련된 연구논문을 발췌하였다.

학술지는 한국연구재단에 등록된 등재 학술지[2]를 대상으로 하였
다. 한국에서는 최초의 일본어문학 관련 학술지인 『일본학보』가 창
간된 1973년부터 2012년까지의 학술지 논문 중, 일본어 문법 및 문
법교육과 관련된 연구 논문만을 발췌하여 분석한다. 경어는 기능상
문법화되는 경우가 많지만, 문법 항목으로 고려하기에는 어려우므
로 제외한다.

Ⅲ. 한국에서의 일본어 문법교육의 연구 동향

1. 1970년대~1990년대의 한국에서의 일본어문법교육

일본어학습자를 위한 문법교육은, 일본의 국문법으로써의 문법
연구와 달리, 주로 교육현장에서 문법 설명을 어떻게 할 것인가 또
는 학습자의 질문에 어떻게 쉽게 설명할 것인가 하는 목적으로 연구
되었다. 그러한 문법 연구는, 대부분 일본에서의 시대의 흐름[3]에 따

---

2 『일본학보』『일어일문학연구』『일본어교육』『일어일문학』『일본어문학』(일본어
　문학회)『일본어문학』(한국일본어문학회)『일본문화학보』『동북아문화연구』『일
　본어학연구』『일본근대학연구』『일본문화연구』『일본어교육연구』『일본언어문
　화』『일본연구』(중아대학일본연구소)『일본연구』(한국외국어대학교일본연구소)
　『일본연구』(고려대학교일본연구센터)『일본학연구』(단국대학교일본연구소)
3 野田尚史(2005a:17)는 100년간의 문법론의 초점을 다음과 같이 시대별로 구분하

른 문법론의 초점 변화로부터 영향을 가장 많이 받았다.

문법론을 바탕으로 일본의 일본어문법 연구 동향을 분석한 野田 (2004: 26)는, 1960년대를 「陳述論爭」, 1970년대를 「格의 시대」, 1980년 대를 「아스펙트·텐스」의 시대, 1990년대 전후를 「모달리티의 시대」라 일컬은 野村剛史(1990)의 주장에 이어, 2000년대 전후는 문법 연구 테마, 연구 방법, 연구 영역 등의 다양성의 증가로 인한 「多角化의 시대」라고 하였다.

이러한 흐름에서, 일본어 교육을 위한 문법교육은 寺村秀夫, 森田良行 등의 연구 발표가 이루어진 1970~1980년대부터 활성화되기 시작했다. 이 시기에 연구자는 급속하게 증가되었고, 정밀하고 높은 수준의 기술을 활용하여 개별적 테마를 중심으로 한 연구가 이루어졌다. 2000년에는 일본어문법학회가 창립되어 학술대회를 매년 1회 개최하고 있으며, 『일본어문법』을 매년 2회 발행하고 있다. 2001년에는 일본어문법교육연구회[4]가 출범하였다. 이러한 동향은, 시대별 언어관 및 문법 의식의 변화와 그에 따른 기술의 발전이 문법 교육과 그 연구에까지 영향을 끼치고 있는 것으로 고려할 수 있다.

최근 30년간의 이러한 기술적 연구의 발전은, 한국의 일본어 교육 현장에서의 문법교육에 역시 큰 영향을 끼친 것으로 보인다. 한국의 일본어 문법교육에 관한 연구의 학회지별 게재현황[5]과 시대별 게재

였다. 1900년경-1950년경: 종합문법시대 (한 연구자가 문법전체, 이론과 기술을 취급하는 경향)이고, 1950년경-1970년경: 이론문법시대 (문법현상의 기술보다 문의 구성·성립을 중시)이고, 1970년경-2000년경: 기술문법시대 (이론보다 개개의 문법현상을 기술하는 것을 중시)이고, 2000년경-현재:다양화 시대이다.

4 http://www.lingua.tsukuba.ac.jp/~myazawa/JGE/ 제1회 2001년 5월 21일 京都教育大学에서 개최되었다.

현황은 〈표 1〉과 〈표 2〉와 같다. 특히, 한국에서는 1990년경에 문법교육의 필요성이 인식되어 2000년대부터 활발하게 연구되고 있음을 알 수 있다.

〈표 1〉 학회지별 게재 현황[6]

학술지	1	2	3	4	5	6	7	8	9	10	11	12	13	14	15	16	17	계
논문 편수	30	29	44	13	13	18	34	8	16	4	15	21	10	8	7	1	11	282

〈표 2〉 연도별 게재 현황

연도	1970-1979	1980-1989	1990-1999	2000-2009	2010-현재	계
편수	1	7	33	175	66	282

한국의 문법교육 연구 논문을 시대별과 문법 항목별로 구분한 것은 〈표 3〉과 같다.

---

5 野田尙史 (2005)가 100년 동안의 문법론을 시대별로 나눈 것과 달리, 1970년대부터의 한국 일본어교육의 문법교육 연구를 분석 대상으로 한 것은, 일본에서의 일본어교육을 위한 문법교육 연구가 활발해진 시기가 1970년~1980년대였던 것과 같이, 한국에서 역시 그 시기에 일본어교육을 위한 문법교육이 연구 대상으로 인식되기 시작했기 때문이다. 한국에서 그 이전의 일본어교육의 문법교육에 대한 연구는 거의 없다고 봐도 무방하다. 〈표 4〉에서 볼 수 있는 것과 같이, 1970년대 한국의 일본어교육을 위한 문법교육 연구논문은 1편뿐이었다.
6 학술지 번호는 학회지 창간연도 순서이다.

〈표 3〉 문법항목별 분류

문법항목		-1970	1980-1989	1990-1999	2000-2009	2010-
동사	동사				5	2
	자타동사				1	
	한어동사		1		5	2
	복합동사					6
	동사활용			1	1	1
	유의어				2	
	합계		1	1	14	11
조사	조사				1	
	종조사				7	2
	격조사			3	10	1
	부조사				2	
	접속조사		1		1	2
	복합조사				2	1
	무조사(생략)				2	1
	とりたて				2	
	합계		1	3	27	7
명사	명사					
	형식명사			1	2	
	대명사					1
	인칭대명사				3	2
	자칭사				1	
	합계			1	6	3
형용사					1	
지시사				3	8	1
접속사						1
어구성					1	2
語의 구조					2	

모달리티	의뢰&거절			2	8	1
	사죄				1	
	추량					3
	기타				6	4
	のだ				5	1
	합계			2	20	9
아스펙트					7	5
보이스			1	2	16	3
문체					4	1
그외표현	조건				6	8
	부정				2	
	인용				1	
	지시				1	1
	기타			2	4	1
	합계			2	14	10
오용	오용분석		1	8	29	8
	오용평가				5	4
	합계		1	13	33	8
지도법	지도법			3	9	1
	문법항목/순서			2	2	4
	실러버스				1	
	합계			5	12	5
문법교육	문법교육	1	2	1	3	
	문법용어		1		5	
	교재				2	
	합계	1	3	1	10	
총 합계		1	7	33	175	66

　1980년대 일본의 일본어교육에서는 주로 일본어학의 이론을 바탕으로 하는 연구가 이루어지기 시작했다. 三上, 森田, 寺村가 주장한 바와 같이, 일본어의 관점에서 일본어교육의 문법교육에 대해 고찰하기 시작한 것이다. 이로부터 체계성을 중시한 「일본어학」의 문

법연구는 크게 발전한 한편, 일본어교육을 위한 문법교육의 성격은 여전히 약하다는 지적도 있다(野田·編 2005b:5). 이는, 1980년대 초반의 일본어교육이 주로 중·상급 레벨의 학습목표로 하는 소수 엘리트 학습자를 대상으로, 지적인 문장을 읽고 쓰기 위한 상급문법체계를 중시했기 때문이라고 여겨진다. 이에 반해 초·중급 문법은 상대적으로 소홀히 다루어졌고, 언어의 4기능 중 말하기와 듣기 기능보다 읽기와 쓰기 기능을 중요시했으며, 언어구사에 있어서도 유창성보다 정확성을 강조하였다(野田·編 2005:53).

이러한 경향은 한국에서 1980년부터 1989년까지 학술지에 게재된 총 7편(일본학보: 3편, 일어일문학연구: 2편, 일본어연구: 2편)의 문법 관련 연구물에서도 나타났다. 이들은 주로 일본어의 문법요소나 의미 등 문법적 연구를 바탕으로 문법교육을 분석 및 연구하고자 하였고, 오용 분석 역시 이 시기부터 시작되었다. 오용 분석은, 앞서 성행하였던 구조주의언어학의 대조분석이나 촘스키의 생성문법의 한계를 보완하고자, 새롭게 제2언어습득이론으로부터 탄생한 연구 방식으로, 학습자의 실제 언어 사용을 통해 습득 패턴을 파악하고자 하는 것이었다. 이 때, 분석의 기준이 된 것은 일본의 전통적 문법 체계 및 이론과 교수법으로, 이봉희 등은 이러한 연구 방식에 대해 식민지 시절 국어로서의 관점에서의 일본어교육과 비실용적인 일본어교육 방식 등을 비판하였다.

1990년대 일본의 일본어교육에서는, 문법교육과 그 연구 테마로 맞장구, 축약형, 자연스런 회화, 의뢰의 담화진행법, 담화전개에 필요한 요소 등 주로 커뮤니케이션을 위한 문법 사항들을 도입하기 시작하였다. 일본어교육에서 텍스트 레벨에서의 언어 인식과 요소 파

악을 통해 문법교육을 다룰 필요성이 강조되기 시작한 것이다. 이로
써 일본어교육은 일본어학의 한 파트가 아니라 독립된 전문영역으
로 자리매김하게 시작했다. 또한, 담화 레벨에서 일본어 문법 형식
과 요소를 고찰한다는 점에서, 野村가 1990년대 일본의 문법 연구를
「모달리티의 시대」라고 일컬은 것과도 일맥상통한다.[7]

그에 반해, 한국에서는 박장경·이광수(1995)가 1980년대 이봉희의
연구 이후 한국에서의 일본어 문법교육의 중요성을 다시 부각시켰
다. 한국인 학습자를 위한 일본어교육의 방향성을 규범 문법적 차원
(체계적인 문법이론과 문법용어의 정립)과 실용문법적 차원 (한국
어의 간섭현상이 발생할 수 있는 문법 사항을 위주로 한 문법교육)
에서 검토하였다는 점에서 의의가 있다.

2. 2000~2009년대의 한국에서의 일본어문법교육

2000년대는 정확성을 중시하는 문법교육에서 목적 달성을 위한

---

7 野村眞木夫(2000)는 文章(문장어)과 談話(구어)를 포함하는 텍스트라는 개념을 들
  어, 인간이 행하는 언어활동에 있어서 통일성을 갖는 표현의 구체상이라고 정의
  하며, 그 근본 분석의 관점으로 관계, 효과, 양상(=모달리티)이라는 개념에 대해
  서술하였다. 관계란 텍스트의 각 부분 중에서 의미론적 혹은 언어운용론적으로
  선택 가능한 상호의존적인 범주이고, 효과란 어떤 관계가 다른 관계와의 연관성
  에서 혹은 다른 단위체와의 관계에서 파생되는 범주를 뜻한다. 양상은 관계가 선
  택되거나, 효과가 파생되는 가능성이라 하였다. 野村(2000)의 정의가 명확하다고
  보기는 어려우나, 일반적으로 이 정의로부터, 모달리티란 텍스트 레벨 안에서 관
  계나 효과라는 개념을 통해 선택되거나 파생될 수 있는 요소로, 담화문법론적 관
  점으로 분석·연구되어야하는 요소이다. 따라서 1990년대 일본에서의 문법 연구
  물의 테마로서 담화 레벨의 문법적 분석이 증가한 것을 野村(1990)가 말한 「모달
  리티의 시대」의 실체화의 한 부분으로 볼 수도 있을 것이라 여겨진다.

문법교육, 형식을 중시하는 문법교육에서 기능을 기반으로 하는 문법교육으로 변화되었다. 제2언어습득 연구에서는, Long의 「Focus on Form」[8]을 통한 자연스러운 문형 중심의 문법교육과 Krashen(1980)의 in-put을 강조한 주장도 중요시되었다. 野田(2012: 1-2)는 다양한 학습자의 학습목표에 대응하는 커뮤니케이션을 위한 일본어 문법교육의 필요성을 언급하고 있다. 실제 상황에서의 커뮤니케이션 능력을 중시하는 새로운 일본어교육을 위한 문법교육이 필요하다는 것이다. 이를 위해서는 학습자가 개개인이 원하는 커뮤니케이션의 목적에 맞는 필요한 문법 항목이나 표현을 가르쳐야 한다. 예를 들면, 일본어를 학습하는 목표나 주위의 환경, 모어의 차이 등에 알맞은 오더메이드order made 문법을 만들어 교육할 필요가 있다. 이는 2000년대에 국경과 문화를 초월한 글로벌화가 가속화됨에 따른 변화라고 할 수 있다.

이러한 새로운 관점을 바탕으로 한 일본의 일본어교육 연구로, 川口義一(2001: 18-21)는 특정 문법 항목을 지도할 때, 그 항목이 실제 커뮤니케이션에서 누가 누구에게 무엇을 위해 사용되는지를 명시하여 지도하는 방법인 문맥화의 구체화를 제시하고 있다. 蒲谷宏(2004: 50)은 일본어교육에 있어서의 문법은 「표현형식」과 「의도」·「장場面」, 형식과 목적, 문형과 커뮤니케이션, 기초과 응용의 양자 대립 구도에서 포착하여 교육할 것을 제시하였다. 일본어교육은 언어의 교육에

---

8 제2언어에 의한 의미 중시, 커뮤니케이션 중시 수업에서, 학습자가 특정 언어 형식을 의식하도록 교사 혹은 학습자 자신이 유도하는 것이 Focus on Form의 지도 및 학습 원리다.

서 언어 운용에 대한 교육에의 전환을 시도하고 있는 것이다.

이 시기의 문법교육 현황에 관한 한국의 연구는, 모세종(2003)의 「文法教育에서 본 外国語教育의 現狀과 方向」, 정상철(2005)의 「일본어 문법 교육연구의 현황과 과제」, 한선희(2004)의 「日本語の習得研究の現狀と課題」처럼 외국어교육이나 일본어교육, 문법교육 전반을 대상으로 한 논문이 있었다. 반면, 한선희·전수경(2006) 「「ものだ」「ことだ」の使用現況について」나 조애숙(2007)의 「현대 일본어의 〈とりたて〉 표현 연구의 현황과 전망」과 같이 특정 표현에 대한 사용 현황 연구도 이루어졌다. 일본어 문법교육의 방향성에 대한 고찰이 외국어교육·일본어 문법교육 연구·습득 연구·표현 연구와 같은 각기 다른 초점에서 이루어졌다. 테마가 각 카테고리별로 세분화되고 다양해진 것이다. 이러한 현상은 위에 언급한 바와 같이 학습자 개개인의 학습 목적, 환경, 문화 등의 다양화로부터 영향을 받은 것으로 보인다.

오용 분석의 경우, 조남성(2000, 2007.4, 2007.9)은 한국인 일본어학습자의 문법 오용에 대한 모어화자의 평가로, 일본어 교육의 오용분석에서 비교적 소홀히 다루어 왔던 오용평가error evaluation, 즉 종래의 오용 빈도에 의한 양적 평가가 아닌 질적 평가인 오용의 중요도 error gravity를 구하는 것이 필요함을 강조하였다. 이는 중간언어 interlanguage 체계를 해명하려고 하는 학습이론 지향의 이론적 접근이 아니고, 언어교육에 직접 응용을 지향하는 실천적 접근이라는 점에 의의가 있다. 조남성 외에도 國實久美子(2002)가 교사의 모어화자의 비교를 통한 오용 분석과 평가에 대한 논문을 게재하였고, 坂本正(2002)는 아스펙

313

트 (~しはじめる/~しはじまる/~ながらなど) 오용에 대한 평가만이
아니라 피드백도 제시하였다. 조남성(2004.9, 2009.9, 2009.12) 역시 오용 분
석과 평가와 더불어 그에 대한 지도법에 관하여 3편의 논문을 게재
하였다. 특히, 조남성(2009.9, 2009.12)은 2000년대 언어교육에서 새롭게
부상하기 시작한 코퍼스의 문법 오용 정정에서의 가능성을 제시한
점에서 주목할 만하다. 조남성(2006)은 오용 원인을 교사와 학습자의
판단에서부터 연구했다는 점에서 흥미롭다. 이처럼, 1990년대에 이
어 오용 분석과 그 평가에 대한 연구는 더욱 본격화됐을 뿐 아니라,
그에 대한 지도법과 원인도 구체적이고 실용적으로 제시되었다.

오용 분석에 대한 다른 논문들은 이전과 같이 오용 예를 분석한
연구가 대부분이었다. 대상으로 한 문법 항목은 여전히 조사가 가장
많으면서도, 그 외에도 품사별로 표현별로 다양화되었다. 품사의 경
우는 자타동사나 동사성분 간 혼합어, 수수동사를 포함한 동사, イ형
용사 등 형용사, 대명사를 대상으로 하였고, 그밖에 수수 표현, 수신
문, 인용 표현, 의뢰 표현 등의 표현을 다룬 연구도 있었다. 오용 분
석을 통한 표현 교육 전반이나 어구성語構成 의식에 대해 다룬 논문
도 보였다.

이 시기에는, 한국어와 유사점이 많으면서도 개별 표현에 있어서
는 완전히 상응하지 않아, 초급 단계에서부터 습득 및 구사에 어려
움이 많은 조사에 관한 연구가 가장 많았다. 그 중에서도, 조사「ハ」
와 「ガ」의 구분에 대한 연구와 종조사에 대한 연구가 많았다. 西隅
俊哉(2000), 坂本正(2000), 황미옥(2001), 김인현(2002)은 「ハ」와 「ガ」의 구
분 및 사용법에 관해 연구하였다. 山下明昭(2007)은 인지언어학의 관

점에서 「ハ」와 「ガ」를 연구하여, 일본어교육에 적용하고자 했다는 점에서 돋보인다. 김인현(2002)은 구분법뿐 아니라, 조사의 생략에 대해서도 분석하였다. 조사의 탈락 및 생략 현상만 집중적으로 분석한 연구에는 김현주(2002.3)와 권정애(2005.12)가 있다.

실제로 초급 단계에서 무분별하게 사용이 남발되는 종조사에 관한 연구는 주로 「ね」나「よ」, 「よね」의 의미나 기능, 용법에 대한 1차적인 분석이 많았다. 大曾美惠子(2005)는 그와 더불어 사용 실태에 대한 조사도 실시하였을 뿐 아니라, 코퍼스를 기반으로 한 연구라는 점에서 실험적이었다. 조사의 사용 실태 조사를 한 박양순(2009)의 논문은, 일본어와 한국어의 중간언어라는 제2언어습득 연구의 개념을 대상으로 했다는 점에서 흥미롭다. 김현주(2007)은 문형 지도를 통한 조사의 습득 과정에 대해 연구했다. 종조사를 대상으로 한 논문 7편 중 운용 기능을 중점으로 하는 연구도 찾아볼 수 있었다. 임현수(2005)가 종조사 「ね」「よ」, 「よね」의 담화 레벨에서의 커뮤니케이션 기능에 대해 연구하였고, 윤상실(2006)도 종조사 「ね」, 「よ」를 어용론적 관점에서 분석하고 일본어교육에의 활용안도 제시하였다. 나복순(2003)은 한일 대담 소설과 대담 속에서 「よね」의 의미 기능을 분류하였다.

격조사에 관한 연구도 4편 찾아볼 수 있었는데, 水口里香·森山新는 2006년과 2008년의 논문을 통해 학습자들의 격조사의 카테고리 구조와 그 형성에 대해 알아보았다. 坂口昌子(2005)는 대상을 나타내는 작문 분석을 통해 격조사 「が」, 「を」, 「に」의 문형 중심 습득 과정 및 전략을 제시하였고, 蓮池いずみ(2007)는 한국어 모어화자 학습자의 격조사 사용을 부의 전환이라는 제2언어습득이론의 관점에서 분

315

석하였다.

　동사에 관한 문법교육은 주로 동사의 활용이나 한어동사의 의미
인지론적 분석과 습득과정에 관한 연구가 주류를 이룬다. 동사 활용
에 관해서는, 손숙희(2009)가 ラ행5단(ラ行五段) 활용의 개념을 정의하
고 일본어교육에의 도입 효과까지 밝히고자 하였다. 森山新(2000.6)는
한국인 일본어학습자에 있어서 ル形와 マス形의 습득과정에서 나
타나는 중간언어를 조사하여, 제2언어습득이론 중 하나인 중간언어
의 메커니즘을 밝히고자 한 점이 돋보인다. 森山新(2000.9)에서는, 동
사습득은 어휘 습득과 활용변형규칙습득의 상호 보완을 통해 완전
하게 습득되고 1류 동사 습득이 5단 동사 습득을 선행한다고 밝히며,
동사활용형에서 ル形-ナイ形-連体形라는 습득 순서를 제시하였다.
澤邊有子·相澤由香(2006, 2007)는 OPI 데이터에 나타난 동사의 부정
정중형「~ません」과「~ないです」에 대한 일본어 교사의 인식과 한
국거주 한국어 모어 화자의 사용 경향에 대하여 연구하였다.[9]

　한어동사의 문법교육으로는, 米田幸代(2007)는 일본어교육의 관점
에서 한어동사에 대해 연구하였고, 한선희(2006)는 작문을 통해 한국
인 학습자의 한어형용동사의 습득 상황을 조사하였다. 이성규·권선
화(2000)는 그동안 대조 연구에서 고려되지 않은 한·일 양 언어의 차
이점에 집중하여 한어동사의 대응 관계에 대해 조사하고, 이를 체계

9　이 두 연구는 동사 부정형에 대한 연구임과 동시에 문체에 대한 연구이기도 한다
　는 점에서, 탁성숙(2003, 2004)의「だ」계와「である」계의 사용 실태를 조사한 연구
　와도 관련이 있다. 이 시기에, 언어 운용 면을 중시한 연구와 이와 관련하여 보이스,
　모달리티, 아스펙트 등에 관한 연구가 증가함과 더불어 문체에 관한 연구도 이루
　어지기 시작했다.

적으로 교육 현장에 도입하기 위해 교사의 교수 능력의 중요성도 강조하였다. 그 외에 조남성(2008)는 동사의 유의어 습득, 오수진(2009)은 동사의 한일 의미 대조 분석과 동사 유의어의 사용 실태, 鎌田美千子·仁科喜久子(2009)는 화어동사를 중심으로 제2언어로서의 일본어 운용에 관한 연구하였다. 전체적으로 동사 연구는 대조연구를 통해 문법 항목의 개념 및 의미를 정의하고, 그 습득 과정이나 상황을 조사하여 일본어교육에 실질적으로 활용하고자 하였다. 이와 함께 교수 능력의 변화 역시 필요하다고 여겼고, 일본어 운용까지 고려한 논문들도 보였다.

동사 연구 외의 연구에서도 일본어 운용 면을 중시한 연구가 이루어졌는데, 특히 문법 지도에 대한 연구에서 찾아볼 수 있었다. 윤강구(2009.6, 2009.12)가 의사소통을 위한 유통성에 집중한 새로운 문법지도의 방법을 제시하였는데, 구체적으로는 초급학습자를 대상으로 문법 요소의 구조화와 상황에 맞는 회화 활동을 통한 문법 지도 방식(윤강구 2003)을 들 수 있다. 강미선(2008)도 문형 지도를 통해 운용 능력을 높이기 위한 문법 지도법을 제안하였다.

그 밖의 품사 연구에는, 인칭대명사에 대한 사용실태조사 및 습득에 관한 효과적인 지도법을 제시한 장희주(2009), 中沢紀子(2009), 이길용(2008)이 있다. 형용사, 후치사, 지시사, 자칭사 등에 대한 품사 연구도 찾아볼 수 있었다.

文과 관련된 요소로, 아스펙트, 보이스, 모달리티 연구가 급증하였다. 아스펙트 연구에 있어서, 鹽川繪里子(2007)는 아스펙트 형식의 습득에 관하여 고찰하였다. 한선희(2004), 加田玲子(2007), 황순화(2009)

317

는 「テイル」나 「テイタ」와 같은 계속상의 표현 습득 중심으로 연구하였다. 특히, 황순화(2009)는, 고교 일본어 교과서에서의 아스펙트의 계속상의 표현을 교과서 후반보다 초반에 도입하고, 문법 용어로서의 설명보다는 용례를 통하여 지도하고 습득하는 것이 바람직하다고 제시하였다. 배은정(2008, 2009)는 「AガVラレテイル文」과 「AガVテアル文」를 중심으로 아스펙트 표현의 의미상 특징이나 그에 대한 의식의 차이에 대해 살펴보았다.

보이스에 관한 연구로 수수동사나 수수표현에 관한 연구가 가장 많았다. 윤희정(2008, 2009.5, 2009.6)는 수수본동사, 수수보조동사, 수익동사의 습득이나 모어의 영향에 관하여 분석했다. 坂本正(2000) 역시 수수동사 습득에 대해 분석하였는데, 모어와 제2언어로서의 수수동사를 비교하였다는 점에서 흥미롭다. 더 나아가, 伊東克洋(2002)는 본동사로서의 수수동사에 대해 고찰하며 일본어교육에의 실제적인 응용을, 임헌찬(2006)는 일한사역문의 통어적·의미적 특징을 파악하여, 쉽고 효과적으로 설명하고 습득하는 방법을 제안하였다. 보이스 연구 중 사역 표현과 관련하여, 김창남(2005, 2009)는 사역수동 표현의 사용 실태에 대해 조사하였다.

보이스 연구에서의 표현들을 재분류하고 모델화하고자 하는 연구들도 3편 있었다. 김원호(2001)는 수신조동사 표현의 모델 분류를 통해 일본어교육에 응용하고자 하였고, 이정숙(2009)는 일본어교육에 적용하기 위한 목적으로, 일본어 사역문의 유형과 특징을 재분류하였다. 권승림(2003) 역시 문법 이론을 교육적으로 활용하기 위해 일본어 사역표현을 재고하였다. 이전의 문법교육 연구는 시간의 흐름에 따라 그 관점과 방식이 세분화되고 다양해지기는 했으나, 문법 항목이나 표현 분석과 그에 대한 지도법 정도로 한정되어 있었다. 그에 비해, 이들 연구로부터 2000년대의 문법교육 연구는 표현 분석, 문법 이론, 카테고리화를 넘어서, 사용 실태나 습득 과정, 설명 방법 등을 실천적으로 활용하기 위한 방안을 보다 의식하기 시작했음을 알 수 있다. 이러한 경향은 앞으로 언급할 모달리티 연구가 활발해졌다는 사실에서도 드러난다.

모달리티에 관한 문법교육 연구에서는 주로「ものだ」,「ことだ」,「のだ」에 대한 연구(6편)와 의뢰표현에 관한 연구(7편)가 많았다. 모달리티 표현인지에 대해서는 여전히 논란이 되고 있지만, 본고에서는 모달리티의 문말 표현으로 분류한「ものだ」,「ことだ」,「のだ」에 대한 연구도 6편이 있었는데, 대부분 사용 현황이나 사용상 주의점에 대한 연구였다.

의뢰표현에서는, 김창남(2002, 2006)이 의뢰표현의 사용「~てもらう・いただく/てくれる/てくださる」사용실태와 한국어과 일본어의 의뢰표현 사용실태에 대해 조사하였다. 김창남(2008)은 고등학교 교과서의「~くださる」의 사용법을 분석하였다. 원지은・김옥영(2007)은 의뢰에 대한 거절 및 변명 표현의 한・일 대조 분석하고, 김정현(2009)는 한국인일본어화자와 일본어모어화자의 자연 담화에서 의뢰에 대한 거절 표현과 전략strategy을 분석하여 일본어교육에의 활용방안을 모색하였다. 유혜정(2009) 역시 담화 레벨에서 의뢰 성립의 전・후를 한일 비교하여, 의뢰 담화 전략에 관한 연구를 행하였다. 그 외에도, 사죄・감사・불만・명령・권유 등의 모달리티 표현과 그 교육에 대해 연

구한 논문들도 찾아볼 수 있었다. 이처럼 2000년대에 급격히 증가한
모달리티에 관한 한국의 일본어 문법교육 연구는, 의뢰표현이 주 대
상이었다. 허나, 단순히 표현의 사용실태나 사용법에 대해서 분석했
을 뿐 아니라, 담화 레벨에서의 의뢰와 그에 대한 거절 표현까지 묶
어 생각하여, 전략과 일본어교육의 적용 방안까지 고안해내었다. 이
와 같은 담화 레벨에서의 표현 연구는, 1990년대 일본의 일본어 문
법교육 연구의 경향과 상응하는데, 이러한 경향은 커뮤니케이션을
위한 언어교육이 중요해지면서, 그에 맞는 문법사항을 도입하고 교
육 방법을 모색하기 위한 노력이라고 볼 수 있다.

그 밖에 조건 표현에 관한 연구 중에는, 奈良夕里枝(2004)나 한선희
(2007, 2008)과 같이 조건 표현의 사실적·일반적 조건을 중심으로 한 표
현 습득을 연구한 논문도 있는 반면, 정상미(2005, 2007)는 조건 표현을
기능문맥화의 관점과 표면적인 이해유도기능의 특징을 토대로 분
석·기술하고 구체적인 지도 방법까지 제시한 것으로 새로운 관점에
서의 시도가 돋보인다. 전체적으로 표현 교육 및 연구와 같은 경우에
는, 기존의 것처럼 이론적·사실적인 문법 분석과 습득을 대상으로 한
것이 있는 반면, 세분화된 관점에서 고찰하고 활용 방안까지 제시하
는 교육 현장에 대한 의식화를 기반으로 하는 연구들도 많아졌다.

한국의 일본어 문법교육에 있어서의 문법 용어 및 문법 항목의 재
분류와 그 교재화에 대한 연구가 본격화되었다는 점도 눈에 띈다.
일단, 한중선(2007)이 한국 개화기의 일본어 문법 용어에 대해 연구하
였다. 이미숙(2007)과 조남성(2007)이 품사 명칭의 사용에 주목하여 그
문제점과 통일 방안에 대해 제시하였다. 나아가, 강영부(2002)는 활용

형의 명칭에 대한 문제점과 통일 방안을 제시하였다. 윤석임(2008)은
특히 동사의 분류와 활용에 관한 용어 사용의 실태를 1960년에서
2000년대까지 조사하였다.[10] 문법 사항이나 그 교재화에 관하여, 조
남성(2008)이 각기 다른 과제에서 문법 사항 사용률을 조사하였다. 이
미숙·김옥임·남득현는 2005년과 2006년에 문법 교재에 관해 연구하
고, 개발 시안에 대해서도 제시하였다.

이 시기는 연구 방법도 차별화되기 시작한다. 코퍼스나 OPI 자료
를 활용한 연구를 찾아볼 수 있다. 이 시기에 학습자의 다양화로 인
해, 커뮤니케이션을 중시한 일본어교육과 그에 맞는 새로운 문법교
육이 필요해짐에 따라, 연구 방법도 여러 가지의 방향으로의 다양화
가 진행되고 있음을 알 수 있다.

2000년대에 들어와서부터는 전체적으로 급격한 글로벌화에 따라
학습자의 조건 및 환경도 다양해졌으며, 개별적으로 구분되는 학습
자와 교사 간의 일본어교육은 의사소통 중점의 교육을 강조하게 되
었다. 이러한 경향은 언어형태 및 문법교육을 경시하는 현상으로 나
타나기도 하였는데, 그와 동시에 의사소통에서 발생하는 오류들로
인해 문법의 중요성은 여전히 부각되었다. 다만, 새로운 시대의 경
향에 알맞게 커뮤니케이션 능력과 언어적인 정확성을 동시에 육성
할 수 있는 새로운 패러다임의 문법교육과 연구가 필요하게 된 것이
다. 그에 알맞게 한국의 일본어교육계에서는 일본어 및 일본어 문법

---

10 한국에서 출판되는 교재의 문법용어는 일본학자들의 다각적인 해석을 바탕으로
각기 다르게 사용하고 있어서 학습자에게 혼란을 주고 있다. 한국일어교육학회에
서는 학회 차원으로 문법용어를 통일하려고 시도했으나 아직까지 미정 상태이다.

교육의 방향성을 다양한 각도에서 모색하였다. 일본어 문법교육으로부터 일본어나 일본어교육 및 외국어교육을 조망한 일반적이고 전체적인 관점도 있는가 하면, 표현 교육과 같이 구체적인 분야로 한정시킨 연구도 있었다. 각자 목적과 필요에 따른 관점으로 문법교육의 방향성을 제시한 것이다. 여전히 한국에서는 가장 많았던 오용 연구는, 오용 평가 분야에의 연구가 본격화되면서 오용 분석을 질적으로 평가하였다. 그와 더불어 원인과 지도법까지 제시하였다. 오용 분석의 대상 역시 표현 및 품사별로 다양화되었고 이를 통해 일본어교육 및 일본어 문법교육 전반을 조망하기도 하였다. 오용 분석이라 하여 오용 예에만 국한되는 것이 아니라 오용 분석을 어떻게 평가하고 활용하여 일본어교육 전반에 도움이 되게 할 것인지 실질적으로 고려하기 시작한 것이다. 이러한 경향은 오용 분석뿐 아니라, 품사 연구나 아스펙트나 보이스, 모달리티와 같은 文文 연구에서도 나타났다. 문법 항목의 사용 실태 조사나 기능·의미·용법 등의 1차적 정의 및 분석을 바탕으로 문법 항목의 재분류·모델화·카테고리화를 시도하였고, 습득 과정·의식·전략이나 중간언어 등 제2언어습득 연구의 개념이나 방식을 이용하여, 운용 기능에 집중한 문법교육에 대해 제안하고자 하였다. 이와 더불어 교육 현장에서의 교수 능력이나 문법 용어의 재정의 및 교재 연구를 통해 문법교육 연구를 실질적으로 일본어교육에 활용하고자 하였다. 언어형식만을 다룬 기존의 문법교육과 기술 연구에서 벗어나 유창성과 언어형식을 동시에 고려하는 새로운 패러다임의 문법교육이 필요해짐에 따라, 문법교육 연구의 형태 역시 재구성되고 한국의 일본어교육 현장을 보다 의식하

기 시작한 것이다. 그에 따라 연구 방법 역시 코퍼스나 OPI 데이터
등이 도입되기 시작했다.

3. 2010~현재까지의 한국에서의 일본어문법교육

2010년에 들어서는 2000년부터의 논문과 일반적으로 비슷한 경
향을 보냈는데, 그 중에서도 새로운 성향과 관점을 지닌 연구들이
눈에 띄었다.

품사 중에서는 동사와 관련한 문법교육 연구가 가장 많았는데, 그
중에서도 주로 복합동사에 대한 연구(6편)가 많았다. 박용일(2010)은
복합동사와 이에 대응하는 한국어 패턴을 고찰하였고, 志賀里美
(2010)는 복합동사 사용실태를 조사하는 데에, 최근 중요성이 부각되
고 있는 코퍼스를 활용하고 이에 나아가 일본어교육에 적용하려고
했다는 점에서 돋보인다. 백이연(2011)도 복합동사 「~出す」의 의미
습득을 의미 및 레벨별로 분석하였고, 照山法元(2010)는 한국인 학습
자의 복합동사 「~出す」의 사용을 조사할 뿐 아니라 체계적인 학습
및 지도까지 강조하였다. 이윤호(2010, 2011)는 작문이나 번역 과제를
통해 한국인 학습자의 복합동사 「~込む」의 이해나 운용능력에 대해
조사하였다. 복합동사는 일본어 운용적 측면에서, 상황이나 문맥에
따라 의미나 용법 및 특성이 달라지므로 모든 요소를 고려하여 적절
히 사용하기에 매우 어려운 항목이므로 중·상급 학습자에게 있었어
도 구사가 어렵다. 이러한 복합동사에 대한 습득 및 지도법이 모색
되었다는 것은, 문법교육 연구가 학습자, 특히 초급뿐만이 아닌 중·

323

상급 레벨의 학습자까지도 고려하기 시작했음을 시사한다.

한어동사에 있어서는, 신석기(2010)가 일본어 한어동사의 용법과 사용실태를 살펴보았고, 김경수(2010)도 「漢語する」에 대응하는 한국어의 한어동사의 용법 및 실태조사를 알아보는 등 1차적인 조사에 그쳤다. 그 외에는 장근수(2010)의 일본어교육에서 동사활용형에 관한 문제점을 중심으로 재고하였고, 동사와 관련한 오용 분석에 대한 연구도 찾아볼 수 있었다. 이처럼 동사 교육 중에서도 일본어 중상급자에게 난해하다고 여겨지는 복합동사에 관한 연구가 가장 많았고, 그 연구 초점은 의미나 용법뿐 만은 아니라, 교육에서의 응용이나 활용적인 측면에서도 연구되었다. 그 외의 동사에 대해서는 복합동사처럼 여러 가지 측면에서 연구되지는 않았다.

그 다음으로는 조사에 대한 연구가 많았는데, 이전 시기에 비해서는 많이 이루어지지 않았다. 그 중에서도 종조사에 대한 연구가 3편으로 성윤아·장명선(2012)은 종조사의 인지 및 인지경로 조사를 통하여 교사의 역할과 문법교육에서 인터네이션의 중요성도 함께 강조하고 있다. 그 외는 한국인 학습자의 사용실태나 인식에 대해 고찰하면서 오용 분석을 중심으로 한 논문들이었다. 또한 정상미·이은미(2012)의 연구 2편은 조사로도 구분되는 「けど」나「とか」를 품사적으로 분석하기보다는 담화 상의 기능을 중심으로 품사 연구에서는 신선한 방식으로 이루어졌다. 그 외에 격조사나 조사의 생략에 관한 연구도 있었다. 그 이외의 품사 중에서도 명사는 인칭대명사나 의문대명사와 같은 대명사에 대한 연구가 있었고, 지시사나 접속사, 접사나 절과 같은 어구성에 대한 연구도 소수 있었다.

文과 관련한 연구에는, 모달리티 연구가 가장 많았다. 2000년부터 2009년까지의 연구에는 모달리티 중에서도 의뢰나 거절 연구가 주였고, 그 밖에도 감사나 사죄 표현 연구도 보였던 반면에, 2010년대에는 거절 표현을 다룬 연구는 그 의미 기능을 고찰한 임영철·김윤희(2010)의 1편뿐이었다. 이전에는 거의 다루지 않았던 추량 표현도 연구되기 시작했는데, 飯干和也(2011, 2012)가 장면에 따른 추량 표현을 분류하여 습득 조사를 하였고, 표현별 비교를 통해 사용법에 대해 고찰하기도 하였다. 한선희·飯干和也(2011)에서는 표현별 용법을 알아봄으로써 한국인 학습자의 지도에 적용하고자 하였다. 위로 표현을 제2언어습득의 관점인 중간 언어와 어용론적 전이에서 연구한 원지은(2010)도 있었다. 또한, 한국인 학습자들이 대부분 그 유사 특징 때문에 무조건적으로 「것이다」로 대응시키는 경향이 있는 「のだ」(宮内桂子, 2012)와 모달리티의 문말 표현인 「ものだ」(玄仙令, 2010)에 대한 연구도 각각 1편씩 있었다.

아스펙트 중에는 여전히 「~ている」, 「~ていた」에 관한 연구가 3편으로 가장 많았는데, 박용일(2010, 2011)가 문법 항목으로서의 아스펙트를 「~ている」, 「~ていた」의 난이점을 통해 고찰하고, 그 습득에 대한 연구도 실시하였다. 황순화(2011)는 「~ている」를 중심으로 대학 일본어 교재에 나타난 아스펙트에 관해 고찰하였다. 이종화(2010)는 「~ていく」, 「~くる」을 통해 일본어교육을 위한 문법교육을 고찰하고, 박용일(2010)는 「~ておく」의 의미와 구조를 바탕으로 일본어교육의 현실과 교사 입장에서의 문법 지식에 대해 알아보고자 하였다. 이전의 아스펙트 연구가 의미나 구조, 혹은 습득 상의 의식에

325

초점을 맞추어 이루어졌다면, 같은 표현을 대상으로도 2010년대에
는 의미나 구조 파악을 통해 일본어교육에서의 문법교육이나 문법
지식의 포지션을 정의하고자 했다는 점에서 구별된다.

보이스를 다룬 논문은 총 4편인데, 그 중 수동표현에 관한 연구가
2편으로, 오현정(2010)은 오용 분석을 하였고, 이상수(2011.12)는 제7차
교육과정에서의 교과서로부터 학교에서의 일본어교육에 있어서 수
동표현에 대해 고찰하였다. 이상수(2011.9)는 사역 표현의 습득과 그
지도 방안에 대해, 강민주(2012)는 한일 양언어 학습자를 위해 수신문
을 대조 연구하였다.

그 외의 표현 연구에 있어서는, 여전히 조건 표현에 대한 연구가
가장 많았다. 조건 표현 중에서도 접사에 중점을 둔 연구가 2편 있었
는데, 김선령(2010)은 문법 제약에 대해 연구하였고, 최연주(2011)는 발
화 코퍼스를 통해 그 형식과 의미에 착안하여 조건 표현의 습득을
살펴보았다. 최연주(2010, 2012)도 조건 표현의 습득이나 사용 경향에
관한 조사를 형식과 의미적 요소에 주목하여 분석하였다. 그 밖에
조건 표현의 사용 실태에 대한 조사로는, 김경혜(2011.2, 2011.4, 2012)가
있다. 정상미(2010)는 의미 유도 기능을 중심으로 조건 표현의 기능 기
술과 지도 장면에서의 응용을 도모하였다. 그 밖에도 그 동안 거의
연구되지 않았던 言いさし 표현을 조영남(2010)가 사용 상황의 요소
를 통해 분석하였고, 지시 표현이나 정중체와 보통체의 습득에 관한
연구도 보였다.

2000년부터 2009년까지의 논문은 오용 분석이 압도적이었던 반
면, 2010년대에는 8편으로 급감하였다. 오용 분석에서도 동사에 주

목한 연구가 가장 많았는데, 富樫庸子(2011)은 한국인 초·중·상급 학습자의 비교를 통해 자·타동사 선택 및 오용을 분석하였고, 오현정(2010)은 타동사에 대한 분석과 연결하여 수동 표현의 오용까지 연구하였다. 백동선(2010)은 「する動詞」과 관련한 오용을 모어의 간섭과 연결 지어 설명하였다. 배려 측면에서의 종조사에 관한 오용 분석(이지현, 2010)도 있었다. 그 밖에, 竹内則晶(2010)은 「コトニナッタ」와 「ヨウニナッタ」의 오용을, 이상수(2010)은 「~た」와 「~ていた」의 상급 학습자의 오용을 분석하였다. 이전과 달리, 오용 분석에서도 조사보다 동사를 대상으로 한 연구가 많았는데, 특히 자·타동사를 중심으로 수동 표현에의 연구까지 이어졌고, 모어의 간섭과 같은 문법 및 학습 이론까지 분석하였다. 품사 대상의 오용 분석으로부터 다른 영역에의 고찰까지 연구 범위를 넓혀가는 새로운 관점도 취하게 된 것이다. 또한, 초급 학습자뿐 아니라, 높은 레벨의 학습자들을 고려한 오용 분석까지 이루어졌다.

문법 항목 및 지도법 자체에 대한 연구도 5편 있었다. 문법 항목과 관련해서는, 윤강구(2012)가 고등학교 『일본어 I』의 문법 사항에 대해 조사했고, 조남성(2011)이 2007년 개정 교육과정에 따른 고등학교 일본어 교과서의 의사소통 기본 표현을 분석하였다. 이상수(2012)도 제7차 교육과정의 고등학교 일본어 교과서에서의 일본어다운 표현의 실태에 대해 조사하였다. 이미숙(2011)도 초급 일본어 교재에 나타난 문법항목의 실태와 교수법에 대해 분석하였다. 이 부분에 있어서도, 이전에는 의미나 기능, 구조 분석과 그에 대한 지도법과 관련한 연구가 주를 이루고, 문법 용어나 교재 개발에 대한 연구가 이루어

겠던 반면, 2010년대에는 2007년에 교육과정이 개정됨에 따라 그를 바탕으로 한 일본어 문법교육에 관한 조사가 증가했다. 이는 문법교육 중 다른 항목의 연구에서도 몇 편 찾아볼 수 있었다.

전체적으로 2010년도에 들어서는 이전의 연구와 비슷한 양상을 띰과 동시에 문법교육과 그 연구에 있어서 새로운 태도를 취하기 시작했다. 시선 품사에 대상으로 그에 초점을 맞추어 이루어진 연구들은, 동사의 경우, 의미 대조 분석이나 대응 관계를 바탕으로 활용형이나 ル形나 マス形 등의 습득 순서나 사용 실태 등을 파악하는 것이 주였다면, 2010년대에는 초급 단계의 학습자가 아니라 조루 중·상급 단계의 학습자에게 난해한 복합동사를 중심으로 응용 및 활용을 목표로 연구되었다. 초급 단계의 기본적 사항에 대한 연구를 넘어서, 레벨이 높은 학습자들까지 의식한 넓은 범위의 연구가 시작된 것이다. 조사의 경우, 여전히 초급 단계의 학습자들에게 난해한 종조사 연구가 주였으나, 품사로는 조사로 해당되는 표현들을 담화 상의 기능으로 분석한 연구로부터 품사 연구도 의미나 기능의 기준이 아닌 담화 레벨에서도 연구되기 시작했음을 알 수 있다. 文에 관한 연구 역시 문법 항목이나 표현의 의미나 기능, 구조의 분석을 통해 문법교육의 일본어교육에서의 위치나 문법이나 학습 이론까지 재정의하고, 문법 항목 및 지도법에 대해서도 2007년 개정된 제7차 교육과정 안에서 문법교육을 고찰하는 등 시야를 넓혀갔다는 점이 특징적이다.

Ⅳ. 앞으로의 문법교육 연구의 방향성 제시

이와 같이 시대의 흐름과 그에 따른 환경 및 관점의 변화로 인해 일본어교육과 그 안에서 문법교육은 독자성을 자리매김해감과 동시에 다른 영역과의 통합성도 추구하며 학문적 발전을 이루어 왔다. 그렇다면 앞으로 일본어 문법교육 연구는 일본어교육 및 문법교육의 발전을 도모하기 위해 어떠한 방향으로 나아가야 할지 모색해 보고자 한다. 크게 세 가지로 나눌 수 있는데, 일본어교육에 있어서 문법 능력의 정의, 그러한 문법 능력에 맞는 문법 항목 및 요소의 선정 및 카테고리화, 마지막으로는 이에 대한 교수법 연구와 교재 개발 및 평가가 있다.

우선, 일본어교육에 있어서 문법 능력을 어떻게 정의할 것인가 하는 문제는 근본적이고 필수적인 문제라고 할 수 있다. 최근 언어 운용 및 커뮤니케이션을 중점으로 한 일본어교육이 대두되면서, 문법 능력에의 중요성이 희박해지던 경향도 없지 않아 있다. 허나, 커뮤니케이션 능력에의 과도한 강조로 인한 오류나 회피, 화석화 등의 문제로 유창한 의사소통 능력을 위해서는 교육 단계에서 문법 능력을 어떻게 정의하고 다루어야 할지에 대한 고민이 불가피해졌다. 특히, 한국은 학습 목표 언어의 국가가 아니므로, 또 다른 형태의 문법 능력 및 교육이 요구될 수 있다. 그럼에도 불구하고, 그에 대한 연구는 거의 찾아볼 수 없다. 종전과 달리, 최근의 학습자들은 학교나 교실 내에만 존재하는 것이 아닌, 다양한 라이프스타일과 목적, 환경, 문화를 가지고 있다. 일본어교육에 있어서, 각각의 학습자나 환경에 맞게 어떠한 언어 능력이 요구되는지, 그러한 언어 능력 안에서 문법 능력은 어떻게 자리 잡고 정의되며 다루어야 할지 일본어교육 전반과 학습자나 교사 개개인의 입장에서 고려되어야 할 것이다. 이에 관한 연구가 제대로 이루어지지 않는다면, 문법 항목의 선정 및 중요도에 따른 분류나 지도 방법, 교재 모두 교사나 학습자 양쪽에게 제대로 제공될 수 없다. 문법교육에 있어서의 세부적인 부분들을 연구하기 전에, 전체적으로 넓은 관점에서 이 시대나 사회가 혹은 학습자 개개인이 요구하는 언어 능력과 그 안에서 문법 능력의 위치와 정의를 파악하는 것이다. 허나, 이 연구에서 중시될 것은, '정의'가 절대적이고 고정된 의미가 아닌 유동적인 의미로 다루어져야 한다. 일본어교육의 학습자나 환경은 고정적이지 않고, 오히려 상황이나 조건, 때 등에 따라 얼마든지 변화할 수 있다. 이러한 각각의 변화 속에서 문법 능력을 다르게 정의하고 파악해가야 할 것이다.

두 번째로, 일본어교육에서 문법 능력에 대한 위치와 정의의 파악에 이어 떠오르는 문제가 문법 사항의 선정과 카테고리화이다. 일본어 문법교육 연구에서 문법 내용 및 항목에 대한 문제를 다룬 연구는 2010년에 들어 제7차 교육과정과 관련하여 몇 편 찾아볼 수 있었는데, 이들 논문도 교과서를 대상으로 하고 있다. 허나, 최근 경향에 맞게 커뮤니케이션 능력 위주의 일본어교육을 위해서 문법교육 연구는 살아 있는 언어를 기반으로, 즉 이론성과 실천성 양면을 전제로 해야 하는데, 교과서의 문법 항목만을 대상으로 하는 것에는 한계가 있다. 실천적 측면을 고려하여 문법 능력의 정의에 맞게 문법 항목을 선정하고 카테고리화하기 위해서는 보다 실제적인 자료를 대상으로 연구해야 한다. 이를 위해서는, 한국에서의 교육적 관점과 더불어 교육 현장이 동시에 논해져야할 것이다. 보다 넓은 관점에서는 국가의 언어 및 외국어 정책의 파악이 필요할 테고, 그 다음으로 언급된 논문들과 같이 교육 과정의 흐름과 변화의 파악에 따른 연구도 필요할 것이다. 그 안에서, 언어학, 언어정보학, 통계학, 교육공학, 정보공학, 문화, 사회학 등의 인접 학문이나 융합 학문이라는 문제까지도 고려되어야 할 것이다. 대상이 될 수 있는 구체적인 자료로는 실제 담화에서 쓰이는 표현을 대상으로 연구하는 것으로 실제 언어생활에 이바지할 수 있을 것이다. 이와 관련해 작문이나 발화 코퍼스를 기반으로 한 연구를 들 수 있다. 언어 및 교육 정책과 인접 학문과의 연관성이라는 코퍼스와 같이 실제적인 자료를 통하여 각기 환경과 조건에 따라 다르게 정의된 문법 능력에 맞는 문법 항목을 선정하고 분류하고자 하는 연구를 통해 효율적이고 효과적인 지도가 가능하도록 해야 한다.

마지막으로, 교수법 연구와 교재 개발 및 평가에 대한 연구가 필요하다. 기본적으로 일본어 문법교육에 있어서 교수법 및 지도법의 연구는, 문법 항목이나 실러버스 분석 연구와 더불어 제시되어 왔다. 허나, 교수법이나 지도법에 대한 연구에서 부족한 것은, 과거에 지적되어 온 교수법이 어떠한 면에서 문법능력 습득에 있어서 효율적이었는지 혹은 비효율적이었는지를 분석하지 않았다는 점이다. 과거의 지도법에 대한 분석 및 현재 혹은 제시하고자 하는 지도법과의 비교가, 현재의 일본어교육 및 문법교육의 흐름에 맞는 부분은 취사하고 맞지 않거나 비효율적인 부분은 개선할 수 있는 기준이 될 것이다. 이러한 교수법에 대한 이론적 검토를, 새로이 정의되는 일본어교육에 있어서의 문법 능력과 선정된 문법 항목에 맞게 매뉴얼화하여 현장에 제공하고, 그 효과에 대한 검증까지 실시하는 것이다.

이와 같이 앞으로의 일본어 문법교육의 연구는「변화하는 일본어 어떻게 가르칠 것인가」또는 「다양화 하는 학습자의 요구를 어떻게 대응할 것인가」라는 테마를 심도 있게 구체적으로 다루는 추세로 나아가야 한다. 그 때에 주로 초점을 두어야 할 점은, 시대의 흐름, 교사나 학습자의 조건, 환경, 목적 등에 맞는 일본어교육에서의 언어 능력과 그 안의 문법 능력에의 유동적인 파악, 그에 맞는 실제적인 자료를 기반으로 한 문법 내용의 선정과 분류, 과거의 지도법의 검토 및 비교를 바탕으로 한 문법 항목에 대한 지도법의 제시와 그 효과의 검증을 들 수 있다.

V. 맺음말

문법교육은 시대의 흐름에 맞추어 유동적으로 변화하고 성장해가야 하며, 이를 위한 연구는 역시 발전하고 이 연구는 교실활동에서 효과적으로 활용할 수 있어야 하는 것이 이상적이다. 한국에 있어서 일본어 문법교육 연구는, 일본에서의 문법론이나 교육 연구의 영향을 받아 80년 초에 발돋움하기 시작하여, 1990년대 이후 10년간은 한국의 일본어교육의 현황 파악에서, 점차로 일본어교육의 내용, 문법교육, 교재, 어휘 교육 등을 심도 있게 분석하였고, 멀티미디어

교육의 도입이나 학습자의 다양화와 더불어 그에 따른 교육현장에서의 변화 등을 다루어 왔다.

1970년대 일본에서는 일본어교육에 있어서 문법교육을 언어학적 관점에서 설계하고자 한 것과 달리, 일본어학에 관한 연구는 상대적으로 많았으나, 일본어교육과 관련된 연구는 1편으로 문법교육은 물론 일본어교육에 관한 연구는 본격적으로 시작되지 않았다.

1980년대에 들어 일본어교육에 관한 연구는 증가하였으나, 여전히 문법교육적 측면은 약하다고 볼 수 있다. 이 시기 한국의 일본어 문법교육 연구는 주로 일본의 문법 체계 및 문법 이론을 바탕으로 하며, 이전 언어학의 한계를 보완한 제2언어습득연구의 오용 분석 연구가 시작되었다. 이는 모두 일본의 학교 문법교육 및 체계를 바탕으로 하고 있는 것으로, 근본적으로 식민지 시대의 일본어교육에서 벗어나, 한국만의 규범성과 실용성을 고려한 문법교육에의 의식 전환이 요구되었다.

1990년대 한국에서는 여전히 일본어 문법교육의 필요성을 강조하며 한국의 교육 과정을 바탕으로 학교 현장에서의 문법교육에 대해 고찰하였다. 이 시기의 일본어 문법교육 연구는 세분화된 문법 항목과 그에 대한 의미 대조 및 분석, 오용 분석과 평가, 지도법의 제시라는 세 가지의 특징으로 요약할 수 있다. 또한, 일본이 담화 요소 연구에 집중했던 것과 다른 방향의 연구가 이루어졌다는 점으로부터 한국의 교육 현장이 우선적으로 고려되기 시작했음을 알 수 있다.

2000년부터 2009년에는 언어교육 전반으로 다양화된 학습자와 더불어 커뮤니케이션이나 언어 운용과 각자의 목적 및 환경에 알맞은 언어교육이 강조되었다. 전반적으로 의미나 용법과 같은 기본적인 문법 분석뿐 아니라, 의미인지론적 관점과 제2언어습득연구의 메커니즘을 적극적으로 받아들여 습득 과정 및 순서, 전략, 중간언어, 의식 차이 등의 개념을 통해 분석하고, 그에 맞는 교수 능력, 지도법 및 교육 현장에의 활용안까지 제시하여 커뮤니케이션을 중시한 일본어교육에 활용하고자 하였다. 또한 문법 용어의 재정의와 교재 개발 연구를 통해 교육 현장의 변화 역시 도모하였다. 전통적인 문법교육 연구에서 벗어나, 한국의 교육 현장과 국제화에 따른 커뮤니케이션 중심의 일본어교육을 적극적으로 고려하여 새로운 형태의 문법교육 연구가 시작된 것이다.

2010년부터 현재까지는 상황 및 조건에 맞는 적절한 표현을 교육하기 위한 중·상급 학습자들도 고려한 문법 연구가 이루어졌다는 점을 알 수 있었다. 뿐만 아니라, 연구의 초점 자체가 의미나 용법 비교나 분석을 기반으로 하기보다는, 활용 및 응용적인 측면을 기반으로 하기 시작했다. 오용 분석이나 文과 관련한 연구도 품사의 의미나 구조 분석에서 표현 연구로, 문법이론이나 문법교육까지 정의하고자 하는 시도도 있었다. 또한, 교육 현장을 고려한 연구 중에는, 제7차 교육과정을 바탕으로 한 문법교육 연구와 2009 개정 교육과정의 일본어 문법교육에 관한 연구가 보인다. 이처럼 2010년에 들어서 다양한 레벨의 학습자를 고려하기 시작했다는 점, 일본어교육에서의 활용 및 응용적인 측면에 초점을 맞춘 문법교육을 강조한다는 점, 문법 항목의 분석을 바탕으로 넓은 시야에의 연구까지 어우른다는 점을 특징으로 꼽을 수 있다. 조(2013:298)는 문형의 효과적인 지도 방법은 한국학습자를 위한 지도법 개발을 강조 하고 있다. 학습자의 수준에 따라서 난이도를 고려하여야 하고 이에 관련된 교재 개발이 필요하다고 한다.

이와 같은 일본어 문법교육의 흐름을 바탕으로 앞으로의 문법연구의 방향성을 제시해 본다.

첫째, 일본어교육에서 요구되는 언어 능력은 무엇이고, 그 속에서 문법 능력은 어떠한 위치에 있고 어떻게 다루어지는지를 파악해야 한다. 이 때 문법 능력은 각기 다른 상황에서 유동적으로 정의되어야 한다.

둘째, 문법 능력에 알맞은 문법 항목 및 내용을 실제 담화 자료의 연구를 통해 선정하고 분류하기 위해 이론과 실천의 양면을 고려하여 연구가 실시되어야 한다.

셋째, 과거나 현재의 지도법을 검토하고 앞으로의 각 개별 항목에 맞는 지도법을 제시하고 그 효과 역시 검증할 필요가 있다.

한일문화 연구의 새 지평 3

일본연구의 새로운 시각 : 확대되는 세계관

지식사회학의 관점에서 본 근현대 일본 제국주의 팽창정책과 한중 관련 서적 분포

— 메이지 이후 일제 강점기까지의 동아담론과 한중 관련 연구를 중심으로 —

❀ ❀ ❀

허 재 영

I. 머리말

이 연구는 메이지 유신 이후 제2차 세계대전까지 일본에서의 한국과 중국에 관한 연구 경향을 살피는 데 목적이 있다. 일본에서의 메이지 유신은 학술·사상의 차원에서 본격적인 근대화의 시점이 되며, 일본 제국주의의 팽창 정책에 따라 인접 국가인 한국과 중국에 대한 다양한 연구가 진행되었음은 널리 알려진 사실이다.

근대 일본의 한국과 중국에 대한 관심은 일제의 팽창 정책과 대륙 침탈이라는 시대상황과 밀접한 관련을 맺는다. 달리 말해 근대 일본의 동아시아에 대한 지적 경향은 지식사회학에서 언급하는 '지식의 존재 구속성'과 무관하지 않다는 뜻이다. 곧 메이지 이후 제2차 세계대전까지 일본에서 이루어진 한국과 중국에 대한 연구 경향을 살피는 일은 일본 제국주의의 팽창에 따른 성격 변화를 반영하고 있음을 의미한다. 메이지 이후 일본은 서양 문물을 적극적으로 수용하면서 인접 국가인 한국과 중국에 대해서도 깊은 관심을 갖기 시작했다. 이러한 관심은 전근대의 선린 통상정책과는 다른 차원에서 진행된 것이며, 그것은 동아시아에 대한 일본의 새로운 인식을 반영하는 것이었다.

이러한 차원에서 근대 일본의 동아시아 연구 경향에 대한 다수의 선행 연구가 진행된 바 있다. 특히 역사 분야에서 일본 관학자들의 식민사관과 관련하여 1970년대 전후부터 활발한 연구가 진행된 바 있고, 이와 대립하는 민족사관이나 사회경제사관에 대한 논의도 활발하게 전개되었다. 한국학술정보서비스에서 '식민사관'을 키워드로 검색할 경우 1400여 건의 논저가 나타나는데, 이는 그만큼 일본인의 한국사 연구에 대한 비판이 활발히 전개되었음을 의미한다. 식민사관 연구는 일제 관학자들의 한국사 연구를 대상으로 한 비판적 연구라는 점에서 근현대 일본인의 동아시아 연구를 포괄하는 것은 아니다.

이 점에서 2000년대 이후 근현대 일본의 동아시아 학술 사상 연구 경향과 관련하여 다수의 새로운 접근이 시도되기 시작했다. 예를 들어 성윤아(2016)에서는 문부성 검정 교과서를 대상으로 근대

일본의 아시아 인식을 고찰하였으며, 한상일(2004)에서는 일본과 동아 공동체 담론을 분석하였다. 또한 박소영(2017)의 근대 시기 일본의 대외 인식도 이 범주에 속하는 연구 성과로 볼 수 있는데, 이러한 연구는 근대 일본의 세계관과 동아시아관을 중심으로 한 것들이다. 정종현(2017)의 '조선학(한국학)의 국교정상화'라는 개념이나, 김종준(2013)의 '일제 시기 (일본) 국사의 조선사 포섭 논리', 정병설(2005)의 '18-19세기 일본인의 조선 소설 공부와 조선관' 등도 근현대 일본인의 한국 연구와 밀접한 관련을 맺고 있으며, 양일모(2012)의 '사상을 찾아가는 여정-일본의 중국인식과 중국학', 고영희(2013)의 '근대 동아시아 민족성 담론과 유학', 박훈(2010)의 '18세기 후반-막말기 일본인의 「아시아」, 「동양」 개념의 형성과 변용', 김채수(2011)의 '일제의 대륙침략과 알타이 민족의식' 등과 같은 선행 연구도 근현대 일본의 동아시아 연구 경향을 반영한 것이라고 할 수 있다. 이러한 차원에서 근현대 일본인의 한국학(일제 강점기에는 '조선학'이라는 명칭을 사용한 적이 있음)과 중국학(지나학)에 대한 다양한 검토가 이루어진 것은 사실이다. 고인덕(2009)의 중국 시문론에 대한 일본에서의 연구, 윤대석(2015)의 가라시카 다케시幸島驍에 대한 논의, 이선이(2012)의『부녀신문』을 대상으로 한 근대 일본의 중국 표상, 정동연(2017)의 근대 만주로 건너간 일본인의 중국인상, 스도 미즈요(須藤端代, 2002)의 '日本における中國女性史硏究動向', 시모노 아키코(下野鈴子, 2002)의 '日本における中國隋唐佛敎美術史の硏究動向', 요코야마 스구루(橫山英, 1985)의 '일본에서의 동양사 연구 현황과 과제' 등과 같이 근현대 일본인의 동아시아 관련 연구 경향을 검토한

논문도 비교적 다수에 이른다. 이처럼 일본인의 한국과 중국, 동아시아에 대한 연구 경향을 분석한 성과가 많음에도 실질적으로 근현대 일본의 지식 생산과 유통 상황에 대한 전반적인 고찰은 쉽지 않다. 그 이유는 특정 학문 분야나 제한된 주제를 다룰 경우 그와 관련된 문헌과 조사가 가능하지만, 지식 전반에 관한 연구는 존재하는 문헌의 전수 조사가 어렵고, 일정한 분류 기준에 따라 분류하는 작업도 쉽지 않기 때문이다.

이 점에서 이언 맥닐리·리사 울버턴이 지은 『지식의 재탄생』에서 언급한 '도서관', '수도원', '대학', '서신 공화국', '전문학교', '연구소' 등의 지식 생산 기관에 대한 관심은 특정 시대와 사회의 지적 흐름을 분석하는 데도 유용한 기준을 제공할 수 있다. 특히 도서관과 밀접한 관련을 맺는 도서 수집은 동서양 어느 곳에나 존재했으며, 수집한 도서를 분류하는 기준도 시대와 사회에 따라 다양한 모습을 띠었다. 더욱이 출판과 자본이 긴밀히 결합하고, 근대식 도서관이 탄생한 이후에는 각종 '도서 목록'이 발행되기 시작했는데, 근대 일본에서도 출판사별 다양한 판매 도서 목록이 작성되고 있음을 확인할 수 있다.

이 연구는 도쿄서적상조합東京書籍商組合에서 발행한 『도서총목록圖書總目錄』(1918년, 제5판, 博文館), 다카이치 요시오高市慶雄가 편집한 『메이지문헌목록明治文獻目錄』(1934년, 日本評論社), 바바아키오馬場明男의 『중국문제 문헌사전中國問題文獻辭典』(1980년, 國書刊行會) 속의 '연표年表'를 대상으로, 메이지 이후 일제 강점기까지 일본에서의 한중 관련 연구 경향을 기술하는 데 목표를 둔다. 도쿄서적상조합(1918)은 상업용으로 제작된 대표적인 목록류 도서로, 이 책에 수록된 도서명은 대략 2만 종의 도서명이 나타나며, 다카이치 요시오(1934)는 메이지 시기의 문헌만을 조사한 것으로 6521종이 나타난다. 또한 바바아키오(1980)의 연표에는 메이지 초기부터 1940년까지 152종의 중국 관련 연구 문헌 목록이 정리되어 있다. 이 세 문헌을 종합하면 근현대 일본의 한중 관련 연구 경향을 분석하는 지표가 될 수 있다.

Ⅱ. 목록류 도서의 분류 방식과 도서 분포

1.『도서총목록』의 분류 방식과 도서 분포

도쿄서적상조합의『도서총목록』은 1894년 7월 처음 제작된 것으로 나타난다. 제5판 아오보리 마타지로赤堀又次郎의 서문에 따르면, 초판에 수록된 도서명은 9867종이며, 1899년 5월 편찬된 제2판에서 10844종, 1907년 10월 제3판에서 18844종, 1912년 3월 제4판에서 22908종으로 늘어났다. 초판부터 제4판까지의 목록은 일본 도서 시장에서 유통되는 도서를 망라하여 제작한 데 비해 1918년 7월 발행한 제5판에서는 번역되지 않은 상태에서 유통되는 외국문학을 제외한 다른 분야의 도서는 일본어판을 대상으로 한정하여 대략 2만 종을 수록하였다[1].

---

1 『도서총목록』의 종수를 계량화한 결과 19,481종으로 나타나는데, 이 수치는 총서 또는 전집을 1종으로 계산한 결과이다. 총서나 전집은 10~20여 책이 묶여 있는 경

『도서총목록』가운데 제5판은 기존의 유통되는 서적을 단순 정리한 것이 아니라, 일본어로 된 서적을 중심으로 했다는 점에서 메이지 시기부터 1910년대 초까지 일본의 출판문화와 서적 유통 상황을 가장 객관적으로 보여주는 자료라고 할 수 있다. 이 목록은 서적 유통 상황을 정리하는 데 목표를 두었으므로, 서명, 저역자, 출판사를 대상으로 하였으며, 출판 연대는 표시하지 않았다.

제5판은 도쿄제국대학 도서관장 와다 만기치和田萬吉와 아오보리 마타지로赤堀又次郎의 서문(총 5쪽), 도쿄서적상조합장 오오쿠라 야스고로大昌保五郎의 서언(緖言, 2쪽), 범례(凡例, 3쪽), 50음별(617쪽), 발행소별(520쪽) 유별(類別, 목차 40쪽, 본문 610쪽), 저작자별 색인(著作者別索引, 400쪽), 부록(33쪽), 조합원(8쪽), 판권 등 2195쪽에 이르는 방대한 책자이다. 이 책의 '유별類別' 편제와 수록 종수를 표로 나타내면 다음과 같다.

우가 많으므로, 이를 개별 종수로 계산할 경우 2만 종이 넘는 것으로 볼 수 있다. 이에 대해 당시 서적상 조합장 오오쿠라 야스고로(大昌保五郎)는 '서문'에서 "本書に收載したる圖書數は約二萬種, 此冊數實に三萬三千有餘冊の多きに上れり, 之を第四版に比較するに, 數種に於ては增減少きも, 冊數に於ては著しく增加を示せり. 是れ要するに, 近時所謂叢書, 全書類激增したるの結果にして, 其實數は前版の約二割を增收することを得たり.(본서에 수록된 도서는 약 2만종으로 실제 책수는 3만 3천종 이상이다. 이것을 제4판과 비교하면 수종이 늘어나고 감소한 것도 있는데, 책수에서는 저술이 늘어난 것을 보여준다. 이는 최근 이른바 총서, 전서류가 격증한 결과로, 실제로는 전판에 비해 약 2할을 더 수록한 것을 알 수 있다.)"라고 설명한다.

「유별(類別) 편제 및 수록 종수² 」

대분류	중분류	소분류	계
제1류 신서 급 종교(946)	1. 총기(總記) 급 잡서(86), 2. 신도(神道)(32), 3. 불교(佛敎)(490), 4. 기독교(基督敎)(338)		946
제2류 철학 급 교육(2339)	甲. 철학	1. 총기 급 잡서(166), 2. 논리(14), 3. 심리(103), 4. 윤리(652), 5. 지나철학(319)	1254
	乙. 교육	1. 총기(總記)(270), 2. 교육학(53), 3. 실지교육(344), 4. 보통교육(119), 5. 고등교육(14), 6. 특수교육(5), 7. 학교외 교육(29), 8. 학교외 교육(251)	1085
제3류 문학 급 어학(6449)	甲. 문학	1. 총기 급 잡서(130), 2. 합집(合集)(33), 3. 시(177), 4. 한문(225), 5. 국문(983), 6. 화가(和歌)(347), 7. 배해(俳諧)(168), 8. 광가(狂歌), 광구(狂句), 희문(戱文)(15), 9. 희곡, 속곡(俗曲), 요곡(謠曲)(241), 10. 소설(근체소설, 번역소설, 지나소설)(1587), 11. 논설, 연설(99), 12. 수필(73), 13. 서목(5)	4083
	乙. 어학	1. 총기(總記)(5), 2. 국어(식민지의 언어도 이 항목에 포함)(1136), 3. 외국어(지나어 포함)(1225)	2366
제4류 역사·전기·지지·기행(1764)	甲. 역사	1. 총기 급 세계사(103), 2. 본방사(564), 3. 외국사(214)	881
	乙. 전기	1. 총기(23), 2. 본방인 전기(198), 3. 본방인 언행록(6), 4. 잡서(34), 5. 계보(4), 6. 인명록(7), 7. 외국인 전기(95)	367
	丙. 지지 급 기행	1. 총기 급 세계지지(85), 2. 본방지지(93), 3. 본방 지도(109), 4. 내지 기행(96), 5. 외국지지 급 지도(55), 6. 외국 지도(29), 7. 외국 기행(49)	516
제5류 국가·법률·경제·재정·사회·통계학(1058)	甲. 국가학	1. 국가(10), 2. 정치학 급 정체 (附) 정당(23), 3. 국법(29), 4. 행정법 급 행정학(90), 5. 정치에 관한 논설 급 잡서(36)	188
	乙. 법률	1. 총기(51), 2. 법리학(法理學)(1), 3. 고대 법제(8), 4. 형법(46), 5. 민법(89), 6. 상법(65), 7. 민사소송법(26), 8. 판결법(11), 9. 국제법 급 조약(13), 10. 현행 법령(83), 11. 법률에 관한 논설 급 잡서(46)	439
	丙. 경제 급 재정	1. 경제(254), 2. 재정(59)	313
	丁. 사회	1. 사회학(83), 2. 풍속(9)	92
	戊. 통계	1. 통계학(12), 2. 통계표(14)	26

---

2 괄호 안의 숫자는 종수.

제6류 수학·이학 급 잡서 (2283)	甲. 수학	1. 총기 급 잡서(수학표)(55), 2. 화산(和算)(42), 3. 산술(197), 4. 대수(122), 5. 기하(123), 6. 삼각법(66), 7. 해석 기하, 미분, 적분(29)	634
	乙. 이학 (理學)	1. 총기 급 잡서(60), 2. 물리학(159), 3. 화학(136), 4. 천문학(12), 5. 지문학(19), 6. 기상학(6), 7. 박물학(328)	720
	丙. 의학	1. 총기 급 잡서(80), 2. 화한고방(和漢古方)(3), 3. 해부학 급 조직학(23), 4. 생리학(22), 5. 약학·약물학(부) 조제(調劑)(59), 6. 치료법(102), 7. 병리학(3), 8. 진단학(18), 9. 내과학(106), 10. 외과학(20), 11. 피부병 급 미독학(黴毒學)(34), 12. 안과학(19), 13. 이비인후과학(16), 14. 치과학(19), 15. 산과, 부인과학(49), 16. 소아과학(부) 육아법(42), 17. 법의학(7), 18. 위생학(군인위생)(160), 19. 미균학 급 현미경학(32), 20. 수의학(88)	920
제7류 상업, 교통, 공학 급 공예, 농업 급 농예, 병사, 미술, 제예, 가정 (4515)	甲. 상업	1. 총기 급 잡서(206), 2. 은행(16), 3. 회사 급 취인소(取引所)(24), 4. 무역(13), 5. 도량형(2), 6. 부기, 상업 산술(97)	358
	乙. 교통	1. 총기 급 잡서(2), 2. 해운(11), 3. 철도(10), 4. 우편, 전신, 전화(15)	38
	丙. 공업 급 공예	1. 총기 급 잡서(용기화법)(115), 2. 토목공학(136), 3. 기계공학(107), 4. 전기공학(78), 5. 조선학(6), 6. 건축학(154), 7. 채광학 급 야금학(43), 8. 측량(22), 9. 항해(18), 10. 공예(173)	852
	丁. 농업 급 농예	1. 총기 급 잡서(162), 2. 농업경제(21), 3. 농구(農具)(7), 4. 농업 이화학(理化學)(105), 5. 농업공사(農業工事)(5), 6. 농산 제조(農産製造)(24), 7. 작물 병해(27), 8. 종묘(種苗)(5), 9. 경종재배(耕種栽培)(150), 10. 차업(茶業)(7), 11. 비황(備荒)(9), 12. 산림(53), 13. 목축 급 양금(養禽)(155), 14. 수산 급 어업(12), 15. 잠상업(蠶桑業) 급 제사(製絲)(370), 16. 원예(154)	1266
	戊. 병사 (兵事)	1. 총기 급 잡서(81), 2. 육군(282), 3. 해군(17), 4. 병기(兵器)(14), 5. 고대 병법 급 무예(28)	422
	己. 미술 급 제예(諸藝)	1. 미술(517), 2. 사진 급 인쇄(19), 3. 음악(394), 4. 유희(遊戱)(275)	1205
	庚. 가정(교육의 부 참조)		377
제8류 총서류 외(135)		1. 총서(叢書)(33), 2. 사휘 유서(事彙類書)(18), 3. 잡서(雜書)(15), 4. 잡지(雜誌)(69)	135
계			19,481

'유별' 분류는 제1류부터 제8류까지의 대분류 속에 제1류와 제8류를 제외한 다른 부문에서는 주제별 하위 분류(중분류)를 하고 있으며, 실제 도서 목록을 제시하는 과정에서는 하위 분류에 속하는 세부 항목을 다시 설정하였다. 이와 같은 분류 체계는 독자가 해당 분야의 도서를 쉽게 확인할 수 있도록 배려한 것으로 볼 수 있는데, 내용상 중복되는 것은 경우에 따라 중복 배열하였다[3]. 그 결과 일부 도서는 두 분야에 중출되어 분야별 정확성이 지켜지지 않는 경우도 있으나, 목록에서 가장 많은 비중을 차지하는 것은 제3류 '문학 급 어학'(6449종)이며, 그 다음 제7류 '상업, 교통, 공학 급 공예, 농업 급 농예, 병사, 미술, 제예諸藝, 가정' 등의 실용서류(4515종)임을 확인할 수 있다.

문학에서는 근체소설, 번역소설, 지나소설 등의 소설류(1587종)가 큰 비중을 차지하고 있고, 일본어 문학(983종), 와카(和歌, 347종), 한문(225종) 등도 많은 종수가 유통되고 있음을 보여준다. 어학의 경우 언어학적 연구서와 학습서가 모두 포함되는데, '국어' 항목에서는 일본어뿐만 아니라 아이누어(1종), 오키나와(1종), 대만(3종), 조선어(12종) 등도 이 항목에 분류한 점이 특징이다. 이는 제4류 '역사·전기·지지·기행'도 마찬가지인데, 특히 '지지'의 경우 일본이 식민 지배하고 있는 지역은 '본방本邦'에 포함한다. 외국어의 경우 영어(1052종), 독일어(161종)가 다수를 차지하나 지나어(86종), 불란서어(42종), 러시아어(29종) 등

---

3 목록 작성의 의도가 독자와 출판, 서적업자에게 편의를 제공하는 데 있음은 오오쿠라 야스고로의 서문에서 언급한 바 있다. 또한 배열 원칙은 '범례(凡例)'에서, "類別は其書名に基き種類を別ち, 五十音順に排列したるものなれば, 中に或は種別に差異なきを保し難し.", "類別に於ては『法制經濟概論』の如きは, 「法制」の部へ掲出し, 更に「經濟」の部へも重出した."라고 설명하였다.

과 같이 각국 언어의 영향력에 따라 발행 도서의 종수가 달라짐을 확인할 수 있다. 유별 분류에서 '경제(254종), 박물학(328종), 위생학(160종), 토목공학(136종), 건축학(154종), 공예(173종), 농업·이화학(105종), 경종재배(150종), 목축 급 양금(155종), 잠상업 급 제사업(370종)' 등과 같은 항목에 비교적 많은 도서가 발행되었음은 메이지 이후 1910년대까지 일본의 학술 연구 경향을 나타내는 자료로 볼 수 있다. 예를 들어 '박물학'의 경우 생물학이나 동식물학을 포함하며, 근대화 과정에서 위생이나 토목, 건축 등이 중시되었음을 의미한다. 특히 농업, 잠상·제사製絲 등은 근대화 과정에서 실업 발달 경향을 보여주는 자료가 될 수 있다.

분류 항목에서 메이지 이후 1910년대까지 일본의 동아시아에 대한 관심을 나타내는 지표는 철학의 일부와 문학, 어학의 종수를 통해 추론할 수 있다. 전체 총 도서 종수 가운데 한국과 관련을 맺는 도서는 어학의 12종, 지지 11종, 지도 2종 등 극히 적은 수이며, 이 또한 '본방지지, 본방지도'에 포함되어 있다. 물론 다른 분류항에서는 식민지 조선을 별도의 항목으로 설정하지 않았기 때문에, 메이지 이후 1910년대까지 이루어진 조선 연구의 전모를 파악하기는 어렵다[4]. 그럼에도 중국의 경우 철학(지나 철학 319종), 문학·어학(지나 각본, 한문, 지나 어학 등 300여종), 역사·지지(지나사 189종, 전기 7종, 아세아지지 11종, 아세아제국 지

---

4 예를 들어 일본인을 대상으로 한 한국어 학습서의 경우, 1904년 간행된 것만 12종에 이른다. 山田寬人『植民地朝鮮における朝鮮語獎勵政策』, 不二出版, 2004, 22쪽. 이 책에 따르면 1880년부터 1904년까지 일본인을 대상으로 한 한국어 학습서는 대략 72종이 간행되었으며, 이 가운데 상당수는 일본에서 간행되었음을 확인할 수 있다. 허재영「근대 계몽기 외국어 교육 실태와 일본어 권력 형성 과정 연구」,『동북아역사논총』44, 동북아역사재단, 2014, 315-353쪽.

도 19종, 기행 9종), 지나 관련 시사(10종), 지나 고대 법제(3종) 등과 같이 중국 관련 도서가 900여 종에 이른다는 점에서, 중국에 대한 일본의 관심이 적지 않았음을 알 수 있다.

2. 『메이지문헌목록』의 분류 방식과 도서 분포

『메이지문헌목록明治文獻目錄』은 메이지 원년부터 23년 국회 개설까지의 문헌을 집중적으로 조사하기 위한 목적에서 출발한 것으로 알려져 있다. 다카이치 요시오高市慶雄가 편집한 이 책은 1933년 일본평론사日本評論社에서 간행된 것으로, 편집자 '자서自序'에 따르면, 메이지 초기 문헌 수집의 대가 요시노 사쿠조吉野作造의 '메이지 문고 소장본'을 기준으로, 내각문고, 육군사관학교 서고, 메이지문화연구회 등의 장서를 참조하여 분류·편집한 책이다[5]. '자서'에서 문화사적 분류를 천명했듯이, 편자는 이 목록이 메이지 5~6년의 문명개화 전성기 '궁리사밀窮理舍密[6]' 서적의 유통 경향과 메이지 20년(1888) 전후의 정론이 비등하던 시대 '정치소설', 생사生糸 무역 융성기 양잠서의 족출簇出, 속기술 전파 등과 같은 사회 상황과 도서의 관계를 이해하

---

5 高市慶雄, 自序『明治文獻目錄』, 日本評論社, 1933, 3쪽. 本書は主として明治元年から同二十三年國會開設迄の間に現はれた文獻を網羅するものである. 此の種の文獻は市中の圖書館に藏せらるへもの勘く, 各大學の圖書館にも多くを期待し得ず, 勢ひ特志蒐集家に赴くの他はない. 卽ち本書は明治初期文獻の最も權威ある組織的蒐集家とし著聞する吉野作造博士の明治文庫を基準とし, 內閣文庫, 陸軍士官學校書庫, 明治文化硏究會同人諸家の藏書等を涉獵し, 文化史的見地より分類編纂せるものである.

6 '궁리학(窮理學)'은 물리학을 의미하며(생리학은 인신궁리학이라고 번역하였음), '사밀학(舍密學)'은 '화학'을 의미한다.

는 데 중요한 자료가 될 수 있다고 하였다. 이 목록은 '총기總記, 철학, 문학, 교육, 정치, 경제, 법률, 역사, 지리, 종교, 사회, 과학, 서양 문물의 수입' 등 13 항목으로 분류하고, 각 항목에 주제별 소분류 항목을 설정하였다. 서지 목록 제시를 목표로 했기 때문에, 서명과 저역자, 출판 연대를 대상으로 하였으며, 출판사에 대한 정보는 담지 않았다. 이 목록의 분류 항목과 수록 도서 종수는 다음과 같다.

「분류 항목과 수록 종수」

대분류(장)	소분류(절)	분야별 총수	비율 (%)
총기(總記)	1. 사서·총서·유서·잡서(16), 2. 서지, 서목, 제목록(43), 3. 연표, 연감(12)	71	1.08
철학(哲學)	1. 사상일반(74), 2. 철학, 심리학, 윤리학, 논리학, 미학(128), 3. 동양사상(49)	251	3.85
문학(文學)	1. 평론수상(29), 2. 번역문학(259), 3. 정치소설(240), 4. 창작(극, 소설)(68), 5. 시가문집(47), 6. 희작물(戲作)(702), 7. 미술, 음악(25), 8. 어학(문장론, 문법, 사서=사전)(76)	1446	22.17
교육(敎育)	1. 교육일반, 교육사(81), 2. 교육행정(73)	154	2.36
정치(政治)	1. 정치학(부) 각국 정형(312), 2. 정치논책(285): 정치논책 일반(116), 일본정치 논책(169), 3. 외교논책(75): 외교론 일반(43), 조약개정과 내지잡거(32)	672	10.31
경제(經濟)	1. 경제학, 경제사(119), 2. 재정학, 재정사(71), 3. 부기, 통계학(18), 4. 경제정책(40), 5. 산업, 교통(201)	449	6.89
법률(法律)	1. 법률학 일반(94), 2. 법제사(72), 3. 헌법(116), 4. 행정법(117), 5. 형사법 및 감사옥법(110), 6. 민법 및 상법(108), 7. 소송법(27), 8. 국제법(32)	676	10.37
역사(歷史)	1. 일반 사학(국사, 동양사, 서양사, 만국사)(164), 2. 사전(단 해외)(78), 3. 유신사(153): 유신사 일반(47), 해외교통(19), 외박내항(7), 지나에서의 외난(8), 막부 말기의 외교(15), 내분(32), 개항(7), 무진전역(7), 잡서(11), 4. 메이지사(明治史)(506): 메이지사 일반(32), 정치사(118), 외교사(43), 전기(313)	943	14.46

지리(地理)	1. 지리학 일반,지지(27), 2. 일본지지(72): 일반(8), 도쿄(17), 지방(18), 조선 등(29), 3. 만국지지(82): 메이지 이전(34), 메이지 이후(48), 4. 기행 유기(66): 메이지 이전(10), 메이지 이후(36), 표류물(20)	247	3.79
종교(宗敎)	1. 통기평론(부) 종교사 일반(62), 2. 선유불(禪儒佛)(181), 3. 양교(洋敎)(255): 일반(146), 일본에서의 양교 발달(21), 배야론집(排耶論集)(88)	498	7.64
사회(社會)	1. 사회학, 사회지(116), 2. 사회 평론(76), 3. 부인문제(62), 4. 사회 개조론, 사회주의(43), 5. 풍속 습관(93)	390	5.98
과학(科學)	1. 자연과학 일반(61), 2. 수학, 천문, 지문(43), 3. 물리, 화학(20), 4. 동물학, 식물학, 광물학(31), 5. 의학(41), 6. 농학(112), 7. 병학(兵學)(74), 8. 건축(3), 9. 잡서(30)	415	6.36
서양 문물 수입	1. 통기(通記)(46), 2. 의식주, 오락(50), 3. 어학, 사상(51), 4. 연설, 속기(45), 5. 계몽서류(81): 학문(43), 수신(30), 치도(8), 6. 잡서(36)	309	4.74
계		6521	100

총6521종의 도서 가운데 가장 많은 비중을 차지하는 분야는 문학(1446종)이며, 그 다음은 역사(943종), 법률(676종), 정치(672종)의 순으로 나타난다. 문학의 경우 '희작물(戱作物)(702종), 번역문학(259종), 정치소설(240종)'의 분포에서 알 수 있듯이, 메이지 시대 일본의 번역 문학과 정치소설이 발달했음을 추론할 수 있다. 또한 역사 분야는 메이지 유신사(153종)와 메이지 시대사(506종)에 대한 연구가 활발했음을 알 수 있는데, 이 또한 일본 제국주의의 국가 정체성과 밀접한 관련을 맺고 있음을 의미한다.

이러한 흐름에서 『메이지문헌목록』에 등장하는 한국과 중국 관련 연구서목은 근현대 일본에서의 한중 관련 연구 경향을 이해하는 데 좋은 자료가 된다. 이 목록에 등장하는 동아시아 관련 서목은 90종 정도로 추산되며, 해당 국가별 분포는 다음과 같다.

「동아시아 관련 서목 분포」

분야\대상국	Ⅰ. 철학	Ⅳ. 정치	Ⅶ. 역사	Ⅷ. 지리	Ⅹ. 社會	ⅩⅡ. 서양 문물수입	계
동양	2	5		1	1		9
러시아				2			2
세계와 동아시아				3			3
중국		4	23	18	1	1	47
한국		4	12	13			29
계	2	13	36	36	2	1	90

이 표에 나타난 바와 같이, 메이지 시기 동아시아에 대한 일본의 관심은 중국(47종), 한국(29종)을 중심으로 분포되며, 동양 담론이나 동양과 세계와의 관계를 다룬 것도 12종이 있다. 분야별로 볼 때 일본에서의 한중 관련 연구는 역사(36종), 지리(36종)의 분포를 보인다. 특히 한중 관련 연구는 연대별 차이를 보이는데, 목록에 제시한 한중 관련 연구서 발행 연대를 계량화하면 다음과 같다.

「연대별 한중 관련 연구서 분포」

연대\국가	중국	한국	계
1850년대까지	11		11
1860년대	4		4
1870년대	10	7	17
1880년대	14	10	24
1890년대	9	5	14
1900년대		4	4
1910년대		2	2
계	48	28	76

이 분포에서 알 수 있듯이, 일본에서의 한국 관련 연구는 1870년
대부터 본격적으로 등장한다. 1870년대 한국 관련 서적에서는『정한
론征韓論』,『사선일기使鮮日記』,『조선견문록朝鮮見聞錄』,『조선신론朝鮮
新論』,『조선사정朝鮮事情』등과 같이, 조선에 대한 일본 제국주의의
정치·경제적 침탈 의도를 반영한 서적이 저술되기 시작하며, 1880년
대에는 지리·외교 분야의 저서가 다수 등장한다. 중국과 관련한 서
목은 1850년대 중국과 서양과의 통상, 아편전쟁, 청국과 영국의 교
섭 등 중국의 대외 침탈 과정에 대한 관심으로부터 청일전쟁 직전까
지 역사, 지리, 정치 분야의 다수 저서가 등장한다. 이와 같이 서목
분포를 통해 메이지 이후 일본에서의 동아시아 연구가 국가별, 시대
별, 분야별 차이를 보이고 있음을 확인할 수 있다.

3. 바바아키오(馬場明男)의『중국문제문헌사전』

이 사전은 메이세이 대학明星大學 사회학 연구실의 바바아키오가
30년간 수집하여 정리한 1920~1940년대 일본에서 연구한 중국 관련
자료 사전이다. 이 사전은 본문 제1부 사회, 제2부 경제, 제3부 정치,
부록 연표로 구성되었으며, 본문에서는 해당 주제와 관련한 저서와
논문을 모두 수록하고, 연표에서는 서목만 제시하였다. 본문에서는
해당 주제와 관련한 논문(잡지 등에 발표된 것)과 개인 저서에서의 해당
부분(장이나 절)을 요약하여 설명하였는데[7], 이에 따라 같은 저서가 여

---

7 논문 제목, 저자, 출판사, 발표 연대를 밝히고 해당 논문의 주요 내용과 성격을 간
략히 설명하였다. 예를 들어 '支那の民族性と社會'는 川合貞吉(第二國民會出版部,

러 곳에 소개된 경우도 있다. 본문의 주제별 논저의 종수는 다음과
같다.

「본문 주제별 논저의 종수」

장별	주제별 종수	총수
제1부 사회	사회 구성(6), 사회 특성(1), 계급(11), 인구(18), 가족(18), 종족=종법(7), 민족(3), 아시아적 생산양식(15), 지나 사회의 정체성(停滯性, 5), 촌락과 자치(8), 치수·관개 문제(18)	110종
제2부 경제(1)	길드(15), 수공업=가내공업(7), 매뉴팩처(10), 상업자본주의(9), 지나 자본주의화와 근대기업의 발전 과정(17), 열강의 경제 지배(14), 현대 지나 국민경제-공업(32), 교통(30)	104종
제2부 경제(2)	농촌사회(6), 농촌의 궁핍(15), 토지문제(15), 소작관계(12), 농업금융(고리자본)(21), 고용노동(5), 농업경영(5), 농촌에서의 조세(8), 농민이촌(離村)(6), 농촌 계급관계(5), 농산물 상품화(5), 합작사(산업조합)(8), 생산방법(2), 농업과 제국주의(7), 농촌에서의 은행 침입(7)	127종
제3부 정치	데스포데이스무스(專制)(5), 서구 자본주의의 침입(11), 태평천국의 난(21), 지나 혁명(5), 국민당(13), 삼민주의(13), 비밀결사(4), 민족운동(1), 노동자 농민운동(13), 지나와 열강의 정치 지배(5), 동아 신질서(6)	97종
계		438종

주제별 분류에서 '아시아적 생산양식'이나 '지나 사회의 정체성',
'열강의 경제 지배', '농촌에서의 조세', '농민 이촌', '농업과 제국주
의', '농촌에서의 은행 침입', '서구 자본주의의 침입', '태평천국의
난', '지나와 열강의 정치 지배', '동아 신질서' 등과 같은 연구 논저
가 상당수에 이름을 확인할 수 있는데, 이러한 주제의 연구가 활발

昭和十二年十二月)의 논문으로, 중국사회의 성질을 생산관계를 중심으로 고찰하
고, 중국 농촌경제사회의 근저와 국내 자본가 경제, 열국 자본주의경제 등에서 반
봉건적 식민지적 사회로 결론지었다고 설명한다.

했던 것은 일제의 대륙 침략이라는 시대상황과 긴밀한 관련을 맺는 것으로 보인다. 이와 같은 주제별 자료 설명 뒤에 단행본 중심의 연표를 두었는데, 이 표에 정리된 단행본은 152종이다.

「연표 수록 저서의 연도별 분포」

연도	종수
1926	1
1928	4
1929	1
1930	5
1931	4
1932	6
1933	9
1934	1
1935	8
1936	9
1937	17
1938	12
1939	17
1940	41
1941	18
계	152

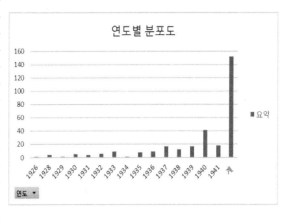

이 표에서는 일본에서의 중국 사회, 경제, 정치 분야 연구는 1930년대 초로부터 1937년 이후에 급증하고 있음을 확인할 수 있는데, 이는 1930년대 만주 침략과 1937년 중일전쟁이라는 역사적 사건과도 밀접한 관련이 있을 것으로 추정된다. 이러한 흐름은 이 사전에 포함되지 않은 다른 분야의 연구 경향도 비슷한데, 1930년대 이후 중국 문제와 관련한 총서를 발행하는 출판사도 많아졌다. 예를 들

어 대동출판사大東出版社의 경우 1941년부터 '지나문화사대계' 12책을 발행하였는데, 『지나경제사』(馬乘風 著·田中齊 譯), 『지나 여성생활사』(陳東原 著·村田巧郎 譯), 『지나 화학공업사』(李喬平 著·實藤惠秀 譯), 『지나 민족사』(宋文炳 著·外務省 情報部 小口五郎 譯), 『지나 정치사상사』(楊幼烱 著·村田孜郎 譯), 『지나 염정사鹽政史』(曾仰豊 著·吉村正 譯), 『지나 상업사』(王孝通 著·關末代策 譯), 『지나 수리사水利史』(鄭肇經 著·田邊泰 譯), 『지나 남양 교통사支那南洋交通史』(馮承鈞 著·井東憲 譯), 『지나 의학사』(陳邦賢 著·山本成之助 譯), 『지나 윤리학사』(蔡元培 著·中島太郎 譯), 『지나 혼인사婚姻史』(陳顧遠 著·藤澤衛彦 譯), 『지나 풍물지支那 風物誌(上下)』(後藤朝太郎) 등과 같이 번역물이 주를 이루었다. 또한 생활사生活社에서는 '동아총서'라는 이름 아래 중국 연구서를 발행하였는데, 『지나 기독교사支那基督敎史』(比屋根安定 著), 『지나 무역개요支那貿易槪要』(米谷榮一 著), 『중지 농촌경제연구中支 農村經濟の硏究』(福武 直 譯), 『지나 철도사支那 鐵道史』(吾孫子 豊 著), 『산업자본과 지나 농민産業資本と支那農民』(水田 博 譯), 『지나 합작사 정책의 제문제支那合作社政策の諸問題』(岸本英太郎·上松一光 譯), 『지나의 지방재정支那の地方財政』(長野敏一 著), 『중국 봉건사회中國封建社會』(瞿同祖 著·小竹武夫 譯) 등이 있다. 서명에서 알 수 있듯이, 1940년대 이후 중국 침략이 가속화되면서 중국에 대한 연구가 더 활발해지고 있는 셈이다.

Ⅲ. 문헌 목록을 통해본 일본에서의 한중 관련 연구 경향

1. 일본의 근대화와 대외 연구

1868년 메이지 유신을 전후로 일본 제국주의의 팽창 정책에 따라 일본에서의 한국과 중국에 대한 관심은 지속적으로 높아졌다. 이러한 현상은 문헌 목록뿐만 아니라 중국이나 한국에서 발행된 각종 문헌 자료에서도 확인할 수 있는데, 『만국공보』 제374권(1876.2.12.)~제375권(1876.3.4.)에 연재된 '일본재필日本載筆'은 1870년대 일본의 출판 문화를 보여주는 적절한 자료이다. 이 기사는 영국 선교사 윌리엄슨(중국명 韋廉臣)이 중국 18성과 만주, 일본 등을 유람하고 적은 글로 4회에 걸쳐 연재되었다. 그 가운데 메이지 유신과 관련한 기록을 살펴보면 다음과 같다.

「일본재필日本載筆」

(前略) 宋光宗紹熙二年 日本有一大臣稱太官代其王 君臨日本居於野渡其皇帝亦居一都城 卽今之西京 皇帝隱其王宮深居不出 (中略) 至中華同治六年 日本一國二王 是歲日本羣臣起 而聚議欲廢此太官代王者 與之搆禍代王者 因去其位不聞國事 羣臣乃迎其皇帝 登位野渡改名東京 國號明治於今七年. 自明治復位以來 以至於今 日本國悉西洋言語文字 格物火輪 舟車鐵路 電報以及諸凡便宜機器等 日精一日 前明治四年 余曾經其地 見其於諸事 意見尙未有成. (中略) 自太官去位皇帝復位以來 其創首事爲建一國學類 如中華都城之同文館 顔曰開成

355

學校 延英國法國俄國德國名儒 敎國之諸生 以各國語言 外復延有
格物先生 敎以格物化學筭學等 執業者約以千數 其館至今分爲半於
舊館專習語言 半於往年初建學宮 肄格物等學 內有書室貯書 如許
亦有凡各機器式 入學之日王親視學 (中略) 日本皇帝具有智慧於諸
學外 設有大學屬於工部 已延英國宿學六人 及製機器者三人 蓋欲
國人咸明於火輪舟車 以及紡織諸技藝機器 欲務於此 必先習英語
故別有學以習英之語言文字 亦延英國爲師者三人 欲務明於機器 必
先明於機器之理 故亦延師敎之以其理其遞次. 課學之條例不一 試
備擧之. (下略)

(번역) 송 소희2년 일본에는 '태관'이라고 칭하는 한 대신이 그 임금
을 대신하였다. 군왕은 에도에 거주하고 그 황제 또한 한 도성에 거주
하였는데 지금의 서경이 그곳이며, 황제는 왕궁 깊은 곳에 거주하고
나오지 않았다. (중략) 동치6년(1868)에 일본은 한 나라에 두 왕이 있어,
이에 일본 군신이 들고 일어나 왕을 대신하고 더불어 화를 부르는 태
관을 폐지하고자 모여 의논하고, 이로 인해 그 자리에서 국사를 듣지
않는 것을 제거하여 황제를 맞이하여 위에 올리며 에도野渡를 개명하
여 동경東京으로 하고 국가의 연호를 메이지明治로 불러 지금 7년이 되
었다. 메이지 복위 이래 지금에 이르러 일본국은 서양 언어 문자로 격
물, 화륜, 주거, 철로, 전보 및 제반 편리한 기구 등을 다하여 날로 정교
해졌다. 이전 메이지 4년 나는 일찍이 그 지역을 경과하여 여러 가지
일들들 견문했으나 아직까지 의견을 다 이루지 못했다. (중략) 태관이
자리를 버리고 황제가 복위한 이래 가장 먼저 한 일은 국가의 학교를
건설하는 일이었다. 중국에서 수도에 동문관을 둔 것과 같이 개성학교

라 불리는 학교를 세우고, 영국, 프랑스, 러시아, 독일 각국의 명사를 초빙하여 국가의 여러 학생들에게 각국 언어로 가르치게 했다. 또한 격물 선생을 초빙하여 격물, 화학, 산학 등을 가르치게 했는데 일을 담당하는 사람이 약 천 명에 이르렀다. 그 학교를 둘로 나누어 반은 구관에서 언어를 전문으로 익히게 했으며, 반은 왕년 초에 학궁을 건설하고 격물 등의 학문을 익히게 하였다. 학교 내에 서실을 두어 책을 보관하게 하고, 또한 각 기기식을 두게 하였다. 입학일에 왕이 친히 시학하였다. (중략) 일본 황제는 지혜가 갖추어져 여러 학궁學宮 외에도 대학을 설치하여 공부工部에 소속시키고 이미 영국의 숙학宿學 6명을 초빙하고 기계機器 만드는 자 3명을 초빙하였으니 대체로 국민에게 모두 화륜, 주거舟車와 그 밖의 방직 기예 기기機器에 밝게 하려고 하며 이것에 힘을 쓰려면 반드시 먼저 영어에 익숙하여야 하므로 별도의 학궁學宮을 두어 영국의 언어문자를 익히게 하고, 역시 영국의 선생 3명을 초빙하였으며 기기機器를 힘써 밝히려면 반드시 먼저 기기의 이치에 밝아야 하므로 역시 교사를 초빙하였다. 차례로 배우는 과목은 일률적일 수는 없으나 예를 들어본다.

'일본재필日本載筆'은 메이지 이후 일본에서의 서양 학문 수용 과정을 약술한 글이다. 인용문에 나타나듯이, 메이지 유신 직후 일본에서는 학교를 세우고 서양인을 고빙하여 각 전공 분야의 학문을 가르치게 했으며, 그들로부터 기기·기예를 습득하도록 하였다. 이 자료에 등장하는 각 전문 학문 분야의 교과목은 '도화', '수술초업數術初業', '고등수술數術', '이학理學', '화학化學', '측량평준법測量平準法' 등과 같이, 주로 기예에 관한 것들이었다[8].

이와 같이 메이지 초기 일본에서의 지적 풍토는 서구 지식의 번역 소개에 중점을 두었으며, 인접 국가인 한국과 중국에 대한 관심은 제국주의의 기틀이 확립되면서 정치적인 면에서 대두되기 시작하였다. 메이지 초기의 문헌 목록은 이를 잘 보여준다. 앞의 『메이지 문헌목록』에 등장하는 한국 관련 서목은 『조선사정』(1874), 『정한평론征韓評論』(1875), 『조선견문록』(1875), 『조선신론』(1876) 등과 같이 개항 이전의 조선에 대한 제국주의적 관심을 보이는 것들이 주를 이루고 있으며, 중국 관련 서목에서도 '지나에서의 외난外難'에 속해 있는 『아편시말』(1844), 『해외신화』(1849), 『지나사정』(1874), 『일청호환조약』(1874), 『지나사정』(1874) 등과 같이 중국과 서양의 교섭 과정에서 서구의 침탈에 주목하는 서적이 주를 이루고 있다.

2. 동양 담론과 조선학 및 지나학

근대 일본에서 서적 유통이 활발했음은 각종 문헌에서 쉽게 확인할 수 있는데, 1898년 재일본 중국 유학생들의 잡지인 『청의보』나 1902년 이후의 『신민총보』에 중국어로 번역 수록된 학술 담론 가운

---

8 『만국공보』에 연재된 '일본재필'은 총4회 분량으로, 그 가운데 제2회 '일본재필'은 1884년 6월 13일자 『한성순보』에 전재되기도 하였으며, 『만국공보』를 요약하여 만든 단행본 『공보초략』에도 수록되어 있다. 『만국공보』에 소개한 학과(學課)는 총 19과이며, 모든 학과는 격치·이학·공업·기술과 관련되어 있다. 1881년 조사시찰단으로 파견된 조준영의 보고서인 『문부성소할목록』에서는 '대학법리문삼학부(大學法理文三學部)', '대학예비문(大學豫備門)', '대학의학부(大學醫學部)' 등을 나누어 좀 더 구체적인 보고서를 작성한 바 있다.

데 일본인 저술을 대상으로 한 것이 매우 많은 점에서도 확인된다. 이러한 상황은『제국신문』1902년 10월 27일자 '일본이 시로 청국을 침범홈'이라는 논설을 통해서도 확인할 수 있다.

「일본이 시로 청국을 침범홈」

엇던 셔양 월보에 긔록흔 것을 보건딕 일본이 시로히 청국을 침범흐는 딕 이 침범흐는 것인즉 군스로 홈이 아니오 계칙으로 홈이라. 힘으로써 승부를 겨르는 딕신에 롱락흐는 직조와 지혜로써 군스를 딕신흐며 학문의 스업 경영으로써 군긔를 삼아 완고흐고 쇠미흐여 들어가는 청국을 제어흐고 일본이 동양에 뎨일 권리를 잡으려 흐나니 근릭 형편으로 스업상 권리의 도라가는 것을 볼진딕, 일은 몃히 젼에 쟝지동이 우창 디방에 농업학교를 셜시흐엿는딕 미국 교스를 고빙흐여 쥬쟝흐게 흐더니 지금은 젼혀 일본인의게 돌녀보닉엿스며, 이는 항쥬에 잇는 무관학교를 젼혀 일본 스관이 교련식히는 바 ㅣ 오, 삼은 각식 시학문 셔칙 번역흐는 거시 틱반이나 일본 사람들에 흐는 바오, 스는 근릭에 쟝지동이 유학흐는 싱도들을 만히 쌘바 일본에 보닉여 각식 견문학을 공부흐게 흐엿스며, 오는 청국에 나는 신문 월보 등류가 거의 틱반이나 일인의 쥬쟝이 아니면 혹 일인의 긔주흐는 바인딕 기즁 하나흔 량국 교제상에 뎨일 권력 잇는 신문이오., 륙은 거의 일빅명 가량에 일본 싱도들이 상히 학교에서 영어와 쳥어를 공부흐며 졍형과 닉졍을 비화 쟝촌 청국에셔 정치와 교육과 농업과 상업과 광산 텰도 등 모든 긴요흐고 권력 잇는 자리를 도모흐야 맛흘 목적으로 쥬의흐는 바이오, 칠은 각식 신학문 번역흐는 회를 셜시흐야 상히에셔 스무를 확쟝흐는

359

중인디 쥬의인즉 문명에 유조홀 셔칙을 만히 번역ᄒ야 젼국에 젼하ᄒ
야 인민의 식견을 열 터인디 셔양글로 번역ᄒ는 이보다 일어로 ᄒ는
거시 더 쳡경이 된다 ᄒ여 왈 일본이 긔왕에 셔양 졍치 학술의 가장 졍
긴흔 거슬 쏜바다가 만들어 시힝ᄒ야 긔왕 경력을 지닌 거시니 더욱
긴쳡ᄒ다 홈이라. (하략)

1881년 조사시찰단 파견과 재일 한국 유학생의 등장이나 청일전
쟁 직후 1896년부터 본격화된 재일본 중국 유학생의 증가[9]는 일본을
통한 한중 지식 교류가 급증하는 계기가 되었다. 『제국신문』의 기사
에서 알 수 있듯이, 이 시기 일본에서는 서양 각국의 학술서를 번역
하고, 상해에서도 이 책들을 다시 간행하는 경우도 많았다. 그 과정
에서 점차 한국과 일본의 역사, 문학, 정치 등과 관련한 저술이 늘어
났다.

1880~1900년대 일본에서의 한중 관계 연구는 제국주의적 관점에
서 정치사, 외교사, 한국과 중국의 사정 등에 대한 관심이 높았으며,
지리 분야의 저서도 비교적 많이 나타난다. 『도서총목록』에 소개된
중국사 관련 저서에서도 『지나문명사』, 『지나외교사』, 『지나고금연
혁도』, 『지나 분할론』이나 다수의 교과서명이 나타나듯이, 일본을
중심으로 한 중국관이 등장하며, 한국과 관련한 저서에서도 『조선통
사』, 『역사조사 보고 제2 조선역사지리』, 『만주발달사』, 『만주역사

---

9 재일 한국인 유학생과 관련한 연구로는 이광린 『한국개화사연구』, 일조각, 1969,
234-251쪽, 김기주 『한말 재일 한국유학생의 민족운동』, 느티나무, 1993, 14-64쪽
등의 연구를 참고할 수 있다. 또한 중국인 유학생사는 實藤惠秀 『中國人 日本留學史』,
くろしお出版, 1960, 35-150쪽을 참고하였다.

지리』 등과 같이, 식민 지배의 대상으로 한국을 바라보거나 만선사관의 입장에서 연구를 진행한 서적이 다수 출현한다. 이러한 흐름에서 나타난 이데올로기의 하나가 '동양 담론'이다.

동양 담론은 본질적으로 서구 제국주의의 침략에 맞서 동양의 세력을 형성해야 한다는 논리이다. 이 논리는 일제의 한국 강제 병합 당시, 이른바 '합방조약'에서 "호상互相 행복을 증진增進하며 동양 평화東洋平和를 영구히 확보하기 위하여 이 목적을 달達하고자 하면 한국을 일본국에 병합倂合함에 불여不如할 자者"라고 주장한 데서도 확인할 수 있다. '동양'은 지리적으로 서양에 대립하는 용어이지만, 일본 제국주의의 침략 정책을 은폐하는 이데올로기의 하나였다. 이 점은 『대한매일신보』 1909년 8월 8일 ~ 9일자 논설 '동양주의에 대한 비평'에서도 잘 나타난다.

「東洋主義에 對혼 批評」

東洋主義者는 何오 東洋諸國이 壹致團結ㅎ야 西力의 東漸홈을 禦혼다 홈이니라 此主義를 唱혼 者는 誰오 壹曰誤國者니 彼等이 四千載 祖國을 擧ㅎ야 鳩居에 讓ㅎ며 二千萬兄弟를 驅하야 奴籍에 注ㅎ민 此 世上에 忍立홀 面目이 無혼 故로 此等語로 强히 쟝撰ㅎ야 上으로 天을 欺ㅎ며 下으로 人을 欺ㅎ야 曰 現今은 東西 黃白 兩種의 競爭時대라. 東洋이 興則 셔洋이 亡ㅎ고 셔洋이 興則 東洋이 亡ㅎ야 其勢가 兩立ㅎ지 못홀지니 今日 東양에 生혼 者는 國과 國이 相合ㅎ며 人과 人이 相結ㅎ야 셔양을 抗홀 日이니 然則吾輩가 國을 賣ㅎ야 셔人에 與ㅎ얏스면 是罪어니와 今에 不然ㅎ야 賣혼 者도 東양人이오 買혼 者도

361

東양人이니 譬컨틱 楚弓을 楚得홈이라 吾輩가 何罪리오 ᄒ야 此義로
自解說ᄒ며 此義로 自辨護홈이니 所謂東양主義가 第壹 此輩의 口에
出혼 者오. 二曰 媚外者이니 國勢가 旣此境에 到ᄒ야 全國各權利가
皆外人의 手中에 墮入ᄒ미 前日 旁蹊曲逕 蠅營狗苟의 輩가 壹窠官爵
을 渴想ᄒ며 幾圓月俸을 苦夢ᄒᄂ틱 此를 求得ᄒᄂ 方法은 惟外人에
게 納媚홀 쑨이라. (중략) 三曰渾沌無識者이니 此等人은 元來獨立主
見이 無ᄒ고 只是隨波逐浪의 生涯를 嗜ᄒᄂ 者라 擧世가 靑眼鏡을
帶ᄒ면 我도 靑眼鏡을 帶ᄒ며 擧世가 黃眼鏡을 帶ᄒ면 我도 黃眼鏡을
帶ᄒ야 起坐에 人腕을 依ᄒ고 是非에 人舌을 效하야 人이 守舊ᄒ면
我도 守舊ᄒ며 人이 開化ᄒ면 我도 開化ᄒ야 時世와 推移ᄒ던 者로
偶然今日을 遇ᄒ야 政府黨과 壹進會及遊說團의 誘弄과 日人의 籠絡
中에셔 東양主義說을 習聞ᄒ미 信口로 傳唱ᄒᄂ 者라.(하략)

(번역) 동양주의란 무엇인가? 동양 모든 나라가 일치단결하여 서양
세력의 동진을 방어한다 함이다. 이 주의를 부르짖은 자는 누구인가.
하나는 나라를 잘못 이해하는 자들이니 4천년 조국을 들어 남의 집鳩
居에 양도하며, 2천만 형제를 몰아 노예의 호적에 들게 하니, 이 세상
에 참고 설 면목이 없는 까닭에 이러한 말로 강력히 주장하여 위로 하
늘을 속이고 아래로 사람을 속여 말하기를, "지금은 동서 황백 두 인종
의 경쟁 시대이다. 동양이 흥하면 곧 서양이 망하고, 서양이 흥하면 곧
동양이 망해 그 세력이 양립하지 못할 것이니, 금일 동양에서 태어난
자는 나라와 나라가 서로 합치고, 사람과 사람이 결합하여 서양에 저
항할 날이니, 그러므로 우리가 국가를 팔아 사람에게 주면 그것은 죄
이지만 그렇지 않고 판 자도 동양인이고 산 자도 동양인이니 비유하면

초궁초득(楚弓楚得, 초나라 왕이 잃어버린 활을 초나라 사람이 주움)이거늘 우리가 무슨 죄인가."라고 주장하여 이 주의로 스스로 해명하고 이 주의로 스스로 변호하니 소위 동양주의가 가장 먼저 이런 무리들로부터 나온 것이다. 둘은 아첨하는 무리들이니 국세가 이미 이 지경으로 기울어 전국 각 권리가 모두 외인의 수중에 떨어지니, 전날 방혜곡경(旁蹊曲逕, 바른 길을 밟지 않고 굽은 길로 감, 정당한 방법으로 일을 하지 않고 그릇된 방법으로 억지로 일함)과 승영구구(蠅營狗苟, 파리가 분주히 날아다니고 개가 구차하게 구하는 모양, 작은 이익에 악착스럽게 덤빔)하는 무리가 관작을 목마르게 구하고 몇 원의 월급을 꿈꾸는데 이를 얻는 방법은 오직 외인에게 아첨하는 것뿐이다.(중략) 삼은 혼돈 무식자이니 이들은 원래 독립 주견이 없고, 단지 물결 따라 생애를 즐기는 자이다. 세상이 푸른 안경을 쓰면 이들도 푸른 안경을 쓰고 세상이 누런 안경을 쓰면 이들도 누런 안경을 써서 앉고 서는 것을 다른 사람의 팔에 의지하고, 시비에도 다른 사람의 혀를 모방하여 타인이 수구하면 나도 수구하고 타인이 개화하면 나도 개화하여 시세에 따르던 자로 우연히 금일을 만나 정부당과 일진회 및 유세단의 유혹과 희롱, 일본인의 농락 중에서 동양주의 설을 익혀 들은 것을 입으로 부르짖는 자들이다.(하략)

이 논설에 나타난 바와 같이, 강제 병합 직전부터 '동양주의'는 일본 제국주의의 침략 이데올로기를 은폐하는 정치적 논리로 만연되어 있었으며, 일본에서의 한중 연구 경향도 이러한 정치 이데올로기와 깊은 관련을 맺는다. 구보텐즈이(久保天隨, 1910)의 『동양통사』(박문관), 고다이게토모(幸田成友, 1910)의 『동양역사』(박문관) 등의 서명에서

'동양'이 등장하는 것도 이와 밀접한 관련이 있으며, 아리가나카오 (有賀長雄, 1907)의 『보호국론』(박문관) 등과 같은 식민 정책과 관련한 연구서가 본격적으로 등장하는 것도 이 시점이다.

1910년 한국 강제 병합 이후 일본에서의 한중 연구는 다소 다양한 모습을 띤다. 특히 1920년대 가와카미하지메河上肇와 같은 사회경제 사가를 중심으로 한 마르크스주의 역사서가 많아지고, 식민지 조선에 대한 다양한 조사가 진행된 결과 수많은 보고서가 작성되었으며, 그와 관련한 연구서도 각 학문 분야마다 전모를 파악하기 힘들 정도로 많아졌다. 그럼에도 일제 강점기 한국과 관련된 연구서나 군국주의화한 일본의 대륙 침탈과 관련한 연구 경향은 본질상 큰 변화가 없다. 이는 1920년대 중반 이후 식민정책 관련 연구서가 급증하거나 '동아' 담론이 강화되는 것도 이러한 흐름을 반영한다. 『도서총목록』 이나 『메이지문헌목록』에서는 이 흐름을 파악할 수 없으나, 『중국문헌사전』의 경우 1926년부터 1941년까지 중국의 사회조직, 근세 산업 발달사, 봉건사회사, 고대사회사 등과 같은 사회학, 역사학 분야의 연구서가 급증하고 있음을 확인할 수 있고, 그 내용도 전문화되고 있음을 알 수 있다. 더욱이 한국 강제 병합 초기의 지리적 관심사가 식민지 조선에 더 많은 비중을 두었음에 비해, 1930년대에는 만주와 관련한 연구가 급증하는 경향을 보이며, 이른바 '동양' 또는 '동아東亞 담론'이 강화되는 것도 이 시점부터이다. 1930년대 나카야마구치시로(中山口四郎, 1934)의 『동양사연구법·새회서역흥망사』(일본문학사), 야키자와슈조(秋澤修三, 1937)의 『동양철학사』(백양서관) 등이나, 1940년대 하마다세이류(濱田靑陵, 1942)의 『동아문명의 여명』(창원사), 이시하마순타로(石濱純太郎, 1943)의 『동양학의 이야기』(창원사) 등의 서명에서 '동양', '동아'를 사용한 것도 이러한 시대적 분위기를 반영한 것으로 볼 수 있다.

Ⅳ. 맺음말

이 연구는 일본에서 발행된 도서 목록 자료를 대상으로 메이지 이후 일제 강점기까지 일본에서의 한중 관련 연구 경향을 기술하는 데 목적을 두었다. 문헌목록이나 사전은 사실을 단순 나열한 형태의 자료이지만, 도서 목록을 계량화하면 시대별 연구 경향을 기술하는 좋은 자료가 된다. 이와 같은 계량화는 지식의 이데올로기성을 극복하고 시대상황을 객관적으로 추출하는 적절한 방법이 될 수 있다. 일본에서 인접 국가에 대한 관심은 메이지 유신 이후 일본 제국주의의 팽창 정책에 따라 양적인 증가와 함께 내용 면에서도 큰 변화를 보이고 있음을 확인할 수 있는데, 도쿄서적상조합의 『도서총목록』이나 『메이지문헌목록』 등은 메이지 시대의 어떤 한중 관계 관련 연구서가 있는지를 보여준다. 또한 『중국문제문헌사전』은 1920년대 이후 일본의 중국 관계 연구 경향을 나타낸다. 이 글에서 논의한 바를 요약하면 다음과 같다.

첫째, 『문헌총목록』은 서명을 50음, 발행소별, 유별, 저작자별로 정리한 책자이다. 그 가운데 '유별'에서는 주제별 또는 학문 분야별로 도서를 분류하였는데, 그 결과 '문학·어학', '실용서'의 비중이 매우 높았으며, 한국 관련 서적은 많지 않으나 중국 관련 서적은 900여 종이 등장한다. 분류 방식에서 한국 관련 서적은 자국 항목의 일부 지방으로 처리하고, 중국 관련 서적은 외국으로 처리하는 방식을 취했으므로, 자국 관련 서적 가운데 한국이 포함된 것은 매우 많았을 것으로 추론한다.

둘째, 『메이지문헌목록』은 메이지 이전부터 1910년 초까지 문헌을 정리한 것으로, 총 6521종이 들어 있다. 이 목록은 출판사를 제시하지 않은 대신, 저작 연도를 밝히고 있으므로, 연대별 문헌 분포를 확인할 수 있다. 그 가운데 한중 관련 서적의 분포를 계량화하면 90종 정도나 나타나는데, 1880년대의 문헌이 많은 점도 특징이다. 분야별 분포에서는 '문학 〉 역사 〉 법률 〉 정치' 등의 순서로 나타난다.

셋째, 『중국문제문헌사전』은 1920~40년대 중국 관련 문헌을 정리한 사전으로, 그 가운데 연표에 수록된 도서가 152종이다. 일제 강점기의 중국 관련 연구 경향을 보여주는 이 자료에서는 1930년대 만주 침략과 1937년 중일전쟁을 전후로 관련 서적이 급증함을 보여준다.

넷째, 문헌 목록을 통해 본 일본의 한중 관련 연구 경향에서는, 일본의 근대화가 대외 연구를 촉진시킨 계기가 되었으며, 일본 제국주의의 팽창 정책과 맞물려 동양 담론이나 조선학, 지나학이 발달하고 있음을 확인하였다. 특히 인접 국가에 대한 연구가 제국주의적 관점에서 이루어진 경향이 두드러졌음을 서명書名을 통해 확인하고자 하였다.

목록류 도서의 서목 분석은 본질적으로 일반적인 경향을 파악하는 데 유용하다. 또한 세 종의 서목이 메이지 이후 일본에서 산출된 모든 문헌을 대변하는 것은 아니다. 이 점에서 메이지 이후 일제 강점기까지 일본에서 이루어진 한중 관련 연구의 전모는 서목에 대한 추가 발굴 및 해당 서적에 대한 비판적 분석 작업이 뒷받침되어야 할 것이다. 이 작업은 지속적인 연구 과제로 남겨둔다.

한일문화 연구의 새 지평 3

일본연구의 새로운 시각 : 확대되는 세계관

초출일람

9장   한경자 「19세기 서양인이 본 가부키와 '주신구라' 인식」 『일본사상』25,
      한국일본사상사학회, 2013

10장 황소연 「동아시아 세계의 화이(華夷)의 관련 양상 - 오삼계(吳三桂)를
      중심으로 - 」 『일본학연구』53, 단국대학교 일본연구소, 2018

〈3부〉 확장과 접목

11장 이준서 「한·중·일 공동연구에의 제안 - 언어와 문화 - 」 『일본학연구』55,
      단국대학교 일본연구소, 2018

12장 최은혁 「한국에서의 일본어문법교육의 연구 현황과 전망」 『일본학연구』
      39, 단국대학교 일본연구소, 2013

13장 허재영 「지식사회학의 관점에서 본 근현대 일본 제국주의 팽창정책과
      한중 관련 서적 분포 - 메이지 이후 일제 강점기까지의 동아담론과 한중
      관련 연구를 중심으로 - 」 『일본학연구』54, 단국대학교 일본연구소, 2018

지은이 약력

사이토 히데키 斎藤英喜, Saito Hideki

불교대학(仏教大学) 역사학부 교수. 신화·전승학, 종교문화론 전공. 대표 논저로 『古事記はいかに読まれてきたか』『荒ぶるスサノヲ、七変化』(吉川弘文館, 2012), 『異貌の古事記』(青土社, 2014), 『陰陽師たちの日本史』(角川書店, 2014), 『折口信夫-神性を拡張する復活の喜び』(ミネルヴァ書房, 2018) 등이 있다.

이경화 李京和, Lee Kyung-Hwa

한국외국어대학교 일본어대학 강사. 일본고전문학을 전공하였다. 대표 논저로 『의식주로 읽는 일본문화』(제이앤씨, 2018), 『동식물로 읽는 일본문화』(제이앤씨, 2018), 『미네르바 인문 읽기와 토의토론』(한국외국어대학교출판부, 2017), 『한일龍蛇설화의 비교연구』(한국외국어대학교대학원 박사학위논문, 2014) 등이 있다.

이시이 마사미 石井正己, Ishii Masami

도쿄 가쿠게이대학(東京学芸大学), 히토쓰바시대학(一橋大学) 대학원 교수, 한국 비교민속학회 고문. 일본문학·민속학 전공. 대표 논저로 『菅江真澄と内田武志』(勉誠出版, 2018), 편저로 『外国人の発見した日本』(勉誠出版, 2018), 『文学研究の窓をあける』(笠間書院, 2018), 『世界の教科書に見る昔話』(三弥井書店, 2018), 『菅江真澄が発見した日本』(三弥井書店, 2018) 등이 있다.

이시준 李市埈, Lee Si-Jun

숭실대학교 일어일문학과 교수. 일본 고전문학을 전공하였다. 대표 저서(번역서)로 『今昔物語集 本朝部の研究』(大河書房, 2005), 『금석이야기집 일본부【一】~【九】』(세창 출판사, 2006), 『일본 설화문학의 세계』(소화, 2009), 『일본

불교사』(뿌리와이파리, 2005) 등이 있다.

▌진은숙 秦恩淑, Jin Eun-Sook

제주대학교 일어일문학과 교수. 일본 나라여자대학 객원연구원(2002). 일본
고전문학을 전공하였다. 대표 논문으로 「하타씨(秦氏)에 관한 고찰」(『日本文
化研究』2008.7) 「히메코소사(比賣許曾社)의 緣起전승 고찰」(『日本語教育』2011.12)
「母子神 전승에 관한 연구」(『日本語文学』2015.2) 등이 있다.

▌한정미 韓正美, Han Chong-Mi

조치대학(上智大学) 그리프케어연구소 객원교수, 도쿄대학대학원 객원연구
원(일한문화교류기금 초빙펠로), 단국대학교 일본연구소 학술연구교수 역
임. 일본 고전문학을 전공했다. 대표 논저로는 『源氏物語における神祇信仰』
(武蔵野書院, 2015.10), 「『春日権現験記絵』に現れている春日神の様相―巻十六か
ら巻二十までの詞書を中心に―」(『日本学報』第107輯, 韓国日本学会, 2016.5),
「모노가타리 속 신들의 활약」(『키워드로 읽는 겐지 이야기』, 제이앤씨, 2013.2)
등이 있다.

▌김용의 金容儀, Kim Yong-Ui

전남대학교 일어일문학과 교수. 오키나와국제대학 연구원. 국제일본문화연
구센터 외국인연구원 역임. 일본문화학(민속학)을 전공하였다. 대표 논저로
『혹부리 영감과 내선일체』(전남대학교출판부, 2011), 『일본설화의 민속세계』
(전남대학교출판부, 2013), 『일본의 스모』(민속원, 2014) 등이 있다.

▌류정선 柳瀞先, Ryu Jung-Sun

인하공업전문대학 항공운항과 부교수. 단국대학교 일본연구소 학술연구교
수 역임. 일본고전문학을 전공하였다. 대표논저로는 「일본 '한국문학사'에
서의 한국고전문학사 인식과 서술양상」(『비교문화연구』48, 경희대학교 비
교문화연구소, 2017.9), 「중국 예악사상과 고대 일본의 유예(遊芸)문화」(『일
본언어문화』37, 한국일본언어문화학회, 2016.12), 「일본고전문학에 나타난
당대 전기소설『유선굴(遊仙窟)』의 수용과 재창조성-헤이안(平安)시대 모노가
타리(物語)를 중심으로-」(『일본언어문화』29, 한국일본언어문화학회, 2014.12)
등이 있다.

▋한경자 韓京子, Han Kyoung-Ja

경희대학교 일본어학과 부교수. 일본고전문학을 전공하였다. 「근대 가부키의 개량과 해외 공연」(『일본사상』, 2016.12), 「식민지조선에 있어서의 분라쿠공연」(『일본학연구』, 2015.09), 「佐川藤太の浄瑠璃 : 改作·増補という方法(近世後期の文学と芸能)」(『国語と国文学』, 2014.5) 등이 있다.

▋황소연 黃昭淵, Hwang So-Yeon

강원대학교 인문대학 일본학전공 교수. 일본 근세기 문학을 전공하였으며 한일중의 문화적 기반과 상호 인식의 문제에 관심이 많다. 대표 논저로는 『도쿠가와 시대의 문학 연구』(보고사, 2015), 『일본 근세문학과 서서』(보고사, 2004), 『신비로운 이야기 오토기보코』(강원대학교 출판부, 2008) 등 다수의 역서가 있다.

▋이준서 李埈瑞, Lee Jun-Seo

성결대학교 동아시아물류학부 부교수. 일본 고베대학 졸업(문화구조 전공, 학술박사). 미국 RICE대학 언어학과(Linguistics Department) 방문교수 역임.

▋최은혁 崔殷爀, Choi Yeun-Heck

인천대학교 일어교육과 교수. 후쿠오카대학에서 일본어·일본어교육을 전공하였다. 한국일어교육학회장 역임, 대표 저서로 『이찌방 어린이 일본어 I·II』(시사일본어사, 2015, 2017), 『풀이풀이일본어교육한자』(사람in, 2009) 등이 있다.

▋허재영 許在寧, Heo Jae-Young

단국대학교 교육대학원 국어교육 전공 부교수. 일본연구소장. 국어 문법사를 전공하고, 국어교육사 및 한국 근현대 지식사를 전문적으로 연구하고 있다. 대표 논저로 『우리말 연구와 문법 교육의 역사』(보고서, 2008), 『통감시대 어문교육과 교과서 침탈의 역사』(경진, 2009), 『일제 강점기 어문정책과 어문생활』(경진, 2011) 등이 있다.

373